A Faint Cold Fear Thrills Through My Veins · William Shakespeare

Zu diesem Buch

Der alte Kestler ist tot.

Er ist nicht an Altersschwäche gestorben und auch nicht an der kleinen Infektion, die er sich geholt hatte. Todesursache war ein allergischer Schock, ausgelöst durch Einnahme eines Penicillinpräparats.

Durch die Schuld des Arztes, behauptet Joe Kestler, der Sohn des Verstorbenen. Dr. Cohen wußte genau, daß der Alte kein Penicillin vertrug, und hätte keines verschreiben dürfen.

Das habe er auch nicht getan, wehrt sich Dr. Cohen. Wegen der Penicillin-Überempfindlichkeit des Patienten habe er ein Präparat aus der Tetracyclinreihe verordnet – 20 rosafarbene Pillen, von denen er viermal täglich eine hätte einnehmen sollen.

Die nach dem Tode sichergestellten Pillen sind aber nicht rosa, sondern einwandfrei orangefarben – und es handelt sich bei ihnen auch nicht um das verschriebene Präparat, sondern um Penicillintabletten, wie Dr. Cohen mit heimlicher Erleichterung erfährt. Es ist für einen Arzt immer schlimm, einen Patienten zu verlieren; ihn aber durch eine Fehlbehandlung zu verlieren, während sich der Leute zutuscheln, daß der Doktor es an Sorgsamkeit habe fehlen lassen, weil der alte Kestler ihn damals wegen des dummen Streits vor den Kadi gezerrt hatte... Dr. Cohen ist ehrlich erleichtert.

Aber wenn der Fehler nicht bei Cohen gelegen hat... Irgend jemand muß die Pillen vertauscht haben. Unabsichtlich, hofft Polizeichef Lanigan, der auch als Patient von Dr. Cohen die Entwicklung aufmerksam verfolgt hat. Irren ist menschlich, und an dem Abend, als das Medikament abgeholt wurde, hatte wegen des Unwetters in der einzigen Spätdienst-Apotheke eine hektische Betriebsamkeit geherrscht. Doch jeder, der etwas davon versteht, versichert Lanigan, daß Apotheker viel zu sorgsam sind, um einen Fehler zu begehen.

Wenn die Tabletten aber nicht zufällig vertauscht worden sein können, dann... Polizeichef Lanigan sieht die Zeit gekommen, einmal ‹ganz zufällig› bei Rabbi Small vorbeizugehen.

Harry Kemelman, hauptberuflich Lehrer an einem College, hatte eine Anzahl Kurzgeschichten veröffentlicht, ehe er seinen ersten Kriminalroman schrieb – *Am Freitag schlief der Rabbi lang* (Nr. 2090) –, für den er dann die Edgar Allan Poe Award erhielt. Sein zweiter, *Am Samstag aß der Rabbi nichts* (Nr. 2125), wurde von der Darmstädter Jury als erster Kriminalroman zum «Buch des Monats» gewählt.

Von Harry Kemelman erschienen außerdem: «Quiz mit Kemelman» (Nr. 2172), «Am Sonntag blieb der Rabbi weg» (Nr. 2291), «Am Montag flog der Rabbi ab» (Nr. 2304), «Am Dienstag sah der Rabbi rot» (Nr. 2346), «Der Rabbi schoß am Donnerstag» (Nr. 2500) und «Eines Tages geht der Rabbi» (Nr. 2720).

Harry Kemelman

Am Mittwoch wird der Rabbi naß

Deutsch von
Gisela Stege

Rowohlt

rororo thriller
Herausgegeben von Bernd Jost

87.–91. Tausend August 1988

Deutsche Erstausgabe
Veröffentlicht im Rowohlt Taschenbuch Verlag GmbH,
Reinbek bei Hamburg, Oktober 1977
Die Originalausgabe erschien bei William Morrow and Company, Inc.,
New York, unter dem Titel «Wednesday the Rabbi Got Wet»
Redaktion Brigitte Fock
Umschlagentwurf Ulrich Mack
Umschlagtypographie Manfred Waller

Satz Aldus (Linotron 505 C)
Gesamtherstellung Clausen & Bosse, Leck
Printed in Germany
780-ISBN 3 499 42430 4

Die Hauptpersonen

Jacob Kestler	ist schon über achtzig und stirbt trotzdem vorzeitig.
Joe Kestler	beharrt auf seinem Recht und löst eine Lawine aus.
Arnold Aptaker	reist Hals über Kopf ab und macht sich dadurch verdächtig.
Marcus Aptaker	hat Ärger mit seinem Sohn – und wegen seines Mietvertrags.
Dr. Daniel Cohen	kann rosa von orange unterscheiden.
Bill Safferstein	bietet seine Hilfe an.
Chester Kaplan	verweist ein Gesuch an die zuständige Stelle, und das hat schwerwiegende Folgen.
Ross McLane	wird polizeilich überprüft.
Joe Purvis	merkt nicht, wenn er bestochen werden soll.
Polizeichef Hugh Lanigan	sucht einen Verdächtigen und findet gleich fünf.
Miriam Small	zerreißt versehentlich eine Perlenkette und bringt ihren Mann damit auf einen Gedanken.
Rabbi David Small	löst das Rätsel der fehlenden Pille und überführt damit einen Schuldigen.

Für Arthur Fields, natürlich

1

«Ich nehme an, *Sie* freuen sich über den Ausgang der Wahl.»

Rabbi David Small drehte sich um. Der Mann, der ihn gerade eingeholt hatte, war Joshua Tizzik, klein, mager, mit langer Nase und einem ständig zu höhnischem Grinsen verzogenen Mund.

Die Abendandacht war beendet, und Rabbi Small ging, die milde Luft dieses Altweibersommers im Oktober genießend, zu seinem Wagen, den er auf dem Parkplatz abgestellt hatte. Der Rabbi war hager, blaß und nahm, obwohl er noch nicht einmal vierzig Jahre alt war, beim Gehen die typische gebeugte Haltung eines Gelehrten ein. Er richtete den Blick seiner kurzsichtigen Augen auf Tizzik. «Wenn Sie meinen, daß die Wahl Chester Kaplans und seiner Freunde ein neu erwachendes Interesse an der religiösen Funktion der Synagoge im Vergleich zu ihrer gesellschaftlichen Funktion bedeutet – nun, dann bin ich natürlich froh. Wenn Sie andererseits andeuten wollen, daß ich etwas damit zu tun hatte, so irren Sie sich. Ich mische mich nie in die Synagogenpolitik ein.»

«Oh, ich will ja nicht behaupten, daß Sie für ihn geworben haben, aber erzählen Sie mir nicht, daß Sie sich nicht über seinen Sieg freuen.»

«Na schön», antwortete der Rabbi gutmütig, «ich werde es nicht tun.» Er hatte im Laufe der Jahre festgestellt, daß es keinen Sinn hatte, mit dem ewig unzufriedenen Mr. Tizzik zu diskutieren.

«Und was die neu erwachende Religiosität angeht, da machen Sie sich nur keine Illusionen, Rabbi. Diesen Sieg hat Chet Kaplan nur guter Organisation und ganz gewöhnlicher Wahlpolitik zu verdanken. Seit über einem Jahr hält er jetzt jeden Mittwochabend diese Empfänge bei sich zu Hause ab . . .»

«Ich habe nie einen besucht.»

«Nein?» Tizzik war offen ungläubig. «Also, nehmen wir mal eine Kleinstadt wie Barnard's Crossing. Was kann man da abends anfangen? Am Freitag ist der Abendgottesdienst in der Synagoge, aber Sie wissen genau, daß die Hälfte der Gemeindemitglieder nur kommt, weil das eine Möglichkeit ist, sich ein bißchen die Zeit zu vertreiben. Am Samstagabend geht man vielleicht zum Essen aus oder ins Kino. Und damit hat sichs dann schon so ziemlich. Als damals Chet Kaplan mit diesen Empfängen anfing, gab er den Leuten eine weitere Gelegenheit, sich zu treffen. Man kann eine Tasse Kaffee trinken, oder ein Bier, ein paar Doughnuts essen . . .»

«Aber was machen die Leute dort, Mr. Tizzik?»

«Sie reden – hauptsächlich über die Synagoge, weil das ein alle interessierendes Thema ist. Wir diskutieren über Religion. Darin sind wir ja alle Experten. Manchmal lädt Kaplan auch jemanden ein, der einen kleinen Vortrag hält. Er hat einen guten Freund in New Hampshire, den Rabbi Mezzik . . .» Er lachte. «Einmal hab ich zu ihm gesagt, wir könnten im Varieté auftreten. Mezzik und Tizzik. Na ja, und dieser Rabbi Mezzik, der hat es mit der Meditation. Er spricht über den Judaismus und die anderen Religionen wie das Christentum und den Buddhismus, und in welchem Verhältnis sie zu unserer Religion stehen.»

«Und dann krönt Chester Kaplan das Ganze mit einer Rede zur allgemeinen Gemeindepolitik?»

«Aber nein, so plump ist er bestimmt nicht. Aber er hat da eine Gruppe gebildet, die mit ihm an den Meditationen teilnimmt, alle diejenigen, die er auf seiner Liste für den Vorstand hatte. Die bilden so eine Art Inneren Kreis. Manchmal mieten sie sich, wie ich gehört habe, für ein paar Tage ein Erholungslager und führen da alle möglichen Diskussionen. Und beten natürlich, soweit ich weiß, denn dieser Rabbi Mezzik hat auch damit zu tun. Die übrigen dagegen, diejenigen, die nur zu ihm kamen, weil sie nichts besseres zu tun hatten, na ja, die fanden, wenn ihr Gastgeber sich um den Posten als Vorsitzender bewirbt, müßten sie eben für ihn stimmen. Und kurz vor der Wahl fingen die Männer aus dem Inneren Kreis an, jeden anzurufen, der jemals an einer Versammlung teilgenommen hatte. Die Namen hatten sie aus einem Gästebuch, in das man sich bei Chet eintragen muß.»

Rabbi Small nickte. «Ja, Mr. Tizzik. Das leuchtet mir ein, daß er damit Erfolg haben mußte. Aber es gibt noch eine andere Möglichkeit. Wie in allen kleinen Ortschaften, gibt es hier in Barnard's Crossing nur eine einzige Synagoge, denn die jüdische Gemeinde ist nicht groß genug, um mehr als eine zu finanzieren. Und sie wurde als konservative Synagoge eingerichtet, damit sich niemand, weder die Orthodoxen auf der einen, noch die reformierten Juden auf der anderen Seite, allzu unbehaglich fühlt. Sie ist ein Kompromiß. Und ich vermute, daß die Konservativen eindeutig in der Überzahl sind, daß sie ihrer Einstellung nach aber von nahezu orthodox bis nahezu reformiert rangieren. Zumeist waren es in jedem Jahr zwei Männer der Mitte, zwei Konservative, die gegeneinander kandidierten. In diesem Jahr gehörte der andere Kandidat, Mr. Golding, eindeutig dem reformierten Flügel an. Darum stimmten die Orthodoxen, die Beinahe-Orthodoxen und der größte Teil der echten Konservativen für Mr. Kaplan. So einfach war das Ganze wahrscheinlich.»

Als sie den Wagen des Rabbi erreichten, kam ihm plötzlich eine Idee. «Für wen haben Sie denn gestimmt, Mr. Tizzik?»

Tizzik lächelte herablassend. «Hören Sie, Rabbi, ich hab sein Bier getrunken und seine Doughnuts gegessen. Was sollte ich machen? Ich habe für Kaplan gestimmt. Bei ihm weiß ich wenigstens, daß er zur Stelle sein wird, wenn ich heute abend den Kaddisch sage, und daß er, falls nötig, vorbeten kann.»

2

Da es Akiva Rokeachs erstes Gespräch mit dem *rebbe* sein sollte, meinte Baruch, der *gabbe*, er müsse ihm erklären, wie er sich zu verhalten habe. «Vergiß nicht, Akiva, dem *rebbe* widerspricht man nicht», dozierte er ernst. «Reb Mendel ist ein *zaddik*, das heißt, ein frommer Mann, so etwas wie ein Heiliger.» Baruch war klein und gedrungen, mit schütterem, grauem Haar, das er aus der hohen Stirn zurückgekämmt trug, auf der, sobald er ärgerlich wurde, deutlich sichtbar eine blaue Ader pulsierte. Er hielt den letzten Stummel einer filterlosen Zigarette zwischen dem nikotinverfärbten Daumen und Zeigefinger, inhalierte einen letzten Zug und warf ihn dann bedauernd in einen Aschenbecher, wo er weiter vor sich hinglimmte. Er war ein sehr nervöser, reizbarer Mensch, in seiner Funktion als *gabbe* aber, als Sekretär und Faktotum des *rebbe* also, war er von Bedeutung. Denn nur über ihn führte der Weg zum *rebbe*. «Selbst wenn der *rebbe* sich scheinbar irrt», fuhr er jetzt fort, «wenn du zum Beispiel meinst, er hätte in seinen Ausführungen über das Gesetz falsch zitiert, darfst du ihn weder darauf hinweisen noch ihn korrigieren. Sondern du solltest über den Grund nachdenken, warum Reb Mendel absichtlich falsch zitiert hat.» Er hielt inne, um sich eine neue Zigarette anzuzünden. «Und vor allem, wenn er ein Urteil fällt, hast du es ohne Einwände hinzunehmen.»

«Ich verstehe», sagte Akiva Rokeach bescheiden.

Die Ader auf der Stirn des *gabbe* pulsierte ärgerlich über die Unterbrechung. «Er besitzt nämlich die tiefere Einsicht, weißt du, und man kann nicht erwarten, daß er so denkt wie du.»

Diesmal nickte Akiva nur zustimmend. Er gehörte zwar schon seit über einem halben Jahr zu der Gruppe, aber erst jetzt sollte er Reb Mendel in seinem Arbeitszimmer zum erstenmal allein gegenüberstehen, und diese Chance wollte er sich nicht verderben, indem er den *gabbe* unnötig reizte.

Baruch musterte den jungen Mann, der vor ihm stand, mit unverkennbarer Mißbilligung: sein langes Haar, den wirren, blonden Bart, die geflickten, in die schweren Stiefel gestopften Jeans. «Hast du ein *kvitl?*» fragte er mürrisch, und als Akiva ihn nicht verstand, übersetzte er ungeduldig: «Ein Gesuch, ein schriftliches Gesuch. Du erwartest doch wohl nicht, daß der *rebbe* wartet, während du ihm alles erklärst, oder?»

«Ach so! Ja, gewiß. Hier ist es.»

«Und ein *pidjon?*»

Akiva zog einen Fünfdollarschein aus seiner Brieftasche und überreichte ihn dem *gabbe* als Zeichen der Dankbarkeit dafür, daß der *rebbe* ihn allein empfing. Baruch warf einen Blick auf die Banknote und notierte sich etwas in seinem Buch.

«Warte hier. Ich werde nachsehen, ob der *rebbe* jetzt Zeit für dich hat.» Er klopfte an die Tür des Studierzimmers, wartete einen Augenblick und trat dann ein, wobei er die Tür behutsam hinter sich ins Schloß zog. Kurz darauf kam er zurück und winkte dem jungen Mann, er könne eintreten.

Akiva hatte Reb Mendel noch nie aus so großer Nähe gesehen. Bei den *farbrengen*, den festlichen Versammlungen, mußte er sich als jüngstes Mitglied der Gruppe völlig zurückhalten. Und wenn der *zaddik* nach der dritten Mahlzeit am Sabbath die Torah auslegte und die Philosophie erklärte, hatte er stets am äußersten Ende des Gemeinschaftstisches gesessen, fast durch die ganze Länge des Saales von ihm getrennt.

Jetzt saß Reb Mendel hoch aufgerichtet in seinem thronähnlichen Sessel hinter dem großen, geschnitzten Walnußschreibtisch. Er war – ja, wie alt? Dreißig? Vierzig? Fünfundvierzig? Schwer zu schätzen. Der lange Bart wurde schon grau, jedoch die Hand, die ihn zuweilen strich, war die eines noch jungen Mannes.

«Ah, unser junger Wikinger», murmelte Reb Mendel und nickte zu einem Stuhl neben dem Schreibtisch hinüber.

«Wie bitte, *rebbe?* Ich habe nicht ganz verstanden . . .»

Reb Mendel lächelte. «Nichts weiter. Ein kleiner Scherz. Du möchtest hier also eine Woche bleiben?»

«Ich habe eine Woche Urlaub», erklärte Akiva. «Und dachte, die könnte ich am besten hier mit Beten und Meditieren verbringen.»

Der *rebbe* warf einen kurzen Blick auf die Karte, die Baruch vor ihm auf die Schreibtischplatte gelegt hatte. «Du bist erst sieben Monate bei uns», sagte er. «Du hast weder die Ausbildung noch die Vorbildung, die notwendig sind, um einen solchen Aufenthalt zu lohnen. Du hast keinerlei religiöse Erziehung genossen, nicht einmal das Minimum, das die meisten jüdischen Jungen bekommen, um sich auf die Bar Mitzva vorzubereiten.»

Akiva senkte den Kopf. «Meine Eltern sind nicht religiös. Mein Vater ist Agnostiker, und ich wurde ebenfalls agnostisch erzogen. Ich bin nie, wie die anderen Jungens in unserem Viertel, zur jüdischen Schule gegangen, und wir gehörten auch nicht zur Synagoge.»

«Deine Eltern leben hier in Philadelphia?»

«Nein, ich komme aus Massachusetts, aus einer Kleinstadt nördlich von Boston. Barnard's Crossing.»

«Und wann hast du sie zuletzt gesehen?»

Akiva errötete. «Na ja, seit einiger Zeit schon nicht mehr, aber ich telefoniere manchmal mit ihnen, vor allem mit meiner Mutter.»

«Mit deinem Vater hattest du Streit.» Das war keine Frage, sondern eine nüchterne Feststellung. Als wisse er genau Bescheid. «Erzähl mir davon.»

«Mein Vater hat einen Drugstore, und als ich mein Apothekerexamen abgelegt hatte, half ich ihm im Geschäft. Aber wir haben uns nie richtig verstanden.»

«Das war aber nicht der Grund, warum du fortgegangen bist – und nicht wieder heimkehren willst.»

Akiva nickte bereitwillig, ja eifrig, um zu zeigen, daß er nichts verschweigen wollte. «Da gab es ein Lokal, das ich häufig besuchte, eine Art Nightclub. Die hatten ein Hinterzimmer, wo gespielt wurde . . .»

«Und Mädchen?»

«Ja, Mädchen hatten sie da auch. Na ja, eines Abends hatte ich nicht genug Geld bei mir, und ich gab ihnen einen Schuldschein über fünfzig Dollar. Dann kam jemand – nicht der Besitzer, sondern ein Mann, der behauptete, ihn von dem Besitzer gekauft zu haben – zu mir ins Geschäft. Nur, daß der Schuldschein von fünfzig auf einhundertfünfzig rauffrisiert worden war.»

«Hast du deinen Vater um das Geld gebeten?»

«N-nein. Er hätte ja doch kein Verständnis dafür gehabt. Er ist . . . na ja, ziemlich spießig. Er wäre bestimmt zur Polizei gelaufen.»

«Darum hast du das Geld aus der Kasse genommen, nicht wahr?» fragte der *rebbe*.

Akiva nickte ohne jede Verlegenheit. Das war das Großartige an der Gruppe. Man konnte vollkommen aufrichtig sein. «Das war kinderleicht. Ich schloß morgens auf und abends ab, wissen Sie, darum machte ich auch die Kasse. Meistens rechnete ich abends ab, aber wenn ich's mal eilig hatte, verschob ich's auf den nächsten Morgen. Eines Morgens, als ich mal verschlafen hatte, schloß mein Vater das Geschäft auf. Ich wollte das Geld natürlich in ein paar Wochen wieder zurückgeben.»

«Aber dein Vater erwischte dich, ehe du dazu Gelegenheit hattest.»

«Ganz recht. Es gab einen fürchterlichen Krach, und ich bin weg.»

«Wohin?»

«Ach, ich bin einfach im Land rumgezogen. Eine Zeitlang war ich in Kalifornien. Und dann hab ich mich hier nach Philly zurückgejobbt.»

«Warum hierher?»

«Weil ich hier Pharmazie studiert habe. Daher kannte ich die Stadt.»

«Und was hast du gemacht, während du im Land herumgezogen bist? Und seit wann bist du von Zuhause fort?»

«Seit ungefähr drei Jahren. Meistens habe ich gearbeitet. Ich suchte mir einen Job in einem Drugstore – Apotheker waren gefragt – und arbeitete eine Weile, und dann zog ich weiter zum nächsten Ort.»

«Weil du mit dir selbst im Unfrieden warst», stellte Reb Mendel nüchtern fest.

«Nein, ich ...» Ihm fiel ein, daß er dem *rebbe* nicht widersprechen durfte. «Ja. Aber ich wollte auch verschiedene Weltanschauungen ausprobieren. Eine Zeitlang habe ich mich mit Yoga beschäftigt, und mit Zen.» Er faßte Mut. «Wie ich hörte, haben Sie auch ...»

Reb Mendel lächelte, ein breites, sonniges Lächeln, das ebenmäßige, weiße Zähne sehen ließ, und einen Augenblick wirkte er sehr jung, nicht älter als Akiva selbst. «Während ich meine Doktorarbeit in Anthropologie schrieb, lebte ich eine Zeitlang bei den Indianern und studierte ihre Religion. Später verbrachte ich einige Zeit in Indien, wo ich östliches Gedankengut und transzendentale Meditation studierte. Letztlich aber muß man das Äquivalent dazu im eigenen Kulturkreis finden. Man muß heimkehren. Ich bin heimgekehrt. Und du mußt es auch tun, Akiva.»

«Aber wenn ich hierbleibe, nur bis zum Ende dieser Woche ...»

Reb Mendel schüttelte den Kopf. «Du weißt noch nicht genug, um von diesem Aufenthalt zu profitieren. Man sagte mir, daß du in der Zeit, seit du bei uns bist, gelernt hast, deine Gebete auf Hebräisch zu lesen – stockend. Aber du verstehst natürlich nicht, was du liest. Wenn wir uns hier unterhalten, sprechen wir Englisch, gewiß, aber ebenso Jiddisch und gelegentlich Hebräisch, die du beide nicht verstehst. Du würdest nur deine Zeit verschwenden. Du hast noch ein paar Tage von deinem Urlaub, darum rate ich dir, nutze sie und fahr nach Hause.»

Der junge Mann gab sich keine Mühe, seine Enttäuschung zu verbergen. Reb Mendels Züge wurden weicher. «Siehst du denn nicht ein», sagte er freundlich, «daß der Streit mit deinem Vater deine spirituelle Entwicklung behindert? Solange es in deiner Vergangenheit etwas gibt, das dich beunruhigt und deine Konzentration stört, wirst du niemals die Ruhe und Gelassenheit erreichen, die für die Ekstase, die wir anstreben, Voraussetzung ist.»

«Es ist ja nicht nur das», flehte Akiva. «Wir sind nie miteinander ausgekommen. Er hatte so altmodische Ideen – sogar über die Geschäftsmethoden. Vieles wollte er nicht führen, weil er meinte, es vertrage sich nicht mit der Würde einer Apotheke. Sogar die Rezepte mußten auf eine ganz bestimmte Art und Weise ausgeführt werden. Während zum Beispiel jede Apotheke in der Stadt Plastikröhrchen für Pillen benutzte, nahm er immer noch Glasflaschen, weil er behauptete, die Röhrchen seien nicht luftdicht, obwohl es nur ein paar Pillen gab – Nitroglyzerin etwa –, die an der Luft verderben.»

«Und das findest du unerträglich?»

«Nein, aber altmodisch. Die Flaschen sind teurer, und statt das Etikett, wie bei den Röhrchen, einfach reinzuschieben, mußte man es aufkleben. Das sage ich jetzt nur als Beispiel. Na, und daß wir länger offen hatten als die anderen Geschäfte, weil er fand, soviel Verantwortlichkeit müsse eine Apotheke der Bevölkerung gegenüber schon aufbringen. Manchmal riefen Ärzte mitten in der Nacht an und ich mußte rüber ins Geschäft, um das Medikament fertigzumachen und es vielleicht sogar noch abzuliefern.»

«Und darüber habt ihr euch gestritten? Das war doch eine gute Tat, eine *mitzwe*. Du hast kranken Menschen geholfen.»

«Nein, darüber haben wir nicht gestritten. Ich wollte Ihnen nur eine Vorstellung davon geben, wie ich über das Geschäft dachte.» Er lächelte matt. «Deswegen habe ich an jenem Morgen verschlafen. Wenn das eine *mitzwe* war, dann habe ich, weiß Gott, keinen Lohn dafür erhalten.»

«Für eine *mitzwe* erwartet man keinen Lohn. Wenn man das tut, ist es keine *mitzwe* mehr, sondern der Versuch, mit dem Allmächtigen einen Handel abzuschließen. Außerdem erkennt man den Lohn nicht immer, wenn man ihn erhält.» Nachdenklich strich er sich den Bart.

«Ja, das mag sein», stimmte Akiva bedrückt zu und starrte nachdenklich auf seine Hände. Dann hob er den Kopf und versuchte es noch einmal. «Er hat mir auch nicht soviel bezahlt, wie er einem anderen Apotheker hätte zahlen müssen, und ich habe viel länger gearbeitet. Weil ich sein Sohn war. Er sagte immer: ‹Das Geschäft gehört dir. In ein paar Jahren werde ich mich zurückziehen, und du wirst es übernehmen, wie ich damals von meinem Vater.› Als wäre das eine Familientradition», ergänzte er bitter, «wie bei einer Bank, einer Eisenbahnlinie oder einem großen Konzern. Dabei war's doch bloß ein kleiner Drugstore. Und wenn das Geschäft mir gehörte, wieso schlug er dann solchen Krach, als ich mir etwas von dem nahm, was mir ohnehin gehörte?»

«Diese Familientradition – hast du überhaupt kein Gefühl dafür?»

Der junge Mann schüttelte den Kopf. «Für mich ist das nichts weiter als ein Job. Wenn ich nach Hause zurückkehre, fängt er nur wieder davon an, daß ich die Tradition fortsetzen soll, und dann gibt es wieder Streit.»

Reb Mendel nickte nachdenklich. Schließlich sagte er in einem Ton, der jede Widerrede ausschloß: «Diese Meinungsverschiedenheit mit deinem Vater beunruhigt mich. Es ist etwas, das du nicht vergessen kannst. Und darum ist es eine psychologische und geistige Infektion, die geheilt werden muß, weil sie sich sonst ausbreitet und deinen geistigen Niedergang auslöst. Kehre heim, Akiva. Kehre heim.»

3

Als Rabbi Small die im Souterrain gelegene Kapelle der Synagoge betrat, in der wochentags die Andachten abgehalten wurden, zählte er automatisch die Anwesenden und fragte dann, in der Hoffnung, daß einer oder mehrere Männer auf eine Zigarettenlänge hinausgegangen waren: «Sind wir zehn? Sind wir ein *minjen?*»

«Nein, Rabbi. Sie sind der neunte, aber Chet Kaplan muß jeden Augenblick hier sein.»

Der Rabbi fand, die Neuerweckung der Religion, von der Kaplan gesprochen hatte, habe es bisher noch nicht leichter gemacht, einen *minjen* zusammenzukriegen. Abends war das kein Problem, der religiöse Eifer war jedoch offenbar nicht stark genug, die Gemeindemitglieder zu veranlassen, morgens eine halbe Stunde früher aufzustehen, um noch zur Morgenandacht zurechtzukommen.

Gleich nachdem er eingetreten war, hatte der Rabbi das schwarze Käppchen aufgesetzt, das er stets in der Tasche trug. Nun zog er die Jacke aus, knöpfte den linken Hemdsärmel auf und rollte ihn bis zur Schulter hoch. Von dem Stapel auf der Bank im Hintergrund der Kapelle nahm er eines der schmalen, seidenen Gebetstücher, führte die Enden des bestickten Kragens an seine Lippen und legte es sich, automatisch die Gebete murmelnd, um die Schultern. Aus dem kleinen, blauen Samtbeutel, den er mitgebracht hatte, holte er das Phylakterion, den Gebetsriemen, kleine, schwarze Kapseln mit Lederriemen, die Pergamentstreifen mit Zitaten aus der Bibel enthielten. Sie galten als «Mahnungen an Hand und Stirn . . . daß euch der Herr mit mächtiger Hand aus Ägypten befreit hat.» Er begann ihn anzulegen: zuerst die Handkapsel, am linken Oberarm und somit dem Herzen am nächsten; dann die Stirnkapsel, direkt unter dem Haaransatz. Seine Lippen bewegten sich, als er lautlos die entsprechenden Gebete artikulierte.

Die anderen hatten sich ebenso vorbereitet, saßen nun mitten im Raum und unterhielten sich, hauptsächlich über Hurricane Betsy, dessen Spuren die Wetterberichte während der letzten Tage aufmerksam verfolgt hatten, und der immer noch das Gebiet um Boston berühren konnte. Irving Hovik, eine Art Amateur-Meteorologe, erläuterte mit ausholenden Gesten, er könne «. . . immer noch abschwenken. Über dem Meer gewinnt er an Kraft, über Land verliert er sie. Wenn er also abschwenkt und direkt auf uns zukommt, kann es schlimm werden, aber wenn er südlich von uns abschwenkt und dann die Küste heraufkommt, verliert er eine Menge Kraft, versteht ihr? Es kommt eben drauf an, wieviel Schwung er hat.»

Ganz an der Seite, am Ende des Mittelganges und abseits der anderen, entdeckte der Rabbi einen hochgewachsenen jungen Mann, den er noch nie beim Gottesdienst gesehen hatte. Er trug sein blondes Haar lang und hatte einen dichten Bart. Bekleidet war er mit einer blauen Drillichjacke und blauen, in die Stiefel gestopften Jeans. Anstelle des schmalen, seidenen Gebetstuches, wie es alle anderen trugen, hatte er ein langes, wollenes, das ihm bis an die Knie reichte.

Als ihn der Rabbi eben willkommen heißen wollte, ergriff der junge Mann mit jeder Hand ein Ende des wollenen Gebetstuches, hob die Arme, kreuzte die Hände vor dem Gesicht und schloß sich somit ganz in das Tuch ein. Die Geste erinnerte den Rabbi an seinen Großvater, einen orthodoxen Rabbi; der hatte genauso vorübergehend die Welt ausgeschlossen, um sich ganz auf das Gebet und das Gespräch mit Gott zu konzentrieren. Während er hinübersah, begann sich dieser weiße Kokon wie in Ekstase langsam von einer Seite zur anderen zu wiegen. Der Gedanke schoß ihm durch den Kopf – mit einer Andeutung von Bedauern, von Verärgerung? –, daß er selbst die das Anlegen des Phylakterions und des Gebetstuches begleitenden Gebete mit der Zeit mehr oder weniger automatisch hergesagt hatte.

Jetzt kam Chester Kaplan hereingehastet, ein kleiner Mann von fünfzig Jahren mit Rundschädel und ewig lächelndem Gesicht. Er warf sein Jackett auf eine der hinteren Bänke und rollte den linken Hemdsärmel auf. «Sind wir zehn?» fragte er.

«Jetzt ja. Du bist der zehnte. Fangen wir an.»

«Himmel, Chet, ein paar von uns armen Normalbürgern müssen arbeiten!»

«Ich weiß, ich weiß! Mein Wagen wollte nicht anspringen.» Er legte sein Phylakterion an.

Der junge Mann ließ das Gebetstuch sinken und legte es sich wieder um die Schultern. Der Rabbi ging auf ihn zu. «Ich bin Rabbi Small», sagte er.

Der junge Mann nickte lächelnd. «Ich weiß.» Er ergriff die dargebotene Hand. «Ich bin Akiva Rokeach.»

«Sind Sie neu in unserer Stadt, Mr. Rokeach?»

«Ich bin ein paar Tage auf Besuch.»

«Wir freuen uns, daß Sie gekommen sind.» Er sah lächelnd in die Runde. «Ohne Sie hätten wir heute morgen keinen *minjen* gehabt.» Dann stellte er dem Fremden die traditionelle Höflichkeitsfrage. «Möchten Sie vorbeten?»

Rokeach errötete. «Nein, lieber nicht.»

Die Höflichkeit verbot es ebenso, jemanden, der abgelehnt hatte, zu drängen. Also rief der Rabbi laut: «Wollen Sie vorbeten, Chester?»

«Okay.» Chester Kaplan nahm seinen Platz am Lesepult vor der Bundeslade ein. Während des anschließenden Gottesdienstes konnte der Rabbi, obwohl der größte Teil der Gebete nur gemurmelt wurden, deutlich hören, wie sein Nachbar mitintonierte, und begriff sehr schnell den Grund, warum der junge Mann die Bitte, vorzubeten, abgelehnt hatte: Sein Hebräisch war zu schlecht.

Da es ein Mittwoch und somit nicht einer der Tage war, da die Schrift gelesen wurde, dauerte die Andacht nicht sehr lange. Als die Männer ihre

Gebetsriemen abgenommen und wieder aufgerollt hatten, nahmen sie die Gespräche dort wieder auf, wo sie unterbrochen worden waren.

Wichtigtuerisch kam Chester Kaplan auf den Rabbi zu. Vertraulich schob er ihm die Hand unter den Ellbogen und flüsterte ihm ins Ohr: «Ich muß Sie was fragen.»

Der Rabbi ließ sich von ihm zur Tür hinaus und dann auf den Parkplatz führen, obwohl er weder eine wichtige Bitte noch bedeutsame Enthüllungen erwartete. Chester Kaplan schien für Intrigen und ihre äußerlichen Manifestationen geboren zu sein: das vertrauliche Geflüster, das verständnisinnige Nicken und Blinzeln, die kleine Grimasse, die Stillschweigen beim Nahen eines Dritten heischte. Jetzt, beim Wagen des Rabbi angelangt und außer Hörweite etwaiger Lauscher, fragte er: «Haben Sie schon über diese Angelegenheit nachgedacht, die wir bei der letzten Aufsichtsratssitzung besprochen haben, Rabbi?»

«Meinen Sie die Klausur? Nun, in dieser Beziehung habe ich meine Ansicht nicht geändert.»

Leicht verärgert schürzte Kaplan die Lippen. Dann lächelte er jedoch wieder, ein strahlendes, freundliches Lächeln, bei dem sich Fältchen an seinen Augen zeigten. «Sie haben erklärt, die Synagoge könne sich so was nicht leisten», entgegenete er. «Nun gut, Sie haben mich überzeugt.» Mit unschuldigen, großen Augen sah er den Rabbi an. «Eigentlich hatte ich mir gedacht, wenn wir fleißig die Werbetrommel rühren, könnten wir genug Geld zusammenkriegen. Aber nachdem ich ein bißchen herumgehorcht hatte, wurde mir klar, daß Sie recht haben, und daß der Vorschlag schwer durchzubringen sein würde.» Lächelnd nickte er zu seinen Worten, als wolle er andeuten, er sei Manns genug, es zuzugeben, wenn er sich einmal geirrt habe.

«Nun . . .»

Kaplan packte den Rabbi beim Arm. «Aber wenn die Finanzierung nun kein Problem mehr wäre? Wenn ich Ihnen nun erklären würde, daß wir das Grundstück möglicherweise bekommen können, ohne daß es die Synagoge oder die Gemeindemitglieder einen einzigen Cent kostet?»

Der Rabbi lächelte. «Das Finanzierungsproblem war nur ein einziger meiner Einwände. Ich wäre immer noch dagegen.»

«Aber warum, Rabbi? Warum?» Sein Ton verriet gekränkte Fassungslosigkeit.

«Weil es nach Christentum riecht, und nicht nach Judentum», antwortete der Rabbi prompt. «Es erinnert an Klöster, an eine Elfenbeinturm-Einstellung zum Leben. *Klausur* – allein das Wort vermittelt schon die Idee der Zurückgezogenheit aus dem Leben und aus der Welt. Das ist unjüdisch. *Wir* nehmen teil.»

«Aber Gebet und Meditation, Rabbi, sind doch ein wesentlicher Bestandteil unserer religiösen Tradition.»

«Gewiß, und dafür ist die Synagoge da. Wenn Sie beten und meditieren wollen, warum können Sie das nicht in der Synagoge tun, oder sogar in Ihrem eigenen Haus? Warum müssen Sie dazu aufs Land gehen?»

«Wir müssen nicht, aber . . .»

«Vielleicht, weil andere Tempel und Synagogen damit angefangen haben? Oder etwa, weil ihr etwas Positives, etwas Materielles haben wollt, das ihr als Errungenschaft eurer Verwaltungsära präsentieren könnt?»

«Ich würde selbstverständlich gern einen größeren Beitrag zur Entwicklung der Synagoge leisten», erwiderte Kaplan steif.

«Nun, das haben Sie bereits.»

«Ach, wirklich?»

«Gewiß. Sie sind der erste Vorstandsvorsitzende seit Jacob Wassermann, der ein praktizierender Jude ist. Das an sich ist schon ein sehr wichtiger Beitrag.»

Kaplan nickte nachdenklich. «Glauben Sie nur nicht, daß das eine vorübergehende Erscheinung ist, Rabbi. Ein neuer Geist hat bei uns Einzug gehalten. Ich wurde gewählt, gerade *weil* ich ein praktizierender, religiöser Jude bin. Ich möchte darauf hinweisen, daß eine ganze Anzahl meiner Freunde, Menschen, die genauso denken wie ich, ebenfalls in den Vorstand gewählt worden sind. Warum? Weil eine allgemeine Sehnsucht nach Religion besteht. Und zwar nicht nur an der Oberfläche. Es gibt eine religiöse Renaissance, das spüre ich. Und darum wurde ich gewählt.»

«Nun ja . . .» Der Rabbi lächelte geringschätzig. Er hielt es für unklug, jetzt von Tizziks Erklärung für die Wahl zu sprechen, oder von seiner eigenen.

«Der junge Bursche, der vorhin neben Ihnen saß, der mit dem Bart haben Sie gesehen, wie der *gedavent* hat? Mit wieviel Eifer und Intensität? Das ist ein Zeichen der Zeit. Wer war das übrigens?»

«Keine Ahnung. Ein Fremder, der in der Nähe zu Besuch ist. Er heißt Rokeach, Akiva Rokeach.»

«Da drüben ist er.» Kaplan nickte zum anderen Parkplatzende hinüber, wo Rokeach in einen niedrigen Sportwagen kletterte. Sie sahen zu, wie er seinen Motor hochjagte, anfuhr und in weitem Bogen auf sie zukam. Ganz kurz bremste er vor dem Rabbi und winkte ihm zu. «Sie erinnern sich wohl nicht mehr an mich, Rabbi», rief er laut.

«Sollte ich das? Kenne ich Sie denn?» fragte der Rabbi. Der junge Mann hatte ihn bei dem Motorenlärm jedoch offenbar nicht gehört, denn er lachte und fuhr davon.

«Er scheint Sie zu kennen», sagte Kaplan.

«Ich erinnere mich nicht an ihn. Vielleicht hat er an einem der Colleges studiert, wo ich vor Hillel-Gruppen gesprochen habe. Vielleicht hat er mir dabei mal eine Frage gestellt.» Er musterte den Vorsitzenden mit merkwürdigem Blick. «Sie glauben also, daß er *gedavent*, daß er sich vor und zurück gewiegt hat, ist ein Zeichen für religiösen Eifer?»

«Wie würden Sie es denn sonst nennen?»

Der Rabbi zuckte die Achseln. «Eine Angewohnheit, einen Manirismus, übernommen von denjenigen, die ihn das *davenen* gelehrt haben, und das kann noch nicht lange her sein, nach seinem holprigen Hebräisch zu urteilen.»

«Sehen Sie, Rabbi, das ist es gerade. Das ist genau das, was ich meine. Er ist neu. Er muß erst vor kurzem Interesse an der Religion bekommen haben. Und sie scheint ihm sehr viel zu bedeuten, wenn er, wie Sie sagten, nur zu Besuch hier ist und trotzdem zum *minjen* kommt. Er ist bestimmt keine Ausnahme, glauben Sie mir. Bei diesen Mittwochabendempfängen bei mir zu Hause hört man so viele ähnliche Geschichten, daß . . .»

«Ach so, das machen Sie also Mittwoch abends, wie? Sie setzen sich alle zusammen hin und legen Zeugnis ab!»

«Wir diskutieren über alle möglichen Themen», widersprach Kaplan steif. «Jeder Beitrag ist willkommen. Besuchen Sie uns doch auch mal an einem Mittwochabend, dann können Sie sich davon überzeugen.»

«Das werde ich vielleicht wirklich tun. Heute abend . . .»

«Heute abend wird es für Sie kaum etwas Interessantes geben», unterbrach ihn Kaplan hastig und setzte dann schnell hinzu: «Sie sind selbstverständlich herzlich willkommen, nur . . .»

«Ich wollte sagen, daß ich heute abend leider keine Zeit habe. Ich muß einen Krankenbesuch machen. Der alte Jacob Kestler. Ich habe versprochen, ihm eine Weile Gesellschaft zu leisten.»

«Wie wär's denn dann mit nächsten Mittwoch? Notieren Sie sich's auf Ihrem Kalender. Oder sonst an jedem Mittwoch, an dem Sie Zeit haben.»

«Gut. Ich komme.»

4

Am Mittwochmorgen kam Marcus Aptaker, Besitzer des Town-Line Drugstore, genau wie an jedem anderen Tag des Jahres um Punkt sieben Uhr zum Frühstück herunter. Er war ein methodischer, systematischer Mensch und verrichtete die Dinge, die er regelmäßig tat, automatisch. Frisch rasiert, die randlose Brille blitzend, das dünne, bräunlich-blonde Haar angeklebt, als sei es aufgemalt. Er war schlicht, aber elegant in seinen blauen Anzug gekleidet: der blaue für Montag, Mittwoch, Freitag, der graue für Dienstag, Donnerstag und Sonnabend. An Sonntagen trug er, da das Geschäft nur halbtags geöffnet hatte und es daher ein halber Feiertag war, einfach Hose und Pullover. Nachdem er den Laden betreten hatte, würde er unfehlbar sein Jackett aufhängen und statt dessen eine Arbeitsjacke aus Baumwolle anziehen, aber er tat das wie ein Arzt, der für seine Visite im Krankenhaus den Ärztekittel anlegt. Hauptsache, er war auf dem Weg von und zum Geschäft anständig gekleidet, eine Pflicht, die er seiner Stellung schuldete.

Als seine Frau Rose wenige Minuten später eintrat, saß er bereits am Frühstückstisch. Sie war noch im Bademantel; das glatt aus dem runden, freundlichen Gesicht zurückgekämmte Haar hing ihr in einem lockeren Zopf auf dem Rücken. Sie tischte ihm das Frühstück auf, das aus frisch gepreßtem Orangensaft, Eiern, Speck und Toast bestand. Mit einem Kopfnicken zu dem dritten Gedeck hinüber sagte er nachsichtig: «Arnold wird heute sicher ausschlafen.»

«Nein, er ist schon sehr früh aufgestanden. Er ist fortgegangen», entgegnete seine Frau.

«Fortgegangen? Wohin? Und ohne Frühstück?»

«Er hat gesagt, daß er zum Frühstück wieder da ist. Er wollte zur Morgenandacht in die Synagoge. Man müsse erst beten und dann essen, hat er gesagt.»

«Ist heute ein besonderer Feiertag? Ich habe nichts davon gehört.»

«Nein, nur der übliche Gottesdienst, den sie jeden Tag morgens und abends halten. Als meine Mutter starb, ging mein Vater ein ganzes Jahr lang hin, jeden Morgen und jeden Abend.»

«Verrückt!» Er trank seinen Orangensaft.

Sie hatte sich selbst eine Tasse Kaffee mitgebracht, den sie trank, während er aß. «Was kann's schon schaden?» erwiderte sie vernünftig. «Ein junger Mann, der ganz allein lebt. Besser, er interessiert sich für Religion als für einige von den Sachen, die die jungen Menschen heutzutage so treiben.»

«Hast du mit ihm gesprochen, als ich zu Bett gegangen war? Hat er irgendwas über seine Pläne gesagt?» erkundigte sich Marcus zögernd.

«Nur, daß er bis Montag wieder in Philadelphia sein muß. Er hat nur diese Woche Urlaub.»

«Ich meine seine Pläne ganz allgemein. Hast du mit ihm übers Geschäft gesprochen? Hast du ihm das von Safferstein erzählt?»

«Ich habe ihm gesagt, daß wir einen Käufer für das Geschäft haben, aber daß du nicht verkaufen willst, ehe du nicht definitiv weißt, daß dein Sohn es nicht übernehmen will.»

«Und was hat er gesagt?» fragte er eifrig.

«Du sollst es nur verkaufen. Du könntest dich zur Ruhe setzen, wir könnten reisen oder nach Florida gehen oder . . .»

«Und was soll ich dann machen?» fragte er. «Na schön, ich reise eine

Weile, sechs Monate etwa, oder ein Jahr. Und dann? Ich bin zweiundsechzig und gesund. Was soll ich tun, wenn ich mit reisen fertig bin? Rumsitzen und auf den Tod warten?»

«Aber wenn's ihn doch nun mal nicht interessiert . . .»

«Es *muß* ihn interessieren», beharrte Aptaker, und seine Stimme hob sich allmählich. «Ich habe beinahe vierzig Jahre in das Geschäft investiert, und vor mir mein Vater fünfzehn Jahre. Es ist ein Familienunternehmen. Kann man denn etwas, wofür man sein Leben lang und vorher der Vater schon gearbeitet hat, einfach stehen und liegen lassen? Das Geschäft ist nicht nur eine Verdienstquelle. Es ist etwas, das wir uns in langen Jahren mühsam aufgebaut haben.»

«Ja, und du arbeitest sechzig bis siebzig Stunden in der Woche. Warum sollte sich ein junger Mensch wie Arnold dafür interessieren, wenn er einen guten Job hat, wo er nur vierzig Stunden in der Woche zu arbeiten braucht, und zwar ohne die Kopfschmerzen und die Verantwortung?»

«Aber für Lohn arbeiten! Wo er sein eigenes Geschäft hat . . .»

«Vielleicht bekommt er mit der Zeit auch ein eigenes Geschäft. Warum sollte er sich mit einem belasten, mit dem es ständig abwärts geht . . .»

«Es geht nicht bergab mit unserem Geschäft!» schrie er und schlug zur Bekräftigung mit der Faust auf den Tisch. «In diesem Jahr haben wir mehr verdient als im letzten.»

«Ein paar hundert Dollar mehr.»

«Na schön, ein paar hundert Dollar mehr. Aber ein junger Mann könnte es weiter ausbauen . . .»

«Es liegt an der Gegend, Marcus.» Traurig schüttelte sie den Kopf. «Eine schlechte Geschäftslage kann man nicht ausbauen. Du kannst das Geschäft verschönern, eine neue Fassade machen lassen, eine neue Einrichtung, aber wenn's mit der Gegend bergab geht, hilft alles nichts.»

«Auch eine Gegend kann sich ändern. Wenn dieses Hochhaus für Senioren gebaut wird, ist dies eine erstklassige Geschäftslage. Und wenn die Geschäftslage so schlecht ist, warum will dann ein schlauer Immobilienmakler wie Safferstein das Haus kaufen?»

«Wie er dir ja gesagt hat – für seinen Schwager. Ich kann mir die Situation gut vorstellen. Seine Frau hat einen Bruder, den er mit unterstützen muß. Also will er ihm einen eigenen Laden einrichten, damit er ihm nicht mehr auf der Tasche liegt. Aber für einen jungen Mann wie Arnold . . .»

«Ich sage dir, er könnte Erfolg haben, hier», behauptete Aptaker. «Ich würde ihm die Geschäftsübernahme leicht machen. Ich würde Kredite aufnehmen, und er würde sich keine Gedanken über pünktliche Rückzahlung zu machen brauchen. Und jeden Tag würde ich ein paar Stunden zum Aushelfen kommen, nicht gegen Bezahlung, nur gegen Erstattung der Unkosten.»

«Dann sprich mit ihm. Erklär ihm, was du dir vorstellst.»

Aptaker ließ verzweifelt die Schultern hängen. «Ich kann nicht mit ihm reden. Es ist, als sprächen wir verschiedene Sprachen.»

«Was hattest du denn sonst erwartet? Wenn du mit ihm redest, wie du mit allen anderen redest, wie du mit deinen Kunden redest, oder mit McLane, ruhig, vernünftig . . .»

«Ich kann nicht mit ihm reden wie mit McLane», fuhr er auf. «Er ist schließlich nicht irgendein Apotheker, der einen Job sucht. Ich kann mich nicht hinsetzen und mit ihm über Gehalt und Arbeitszeit diskutieren. Er ist mein Sohn. Er muß fühlen, daß das Geschäft ihm gehört, daß ich es nur für ihn führe, bis er es übernehmen kann, wie ich es von meinem Vater übernommen habe.»

«Aber wie soll er begreifen, was du empfindest, wenn du es ihm nicht erklärst?»

«Er müßte es wissen, ohne daß ich es ihm lange erklären muß. Er müßte selber so empfinden. Wenn man es ihm erklären muß, ist es ohnehin sinnlos.»

Rose Aptaker seufzte. «Bitte, geh schon ins Geschäft. Arnold muß jeden Augenblick heimkommen, und so, wie du jetzt redest, wäre es besser, wenn du dann nicht hier bist.»

«Soll ich mich vor meinem eigenen Sohn verstecken?»

«Du brauchst dich nicht zu verstecken, aber manchmal ist es besser, wenn . . . Ach, ich weiß nicht, du bist in letzter Zeit immer so gereizt. Geh ins Geschäft, bitte! Ich werde noch mal mit ihm reden.»

5

«Sag mal, Miriam, kennen wir einen jungen Mann namens Rokeach?» fragte der Rabbi seine Frau, als er nach Hause kam. «Akiva Rokeach? Erinnerst du dich, ob ich jemals diesen Namen erwähnt habe?»

Miriam war klein und besaß die straffe Figur eines jungen Mädchens. Sie hatte große, blaue Augen und ein freies, offenes Gesicht, das ohne das feste, energische Kinn naiv gewirkt hätte. Die Masse der auf dem Kopf aufgetürmten blonden Haare drohte ihr auf die Schultern zu fallen, als sie jetzt heftig verneinend den Kopf schüttelte. «So einen Namen hätte ich bestimmt nicht vergessen. Klingt israelisch.»

«Ein Israeli ist er auf keinen Fall. Dazu ist sein Hebräisch zu schlecht. Und sein Englisch hat nicht die Spur eines Akzents.» Er berichtete ihr über das Zusammentreffen beim Tempel.

«Er muß ja nicht unbedingt ein *sabra* sein», meinte Miriam. «Vielleicht ist er emigriert und zu einem kurzen Besuch zurückgekommen.

Viele von den Auswanderern nehmen israelische Namen an. Oder übersetzen ihre Namen ins Hebräische. Hat Rokeach auf Hebräisch irgendeine Bedeutung?»

«Aber ja. Es bedeutet Drogist, Apotheker.»

«Apotheker? Wie wär's denn mit Aptaker? Das heißt doch auch Apotheker, nicht wahr?»

«Auf Russisch, glaube ich. Weißt du, ich möchte wissen . . .»

«Der Besitzer des Town-Line Drugstore ist ein Mr. Aptaker. Könnte das vielleicht sein Sohn sein?»

«Weißt du Miriam, du könntest recht haben. Erinnerst du dich noch, vor ein paar Jahren . . .»

«Natürlich. Als Jonathan mitten in der Nacht diesen schrecklichen Anfall bekam und du den Arzt rufen mußtest . . .»

«Und der rief Mr. Aptaker zu Hause an, und dessen Sohn ging in den Laden, holte die Medizin und brachte sie uns.» Bei dem Versuch, sich die äußere Erscheinung des jungen Aptaker in Erinnerung zu rufen, kniff er angestrengt die Augen zusammen. «Damals hatte er natürlich keinen Bart, und die Haare trug er kurz geschnitten. Ja, möglich wäre es.»

«Ich habe ihn nicht gesehen.» Miriam lächelte bedauernd. «Ich war bei Jonathan. Er wollte mich nicht fortlassen.»

«Und ich habe ihn danach auch nicht mehr gesehen», sagte der Rabbi. «Als ich ein paar Tage später hinkam, um die Medizin zu bezahlen, war er fort. Wenn ich mich recht erinnere, sprach ich nur mit seinem Vater, und der verhielt sich ziemlich steif und abweisend. Ich hatte das Gefühl, er nähme es mir möglicherweise übel, daß wir ihm soviel Mühe gemacht haben, nachdem wir normalerweise nicht dort kaufen.»

«Nun, wenn's wirklich Aptakers Sohn ist, kannst du ihm jetzt, wo er wieder da ist, immer noch danken.»

«Ich glaube nicht, daß er ‹wieder da ist›. Nur zu Besuch, hat er gesagt. Vielleicht kommt er zur Abendandacht, dann kann ich noch mal mit ihm sprechen. Ich hätte es ja heute morgen getan; ich hatte das Gefühl, daß er mich sprechen wollte. Aber dann kam Kaplan mit seiner üblichen übertriebenen Geschäftigkeit und drängte mich hinaus.»

«Du magst ihn wohl nicht allzusehr, wie, David?»

«Wen – Kaplan? Ach, er ist gar nicht so übel.» Sein Gesicht verzog sich zu einem säuerlichen Lächeln. «Obwohl er mir besser gefallen hat, als er noch nicht zum Präsidenten gewählt worden war.» Er lachte kurz auf. «Seit seiner Wahl scheinen wir einander Konkurrenz zu machen. Der Präsident soll sich als Verwaltungsdirektor der Gemeinde betätigen, während der Rabbi sich um das religiöse Leben zu kümmern hat. Gewöhnlich stehen wir an entgegengesetzten Fronten. Sie wollen die Gottesdienste verkürzen oder einige der Gebete durch moderne Poesie ersetzen oder verlangen, die Synagoge soll in der nationalen Politik Partei ergreifen.»

«Aber dir ist es bis jetzt immer gelungen, ihnen die Köpfe zurechtzusetzen», warf sie ein.

«Gewiß. Aber damals waren wir in Opposition. Ich vertrat die religiöse Seite, während sie die säkulare vertraten. Bei Kaplan jedoch ...»

«Er will beides zugleich sein, nicht wahr – Präsident und Rabbiner?»

Er nickte grimmig. «So ungefähr. Er gibt jede Woche einen Empfang mit religiösen Diskussionen und Vorträgen. Alle paar Wochen geht er mit einer Gruppe hinaus aufs Land und in ein Lager, wo er in einer Art Klausur Gebete, Meditationen und religiöse Diskussionen veranstaltet.»

«Und dagegen hast du Einwände? Wie hat doch meine Tante Gittel immer gesagt? ‹Ist es ein Nachteil, daß die Braut hübsch ist?›»

«Man kann nach rechts und nach links vom rechten Weg abweichen», gab ihr Ehemann zurück. «Und man kann Regeln so peinlich genau befolgen, daß man den Grund, aus dem sie geschaffen wurden, aus den Augen verliert. Wo jedoch der Fehler allein in der Übertreibung liegt, wird eine Kritik nahezu unmöglich. Das ist wie bei diesen Fluglotsen, die keinen richtigen Streik ausriefen, sondern die Flughäfen lahmlegten, indem sie Dienst nach Vorschrift machten. Was sollte man denen sagen? Befolgt die Vorschriften nicht? Kann ich zu Kaplan und seiner Gruppe sagen, seid nicht so religiös? Bei der letzten Vorstandssitzung schlug er vor, die Synagoge solle ein Grundstück in New Hampshire kaufen und dort eine ständige Klausur einrichten. Diese neue Mode der Klausuren und der Sondergruppe, oder Kommune, oder *chavura* – wie man sie auch nennen mag –, die sich aus der Welt und der Gesellschaft zurückzieht, um ihre kostbaren Seelen zu erweitern, steht in krassem Gegensatz zum traditionellen Judentum.»

«Für junge Menschen ist sie aber attraktiv», stellte Miriam fest. «Ich habe gelesen ...»

«Was hat das für einen Sinn, junge Menschen zum traditionellen Judentum anzuwerben, indem man es einfach verändert? Wenn sie sich dann erst dafür interessieren, ist es kein Judentum mehr. Sondern etwas anderes, das nur eine oberflächliche Ähnlichkeit damit hat. Ich habe auch davon gelesen. Da gibt es etwa eine Gruppe, die Rosch-Haschana mit einem kerzenbesteckten Geburtstagskuchen für die Welt feiert. Ich bitte dich! Eine andere, unten in Florida, wollte von einer Firma, die an den Film wilde Tiere ausleiht, einen Löwen mieten, um zu sehen, ob er sich neben ein Lamm legen würde. Was hat es für einen Sinn, junge Menschen anzulocken, wenn sich herausstellt, daß die alle verrückt sind? Manche sind in der neo-chasidischen Bewegung. Dieser Akiva kann durchaus dazu gehören, so wie er sich beim *davenen* vor und zurück wiegte. Diese Leute machen sich die größten Sorgen darüber, daß die *mesusa* richtig am Türrahmen befestigt wird, und daß sie von einem

Schriftgelehrten auf echtem Pergament geschrieben worden ist. Sonst soll sie angeblich nicht wirksam sein. Und alle zusammen sind so selbstgerecht und so überheblich gegenüber dem, was sie als ‹etabliertes Judentum› bezeichnen, als hätten wir während der letzten zweitausend Jahre nichts weiter als die Äußerlichkeiten der Religion beachtet und innerlich überhaupt nicht begriffen, um was es geht. Genau die gleiche Einstellung hat übrigens auch zu der jüngsten Entwicklung in unseren Colleges geführt.»

«Puh! Ich hatte keine Ahnung, daß du dich so darüber aufregst.»

Er zuckte die Achseln. «Mag sein, daß die Pferde mit mir durchgegangen sind. Wahrscheinlich deswegen, weil ich mir gedacht habe, als dieser Akiva, wenn er es wirklich ist, uns damals mitten in der Nacht die Medizin gebracht hat, daß das eine richtige *mitzwe* war. Und ganz bestimmt eine weit frommere Tat als die Teilnahme an der heutigen Morgenandacht.»

6

Marcus Aptaker war um halb acht in seinem Geschäft, eine gute Stunde vor der normalen Öffnungszeit, und innerhalb von Minuten waren sein Zorn und der Ärger über den Sohn verschwunden. Er kam gern besonders früh, damit er in Ruhe den Papierkram erledigen konnte, die anfällige Korrespondenz auf einer der beiden uralten Schreibmaschinen in der Rezeptur tippen, Listen mit Rechnungen vergleichen, Schecks für Lieferungen ausschreiben. Dann schlenderte er im Laden umher, rückte hier eine Packung auf dem Regal zurecht, drehte dort eine Flasche so, daß das Etikett zu sehen war. Manchmal wechselte er Waren von einem Regal zum anderen oder berührte die Gegenstände auch nur, wie ein Liebhaber seine Geliebte berührt, um sich zu vergewissern, daß sie da ist, um den Kontakt zu fühlen.

Denn er liebte sein Geschäft. Es gab seinem Leben Würze und Abwechslung. Jeder Kunde, der hereinkam, stellte ein Problem dar, das er lösen mußte. Sollte er statt des Verlangten, das er nicht auf Lager hatte, etwas anderes vorschlagen, oder würde der Kunde das für aufdringlich halten? Sollte er eine teurere Ware vorschlagen? Sollte er überhaupt eine Meinung äußern? Und dann gab es die schweren Entscheidungen: Sollte er die Zahpaste direkt neben dem Ständer mit den Zahnbürsten auslegen, damit das eine zum anderen führte, oder sollte er sie weit voneinander entfernt aufbauen, damit der Kunde, wenn er von den Zahnbürsten zur Zahnpaste ging, an anderen Waren vorbeikam, die ihn vielleicht zum Kauf verlockten? All das waren Probleme, mit denen er den ganzen Tag hindurch eins nach dem anderen konfrontiert wurde. Und er löste sie, eins nach dem anderen, wie sie auftauchten. Es war eine Herausforderung und Befriedigung.

Und er liebte die Waren, die er verkaufte. Obwohl er nicht rauchte, erfreute ihn der Tabaksduft, wenn er die Glastüren des Zigarrenschrankes öffnete, und das Gefühl einer Bruyère-Pfeife, wenn er sie einem Kunden über den Ladentisch hinweg reichte; die zierlichen Formen der Parfümflacons und die neue Linie der Toilettenartikel für Herren in ihrer maskulinen, soliden Verpackung; die Kameras, Transistorradios, und Uhren; die bunten Pralinenschachteln, die Drehbleistifte und Kugelschreiber in ihrem Ständer; die Sonnenbrillen und die neuen Gummihandschuhe, die erst in der vergangenen Woche hereingekommen waren, der Ständer so geschickt erdacht, daß sofort, wenn man eine flache Schachtel herauszog, die nächste automatisch nachrutschte; die teuren französischen Seifen; die kleinen Scheren und Nagelzangen, allesamt in blankem Chrom; und vor allem die Spezialmedizinen, die er von einer pharmazeutischen Firma unter seinem eigenen Namen anfertigen ließ.

Auch die Menschen mochte er, die ins Geschäft kamen, aber er fand es ebenso schön, daß sich ein Tresen zwischen ihnen befand. Denn so liebenswürdig und freundlich er als guter Kaufmann auch war, sein Status als Studierter verlangte, daß er sich nicht allzu volkstümlich gab. Das war ja gerade das Schöne daran, daß er nicht einfach ein Kaufmann war wie der Lebensmittelhändler oder der Eisenhändler. Sondern er war Geschäftsmann *und* Akademiker in einer Person, ein Angehöriger jener Armee von Ärzten, Wissenschaftlern und Forschern, die sich mit dem Heilen und der Behandlung der Kranken befaßten, und, wie sie, mit einem Diplom, einem akademischen Grad und der Lizenz ausgestattet, seinen Beruf mit allen dazugehörigen Pflichten und Verantwortlichkeiten auszuüben.

Um acht Uhr vierzig erschien der erste Kunde, und Marcus Aptaker kam heraus, um ihn zu begrüßen. Seine Miene verzog sich automatisch zu dem üblichen höflich fragenden Verkäuferlächeln.

7

«Hast du irgendwo gegessen?» erkundigte sich Mrs. Aptaker. Denn ihr Sohn hatte nach seiner Rückkehr aus der Synagoge behauptet, er wolle kein Frühstück, er sei nicht hungrig.

«Nein, aber . . .»

«Kein Aber, bitte! Was glaubst du wohl, wie ich mir vorkomme, wenn mein eigner Sohn kein Essen von mir annehmen will? Du bist fromm geworden und meine Speisen sind nicht koscher? Also gut, ich werde dir Cornflakes und Milch geben, in . . . in . . . der Rührschüssel. Dies ist aus Glas, also kannst du alles draus essen. Stimmt's?»

Er brachte es nicht übers Herz, sie darauf hinzuweisen, daß der Löffel nicht aus Glas und daher in seinen Augen nicht koscher war. Aber er dachte sich, daß das Gebot ‹Du sollst Vater und Mutter ehren› ebenso wichtig sei wie die Essensvorschriften, darum antwortete er: «Na schön, wenn es Glas ist, kann ich vermutlich draus essen.»

Er füllte die trockenen Cornflakes in die Schüssel und goß Milch drüber.

«Ein paar Eier, Arnold? Ich könnte sie so machen, daß du sie aus der Schale essen kannst. Das ginge doch, nicht wahr? Und eine Tasse Kaffee. Wenn du willst, gebe ich sie dir in einem Glas.»

«Gern, Ma. Wunderbar.»

«Du kannst alle deine Mahlzeiten hier einnehmen. Wenn du kein Vertrauen zu meinen Töpfen und Pfannen hast, kann ich in Alufolie kochen, wie ich's gemacht habe, als dein Onkel ein paar Tage bei uns war. Der ist genauso schlimm wie du. Und Glasgeschirr habe ich auch genug, Kuchenteller, Puddingschalen, und so weiter, aus denen kannst du immer essen. Du brauchst also nicht zu hungern oder ins Lebensmittelgeschäft gehen und dir was zu essen zu holen, das du dann aus der Tüte ißt wie ein Tier.»

«Ja, sicher. Von mir aus gern, wenn's dir nicht zuviel Mühe macht. Und wenn's Dad nichts ausmacht, daß ich was anderes esse als er. Du kennst ihn ja.»

«Allerdings, ich kenne ihn.» Sie setzte sich ihm gegenüber an den Tisch. «Ich kenne ihn. Aber kennst du ihn?»

«Was meinst du damit?»

«Ich meine, weißt du, daß dein Vater schon zweiundsechzig ist? Und daß er jeden Tag, winters wie sommers, auch bei dem allerschlimmsten Wetter ins Geschäft geht? Er schließt jeden Tag selber auf. Und er arbeitet sehr lange. Sogar wenn es McLanes Tag ist, schließt dein Vater auf, und statt sofort nach Hause zu kommen, wenn McLane da ist, hängt er den ganzen Vormittag im Laden herum. Und abends geht er hin und schließt ab. Ross McLane arbeitet nur vierzig Stunden in der Woche, dein Vater viel mehr. Die anderen Geschäfte in unserem Viertel schließen um acht oder neun Uhr abends, aber dein Vater hat immer noch bis zehn Uhr auf. Und weißt du, warum? Weil er es für seine Pflicht hält, für seine Aufgabe. Die anderen schließen immer eher, weil sie Angst haben, wegen der vielen Überfälle durch Rauschgiftsüchtige . . .»

«Ist Dad auch schon mal überfallen worden?» fragte er rasch.

«Ja, einmal. Aber man hat sie erwischt. Dein Vater hält sich nicht für gefährdet, weil wir an der Salem Road liegen, wo es immer viel Verkehr gibt. Was ich empfinde, danach fragt er nicht.»

«Tja, nun . . . Ich wüßte nicht, was ich da machen kann.»

«Du weißt nicht, was du machen kannst? Na, zunächst mal könntest du hingehen und deinem Vater helfen, solange du hier bist, damit er merkt, daß du immer noch sein Sohn und Mitglied unserer Familie bist. Dann könntest du heimkommen und hier bei uns in Barnard's Crossing leben. Dieselbe Arbeit, die du im Laden eines Fremden verrichtest, könntest du hier in deinem eigenen Geschäft verrichten. Und dann, mit der Zeit, könntest du das Geschäft übernehmen, wie dein Vater es von seinem Vater übernommen hat. Das könntest du tun.»

«Ich komme nicht nach Barnard's Crossing zurück. Das ist endgültig», sagte er stur. «Ich habe mir in Philadelphia mein eigenes Leben eingerichtet. Alle meine Freunde sind dort.»

«Früher waren alle deine Freunde hier. Du bist hier geboren. Und aufgewachsen.»

«Das heißt noch lange nicht, daß ich hier sterben muß.»

«Das Leben in Barnard's Crossing ist also wie Sterben? Ist es so schlimm hier?»

«Das habe ich nicht gemeint. Hör zu, Ma, in Philly habe ich einen Job. Ich arbeite vierzig Stunden in der Woche, alles andere ist Freizeit für mich.»

«Aber du arbeitest für einen Fremden und gegen Gehalt.»

«Na und? Wenn ich mit der Arbeit fertig bin, habe ich frei.»

«Hör mal, Arnold, eine Kinderschwester kümmert sich um Kinder, und eine Mutter kümmert sich um Kinder. Die Kinderschwester hat frei, wenn sie den Dienst hinter sich hat, eine Mutter hat niemals frei. Was ist also besser: Kinderschwester zu sein, oder Mutter? Hier würdest du für . . .»

«Hier würde ich für das Geschäft arbeiten. Als ich noch zu Hause war, hat Dad sich viel mehr um das Geschäft gekümmert als um mich», sagte er bitter.

Sie nickte. «Ja, so scheint es gelegentlich. Das kommt daher, daß ein Geschäft, um das man sich kümmert, sich auch um einen selbst kümmert. Dein Vater lebt von diesem Geschäft, und dein Großvater vor ihm ebenfalls. Erinnerst du dich noch an deinen Großvater?»

«Ich war noch klein, als er starb, aber ich kann mich an ihn erinnern.»

«Das war ein Mann, dein Großvater! Er war drüben, in der alten Heimat, Apotheker, und als er hierherkam, wurde er von allen hoch geachtet. Hast du eine Ahnung, was es damals bedeutete, Apotheker zu sein, und dazu noch, in der alten Heimat Apotheker gewesen zu sein? Die anderen Einwanderer waren fast alle Schneider, Flickschuster, Trödler, größtenteils ungebildet. Dein Großvater aber hatte das Gymnasium besucht, und anschließend eine Fachhochschule. Heutzutage mag es nicht mehr so großartig sein, einen Drugstore zu besitzen. Die Leute sehen darin nichts weiter als ein ganz normales Geschäft. Wieviel bringt es ein? Wie hoch sind die Nettoeinnahmen? Damals aber war das ein akademischer Beruf wie Arzt. Man hielt jeden Tag bis Mitternacht offen – nicht um ein paar Dollar mehr einzunehmen, sondern weil man der Gemeinde gegenüber eine Verantwortung hatte. Mit dieser Einstellung ist dein Vater aufgewachsen. Für ihn ist das Geschäft nicht einfach nur ein Geschäft. Deswegen hält er länger offen als die anderen Drugstores in dieser Gegend. Und mittwochabends, wenn die anderen Drugstores alle früh schließen, weil die Ärzte mittwochnachmittags keine Sprechstunde haben, hält er bis zum normalen Geschäftsschluß offen.»

«Ja, ja, ich weiß – sechzig, siebzig Stunden die Woche», gab er angewidert zurück. «Und von mir erwartete er das gleiche. Und wenn ich mir mal ein bißchen Freizeit für Vergnügungen nahm, rumms, fiel er über mich her wie eine Wagenladung Wackersteine.»

«Du hast dir aber auch Geld aus der Kasse genommen, Arnold», sagte sie bedrückt. «So etwas kann kein Ladeninhaber dulden, nicht mal von seinem eigenen Sohn. Das wäre genauso, als würde man ein Loch in ein Boot bohren.»

«Ich wollte es ja zurücklegen.»

«Diese Art Geld legt man nie zurück. Du hast es beim Glücksspiel verloren und für deine anspruchsvollen Freundinnen ausgegeben. Das waren keine netten Leute, mit denen du drüben in Revere rumgezogen bist. Es wäre immer schlimmer geworden.»

«Ich habe nie mehr ausgegeben, als ich mir wirklich leisten konnte. Dieser Schuldschein, mit dem Kestler mich verfolgte, war frisiert worden. Ich war nur fünfzig Dollar schuldig, und er hat ihn auf hundertfünfzig gefälscht . . .»

«Siehst du nun, was für Leute das waren, mit denen du damals umgegangen bist?»

«Na schön, was sollte ich tun? Ich saß in der Klemme. Wär's dir vielleicht lieber gewesen, wenn sie mir beide Arme gebrochen hätten?»

«Du hättest es uns sagen müssen. Dein Vater hätte alles erledigt.»

«O ja, natürlich!»

«Ja, natürlich. Am Tag, nachdem du fort warst, kam Kestler zu uns und suchte dich. Dein Vater fragte ihn, was er wollte, und er zeigte ihm den Schuldschein. Dein Vater bezahlte ihn und sagte ihm dann, er wünsche ihn nie wieder im Geschäft zu sehen.»

Er hieb krachend mit der Faust auf den Tisch und sprang wütend auf. «Und *ich* habe ihn eine Woche später bezahlt, mit meinem ersten Gehalt. Ich habe ihm alles zurückgezahlt.»

«Du hast ihm hundertfünfzig Dollar gegeben?»

«Nein, fünfzig. Mehr war ich ihm ja nicht schuldig. Oh, dieses

Es macht einen gehörigen Unterschied . . .

... ob einer Geld, das er gemopst hat, wieder zurücklegt, dorthin, wo es hingehört, nämlich in die Kasse, oder ob jemand Geld, das er gespart hat, zurücklegt und es dorthin bringt, wohin es gehört, nämlich zur Bank oder Sparkasse.

Das eine tilgt eine frühere Schuld, das andere beugt spätere Schulden vor. Aber beide Arten von Zurücklegen können sehr beruhigend wirken.

Schwein! Ich bringe ihn um!»

«Das sind Ausdrücke, die man in Gegenwart seiner Mutter nicht gebraucht. Hast du das von deinen neuen frommen Freunden gelernt?»

«Aber Ma, er hat das Geld von mir genommen, nachdem er es bereits von Pa bekommen hatte. Ich werde zu ihm gehen . . .»

«Du bist nur für ein paar Tage hier und willst gleich Scherereien machen? Und dann verschwindest du wieder und . . .»

«Aber ich kann ihm das nicht durchgehen lassen.»

«Mir scheint, du solltest lieber überlegen, was du deinem Vater schuldig bist.»

«Na schön, ich schicke ihm einen Scheck, wenn ich wieder in Philly bin.»

«Er will keinen Scheck von dir.»

«Was will er denn?»

«Ich habe dir gesagt, was er will. Ist das zuviel verlangt? Aber du könntest wenigstens ins Geschäft gehen und ihm helfen, solange du hier bist.»

«Na schön. Ich werde sofort rübergehen.»

Sie dachte nach. «Nein, geh lieber erst heute abend, wenn Ross McLane auch im Geschäft ist. Am ersten Tag solltet ihr beiden lieber nicht allein bleiben.»

«Dann gehe ich gleich nach der Abendandacht.»

«Und, Arnold, frag deinen Vater nicht, was du tun sollst. Geh hinein, als gehörte dir das Geschäft. Sieh zu, was zu tun ist, und fang an zu arbeiten.»

«Okay, okay.»

8

Morton Brooks, der Direktor der jüdischen Schule, klopfte und betrat dann, ohne eine Aufforderung abzuwarten, das Studierzimmer des Rabbi. Er war vierzig und somit ein bis zwei Jahre älter als der Rabbi. Das lange Haar, kunstvoll von der Seite her quer über den Schädel frisiert, betonte seine Glatze eher, als sie zu verbergen. Eine Zeitlang hatte er in seiner Jugend in New York einen Bürojob bei einem jiddischen Theater innegehabt, das ständig am Rand des Bankrotts balancierte und ihn, um die Gage für einen Schauspieler zu sparen, hin und wieder als Statist einsetzte. Infolgedessen verstand er sich vorwiegend als Theatermann. Während der letzten fünfzehn Jahre hatte er, auf den Ruf eines Produzenten wartend, an jüdischen Schulen gelehrt.

«Warum klopfen Sie an, wenn Sie doch nicht warten wollen, bis ich herein sage?» fragte der Rabbi übellaunig.

«Weil ich wußte, daß Sie allein sind», erklärte Brooks unbekümmert. «Ich hab an der Tür gelauscht, bevor ich klopfte.» Er hockte sich lässig auf eine Ecke der Schreibtischplatte und steckte sich eine Zigarette an.

Alldieweil sie ungefähr gleichaltrig waren und Brooks im Grunde genommen der ältere war, fiel es dem Rabbi schwer, ihn an seinen Platz zu verweisen, insbesondere, da er nicht wußte, wo dieser Platz war. Denn obwohl es im allgemeinen als selbstverständlich galt, daß der Rabbi die Oberaufsicht über die Unterrichtung der Gemeinde im Judentum hatte, fiel die Leitung der Schule unter die Verantwortlichkeit des Direktors, der seinerseits wiederum nicht dem Rabbi, sondern dem Schulvorstand Rechenschaft ablegen mußte, der alljährlich neu gewählt wurde. Sogar hinsichtlich der Bezahlung war sich der Rabbi nicht ganz sicher, wer besser dastand. Denn über sein eigenes Gehalt wurde öffentlich vom Synagogen-Vorstand abgestimmt, während die Gehälter des Direktors und der Lehrer vertraulich durch den Schulvorstand festgelegt wurden.

Morton Brooks blies Rauch gegen die Decke. «Sie vergessen doch den Sonntag nicht, David – wie?» fragte er.

«Was ist denn mit Sonntag?»

«Da ist Elternsprechtag.»

«Ach so! Ja und?»

«Nun, ich wollte Sie fragen, ob wir da nicht ein bißchen was ändern könnten.»

«Zum Beispiel?» fragte der Rabbi vorsichtig.

«Nun, wie Sie sich erinnern werden, hat der Schulvorstand den Elternsprechtag vor ein paar Jahren eingerichtet, damit die Eltern mit den Lehrern über ihre Kinder sprechen konnten. Und wenn sie damit nicht zufrieden waren, konnten sie mit einem von uns beiden sprechen.»

«Was gefällt Ihnen nicht daran?»

Brooks Stimme nahm einen klagenden Ton an. «Nun, es hat sich einfach anders entwickelt. Die Eltern gehen zum Lehrer, dann kommen sie zu mir, und dann wollen sie unbedingt mit Ihnen sprechen. Und manchmal sagen Sie ihnen dann Sachen, die nicht ganz mit dem übereinstimmen, was ich ihnen gesagt habe.»

«Ich kann nicht wissen, was Sie ihnen gesagt haben.»

«Natürlich nicht. Aber die Grundidee des Schulvorstandes war doch, daß wir uns in die Arbeit teilen sollten. Statt dessen gehen sie von mir zu Ihnen, als wären Sie die übergeordnete Autorität.»

«Ich kann mich wohl kaum weigern, mit ihnen zu sprechen», erklärte der Rabbi.

«Ja, aber angenommen, Sie wären nicht zu erreichen.» Er beugte sich vor. «Sehen Sie, David, zur gleichen Zeit findet eine Vorstandssitzung statt, und an denen nehmen Sie normalerweise teil. Wenn die Eltern nun sagen, sie wollten Sie sprechen, könnte ich ihnen antworten, Sie würden an der Vorstandssitzung teilnehmen, weil dort ein besonders wichtiges Thema behandelt wird.»

«Und dann kommen sie den ganzen Nachmittag über zu mir nach Hause.» Der Rabbi schüttelte den Kopf. «Kommt nicht in Frage. Außerdem wären bestimmt mehrere Frauen von Vorstandsmitgliedern dabei, und die wüßten genau, daß bei der Sitzung nichts besonderes stattfinden wird.»

«Seien Sie nicht zu sicher, David», gab Brooks von oben herab zurück.

«Was soll das heißen?»

«Nun, Sie müssen zugeben, daß ich weit mehr über das weiß, was hier so vorgeht, als Sie.»

«Wirklich?»

«Selbstverständlich, David. Ich sehe die Kinder jeden Tag, und manchmal erzählen sie mir, was sie zu Hause gehört haben. Außerdem werden viele von ihren Müttern gebracht und wieder abgeholt. Die Mütter stehen im Gang herum, bis der Unterricht zu Ende ist, und ich höre häufig, wie sie sich miteinander unterhalten.»

«Und was haben Sie über die Vorstandssitzung am Sonntag gehört?» fragte der Rabbi mit leichtem Lächeln.

Brooks wich aus. «Nichts Bestimmtes, aber ich habe das Gefühl, daß etwas in der Luft liegt. Ich habe den Eindruck, daß für diesen Sonntag etwas geplant ist, und zwar gerade *weil* alle wissen, daß Sie nicht dabei sein werden.»

«Und wissen Sie auch, was?»

«Nichts Bestimmtes. Aber wenn sie wirklich was im Schilde führen – und ich bin überzeugt, daß das der Fall ist –, ist dies für Sie eine großartige Gelegenheit, den Spieß umzudrehen.» Er sprang vom Schreibtisch und ging zum Besucherstuhl, den er wegzog, damit er näher an den Rabbi herantreten konnte. Sein Ton wurde verschwörerisch. «Gleich nach dem *minjen* am Sonntag tritt der Vorstand zu seiner Sitzung zusammen. Stimmt's? Statt also mit ins Sitzungszimmer zu gehen, sagen sie nonchalant: ‹Tja, ich muß mir jetzt wohl die Beschwerden der Eltern anhören›, als wäre das eine furchtbare Last für Sie. Und dann kommen Sie direkt hierher in Ihr Studierzimmer. Okay, mag sein, daß die eine oder andere Mutter mit Ihnen sprechen will. Aber das glaube ich eigentlich nicht, denn gewöhnlich gehen sie erst in die Klassen, um dem Unterricht zuzusehen. Trotzdem bleiben Sie hier sitzen.

Der Vorstand hat inzwischen mit seiner Sitzung begonnen, der Sekretär liest das Protokoll und die Berichte der Ausschüsse vor und vielleicht auch Alte Angelegenheiten. Das wird vermutlich bis zehn Uhr oder so dauern. Das müssen Sie besser wissen als ich. Ich kann die Zeit nur auf der Grundlage abschätzen, daß die Vorstandssitzungen meistens gleichzeitig mit dem Schulunterricht beendet sind. Um zwölf. Daher nehme ich an, daß die erste Stunde mit Routine ausgefüllt ist.»

«Bitte weiter.»

«Okay, dann kommen sie zu den Neuen Angelegenheiten», fuhr Brooks fort. «So, wie ich mir die Sache vorstelle, gibt es eine Gruppe, die den Vorschlag befürwortet und die übrigen überzeugen muß. Jetzt fürchten sie aber, daß Sie ihnen Sand ins Getriebe streuen würden, wenn Sie dabei wären, weil es sich um etwas handelt, womit Sie vielleicht nicht einverstanden sind, oder etwas, das Sie lieber ganz langsam angehen möchten. Okay, also steht einer auf und stellt einen Antrag.» Er stand auf und hob die Hand, als sei er derjenige, der den Antrag stellte. «Ein anderer unterstützt den Antrag.» Er trat einen Schritt beiseite, um den Unterstützer darzustellen. «‹Diskussion über den Antrag.›» Er trat wieder einen Schritt zurück, um den Vorsitzenden zu verkörpern. «Nun diskutieren sie also eine Zeitlang, und vielleicht beantragt jemand eine Abstimmung.» Brooks ging zur Zimmertür, die er öffnete und krachend schloß. Mit ausgestreckten Armen blieb er vor der geschlossenen Tür stehen. «In diesem Moment kommen Sie herein – trara!» Stirnrunzelnd überlegte er. «Nein, ich glaube, Sie spielen das doch lieber gedämpft.» Abermals öffnete er die Tür und drückte sie diesmal leise ins Schloß. «Sie schieben sich mehr oder weniger herein. Verstehen Sie?» Zustimmung heischend sah er den Rabbi an.

Um den Mund des Rabbi zuckte es. «Und was kommt dann? Muß ich etwas sagen?»

Stirnrunzelnd dachte Morton Brooks über die Szene nach. Dann hellte sich seine Miene auf. «Natürlich, jetzt hab ich's! Sie machen auf cool, also sagen Sie: ‹Würde bitte jemand so freundlich sein und mich über das zur Diskussion stehende Thema aufklären?› Dann sehen Sie sich überall um, entdecken eine Menge rote Köpfe und vielleicht auch einige, die zu verlegen sind, um Ihnen in die Augen zu sehen. Also konzentrieren Sie sich auf einen, und der windet sich. Sie lassen ihn ein bißchen schmoren, und dann sagen Sie, ziemlich scharf: ‹Nun, Mr. Meltzer?›» Er blickte erwartungsvoll auf den Rabbi, der ihm zunickte und beifällig applaudierte.

«Eine Ihrer besten Darstellungen, Morton. Meltzer bricht daraufhin vermutlich zusammen und gesteht, daß sie gerade über den Vorschlag abstimmen wollten, die Synagoge in eine Rollschuhbahn zu verwandeln. Nein, Morton, bei der Sitzung am Sonntag wird nichts passieren, was nicht bei jeder anderen Sitzung auch passiert. Wenn jemand mit einer neuen Idee ankommt, wird darüber gesprochen, und dann kommt sie auf die Tagesordnung der nächsten Sitzung und wahrscheinlich der nächsten und der übernächsten, bis sie die Idee totdiskutiert haben und es schließlich zur Abstimmung kommt. Und was die Eltern angeht, so werde ich natürlich mit ihnen sprechen, weil ihre Kinder ihnen viel bedeuten und, außerdem, weil sie mir selber viel bedeuten – viel mehr als die Vorstandssitzung.»

«Tja, wenn Sie es unbedingt so wollen . . .»

«Allerdings will ich es so», antwortete der Rabbi abschließend.

«Okay, aber ich habe Sie gewarnt.»

9

Im Gegensatz zu den drei Kollegen der Gemeinschaftspraxis war Dr. Daniel Cohen, das jüngste Mitglied der «Medical Clinic» von Barnard's Crossing, praktischer Arzt. Und wenn auch die anderen, wie es in einer Kleinstadtpraxis unumgänglich ist, zum großen Teil Fälle allgemeiner Art übernahmen, war Alfred Muntz Herzspezialist, Ed Kantrovitz Internist und John DiFrancesca Facharzt für allergische Erkrankungen.

Mit seinem kurzgeschorenen Haar, dem Querbinder und der Sportjakke wirkte Dr. Daniel Cohen wie ein Collegestudent der vorigen Generation. Aber er war keineswegs ein junger Mann, der gerade seine Assistentenzeit hinter sich hatte; er war zweiunddreißig Jahre alt und praktizierte schon seit geraumer Zeit. Zuvor hatte er eine Praxis in Delmont gehabt, die er nach zwei Jahren jedoch aufgab, um eine neue in Morrisborough zu eröffnen, wo er ebenso erfolglos blieb. Trotzdem war er ein guter Arzt, der eine ausgezeichnete Ausbildung genossen hatte und ein guter Diagnostiker war. Außerdem war er ein aufrichtiger, freundlicher Mensch.

Vielleicht sogar ein wenig zu freundlich, wie ein ehemaliger Studienkamerad meinte. Er aß mit einem Kollegen zu Mittag, als Dans Name fiel. «Nehmen wir doch mal den Durchschnittspatienten. Der ist nicht auf der Suche nach Freundschaft. Er hat Schmerzen und macht sich Sorgen. Er braucht die Gewißheit, daß sein Arzt genau weiß, was mit ihm los ist, und daß er ihn heilen wird. Ich will nicht sagen, daß ein Arzt kalt und reserviert sein soll. Obwohl, sehen Sie sich Jack Sturgis an – und Sie wissen, wie groß seine Praxis ist –, dieser Mistkerl ist so absolut eklig, daß es schon wieder Vertrauen einflößt. Die Leute glauben, wenn man es sich leisten kann, so eklig zu sein, muß man ungeheuer viel können. Was ich damit sagen will: Der Patient muß zu seinem Arzt aufblicken. Während Dan Cohen so was wie ein guter Onkel ist, der einem rät, sich bei Arthritis mit Hühnerfett einzureiben. Verstehen Sie, was ich meine?»

«Ja, aber was ist mit Godfrey Burke?» entgegnete der andere. «Der ist 'n verdammt freundlicher Kerl, lacht und albert mit den Patienten rum, und sehen Sie sich dessen Praxis an!»

«Himmel, Godfrey Burke ist ungefähr einsneunzig und muß mindestens zweieinhalb Zentner wiegen. Wenn ein Hüne von einem Mann wie der nicht freundlich wäre, würde er sich alle Patienten vergraulen. Aber er ist freundlich, als täte man ihm leid, als wäre man ein junger Hund oder so, den es wieder gesund zu machen gelte. Ich meine, Dan ist so was wie der altmodische Hausarzt, der die ganze Nacht bei einem Patienten mit Lungenentzündung wacht und auf die Krise wartet. Tja, dieser Typ ist heutzutage ausgestorben. Die Menschen sind argwöhnisch. Wenn man zu besorgt um sie ist, meinen sie, da müßte irgendein Haken sein, man wüßte nicht, was mit dem Patienten los ist, und man wolle das bloß nicht zugeben. Oder man habe vielleicht eine falsche Diagnose gestellt und die falsche Medizin verschrieben.»

Dr. Cohen grübelte selbst am meisten über das Problem nach. Es gab einige Gründe, die er anführen konnte. In Delmont waren die Mediziner eine geschlossene Gruppe gewesen, die ihm keinen Zugang zu den Krankenhauseinrichtungen gewährten, entweder weil er ein Fremder war, oder einfach, um keine neue Konkurrenz heranzuzüchten. Aber warum hatte es in Morrisborough dann auch nicht besser geklappt? Er sagte sich, der Grund dafür sei, daß er der einzige Jude am Ort war. Andererseits waren die zum größten Teil aus Yankees bestehenden Einwohner immer freundlich gewesen, wenn er sie auf der Straße traf. Warum waren sie aber nicht in seine Praxis gekommen?»

Aber das gehörte der Vergangenheit an. Hier, in Barnard's Crossing, wo er sich vor knapp einem Jahr niedergelassen hatte, ging es ihm gut. Es war ein ideales Arrangement. Die Klinik besaß ausgezeichnete Einrichtungen mit genügend Parkmöglichkeiten. Es gab einen Buchhalter, der sich um die Rechnungen kümmerte, eine medizinisch-technische Assistentin, die Elektrokardiogramme, Blut- und Urinanalysen machte, und sogar eine geprüfte Krankenschwester, die Grippeimpfungen vornahm und bei kleinen chirurgischen Eingriffen assistieren konnte.

Und auch die Stadt war ein angenehmer Ort zum leben, mit einer großen, aktiven jüdischen Gemeinde. Er selbst war Mitglied der Synagoge, seine Frau gehörte dem Frauenverein an und die beiden Kinder besuchten die jüdische Schule. Sein Kollege Al Muntz war eng mit Chester Kaplan, dem Gemeindepräsidenten, befreundet. Muntz hatte sogar angedeutet, wenn er Wert darauf lege, könne er gegen Ende des Jahres Mitglied des Vorstandes werden. «Das wäre sehr gut für Ihre Praxis, Dan. Ed und ich sind beide Vorstandsmitglieder.» Er lachte. «Himmel, wenn ich könnte, würde ich auch John DiFrancesca hineinbringen.»

«Aber ich bin nicht besonders religiös.»

Dr. Muntz war stämmig, mit einem fleischigen Gesicht und blaßblauen, vorquellenden Augen. Wenn er sie weit öffnete, hatte man den Eindruck, er sei erschrocken oder erstaunt. Jetzt öffnete er sie weit. «Bin ich vielleicht religiös?» fragte er, als sei dieser Vorwurf eine Beleidigung.

«Nun ja, ich meine, als Vorstandsmitglied muß man doch sonnabends zum Gottesdienst gehen, nicht wahr?»

Muntz lachte rauh. «Ich wüßte nicht, wer das verlangt. Wer das auch sein mag, er müßte ziemlich lange warten. Ich selbst gehe natürlich an den hohen Festtagen, und ziemlich regelmäßig auch zum Freitagabendgottesdienst. Aber am Sonnabend? Hören Sie auf! Chester Kaplan, ja – der geht. Der geht jeden Tag morgens und abends.»

«Er ist schließlich der Präsident», sagte Dan.

«Deswegen nicht. Er ist der erste Präsident seit Jake Wasserman, der geht. Er ist auch gegangen, ehe er Präsident wurde. So ist er nun mal. Ihm gefällt's. Ihm gefällt's wirklich. Wenn's nach ihm ginge, würde er eine richtige *schul* aus der Synagoge machen. Und das ist auch ein Grund, warum ich Sie im Vorstand haben möchte: um ein gewisses Gleichgewicht zu erreichen.»

«Sie wollen mich in den Vorstand holen, damit ich gegen Ihren Freund Kaplan opponiere, der mich zum Mitglied ernennen wird?»

«Nein.» Mit einer weitausholgenden Geste unterstrich Muntz die Verneinung. «Bei den meisten Fragen werden Sie mit Chet übereinstimmen. Aber er ist ein Enthusiast und hat eine ganze Gruppe von Anhängern im Vorstand. Also, ich finde, wenn ein paar Männer eine Art religiöses Hobby haben und zusammenkommen wollen, um zu beten und über religiöse Fragen zu reden – von mir aus. Wir leben in einem freien Land. Aber das muß doch nicht heißen, daß gleich alle bei ihnen mitmachen. Ich habe zum Beispiel nichts gegen Briefmarkensammler, aber ich möchte wirklich nicht, daß sie Direktor bei der Post werden. Ja, und Sie sind genau der Mann, den wir im Vorstand brauchen, um das Gleichgewicht herzustellen. Ich habe Sie Chet bereits empfohlen. Aber Sie müssen ihm natürlich selbst zeigen, daß Sie daran Interesse haben. Sie kommen doch heute abend – nicht wahr?»

«Sie meinen, zu Kaplan? Ich weiß es nicht. Ich hatte mit meiner Frau verabredet, daß wir mal rausfahren und uns das Herbstlaub an den Bäumen ansehen. Sie hat eine Tante in North Adams, die wollten wir zum Abendessen besuchen. Sozusagen den Tag ausnutzen.»

Muntz schüttelte mißbilligend den Kopf.

«Na ja, ich dachte, diese Einladung würde an alle Gemeindemitglieder geschickt ...»

«Ganz und gar nicht, Dan! Es ist zwar ein offener Empfang, aber nicht jeder bekommt eine persönliche Einladung.»

Dr. Cohen überlegte. «Sicher, wir *könnten* eher zurückkommen. Ich meine, wenn's draußen dunkel ist, kann man die Herbstfarben ohnehin nicht mehr sehen.»

«Ich an Ihrer Stelle würde das machen», sagte Muntz. «Sie tun sich selbst den größten Gefallen damit.»

10

Da seine Frau sich nicht ganz wohl fühlte, kam Bill Safferstein zum Lunch nach Hause, statt nur schnell in der Stadt einen Happen zu essen. Dafür beschloß Mona Safferstein, ihm beim Essen Gesellschaft zu leisten und kam im Morgenrock ins Speisezimmer.

«Ich möchte nichts, Hilda», sagte sie, als das Hausmädchen ihrem Mann einen Teller Suppe hinstellte. «Höchstens vielleicht eine Tasse Tee.»

«Ach, komm!» drängte sie ihr Mann besorgt. «Ein paar Löffel Suppe, Schatz. Das tut dir gut.»

«Nein, Bill. Ich kann kaum schlucken, und ich glaube, ich habe Fieber.»

Er langte hinüber und legte ihr die Hand auf die Stirn. «Du bist tatsächlich ein bißchen heiß. Die warme Suppe wird deine Halsschmerzen lindern. Bringen Sie ihr etwas Suppe, Hilda.»

Bill Safferstein hatte eine angenehme, einschmeichelnde Art, die so wirkte, als wisse er tatsächlich genau, was für den anderen gut sei, und als würde er nichts lieber tun, als eben das für ihn zu besorgen. Er war groß, gutaussehend, mit gewelltem, schwarzem Haar, das er im Nacken modisch lang trug. Wenn er lächelte, und das geschah oft, zeigte er ebenmäßige, weiße Zähne. Seine angenehme Art, sein gutes Aussehen und nicht zuletzt eine ganze Portion Glück hatten ihn zu einem außerordentlich erfolgreichen Immobilienmakler werden lassen.

Seine Frau jedoch war, im Augenblick wenigstens, für seinen Charme unempfänglich. Normalerweise kühl, graziös und elegant, mit dem schmalen Kopf des Berufsmannequins, litt sie jetzt so starke Schmerzen, daß ihr Gesicht hager wirkte und tiefe Falten aufwies. Ungehalten schüttelte sie den Kopf. «Nein, wirklich nicht. Ich möchte nur ein bißchen Tee, und dann gehe ich sofort wieder ins Bett.»

«Vielleicht sollten wir den Arzt rufen», meinte er beunruhigt.

«Ach, lieber nicht. Außerdem, wo soll man am Mittwochnachmittag einen Arzt hernehmen?»

«Ich rufe Al Muntz zu Hause an. Vielleicht erreiche ich ihn, bevor er zum Golfspielen fährt, oder was sonst Ärzte am Mittwochnachmittag treiben.» Abrupt stand er auf und ging zum Telefon im Flur. Er dachte, seine Frau müsse sich wirklich krank fühlen, sonst hätte sie nicht geduldet, daß er den Arzt anrief.

Kurz darauf kam er zurück. «Al ist zu einer Konferenz nach Boston gefahren und bleibt den ganzen Nachmittag fort, aber seine Frau wird es ihm ausrichten. Sie meint, daß er am Abend noch vorbeischauen wird.»

«Ich glaube wirklich nicht, daß ich einen Arzt brauche», erwiderte Mona, jedoch ohne echte Überzeugung.

«Das mag sein, Liebling, aber ich fühle mich wohler, wenn Al Muntz dich untersucht.» Er ging seinen Mantel aus dem Flurschrank holen.

«Mußt du wirklich fort?» erkundigte sie sich klagend.

«Ich habe einen Termin bei der Bank. Aber ich werde versuchen, möglichst früh nach Hause zu kommen.»

«Ja, und dann fährst du abends zu Chet», jammerte sie.

«Nein. Heute bleibe ich zu Hause.»

Sofort zeigte sie sich reumütig. «Oh, aber meinetwegen ist das nicht nötig.»

«Ich will es aber.»

«Aber du freust dich doch immer so auf die Mittwochabende bei Chet», beharrte sie. «Und du sagst, daß sie dir helfen. Ich möchte, daß du hingehst.»

«Nein. Chet wird ihnen heute von meinem Angebot für den Goralsky-Block berichten, da ist es besser, wenn ich nicht anwesend bin. Außerdem habe ich so ein Gefühl, daß Aptaker sich heute abend meldet, deswegen möchte ich zu Hause sein, damit ich gleich rüberfahren und mir seine Unterschrift für den Vertrag holen kann.»

«Du und deine Gefühle! Was ist mit dem Sohn?»

Safferstein lachte übermütig. «Sein Sohn ist wie mein Schwager.»

Sie lächelte mühsam. «Aber er *hat* einen Sohn.»

«Klar, doch der ist in Pittsburgh oder Philadelphia oder sonstwo. Wenn der sich für den Laden interessierte, wäre er schon längst zurückgekommen.»

«Und wenn er nun doch kommt?» fragte sie.

«Wird er nicht. Dies ist das größte Ding, das ich mir jemals vorgenommen habe. Es *muß* einfach klappen.»

«Ist es nicht zu groß für dich, Bill?» fragte sie besorgt. «Du hast dich doch nicht übernommen, oder?»

«Keine Sorge», antwortete er ein bißchen zu schnell. «Ich habe dieses Gefühl, weißt du.»

11

Am Nachmittag wanderte Akiva von einem Ende des Strandes zum anderen und erneuerte seine Bekanntschaft mit der Küste. Es war Ebbe, und nach einer Weile zog er Stiefel und Socken aus und hängte sie sich an den verknoteten Schnürsenkeln über die Schulter. Er ging am Wasser entlang, ließ die Zehen im feuchten Sand spielen und genoß die weiche Kühle. Er kam zu den Felsen der Landzunge, glatte, runde Buckel, hier und da von tiefen, schmalen Kanälen durchzogen, in die das Wasser sogar jetzt, bei Ebbe, hineinflutete und beim Zurückweichen der Wellen zögernd wieder herausgesogen wurde. Die Wellen hatten kleine Teiche in den Vertiefungen der Felsen hinterlassen, in denen gelegentlich eine winzige Elritze gefangen war und hin und her schoß, bis eine Welle kam, die hoch genug auflief, um sie wieder zu befreien.

Akiva setzte sich an den Rand eines solchen Teiches und plantschte mit den Füßen im Wasser, um den Sand abzuspülen. Dann hielt er sie steif ausgestreckt, damit die Sonne sie trocknete und er wieder Socken und Stiefel anziehen konnte. Als er so dasaß, rückwärts auf die Arme gestützt, und zum Horizont hinüberblickte, empfand er einen inneren Frieden, wie er ihn lange nicht mehr erlebt hatte. Soweit er sehen konnte, war er ganz allein am Strand.

Er fand, es sei eine gute Zeit, sich hier, innerlich und äußerlich ungestört, der Meditation hinzugeben. Er setzte sich auf und manövrierte seine Beine in die Lotusposition. Das fiel ihm nicht leicht, doch mit ein bißchen Mühe gelang es ihm, die Füße gegen die Oberschenkel zu legen. Die Arme ausgestreckt, mit Daumen und Zeigefinger einen Ring bildend, schloß er die Augen. Bilder zogen ihm durch den Kopf, und dann, als seine Atmung langsam und regelmäßig wurde, sah er nichts mehr außer einer Art warmem Glühen, die Wirkung der hellen Sonne auf seinen geschlossenen Lidern.

«He, was machst du da?»

Als er die Augen aufschlug, sah er einen kleinen Jungen, fünf oder sechs Jahre alt, mit einem Eimerchen in der einen und einem alten Löffel in der anderen Hand vor sich stehen.

Akiva lächelte. «Ich denke», antwortete er.

«Warum hast du deine Hände so?»

«Ich glaube, weil ich dann besser denken kann. Wohnst du hier?»

«Hm-hm. Da drüben.» Mit einem Nicken zu einem der Häuser auf der anderen Seite der Straße hinüber, die am Strand entlang verlief. «Du, bringst du mich rüber? Ich darf nicht alleine.»

«Klar. Du mußt nur einen Augenblick warten, bis ich meine Socken und Schuhe angezogen habe. Wie bist du denn aber hierher gekommen?»

«Meine Mommy hat mich gebracht.»

«Und was hättest du getan, wenn ich nicht hier gewesen wäre?»

«Och, meine Mommy kommt nach einer Weile und holt mich ab.»

Wieder gestiefelt, stand Akiva auf und streckte die Hand aus. «Komm, gehen wir.»

Der kleine Junge ergriff vertrauensvoll seine Hand, und dann kletterten sie gemeinsam über die Felsen zur Straße, wo sie stehenblieben, um eine Reihe von Autos vorbeizulassen. Als sie eine Lücke entdeckten und hinübergehen wollten, kam eine Frau aus dem gegenüberliegenden Haus.

«Warum hast du nicht gewartet, Jackie?» rief sie laut. «Ich wollte dich gerade holen.»

«Der Mann hat gesagt, er bringt mich rüber», schrie er zurück. Er ließ Akivas Hand los, schoß über die Straße und lief die Stufen zur Veranda hinauf. Akiva jagte hinter ihm drein.

Die Frau musterte Akiva argwöhnisch, dann lächelte sie zerstreut. An den Jungen gewandt, sagte sie: «Na los, Liebling, bedank dich bei dem Mann, geh hinein und nimm dir Milch.»

Der Kleine streckte die Hand aus, und Akiva stieg die Stufen hinauf, um sie zu ergreifen. «Danke», sagte der Junge, machte kehrt und lief ins Haus.

«Der ist aber gut erzogen», sagte Akiva.

«Na ja . . .»

«Sie sind . . . Du bist Leah Kaplan, nicht wahr?» sagte er etwas zögernd.

«Ach, kennen wir uns? Kaplan war mein Mädchenname.»

«Wir waren zusammen in der Schule», erklärte Akiva. «In einem Jahr haben wir in Französisch nebeneinandergesessen.»

Sie musterte ihn unsicher. «O ja, Sie sind . . . du bist Aptaker, Arnold Aptaker.»

Er lächelte. «Das war *mein* Mädchenname», erwiderte er. «Jetzt heiße ich Akiva Rokeach.»

«Dieser Bart – wenn der nicht wäre, hätte ich dich sofort erkannt. Was versteckst du dahinter?»

«Wer versteckt hier was? Ein Bart ist natürlich; Rasieren ist unnatürlich.» Es war, als wären die Jahre von ihnen abgefallen, und sie wären wieder in der High School, wo geistreiche Bemerkungen zum Gesprächsstil gehörten.

«Nur weil er wächst, muß man ihn nicht unbedingt wachsen lassen», erwiderte sie schnippisch. «Was ist mit Finger- und Zehennägeln? Ich habe immer das Gefühl, ein Mann mit Bart verbirgt etwas. Entweder ein weiches Kinn, oder eine Narbe, oder einen Minderwertigkeitskomplex.»

«Nun, ich nicht. Er ist . . . er ist religiös.»

Jetzt erst bemerkte sie die *yarmulke,* die er trug. «Ach, so einer bist du!» Sie musterte ihn von oben bis unten, die Stiefel, die geflickten Jeans und die Drillichjacke. «Alles andere an dir sieht aber nicht sehr religiös aus.»

«Religion drückt sich nicht in der Kleidung aus», belehrte er sie von oben herab.

«Nur in den Mützen, wie?»

«Das ist was anderes. Das ist eine Kopfbedeckung. Eigentlich genügt jeder Hut, aber diese Mütze beweist, daß man sie wegen der Religion trägt, und nicht nur, um den Kopf warm zu halten oder ihn vor der Sonne zu schützen.»

«Aha. Na, ich muß mich um Jackie kümmern. Komm rein, wenn du willst.»

«Tja, ich . . .» Aber er folgte ihr doch ins Haus und in die Küche, wo Jackie mit einem Glas Milch am Tisch saß. «Schmeckt's, Jackie? Magst du Milch?» erkundigte er sich, um etwas zu sagen.

Der Kleine nickte scheu und leerte das ganze Glas, als wolle er es ihm damit beweisen.

«Und jetzt rauf mit dir, und gebadet», sagte Leah. Gehorsam stand der Junge auf und ging zur Treppe. «Willst du dem Mann nicht gute Nacht sagen?» rief sie ihm nach.

Er kam zurück und ging zu Akiva. Abermals streckte er die Hand aus. «Gute Nacht», wünschte er.

«Mann, du hast ihn wirklich gut erzogen», sagte Akiva bewundernd.

«Ich gebe mir Mühe. Was ist, möchtest du eine Tasse Kaffee? Er ist schon fertig. Ich trinke ihn sonst immer, wenn Jackie seine Milch trinkt.» Sie stellte zwei Tassen auf den Tisch, und dazu einen Teller mit Plätzchen. «Nur zu, nimm dir», drängte sie. Und als er zögerte, sagte sie lächelnd: «Keine Angst, sie sind koscher. Ich habe sie selbst gebacken.»

«Wirklich?» Er griff nach einem Keks. «Wieso kochst du koscher?»

«Weil ich es so gelernt habe.»

«Und warum findest du das hier dann komisch?» Er tippte an die gehäkelte *yarmulke* auf seinem Kopf.

Sie grinste. «*So* koscher bin ich nun auch nicht erzogen worden.»

Er grinste zurück, kein bißchen gekränkt. «Hast du die ganze Zeit hier in der Stadt gewohnt?» fragte er.

«Ja, bis auf die Jahre, als ich auf dem College war.»

«Ist dein Mann auch von hier? Kenne ich ihn vielleicht sogar? Ich meine, ist es einer von unserer Schule?»

Sie schenkte Kaffee ein. «Er kommt eigentlich aus Boston. Goldstein, Fred Goldstein. Kennst du ihn?»

Er schüttelte den Kopf.

«Wir haben uns letztes Jahr scheiden lassen», erklärte sie leichthin.

Er hatte sie so gesehen, wie er sie von der High School kannte. Jetzt musterte er sie aufmerksam. Sie sah nicht besonders gut aus, wie er fand, eigentlich sogar beinahe unscheinbar. Doch ihr Gesicht verriet eine Selbstbeherrschung und Sicherheit, die er merkwürdig fand. Sie hatte eine hohe Stirn und breite Wangenknochen, doch da ihre braunen Augen ebenfalls weit standen, war ihr Gesicht nicht unproportioniert. Er stellte fest, daß kaum etwas Feminines an ihren Zügen war, außer der sanft gerundeten Wangenlinie, die zu einem energischen Kinn verlief. Sie starrte ihn ebenso aufmerksam an, und er senkte den Blick.

«Mann, das muß schwer für dich gewesen sein», sagte er. «Mit dem Kind und so. Das tut mir leid.»

«So was kommt immer wieder vor», antwortete sie achselzuckend. «Die Hälfte meiner Mitschülerinnen, die geheiratet haben, sind entweder geschieden oder leben getrennt. Jedenfalls kommt es mir so vor. Das ist diese Zeit. Die Menschen brauchen einander nicht mehr.»

«Was willst du damit sagen?»

«Es stimmt wirklich. Die Männer haben immer geheiratet, weil sie eine Frau brauchten – eine Frau, die für sie kochte, putzte, und nähte, mit der sie ins Bett gehen konnten. Heutzutage ist es ein Kinderspiel, sich selbst zu versorgen. Man braucht bloß was aufzuwärmen, das man fertig gekocht im Laden kauft. Und kein Mensch flickt heute noch. Das ist nicht mehr nötig. Wer stopft heute noch seine Socken? Und Sex ist auch leicht zu haben. Warum sollte ein Mann heiraten?»

«Wie ist es aber mit den Frauen? Die müssen doch immer noch heiraten, oder?»

Sie schüttelte den Kopf. «Nicht mehr als die Männer. Früher brauchten sie einen Mann, der sie versorgte, während sie ihm den Haushalt führten. Jetzt können sie arbeiten gehen. Und die Hausarbeit ist so vereinfacht, daß sie auch, wenn sie von neun bis fünf arbeiten, trotzdem noch für sich selbst kochen und waschen können. Als die Menschen einander brauchten, neigten sie eher dazu, zusammenzubleiben. Heutzutage heiraten sie, weil sie sich einfach haben wollen. Und wenn sie sich nicht mehr haben wollen, gibt es keinen triftigen Grund mehr für ein weiteres Zusammenleben, vor allem, weil man gewöhnlich aufhört, einen Menschen haben zu wollen, sobald man anfängt, einen anderen haben zu wollen.»

«Ist es bei dir auch so gewesen?» fragte er.

Sie lächelte verkniffen. «Was glaubst du denn? Er hat wiedergeheiratet, sobald die Scheidung rechtskräftig wurde.»

«Und der Junge, vermißt der seinen Vater nicht?»

«Natürlich vermißt er ihn, aber darüber kommt er bald hinweg. Sein Vater war ohnehin häufig geschäftlich verreist, manchmal eine ganze Woche lang; also ist er es gar nicht unbedingt gewöhnt, ihn jeden Tag um sich zu haben. Kinder sind flexibel. Hast du auch Kinder?»

Er schüttelte den Kopf. «Ich bin noch Junggeselle.» Dann lachte er. «Bis vor acht oder neun Monaten, als ich nach Philadelphia kam, war ich nirgends lange genug, um zu heiraten.»

«Aha, ein Streuner.»

«So könnte man sagen.»

«Und warum bist du in Philadelphia geblieben?»

«Da bin ich zur Uni gegangen. Und bin geblieben, weil ich Kontakt mit Reb Mendels *chavura* bekam.»

«Und Religion.»

«Ich habe gefunden, was ich gesucht hatte», antwortete er schlicht. «Ich habe jetzt eine Vorstellung vom Sinn des Lebens, das Gefühl, ein

Ziel zu haben, eine Bestimmung.»

Sie freute sich, daß er ihr nicht mit dem gleichen Sarkasmus geantwortet hatte. Trotzdem konnte sie eine weitere Spitze nicht unterdrücken. «Und jetzt, da du den Sinn des Lebens entdeckt hast, willst du hier das Evangelium verkünden?»

«O nein! Ich bin ja erst ein Anfänger bei Reb Mendel. Ich würde niemals vorgeben, Experte zu sein. Ich bin nur einige Tage bei meinen Eltern zu Besuch.»

Sie plauderten – von Leuten, die sie aus der Schule kannten, und dem, was aus ihnen geworden war; von Leahs Plänen, im nächsten Jahr eine Lehrstelle zu übernehmen, damit ‹ich finanziell nicht von Fred abhängig bin›; von seinem Leben auf der Straße, ehe er sich in Philadelphia niederließ, und den verschiedenen Religionsarten, die er ausprobiert hatte, bevor er zu Reb Mendels *chavura* gestoßen war. «Wenn man in eine neue Stadt kommt, lernt man am schnellsten Leute kennen, indem man zu einer von diesen religiösen Zusammenkünften geht.»

Dann rief Jackie von oben herunter: «Ich habe gebadet, Mommy!»

«Ich komme, Liebling!»

«Tja, ich sollte wohl auch jetzt gehen», sagte Akiva.

«Ach so, ja. Ich hab mich gefreut, dich wiederzusehen.» Sie ging zur Treppe. «Es macht dir doch nichts aus, wenn . . .»

«Ich finde schon allein hinaus.»

Als er am Strand entlang zu seinem Wagen zurücktrottete, dachte Akiva über diesen Besuch nach. Er war ein kleines bißchen enttäuscht darüber, daß sie ihn nicht gebeten hatte, sie anzurufen, aber zugleich ziemlich erleichtert. Er sagte sich, daß es ja doch keinen Sinn habe, in Barnard's Crossing mehr Bindungen zu knüpfen, als unbedingt nötig waren.

12

Der Wetterbericht am Mittag hatte sich fast ausschließlich mit dem Hurricane Betsy beschäftigt. Es gab Bilder von den Verheerungen, die der Sturm bereits an der Küste von Carolina angerichtet hatte, und Satellitenfotos von der Ostküste, die darauf schließen ließen, daß das südliche New England dem Sturm nicht ganz entgehen würde. Aber niemand machte sich große Sorgen, denn es regnete nicht, und die Luft war, bis auf gelegentliche Windböen, sehr mild. Und wenn auch dicke, schwere Wolken den Himmel bedeckten, so lugte immer wieder einmal für einige Minuten die Sonne hindurch, mit goldenen Lichtstrahlen, die vor dem dunklen Wolkenhintergrund deutlich sichtbar waren.

Am frühen Nachmittag war die Flut außergewöhnlich hoch, hatte aber noch nicht ihren höchsten Stand erreicht. Der ganze Strand war von Autos gesäumt, deren Insassen gekommen waren, um die majestätische Wut der Brandung zu betrachten. An verschiedenen Punkten der Kaimauer, dort, wo das Land ins Wasser hineinragte, war die Brandung besonders stark, und hier hatten sich Teenager versammelt, um den Elementen zu trotzen. Wenn eine riesige Woge sich an den Felsen brach und dann wieder zurückrollte, wagten sie sich bis an den Rand des Wassers heran, um die nächste große Welle herauszufordern, und wichen anschließend hastig zurück, um der Gischt zu entgehen, wenn sie brach. Manchmal warteten sie zu lange, oder die Woge war mächtiger, als sie dachten; dann wurden sie jedesmal klatschnaß, während ihre vorsichtigeren Freunde aus sicherer Entfernung in lautes Hohngelächter ausbrachen.

Jonathan, der fünfjährige Sohn des Rabbi, hatte einen großen Teil des Nachmittags spielend im Garten verbracht. Jetzt kam er ins Haus gelaufen und erzählte, sein Freund von nebenan habe in Begleitung zum nahen Strand gehen dürfen, um der Brandung zuzusehen, und er wolle ebenfalls dorthin. Er wandte sich mit dieser Bitte natürlich an seine Mutter, die ihrem Ehemann daraufhin mitteilte, nachdem er den ganzen Nachmittag lang in seinem Studierzimmer gehockt habe, werde ihm ein bißchen frische Luft bestimmt gut tun. So trabte der Rabbi, den ungeduldig vorwärtsstrebenden Jonathan fest an der Hand, am Strand entlang und blieb immer wieder einmal stehen, um zu beobachten, wie ein besonders großer Brecher auf sie zugerollt kam, der dann gegen die Felsen schlug und sich schaumspritzend auflöste.

Der Rabbi hörte, wie sein Name gerufen wurde, und als er sich umsah, entdeckte er Akiva Rokeach, der ihm zuwinkte. Er wartete, bis der junge Mann sie erreicht hatte. «Mit Unterstützung meiner Frau», sagte er, «ist mir schließlich eingefallen, oder ich habe vielmehr erraten, wer Sie sind. Sie sind der Sohn des Drugstorebesitzers, nicht wahr? Mr. Aptaker? Es kommt zwar ein bißchen spät, aber ich möchte Ihnen trotzdem danken für das, was Sie vor ein paar Jahren einmal mitten in der Nacht für uns getan haben.»

Akiva zuckte lächelnd die Achseln.

Rabbi Small fuhr sogleich fort: «Sie werden verstehen, daß ich während der nächsten ein, zwei Tage ans Haus gefesselt war, um unseren Jonathan hier zu betreuen, doch dann ging ich gleich zu Ihrem Geschäft, um die Medizin zu bezahlen und Ihnen vielmals zu danken. Aber Sie waren fort.»

Akiva grinste. «Ja, ich bin sofort am nächsten Tag weg, damals.»

«Das hatte hoffentlich nichts mit dem zu tun, was Sie für uns getan haben.»

«Aber nein! Darum hatte mich mein Vater gebeten. *Dafür* gab er mir ein großes Lob.»

«Aha. Dann nehme ich an, Sie sind gegangen, weil Sie eine Meinungsverschiedenheit mit Ihrem Vater hatten.»

«So kann man's auch nennen.» Akiva lachte. «Himmel, Sie sind genau wie mein *rebbe*. Ihr seid anscheinend alle gleich. Ich sage was, und aus einem einzigen Wort, vielleicht nur aus dem Ton, in dem es gesprochen wurde, leitet er ein ganzes Buch ab.»

«Tut mir leid, ich wollte nicht neugierig sein.»

«Ach, das macht nichts, Rabbi. Ich hatte tatsächlich einen verdammt schlimmen Krach mit meinem Vater. Deshalb bin ich gegangen. Und wollte nie wieder zurückkommen.»

«Aber Sie sind doch gekommen.»

«Nur für ein paar Tage. Und das auch nur, weil Reb Mendel – das ist mein *rebbe* – es mir befohlen hat.» Er beschrieb Reb Mendel und die *chavura*.

«Sie tun alles, was er Ihnen sagt?»

«Ich gebe mir Mühe. Ich hatte eine Woche Urlaub, den ich in seinem Haus verbringen wollte. Er hat so einen riesigen Kasten von Haus, in dem seine *chasidim* manchmal ein paar Tage mit intensiven Studien verbringen. Aber er befahl mir, lieber nach Hause zu meinen Eltern zu fahren. Also habe ich getan, was er sagte.»

«Einfach so?»

«Hm-hm.»

«Stört es Sie denn nicht, daß ein anderer Ihr Leben bestimmt, Ihnen alle Entscheidungen abnimmt?» fragte der Rabbi.

«Nein. Weil er tiefere Einsicht hat. Er sieht klarer und weiter als ich. Das ist, als würden ein paar Leute in der Wüste umherirren und wüßten nicht, welche Richtung sie einschlagen müßten, aber einer hätte einen Feldstecher und sagte, er könne im Westen ein Dorf sehen. Würden sie nicht alle auf ihn hören und in die von ihm bestimmte Richtung gehen?»

«Ich würde ihn wahrscheinlich bitten, auch einmal durch den Feldstecher sehen zu dürfen», antwortete der Rabbi trocken.

«Na schön, nehmen wir an, er hätte keinen Feldstecher, sondern könnte nur besser sehen?»

«Dann würde ich Beweise verlangen, bevor ich mich in Marsch setzte», sagte der Rabbi ein wenig lächelnd.

«O ja, ich weiß, ihr normalen Rabbis macht euch immer über den *rebbe* lustig, aber . . .»

«Wir normalen Rabbis sollen nichts weiter sein als Rechtsgelehrte», unterbrach ihn Rabbi Small. «Keine Wundertäter wie ein *rebbe*. Meine Predigten sind im wesentlichen Auslegungen des Rechts und unserer Tradition. Trotzdem, wenn Sie zu mir als Freund gekommen wären und mich um meinen Rat gebeten hätten, wäre ich wohl auch der Ansicht gewesen, es sei an der Zeit, Ihre Eltern aufzusuchen und Frieden mit ihnen zu schließen. Aber das hätte ich Ihnen als Freund vorgeschlagen; ich hätte es Ihnen bestimmt nicht befohlen, weil ich ein Rabbiner bin. Die Entscheidung hätte einzig und allein bei Ihnen gelegen.»

«Aber angenommen, Sie wüßten es, wüßten es hundertprozentig?»

«Niemand weiß etwas hundertprozentig, Mr. Rokeach. Ihr *rebbe*, sagen Sie, ist Psychologe. Nach meiner Erfahrung ist das nicht unbedingt gleichbedeutend mit dem Verstehen der Motivationen der Menschen, sondern bedeutet lediglich eine besondere Geschicklichkeit im Ersinnen von Erklärungen für ihr Verhalten, welche zutreffen mögen oder auch nicht, und welche, so oder so, nicht bewiesen werden können. Ihr *rebbe* ist wahrscheinlich ein kluger Mann und besitzt daher die tiefere Einsicht, die jeder intelligente Mensch besitzt. Mehr nicht.»

«Aber wenn er doch immer recht hat?»

«Nein, er hat nicht immer recht. Wenn er recht hat, besteht die Wahrscheinlichkeit, daß Sie davon hören. Und wenn er nicht recht hat, schreiben Sie das vermutlich Ihrer eigenen Unzulänglichkeit zu. Genauso wie Sie das Gute, das vielleicht unerwarteterweise aus Ihrem Besuch hier entsteht, der Fähigkeit Ihres *rebbe*, in die Zukunft zu sehen, zuschreiben werden. Passiert aber nicht weiter viel, werden Sie wahrscheinlich meinen, Sie hätten versäumt, irgendeine *mitzwe* zu vollbringen. Beschweren Sie sich bei ihm, rät er Ihnen höchstwahrscheinlich, Geduld zu haben, da Ihr Besuch hier – wie ein Stein, der in einen Teich fällt, Kreise auslöst, die bis ans Ufer ausstrahlen – der notwendige Beginn einer Folge von Ereignissen sei, die Ihnen letztlich zum Vorteil ausschlagen werden. Und Sie werden ihm glauben, vor allem, wenn später etwas geschieht, das Sie, wenn auch nur entfernt, mit Ihrem Besuch hier in Verbindung bringen können.»

«Aber wie steht's mit dem Beweis meiner eigenen Gefühle», fragte Akiva. «Der Ruhe und Sicherheit, die ich empfinde, seit ich mich Reb Mendel und der *chavura* angeschlossen habe? Vorher konnte ich mich nie entscheiden, was ich tun sollte, wohin ich gehen sollte . . .»

«Das ist der Fluch des Denkvermögens», antwortete der Rabbi. «Darunter leiden wir alle mehr oder weniger. Die niederen Tiere, die nur nach ihrem Instinkt handeln, brauchen sich nicht mit diesem Problem rumzuschlagen. Der Impuls, etwas zu tun, unterbricht automatisch alle anderen Schaltkreise. Die Geschichte von dem Esel, der verhungert, weil er sich in gleichem Abstand von zwei genau gleichen Heuballen befindet, trifft weit eher auf Menschen zu als auf Esel. Es sind die Menschen, nicht die Tiere, die an zwei Plätzen zugleich sein wollen, die zwei Dinge gleichzeitig tun wollen. Das ist normal, aber zuweilen kommt es zu dem Punkt, da Handlungs- und Entscheidungswille gelähmt werden, und das

Ergebnis ist Frustration, seelischer Schmerz, manchmal absolute Lebensunfähigkeit. Wenn man die Verantwortung für einen Teil seiner Entscheidungen einem anderen auflädt, so wie Sie Ihrem *rebbe*, kann es nicht überraschen, wenn die unmittelbare Wirkung dessen Ruhe und Erleichterung sind. Manche behaupten, die gleiche Wirkung zu spüren, wenn sie ihre Seele Jesus anempfehlen, jedenfalls nach Aussage eines meiner Bekannten, der sich der Bewegung ‹Juden für Jesus› angeschlossen hatte. Andere rufen die Jungfrau Maria an, oder einen ganz bestimmten Heiligen, oder auch den gerade besonders beliebten Guru des Ostens.»

«Aber wenn es doch hilft . . .»

Der Rabbi zuckte die Achseln. «Der Streß, der einen Kampf begleitet, endet stets mit der Kapitulation.»

Jonathan zog an der Hand seines Vaters. «Daddy, ich habe Hunger! Ich will nach Hause.»

«Schon gut, Jonathan. Wir gehen ja.» Und zu Akiva sagte er: «Dieser hier ist nämlich mein *rebbe*. Wenn er befiehlt, muß ich gehorchen.»

«Kommen Sie heute abend zur Andacht, Rabbi? Werde ich Sie dort treffen?»

«Ich denke schon. Vielleicht lernen Sie auch Mr. Kaplan kennen, unseren Präsidenten. Bei ihm werden Sie ein offeneres Ohr für Ihre Einstellung finden.»

«Kaplan? Hat der eine Tochter namens Leah?»

«Ja. Woher wissen Sie das?»

Akiva lächelte. «Ich . . . ich bin mit einer Leah Kaplan zur Schule gegangen.»

13

«He, wo waren Sie denn so lange, Doc?» Die Stimme am Telefon gehörte Joe Kestler, und er war empört. «Ich hab mindestens ein Dutzendmal bei Ihnen angerufen, aber es hat sich niemand gemeldet.»

«Am Mittwochnachmittag habe ich keine Sprechstunde», antwortete Dr. Cohen und ärgerte sich über sich selbst, weil er es für nötig hielt, eine Erklärung abzugeben.

«Also, mein Vater fühlt sich ziemlich schlecht. Er ist heiß, als hätte er Temperatur. Und dauernd muß er. Und wenn er geht, klagt er, daß es so brennt. Und ein paar Minuten später muß er schon wieder. Dasselbe hat er schon vor ein paar Monaten gehabt.»

«Tut mir leid, aber . . .»

«Hören Sie, Doc – seien Sie doch nicht so! Ich weiß, Sie haben ein Recht auf Ihren freien Nachmittag. Aber es geht ihm wirklich schlecht.»

«Unter den gegebenen Umständen halte ich es für besser, wenn Sie einen anderen Arzt anrufen.»

«Woher soll ich am Mittwoch einen anderen Arzt kriegen?» gab Kestler zurück.

«Dann bringen Sie ihn ins Krankenhaus. Wenn Sie die Polizei anrufen, schicken die Ihnen sofort einen Krankenwagen.»

«Ja, sicher. Und wenn er im Krankenwagen stirbt? Und wenn er ins Krankenhaus kommt, und da pfuscht so'n junger Spund von Student an ihm rum?»

«Tut mir leid, aber in Anbetracht des Verhaltens Ihres Vaters letzten Monat . . .»

«Doctor, Doctor, das war geschäftlich! Sie haben Ihren Zaun auf unserem Grund und Boden errichtet. Also hat mein Vater geklagt. Das hat doch wirklich nichts zu bedeuten. Deswegen keine Feindschaft nicht. So verhält man sich eben im Geschäftsleben. Das eine hat mit dem anderen nichts zu tun. Und er verlangt ausdrücklich nach Ihnen, weil er Vertrauen zu Ihnen hat.»

Dr. Cohen wußte genau, daß er jetzt hart bleiben und sich weigern müßte, aber er sah auch den alten Mann vor sich, wie er im Bett lag und leiden mußte. «Na schön», sagte er daher. «Ich komme vorbei und sehe ihn mir mal an.»

Er legte auf. «Ich muß fort», sagte er zu seiner Frau.

«Aber du wolltest doch zu Kaplans», protestierte sie.

«Es dauert nicht lange.»

«Wer ist es denn?»

Er zögerte, denn er erinnerte sich, wie wütend sie damals gewesen war. «Der alte Kestler», antwortete er widerwillig.

«Und *den* willst du behandeln?»

«Na ja, schließlich ist er mein Patient.»

«Aber der Mann hat dich verklagt!»

«Wahrscheinlich meint er, das eine habe mit dem anderen nichts zu tun. In gewisser Weise ist es auch ein Kompliment. Er verklagt mich und verlangt mich trotzdem als Arzt.»

«Das macht er nur, weil er sonst am Mittwoch keinen anderen kriegt.»

«Das ist ein weiterer Grund, warum ich zu ihm muß.»

«Na, wenn ich es wäre, die ihn behandelt, würde ich ihm was geben, was er nie wieder vergessen würde. Der würde mich nie wieder in der Not rufen.»

Er lächelte. «Gute Idee.»

Als er bereits an der Haustür war, rief sie ihm nach: «Möchtest du nachher etwas essen?»

«Vielleicht eine Kleinigkeit. Wahrscheinlich gibt es bei den Kaplans was.»

«Nimm lieber deinen Regenmantel mit», riet Miriam. «Wenn der Sturm kommt . . .»

«Ich war eben auf der Veranda», antwortete der Rabbi. «Es ist absolut warm draußen. Außerdem gehe ich ja nur vom Wagen zum Haus.»

«Ich sehe eigentlich nicht ein, warum du überhaupt hin mußt. Kestler ist nicht mal Gemeindemitglied.»

«Darum lasse ich es mir angelegen sein, ihn regelmäßig zu besuchen. Die Pflicht, die Kranken zu besuchen, ist allen Juden auferlegt, aber die Gemeinde schiebt sie auf den Rabbi ab und betrachtet das als Sonderdienstleistung für die Mitglieder. ‹Komm in unsere Gemeinde, und du bekommst freie Krankenbesuche von unserem Rabbi.› Der Besuch bei einem Nichtmitglied weckt in mir die Illusion, daß meine Krankenbesuche alle freiwillig sind. Außerdem ist Kestler ein so unbelehrbarer alter Schuft, daß ich es als echte *mitzwe* empfinde, ihn zu besuchen.»

Sie lachte. «Kommst du anschließend gleich nach Hause?»

«Ja . . . Nein, ich glaube, ich schaue noch bei den Kaplans rein. Er hat an jedem Mittwoch Empfang, und ich bin noch nie dagewesen.»

«Aber . . .»

«Mort Brooks deutete heute morgen an, daß Kaplan und seine Gruppe irgendeine Gemeinheit planen.» Er lächelte. «Vielleicht schnappe ich einen Hinweis auf.»

Dr. Muntz riß das oberste Blatt von seinem Rezeptblock und reichte es Safferstein. «Es handelt sich um eine Infektion», sagte er. «Ich verschreibe ihr Penicillin, viermal am Tag, vier Tage lang. Und sie muß alle Kapseln nehmen. Das ist wichtig. Möglicherweise fühlt sie sich nach dem zweiten oder dritten Tag besser, aber sie muß die Kapseln weiter nehmen, bis die Flasche leer ist. Verstanden, Billy?» Die blaßblauen Quellaugen des Arztes starrten Safferstein durchdringend an.

«Ja, natürlich. Sie muß alle nehmen», antwortete Safferstein. «Ich werde sie sofort besorgen.»

Dr. Muntz warf einen Blick auf die Uhr. «Die Drugstores sind jetzt schon geschlossen. Es hat aber bis morgen Zeit.»

«Der Town-Line Drugstore hat noch geöffnet.»

«Ja, das stimmt, glaube ich. Dann geben Sie ihr die erste Kapsel heute abend.»

Safferstein half ihm in seinen Regenmantel.

«Kommen Sie heute abend zu Chet, Billy?» erkundigte sich Dr. Muntz.

«Tja, ich glaube, lieber nicht. Wo Mona sich nicht wohl fühlt. Aber Sie gehen doch sicher hin.»

«Natürlich. Chet rechnet mit mir. Ich bin der offiziell anerkannte

Agnostiker und Zyniker. Er braucht meine Opposition, damit seine Versammlungen ein bißchen Pfeffer kriegen.» Er lachte. «Oder vielleicht bin ich das abschreckende Beispiel.»

Safferstein grinste. «Ich hatte immer das Gefühl, daß Sie nur so tun.»

«O nein, bestimmt nicht», protestierte der Arzt hastig.

Safferstein hielt ihm die Haustür auf. «Dann versäumen Sie aber etwas, Al», sagte er ernst. «Wissen Sie, seit ich mich der Gruppe angeschlossen habe, fühle ich mich so sicher, als könnte ich überhaupt nichts falsch machen. Ich habe ein paar große Geschäfte ins Auge gefaßt, und alle haben sie geklappt.»

Der Arzt lachte abermals. «Wenn Sie meinen, Billy. Wenn Sie meinen.»

Auf Dr. Cohens Klingeln öffnete ihm Mrs. Kestler, Joes Ehefrau. Sie war blond, füllig, verblüht und erinnerte ihn an das kleine Mädchen, das in der Grundschule neben ihm gesessen hatte. Die war rosig und weiß gewesen, pummelig und blond, und immer hatte ihn der Gedanke ein wenig bedrückt, daß sie jetzt wahrscheinlich wie Mrs. Kestler aussah. Mrs. Kestler war sanft und träge, und er hielt es für sicher, daß sie von ihrem Mann eingeschüchtert und von ihrem Schwiegervater ausgenutzt wurde. Als sie das letzte Mal zur Untersuchung gekommen war, hatte sie ihn gebeten, auch einen Wassermann zu machen, weil ‹Joe geschäftlich viel auf Reisen ist, und Sie wissen ja, wie es ist, wenn Männer nicht zu Hause sind›.

«Er ist oben, Doctor», sagte sie. «Joe ist bei ihm.»

«Schon gut, ich kenne den Weg.»

Die Untersuchung dauerte nicht lange. Nachdem Dr. Cohen fertig war, nickte er dem Sohn zu, er möge ihn hinausbegleiten. Als sie die Treppe hinunterstiegen, sagte Joe Kestler: «Himmel, ging das aber schnell! Ihr Ärzte habt es wirklich gut.» Joe war ein großer, kräftiger Mann mit eisengrauem Haar auf seinem kugelförmigen Kopf und der platten Nase eines Berufsboxers.

«Ihr Vater hat eine Infektion des Harntraktes», erklärte Dr. Cohen mit berufsmäßiger Unpersönlichkeit.

«Klingt übel. Was werden Sie machen? Können Sie ihm eine von diesen Wunderdrogen verschreiben, Penicillin oder so?»

«Ihr Vater ist allergisch gegen Penicillin, deshalb gebe ich ihm statt dessen Tetracyclin. Das wirkt genauso. Er soll viermal am Tag eine Kapsel nehmen. Und er muß sie alle nehmen, auch wenn sich die Infektion nach ein bis zwei Tagen bessert. Das ist wichtig. Am besten fängt er sofort damit an.»

«Haben Sie Ärztemuster dabei, Doc?»

«Ärztemuster? Nein, ich trage keine Ärztemuster mit mir herum. Ich schreibe Ihnen ein Rezept.»

«Wo soll ich denn um diese Zeit noch ein Medikament herkriegen? Die Drugstores sind genauso schlimm wir ihr Ärzte. Die machen am Mittwoch alle früh zu.»

«Ich glaube, der Town-Line Drugstore hat noch geöffnet», antwortete Dr. Cohen steif.

«Dahin gehe ich nicht.»

«Wollen Sie sagen, Sie kaufen dort nicht?»

«Ganz recht. Ich setze keinen Fuß da rein», erklärte Kestler eigensinnig.

«Aber jetzt, wo Ihr Vater krank ist . . .»

Kestler schüttelte den Kugelkopf wie ein Boxer, der sein Gehirn wieder klar kriegen will. «Ganz egal.»

Dr. Cohen überlegte. «Vielleicht habe ich zu Hause ein Ärztemuster.» Dann kam ihm eine andere Idee. «Und wenn ich das Rezept durchtelefoniere, und die liefern es hierher?»

«Hauptsache, ich muß da nicht hin. Aber hören Sie, Doc – sehen Sie lieber erst zu Hause nach, ob Sie da noch ein Ärztemuster haben. Ich kann ja hinter Ihnen herfahren.»

«Das ist nicht nötig. Ich muß später noch einmal fort, dann kann ich es Ihnen vorbeibringen. Wenn ich keine Ärztemuster habe, werde ich das Rezept durchtelefonieren.»

«Okay, Doc. Aber sehen Sie erst nach, ob Sie noch Ärztemuster haben, ja?»

Am Bordstein vor dem Town-Line Drugstore waren ein halbes Dutzend Wagen geparkt. Drinnen drängten sich die Kunden, warteten ungeduldig darauf, daß jemand ihnen das Geld abnahm und ihre Einkäufe verpackte. Es war natürlich der heraufziehende Sturm, der allen Sorgen machte. Taschenlampen und Batterien wurden gekauft, kleine Erste-Hilfe-Kästen und Aspirin, Zigaretten und Schokolade. Der gesamte Vorrat an Kerzen – das Geschäft führte ein Sortiment von feinen Zierkerzen – war ausverkauft.

Marcus Aptaker war vorn im Laden; er war der einzige, der Kunden bediente. Lächelnd, höflich und geschickt eilte er von einem Teil des Ladens zum anderen. Jedesmal, wenn er in den Hintergrund hinüberblickte, war er von einer stillen Freude erfüllt, denn dort sah er seinen Sohn in einem weißen Kittel neben Ross McLane in der Rezeptur arbeiten. Früher hatte ihm Jimmie, ein Schuljunge, beim Bedienen geholfen, aber der lieferte jetzt Waren aus, die letzten für diesen Abend, und würde nicht noch einmal zurückkommen.

Bill Safferstein kam herein, blickte sich um und schritt zielbewußt auf den Besitzer zu, der gerade frei war. «Hören Sie, Aptaker, ich möchte . . .»

«Tut mir leid, Mr. Safferstein», sagte Aptaker mit einer Handbewegung zu den wartenden Kunden hinüber, «nicht jetzt. Wie Sie sehen, habe ich sehr viel zu tun. Ich habe keine Zeit, mit Ihnen zu sprechen.»

«Oh, deswegen bin ich nicht hier. Es handelt sich um meine Frau. Sie ist krank. Könnten Sie mir das hier möglichst schnell geben?»

Aptaker warf einen Blick auf das Rezept. «Das wird aber ein paar Minuten dauern.»

«Macht nichts, ich warte.» Er sah sich um. «Wie ich sehe, haben Sie einen zweiten Apotheker eingestellt.»

«Mein Sohn», erklärte Aptaker stolz. Dann eilte er davon, weil ein Kunde nach ihm gerufen hatte.

Jackie war widerspruchslos zu Bett gegangen und schon fast eingeschlafen, ehe ihn seine Mutter richtig zugedeckt hatte. Leah blickte im Zimmer umher, machte das Fenster zu und löschte das Licht. Dann spülte sie das Abendbrotgeschirr, stellte es fort und ging ins Wohnzimmer. Dort studierte sie das Fernsehprogramm in der Morgenzeitung; es enthielt zwar kaum etwas, das sie interessierte, aber sie schaltete den Apparat trotzdem ein. Es gab viel Rauschen, das Bild wackelte, und es schneite auf dem Schirm. Sie versuchte es mit den anderen Kanälen, immer mit demselben Resultat, und stellte den Fernseher ärgerlich ab.

Vom Tisch nahm sie ein Buch, in dem sie während der letzten paar Tage gelesen hatte, aber sie konnte sich nicht konzentrieren und merkte, daß sie immer wieder denselben Satz las. Als sie feststellte, daß sie die Worte nur anstarrte, klappte sie das Buch zu und warf es auf den Tisch.

Sie wanderte im Zimmer umher, rückte hier ein Bild zurecht, dort einen Sessel. Sie sah, daß das Barometer auf dem Kaminsims niedrig stand. Als sie draufklopfte, ging es noch weiter herunter. Sie ging zum Fenster und starrte auf die Straße und das dahinterliegende Meer hinaus. Sie war ruhelos, wollte irgend etwas tun, wußte aber nicht, was.

Läge Jackie nicht da oben, wäre sie nicht ans Haus gefesselt. Dann könnte sie in den Wagen steigen und über dunkle Landstraßen fahren, bis sie vielleicht zu einer Imbißstube kam, wo sie eine Tasse Kaffee trinken konnte. Dort gab es einen Lastwagenfahrer, der das College absolviert hatte, mit einem am Hals weit offenen blauen Arbeitshemd und einer frech auf den Hinterkopf geschobenen Mütze, der mit seiner Tasse Kaffee an ihren Tisch kommen würde . . . Oder sie konnte barfuß im Dunkeln am Strand entlangschlendern, und das Wasser würde warm sein, sie würde aus den Kleidern schlüpfen und schwimmen gehen schön lange

Sie würde sich auf den Rücken drehen und sich treiben lassen und das Geräusch eines anderen Schwimmers hören ...

Plötzlich wurde es taghell im Zimmer: Ein greller gezackter Blitz hatte im Wasser eingeschlagen. Dem Blitz folgte unmittelbar das Krachen von Donner, und im Haus gingen die Lichter aus. Dann kam der Regen. Leah lief zum Fenster. Die Straßenlaternen waren auch ausgegangen. Sie trat auf die Veranda hinaus und blickte die Straße hinauf und hinab. Alle Häuser waren dunkel, nur hier und da entdeckte sie in einem Fenster flackerndes Licht, weil die Leute Kerzen angezündet hatten. Sie ging wieder hinein und tastete sich in die Küche, wo sie einen Kerzenstumpf fand. In seinem Licht versuchte sie ihre Eltern anzurufen, aber es kam kein Rufzeichen, nur schwaches Summen. Wieder im Wohnzimmer, zog sie sich einen Hocker zum Fenster, kniete sich drauf, stützte die Arme auf die Fensterbank und starrte die Regentropfen an, die vom Straßenpflaster hochsprangen.

Ross McLane nahm den Anruf entgegen, da er in der Rezeptur dem Telefon am nächsten war. Da er schwer hörte, neigte er schon normalerweise dazu, laut zu sprechen, am Telefon jedoch konnte man ihn im ganzen Laden hören. «Town-Line Drugstore ... Wer? ... Ach so, guten Abend, Doctor. Was kann ich für Sie tun? ... Augenblick mal ... So, legen Sie los ... Jawoll ... Jawoll ... Kestler, jawoll. Anfangsbuchstaben des Vornamens? J ... Hab ich ... Minerva Road, siebenundvierzig? ... Hm-hm ... Okay ... Himmel, nein, ich glaube nicht. Der Laufjunge ist schon weg ... Ich glaube nicht, aber warten Sie mal 'nen Moment. Ich frage.» Er legte die Hand über den Hörer und rief laut: «He, Marcus, Dr. Cohen ist am Telefon. Er will wissen, ob wir heute abend noch was liefern können. Nach Minerva, siebenundvierzig.»

«Sagen Sie nein.»

Ins Telefon sagte McLane: «Hören Sie, Doctor, es ist einfach unmöglich. Wir haben furchtbar viel zu tun und müssen noch sehr lange arbeiten. Wir haben einen Haufen Rezepte für das Kinderheim. Es ist einfach niemand hier, der ...» Abermals deckte er die Hand über den Hörer. «Er sagt, es ist wichtig, Marcus.»

«Hören Sie, wenn Sie wollen, kann ich's ja hinbringen», erbot sich Safferstein.

«Kennen Sie ihn?» erkundigte sich Aptaker.

«Nein, aber wenn es so dringend ist ... Ich wohne ebenfalls in der Minerva Street. Nummer siebenundvierzig liegt am Weg.»

«Es gießt in Strömen», sagte Dr. Cohen, der aus dem Fenster sah. «Sollte mich nicht wundern, wenn die Kaplans alles absagten. Ich meine, bei einem Hurricane ...»

«Ich habe die Nachrichten gehört, als du weg warst», berichtete seine Frau. «Es heißt, daß der Sturm auf See hinauszieht, und daß wir ihn nur am Rand mitkriegen. Das letzte bißchen. Es soll ungefähr in einer Stunde vorbei sein.»

«Ob es der ganze Sturm ist, oder das letzte bißchen – es ist auf alle Fälle schlimm genug. Ich glaube, ich gehe lieber nicht zu den Kaplans und bleibe zu Hause.»

Seine Frau war nicht seiner Ansicht. «Ich weiß nicht, Dan. Al Muntz schien es für wichtig zu halten, nach dem, was du mir erzählt hast.»

«Und wenn sie's nun wirklich abgesagt haben? Ich käme mir furchtbar dumm vor, wenn ich in diesem Wetter hinfahren würde, und es gäbe gar keine Party.»

«Hätten sie dann nicht angerufen?»

«Sicher, aber vielleicht haben sie das schon getan, und wir waren den ganzen Tag nicht da.»

«Dann ruf du sie doch an.»

«Ja, ich glaube, das werde ich tun.» Er nahm den Hörer. «Kein Rufzeichen», verkündete er. Trotzdem wählte er, bekam aber keine Antwort. Er drückte mehrmals auf die Gabel, dann wählte er das Amt. Er lauschte aufmerksam, den Hörer fest ans Ohr gepreßt. Schließlich legte er ihn wieder auf. «Funktioniert nicht. Komisch, als ich vor ein paar Minuten den Drugstore anrief, war es noch in Ordnung. Vielleicht hat der Blitz einen Transformator getroffen, oder die Leitung ist runtergekommen.»

«Paß auf, Dan, ich werde dir sagen, was du tust. Du fährst hin. Wenn das Haus hell erleuchtet ist und eine Menge Wagen draußen stehen, weißt du, es ist alles in Ordnung, und gehst rein. Wenn das Haus aber dunkel ist, oder ganz normal erleuchtet, und wenn keine Wagen draußen stehen, weißt du, daß der Empfang abgesagt ist, und kommst nach Hause.»

«Ja, du hast recht. Das werde ich tun.»

Sorgfältig steckte Safferstein die beiden schmalen Umschläge, jeder mit einem etikettierten Pillenfläschchen, in die Tasche seines Regenmantels. Da es jetzt regnete, schlug er den Kragen hoch und lief rasch hinaus zu seinem Wagen. Kaum hatte er den Wagen in Gang gesetzt, als ein Blitz alles ringsum taghell erleuchtete. Unmittelbar darauf folgte ein Donnerschlag. Und dann öffnete der Himmel seine Schleusen, und der Regen kam in dicken Tropfen herunter, die auf dem schwarzen Asphalt der Straße tanzten. Das Wasser rann über seine Windschutzscheibe – so dicht, daß die Scheibenwischer es nicht bewältigen konnten. Die Windschutzscheibe beschlug; er stellte den Defroster an, ohne Erfolg. Er hielt unter einer Straßenlaterne und stellte den Motor ab. Lange kann das ja nicht dauern, dachte er.

«Also, das ging wirklich schnell», sagte Mrs. Cohen zu ihrem Mann, als er zur Haustür hereinkam und den Mantel abwarf. «Alles dunkel, nicht wahr?»

«Ich bin gar nicht hingekommen. Da liegt ein Baum quer über der Straße, direkt an der Ecke. Ich mußte das ganze Stück bis zur Baird Street zurücksetzen, ehe ich wenden konnte.»

«Ach, die große, alte Ulme? Ein Jammer! Vielleicht solltest du die Polizei verständigen.»

«Wie denn? Durch Rauchzeichen?»

«Was ich erreichen möchte, ist Einstimmigkeit», drängte Chester Kaplan. «Also, wir sind alle einer Meinung, daß es sinnlos ist, wenn die Synagoge den Goralsky-Besitz behält und verwaltet, nicht wahr?»

Die Antworten kamen sofort von allen Seiten.

«Na klar. Wer macht sich schon gern die Mühe, Miete zu kassieren?»

«Oder Reparaturen durchführen zu lassen, oder einen leerstehenden Laden zu vermieten.»

«Man kann die Verwaltung aber doch auch einer Immobilienfirma übertragen», meinte Abner Fisher.

«Ja, und die stecken dann zehn Prozent der einkommenden Gelder ein.»

«Fünf Prozent», berichtigte Fisher.

«Na schön, fünf Prozent. Dafür tun sie aber nichts weiter, als die Mieten zu kassieren. Ich weiß Bescheid. Ich stimme Ihnen zu, Chet, wir sollten den Besitz verkaufen. Aber können wir das, unter den Bedingungen von Goralskys Testament?»

«Ihr könnt mir glauben, das ist okay», versicherte Kaplan rasch. «Das Testament lautet – und ich zitiere wörtlich: ‹Der Synagoge vermache ich den Geschäftsblock, bekannt als Goralsky-Block, mit dem daran angrenzenden Gelände.› Dann gibt er die Grenzen an, und dann heißt es – paßt auf: ‹. . . damit die Synagoge ein jährliches Einkommen daraus erwirtschaften kann, das zu den allgemeinen Ausgaben beiträgt, oder um davon ein Gebäude zu errichten, wie etwa eine jüdische Schule oder eine ständige Wohnung für den jeweiligen Rabbi, oder für jeden anderen Zweck, der den Interessen und dem Vorteil der Synagoge dient›. Also, wie ich es sehe, ist diese letzte Klausel entscheidend. Wir können den Besitz verwenden, wie wir es für richtig halten, vorausgesetzt, es dient den Interessen und dem Vorteil der Synagoge. Stimmt's, Paul?»

Paul Goodman, ebenfalls Anwalt, nickte. «So verstehe ich es auch.»

«Und ich würde sagen, den Block verkaufen und mit dem Geld ein Grundstück für eine permanente Klausur erwerben, dient eindeutig dem Interesse und dem Vorteil der Synagoge», fuhr Kaplan fort. «Und der beste Zeitpunkt zum Verkauf ist jetzt, da wir ein Gebot bekommen haben, das wir so schnell nicht wieder bekommen werden.»

«Tja, aber ich möchte doch gern wissen, warum Bill Safferstein einen so hohen Preis für den Besitz bietet», erklärte Abner Fisher, der häufig den *advocatus diaboli* der Gruppe spielte.

Kaplan wandte sich dem Fragesteller zu; seine Miene drückte freundliche Offenheit aus. «Ich weiß es nicht, Abner. Ich weiß nur, was ich einigen von euch bereits gesagt habe. Ich erzählte Bill Safferstein von der letzten Klausur. Er war nämlich nicht dabei, versteht ihr? Der Monsignore kam, und wir fingen an zu reden, und er sagte, die Kirche sei bereit, das Grundstück zu verkaufen. Also, der Preis, den er mir nannte, das war geschenkt. Ich sagte zu Bill, wir könnten alles für hunderttausend kaufen und einrichten. Und er sagte zu mir: ‹Wissen Sie was, ich gebe Ihnen hunderttausend für den Goralsky-Besitz.› Ich dachte, er macht Witze, aber er schrieb sofort einen Scheck über tausend Dollar aus, als Anzahlung auf sein Kaufgebot. Mehr weiß ich nicht. Vielleicht ist das seine Art, eine Spende für die Synagoge zu machen.»

«Ach was!» höhnte Abner Fisher. «Billy Safferstein ist ein netter Kerl, und auch großzügig, aber soviel Geld für einen Block runtergekommener Läden auf den Tisch zu blättern, von denen einer sogar noch leer steht . . .»

«Ich habe kürzlich ein Schreiben vom Drugstore bekommen, in dem Aptaker um Erneuerung seines Mietvertrags bittet», warf Kaplan ein.

«Na schön, gibt es eben einen guten Laden im ganzen Block. Aber das erklärt immer noch nicht . . .»

«Bill arbeitet immer so», meldete sich Paul Goodman. «Haben Sie jemals mit ihm gepokert? Wenn er eine Glückssträhne hat, nützt er sie bis zum letzten Rest aus. Wenn der Einsatz zum Beispiel einen Dollar beträgt, sagt er: ‹Kommt, hängen wir die Korinthenkacker ab›, und erhöht auf fünf. Und genauso kauft er Immobilien. Als ich den Harrington-Besitz liquidieren mußte, bot er fünfundsiebzigtausend für das Land, während die anderen nur einiges über fünfzig boten. Natürlich bekam er den Zuschlag. Dann teilte er das Land in ungefähr hundert Parzellen auf, verhökerte sie für duchschnittlich dreitausend pro Stück und machte einen ganz schönen *rebbach* dabei. Als er es gekauft hatte, sagte ich ihm, er hätte es für zwanzigtausend weniger bekommen können. Und wißt ihr, was er mir antwortete? ‹Ich mache niemals den Versuch, einen Besitz so billig wie möglich zu erwerben. Auf diese Weise konkurriert man nur mit den anderen Käufern. Sie treiben sich gegenseitig in die Höhe, und ehe man sich's versieht, bezahlt man mehr, als man beabsichtigte, und mehr, als das Ganze wert ist. Ich berechne immer, was ein Besitz für mich wert ist, und das biete ich dann. So entmutigt man die Konkurrenz, zieht ihr sofort den Boden unter den Füßen weg.›»

«Tja», sagte Kaplan, «ich weiß nur, daß es ein verdammt guter Preis ist, und wenn wir den nicht akzeptieren, sollten wir alle zum Psychiater gehen und uns den Kopf untersuchen lassen.»

«Ich gebe zu, daß der Preis gut ist, und ich finde, wir sollten verkaufen», meinte Fisher. «Aber ich möchte wissen, ob dieses Grundstück oben in Petersville ein guter Kauf ist, und ob es genau das Grundstück ist, das wir uns als permanente Klausur wünschen.»

«Sie sind doch schon da gewesen, Abner. Sie kennen es.»

«Ja, aber ich war dort in Klausur. Ich hab's gesehen, aber ich habe es nicht geprüft, wie ich es tun würde, wenn ich es kaufen wollte.»

«Aber natürlich, Abner. Deswegen organisiere ich für dieses Wochenende eine Klausur. Das gibt uns Gelegenheit, uns das Grundstück eingehend anzusehen. Wir können uns an Ort und Stelle entscheiden, und wenn wir zurück sind, am nächsten Sonntag bei der Vorstandssitzung offiziell darüber abstimmen.»

«Und es wird eine richtige Klausur?»

«Worauf ihr euch verlassen könnt. Rabbi Mezzik wird auch da sein, und die *rebbetzen* wird uns das Sabbatmahl auftischen und die Kerzen segnen. Am Sonnabend dann sehen wir uns das Grundstück an und treffen unsere Entscheidung . . .»

«Sie wollen am Sabbath Geschäfte machen, Chet?»

Kaplan grinste. «Das ist ein religiöses Geschäft. So was kann man auch am Sabbat machen.»

Ein Streifenwagen der Polizei kam vorbei, bremste und hielt direkt vor ihm. Der Streifenpolizist im gelben Regenmantel stieg aus und kam herüber. Mit der Taschenlampe leuchtete er durchs Fenster.

«Ah, Mr. Safferstein! Irgendwas nicht in Ordnung?»

Safferstein kurbelte das Fenster herunter. «Doch, doch, alles klar, Officer. Es hat nur so stark geregnet, daß meine Scheibenwischer es nicht mehr schafften. Und dann beschlug die Windschutzscheibe. Darum habe ich angehalten und ein bißchen gewartet.»

«Wollen Sie Ihren Wagen stehenlassen und sich von uns heimfahren lassen?»

«Nein, nein, es läßt ja schon nach. Ich werd's schon schaffen.»

«Können wir sonst noch was für Sie tun?»

«Nein, danke ... Na ja, vielleicht doch. Ich habe versprochen, diese Pillen abzuliefern ...»

Mrs. Kestler spähte besorgt zum Fenster hinaus und sagte zweifelnd: «Es hat etwas nachgelassen, Rabbi, aber es gießt immer noch ganz schön. Wollen Sie nicht lieber noch ein bißchen warten?»

Doch er hatte es eilig, zu Kaplans zu kommen. «Nein, es geht schon», antwortete er. «Ich laufe schnell rüber. Mein Wagen steht direkt vor dem Haus.»

Der Rabbi öffnete die Tür, blieb sekundenlang im Schutz der Veranda stehen und rannte dann die Stufen hinab, den Fußweg entlang zu seinem Wagen. Er hatte auf der Beifahrerseite einsteigen wollen, die direkt am Bordstein lag, um dann auf den Fahrersitz hinüberzurutschen, aber es war abgeschlossen. Während er nach den Schlüsseln suchte, rüttelte ein plötzlicher Windstoß die Äste der Bäume und überschüttete ihn mit dem Wasser von ihren regenschweren Blättern. Bis auf die Haut durchnäßt, erinnerte er sich, daß das Schloß nicht recht funktionierte und man eine ganze Weile mit dem Schlüssel arbeiten mußte, um es von außen öffnen zu können. Als er um den Wagen herum zur Fahrerseite hastete, trat er mitten in die tiefe Pfütze, die sich in der Gosse gebildet hatte, und stieß einen sehr wenig rabbinerhaften und höchst uncharakteristischen Fluch aus.

Endlich hinter dem Steuer sitzend, aber durchnäßt und unbehaglich, dachte er: «Am besten fahre ich erst nach Hause und ziehe mich um, sonst kriegt Miriam noch Zustände.»

Obwohl der Sturm beträchtlich nachgelassen hatte, rauschte der Regen weiterhin in Bächen herab. Safferstein mußte fast bis zum Ende der Straße fahren, ehe er fünfzig Schritt vom Haus der Kaplans entfernt einen Parkplatz fand. So schlug er den Kragen hoch und trottete, die Hände tief in die Taschen versenkt, an der Reihe der Wagen entlang zurück. Vor dem Haus angekommen, eilte er die Stufen zur schützenden Veranda hinauf. Dort blieb er stehen und lauschte auf die Geräusche drinnen. Er sah, daß die Tür angelehnt war, stieß sie auf und trat ein.

Sofort fand er sich in einer Atmosphäre männlicher Fröhlichkeit und Kumpanei. Die große Halle, der anschließende Wohnraum und das Eßzimmer dahinter wimmelten von Männern, die in Gruppen herumstanden, sich unterhielten, lachten, diskutierten. Als sie Safferstein entdeckten, begrüßten sie ihn freundschaftlich.

«Hi, Billy!»

«Hallo, Billy, alter Knabe!»

«He, da ist Bill Safferstein.»

Dem Ton ihrer Begrüßungen entnahm er, daß Kaplan ihnen bereits von seinem Angebot, den Goralsky-Block zu kaufen, Mitteilung gemacht hatte, und daß sie einverstanden waren.

Er zog den Mantel aus und sah sich nach einem Platz um, wo er ihn aufhängen konnte. In der Halle türmten sich auf mehreren Stühlen andere Mäntel, doch da seiner naß war, mochte er ihn nicht obenauf legen.

Kaplan begrüßte ihn und flüsterte ihm zu: «Alles klar.» Er nahm ihm den Mantel ab. «Der ist naß», sagte er. «Am besten hängen wir ihn in den Schrank.» Kaplan drapierte ihn über einen Bügel, schob die vielen Mäntel im Schrank zusammen und hängte Saffersteins Mantel dazu. «Wie geht's Mona? Etwas besser?»

«Ich habe ihr gerade ein Medikament geholt, und weil das Fahren bei dem Wetter so mühsam war, dachte ich mir, ich schaue hier herein, bis es ein bißchen nachgelassen hat.»

«Aber natürlich. Kommen Sie, trinken Sie ein Bier.»

«Lieber einen Kaffee, wenn Sie haben.»

«Aber sicher. Kommt sofort.»

«Hören Sie, kann ich Ihr Telefon einmal benutzen?»

«Da drüben.»

Er wählte seine eigene Nummer. Das Mädchen kam an den Apparat. «Hilda? Wie geht's Mrs. Safferstein? . . . Ah, gut. Wenn sie aufwacht, sagen Sie ihr, ich habe wegen des Gewitters bei den Kaplans haltgemacht und komme später.»

Mrs. Kestler beugte sich übers Geländer und rief ihrem Mann im unteren Stockwerk zu: «Joe, komm schnell! Dein Vater . . . Er klingt furchtbar.»

Er rannte die Treppe hinauf. «He, Pa, was ist denn? Wie geht's dir?» Seine Frau fauchte er an: «Steh nicht so blöde rum, ruf den Arzt an!»

Sie hastete hinunter. Er hörte, wie sie wählte und dann sprach, aber er konnte nicht verstehen, was sie sagte. Er ging ebenfalls hinunter. Die Hand über der Sprechmuschel, drehte sie sich zu ihm um. «Es ist der Auftragsdienst. Sie wollen wissen, was los ist, dann wollen sie Dr. Cohen benachrichtigen.»

Er riß ihr den Hörer aus der Hand und schrie hinein: «Hören Sie, Miss, mein Vater verträgt die Pillen nicht, die Dr. Cohen ihm verordnet hat. Sehen Sie zu, daß Sie ihn finden, und sagen Sie ihm, er soll sofort seinen Arsch hierherbewegen. Kapiert?» Er knallte den Hörer auf die Gabel.

«Aber Joe, so hättest du nicht mit denen reden sollen. Du weißt genau, daß die aus lauter Bösartigkeit vielleicht . . .»

«Das soll sie wagen! Der häng ich eine Klage an, daß sie im Hemd dasteht. Geh rauf und kümmere dich um ihn. Ich warte hier unten beim Telefon.»

«Ach Joe, ich habe Angst!»

«Angst? Wovor?»

«Ich weiß nicht. Er sieht so . . . so komisch aus.»

«Verschwinde! Ich will hier sein, wenn der Doc anruft. Dir kann er ja doch allen möglichen Scheiß verkaufen.»

Zögernd ging sie auf die Treppe zu. Als das Telefon schrillte, blieb sie stehen.

«Ja? Wer?»

«Ich bin Dr. DiFrancesca», erklärte die Stimme in der Leitung. «Dr. Cohen ist nicht zu erreichen. Sein Apparat scheint nicht in Ordnung zu sein. Ich vertrete ihn. Was ist los?»

«Also, er hat ihm diese Pillen verschrieben, und jetzt kriegt er keine Luft mehr.»

«Aha. Ich denke, wir schaffen ihn ins Krankenhaus. Ich verständige die Polizei, die werden dann den Krankenwagen schicken. Und im Krankenhaus werde ich ebenfalls Bescheid sagen, daß er kommt.»

«Aber was ist, wenn sich sein Zustand unterwegs verschlimmert?»

«Nun . . . Na gut. Ich werde den Krankenwagen bitten, mich abzuholen, und komme gleich mit.»

«He, Chet, haben Sie noch mehr von diesen Karten?»

«Sicher, Howard – jede Menge. Nehmen Sie nur.» Chester Kaplan reichte ihm einen Stoß vervielfältigte Zeichnungen von der Route zu dem Camp, in dem die Klausur abgehalten werden sollte. «Aber Sie kommen doch ganz bestimmt, nicht wahr?»

«Hätte ich Ihnen einen Scheck über fünfundzwanzig Dollar gegeben, wenn ich nicht die Absicht hätte, zu kommen?»

Da der Regen ein wenig nachgelassen hatte, brachen eine ganze Reihe Gäste auf, um die Atempause auszunutzen. Mit viel gutmütiger Witzelei begaben sie sich in die Halle, um ihre Mäntel und Hüte zu holen.

«Paß auf, Bert, such dir den besten aus!»

«Wissen Sie genau, daß Sie einen Mantel anhatten?»

«Also vergeßt nicht, Jungens», rief Kaplan ihnen nach, «wir fahren Punkt halb drei hier ab. Aber wenn ihr uns verpaßt, werdet ihr bestimmt leicht hinfinden, wenn ihr euch nach dieser Karte richtet.»

Als Safferstein sich auch erhob, rief ihm Dr. Muntz zu: «Wollen Sie schon gehen, Bill?»

«Na ja, ich . . . Bleiben Sie denn noch?»

«Gewiß. Kommen Sie her, setzen Sie sich noch ein bißchen.»

Kaplan kam zu ihnen. «Warum die Eile, Bill? Edie macht gerade ein paar Sandwiches. Wir trinken noch eine Tasse Kaffee und unterhalten uns eine Weile.»

«Na ja, gut. Wie sieht's denn aus?»

«Es klappt, würde ich sagen. Meiner Meinung nach dürfte es bei der Abstimmung am Sonntag keinerlei Schwierigkeiten geben.»

«Wunderbar!»

«Ich hab ein paar Briefe von Leuten, die sich für den leerstehenden Laden interessieren. Einer kommt von einer Farben- und Tapetenfirma . . .»

Safferstein schüttelte den Kopf.

«Und dann ist da ein Brief vom Drugstore wegen des Mietvertrags.»

«Was ist damit?» erkundigte sich Safferstein rasch.

«Sein Mietvertrag läuft anscheinend aus, deshalb hat er an Goralsky geschrieben und um Verlängerung gebeten. Der Alte hat sie ihm zugesagt und auch die entsprechenden Formulare ausgefüllt. Aber ehe er unterzeichnen konnte, ist er gestorben.»

Safferstein lächelte zufrieden. «Ach, wirklich?»

«Was soll ich also in dem Fall tun?»

«Schreiben Sie Aptaker und erklären Sie ihm, daß ich den Besitz übernehme. Er soll sich mit mir in Verbindung setzen.»

«Okay.»

Marcus Aptaker drehte den Schlüssel im Schloß und rüttelte dann am Türknauf, um sich zu vergewissern, daß richtig abgeschlossen war. «Gute Nacht, Ross», sagte er. Und dann, zu seinem Sohn: «Kommst du, Arnold?»

«Geh nur vor, Dad. Ich habe den Wagen hier und komme dann später nach.»

Inzwischen hatte es aufgehört zu regnen, aber es war neblig, und als Akiva die Küstenstraße entlangfuhr, traf er immer wieder auf dicke Nebelschwaden, die seine Scheinwerfer kaum durchdrangen. Als er sich dem Haus am Strand näherte, sah er, daß die gesamte Gegend im Dunkeln lag, nicht nur die Häuser, sondern die Straßenlaternen ebenfalls. Ihm kamen Zweifel. Vielleicht war Leah mit dem Jungen beim Herannahen des Sturms zu ihren Eltern gefahren und war immer noch dort. Oder, wenn sie zu Hause geblieben war, schlief sie vielleicht, und wenn er dann klingelte . . .

Doch da entdeckt er die Silhouette am Fenster, wie sie das aufgewühlte Meer beobachtete. Er stellte den Wagen ab, überquerte die Straße und hoffte, daß sie ihn durchs Fenster erkannte.

Sie machte die Tür auf, ehe er nach der Klingel greifen konnte. «Was machst du denn hier?» fragte sie. «Was willst du?»

«Ich habe ein paarmal versucht, dich anzurufen, aber das Telefon funktionierte nicht. Ich habe mir Sorgen gemacht. Du wohnst direkt am Wasser. Da hab ich gedacht, ich fahr mal schnell her und sehe nach, ob alles in Ordnung ist.»

«Der Strom ist ausgefallen», erklärte sie, «und die letzte Kerze, die ich hatte, habe ich aufgebraucht.» Sie trat beiseite, um ihn einzulassen.

Er tastete sich ins Wohnzimmer und setzte sich aufs Sofa. Sekunden später fühlte er die Polster nachgeben, als sie sich neben ihm niederließ. Ihr Oberschenkel schmiegte sich eng an den seinen, und zuerst dachte er, sie habe im Dunkeln den Abstand falsch eingeschätzt. Dann lehnte sie sich plötzlich an ihn. Und dann lag sie auf ihm, drückte sich ihr Mund fest auf den seinen.

Später, als sie auf dem schmalen Sofa eng nebeneinander lagen, murmelte sie: «Es war so lange her!»

«Bei mir auch», antwortete er heiser.

Das Telefon läutete. Chester Kaplan rief quer durchs Zimmer: «Nimm doch bitte mal ab, Al.»

Dr. Muntz nahm den Hörer. «Hier bei Kaplan», meldete er sich. «Wer? . . . Ist nicht hier. Einen Moment, bleiben Sie dran.» Er deckte die Sprechmuschel zu und rief zu Kaplan hinüber: «Das ist für Dan Cohen. War der heute abend hier? Ich habe ihn nicht gesehen.» Wieder sprach er ins Telefon. «Nein, er war nicht hier. Hören Sie, wer ist denn da? . . . Oh, Sie sind's, John. Ich dachte mir doch, daß ich Ihre Stimme erkannt habe. Was ist los? . . . Was? . . . Augenblick.» Er hob den Kopf. «He», sagte er, «seid mal leise da drüben, ja? Ich kann nichts verstehen.»

Sofort wurde es still im Zimmer; alle Augen wandten sich ihm zu.

«Und da haben sie Sie angerufen? . . . Hmmm . . . Hmmm . . . Hmmm . . . Tja, so geht's eben manchmal. Tut mir leid, daß Sie reingezogen worden sind . . . Ja, Wiederhören.»

«War das John DiFrancesca?» erkundigte sich Dr. Kantrovitz. «Was ist passiert?»

«Ein Patient von Dan Cohen ist gestorben. Sie konnten Dan nicht erreichen, daher hat der Auftragsdienst John angerufen. Er sagt, es war vermutlich eine Reaktion auf ein Medikament, das Dan verschrieben hat, und . . .»

«Wer war's denn?»

«Der alte Kestler.»

«Großer Gott!» Der Aufschrei kam von Safferstein.

Alle wandten sich zu ihm um. Sein Gesicht war aschgrau.

«Was ist los, Billy?» fragte Kaplan.

«Das war möglicherweise meine Schuld. Vielleicht habe ich die Pillen vertauscht.»

«Was reden Sie da?»

Bill erklärte, daß er sich bereiterklärt hatte, das Medikament bei den Kestlers abzugeben. «Ich hatte also zwei Umschläge, einen mit dem Medikament, das Al Mona verschrieben hatte, und einen für Kestler. Vielleicht habe ich Kestler den für Mona gegeben.»

«Wie ist das, Al?» wollte Kaplan wissen. «Hätte das, was du Mona verschrieben hast, Kestler schaden können?»

«Es war Penicillin», antwortete Dr. Muntz. «Wenn Kestler allergisch dagegen war . . .» Er brach ab, als sei ihm eine Idee gekommen. «Haben Sie Mona die für Kestler bestimmten Pillen gegeben?»

«Nein, ich bin wegen des Wetters direkt hierher gekommen.»

«Dann müssen Sie den zweiten Umschlag ja noch haben», erklärte Muntz. «Sie brauchen also nur nachzusehen, ob die Pillen, die Sie noch haben, Kestlers oder Monas sind.»

«Ja, genau – das ist richtig! Sie stecken in meiner Manteltasche.» Safferstein eilte in die Halle, wo Kaplan seinen Mantel in den Schrank gehängt hatte. Die anderen folgten. Er nahm einen Mantel heraus und schob die Hand in eine Tasche. «Sie sind fort», sagte er entsetzt. «Die Pillen sind fort!»

«Sehen Sie in den anderen Taschen nach.»

«Ich weiß genau, daß ich sie in diese Tasche gesteckt habe.» Aber er begann trotzdem zu suchen. Er zog ein Paar Handschuhe heraus und starrte sie verwundert an. «Das sind nicht meine. He, das ist ja gar nicht mein Mantel! Irgend jemand muß meinen Mantel verwechselt haben.»

14

Marcus Aptaker warf sich unruhig herum, dann wurde er wach. Er rieb sich die Augen und gähnte ausgiebig. Seine Frau saß im Bademantel im Schaukelstuhl und sah zum Fenster hinaus.

«Was ist los? Kannst du nicht schlafen?»

«Es ist Viertel vor zwei», sagte sie, «und Arnold ist immer noch nicht da.»

«Na und? Er ist inzwischen erwachsen.»

«Aber das Unwetter . . . Er hat vielleicht . . . Im Radio haben sie gesagt, daß viele Bäume entwurzelt worden sind. Telefon- und Lichtmasten sollen umgefallen sein.»

«Großer Gott, warum malst du dir solche Sachen aus?» Aber er stand auf und zog ebenfalls den Bademantel an. «Warte, ich mache dir ein bißchen Milch heiß. Dann wirst du sicher schlafen können.»

Sie folgte ihm in die Küche. «Ich will keine heiße Milch. Ich finde, wir sollten die Polizei anrufen.»

Er starrte sie an. «Warum?»

«Na ja, du könntest fragen, ob . . .»

«Hör zu, Rose, wenn es einen Unfall gegeben hat . . . Falls du dir deswegen Gedanken machst, glaube mir, dann wird man uns Bescheid geben.»

«Aber wo kann er denn nur sein?»

«Woher soll ich das wissen? Wahrscheinlich besucht er einen Freund, und sie haben die Zeit vergessen.»

«Wen sollte er denn hier besuchen? Was für Freunde hat er hier noch?»

«Keine Ahnung. Ich weiß nur, daß er ein paarmal telefoniert hat.»

«Ich finde, wir sollten doch die Polizei anrufen», sagte seine Frau hartnäckig.

«Ich denke gar nicht daran. Was soll ich denn sagen? Daß es beinahe zwei Uhr morgens ist, und daß mein achtundzwanzigjähriger Sohn noch nicht nach Hause gekommen ist? Die würden mir was husten. Wahrscheinlich hat er einen Platten und wird schon bald wieder hier sein.»

«Warum hat er dann nicht angerufen? Er muß doch wissen, daß wir uns Sorgen machen und uns fragen, ob ihm bei diesem Wetter nicht was zugestoßen ist!»

«Woher soll ich, verdammt noch mal, wissen, weshalb er uns nicht angerufen hat? Vielleicht hatte er keinen Dime.»

Brummelnd ging Marcus Aptaker ins Wohnzimmer. Seine Frau folgte ihm. Er stellte im Fernseher das Nachtprogramm an und starrte auf den Bildschirm, ohne wirklich etwas zu sehen.

«Warum gehst du nicht zu Bett?» drängte sie ihn. «Du mußt morgen früh aufstehen.»

«Ich bin nicht müde.» Er war ebenso beunruhigt wie sie, aber er konnte seine Besorgnis nicht aussprechen, weil das die ihre nur noch gesteigert hätte.

Um drei Uhr kam Akiva heim. Er war glücklich. Er war euphorisch. Er war unsicher. «Himmel, das Haus ist ja beleuchtet wie 'n ganzer Weihnachtsbaum!» sagte er munter. «Geht ihr eigentlich nie zu Bett?»

«Ach, Arnold! Wir haben uns so um dich gesorgt!» jammerte die Mutter.

«Wo, zum Teufel, bist du gewesen?» Aptakers Besorgnis verwandelte sich umgehend in flammenden Zorn.

«Konntest du dir denn nicht denken, daß wir uns Sorgen um dich machen?» schluchzte die Mutter. «Wo bist du gewesen?»

«Ich . . . Bei einem Mädchen.»

«In Revere, möchte ich wetten!» brüllte der Vater. Er wandte sich an seine Frau. «Bei einer von diesen Flittchen, mit denen er sich immer rumgetrieben hat. Du wolltest wissen, wen er hier kennt, bei wem er sein könnte. Ich werd's dir sagen. Bei einer von diesen reizenden jungen Damen in Revere, die man gar nicht persönlich kennenlernen muß, da war er. Er ist ja religiös geworden. Geht in die Synagoge. Will nicht essen, was du kochst, weil es nicht heilig genug für ihn ist. Und dann ist er erst einen Tag zu Hause und jagt schon hinter den Huren her.»

Akiva verlor die Selbstbeherrschung. «So kannst du mit mir nicht reden!» schrie er. «Das brauche ich mir nicht gefallen zu lassen.»

«Solange du unter meinem Dach lebst . . .»

«Verdammt noch mal, dann verlasse ich eben dein Dach!» Und stürzte hinaus. Beinahe sofort kam er zurück – mit seinem Koffer in der Hand. Er warf den Hausschlüssel, den sie ihm gegeben hatten, auf den Tisch. «Da! Ich verschwinde.» Er ging zur Tür.

«Bitte, Arnold! Ich bitte dich!» flehte die Mutter. «Wohin willst du?»

«Zurück nach Philly. Ich hätte gar nicht erst kommen sollen.» Er knallte die Tür hinter sich zu.

Fassungslos starrte Mrs. Aptaker ihren Mann an, der finster zu Boden blickte. «O Mark, du hättest nicht . . .»

«Laß ihn doch gehen! Wer braucht den schon?»

«Nein!» Sie riß die Tür auf und lief auf die Veranda. Sie rief hinter ihm her, aber er fuhr bereits die Einfahrt hinab und bog in die Straße ein.

Während Akiva durch die Nacht fuhr, nahm er im Geist verschiedene Passagiere mit: Zuerst seine Mutter, der gegenüber er ein schlechtes Gewissen hatte. «Ich wußte, daß es nicht klappen würde, Ma. Deswegen bin ich ja auch nicht früher gekommen. Das ist wirklich nicht so übel, aber wir passen einfach nicht zusammen, unsere Vibrationen harmonisieren nicht. Das ist nicht seine Schuld, und es ist nicht meine Schuld. Es ist eben einfach so.»

Dann Reb Mendel, mit dem er eher scherzhaft sprach. «Ich glaube, *rebbe*, diesmal hat es mit der tieferen Einsicht nicht so ganz hingehauen. Ein kleiner Fettfleck auf der Feldstecherlinse, vielleicht?»

Und Leah, mit der er sehr ernsthaft redete. «Es ist vermutlich am besten so, Liebes. In ein paar Tagen hätte ich ohnehin fort müssen. Gewiß, wenn du nach Philly kommen könntest, und dir dort einen Job suchen, oder auch nach Washington, wo ich dich jedes Wochenende besuchen könnte . . .»

Seine Tagträume wurden von dem unverwechselbaren Klang einer Polizei-Trillerpfeife zerrissen. Da sein Wagen der einzige auf der Straße war, wußte er, daß das Pfeifen ihm galt. Resigniert bremste er und hielt. Im Rückspiegel beobachtete er, wie ein Polizist vom Motorrad stieg und gemächlich auf ihn zukam. Er schaltete die Deckenbeleuchtung ein und begann im Handschuhfach nach den Wagenpapieren zu kramen.

Der Polizist bückte sich und warf einen Blick in den Wagen. «Hübsches Tempo, was Sie da drauf gehabt haben, Mister, nicht wahr? Wo brennt's denn?»

«Hören Sie, Officer, ich muß nach Philly ... He, sind Sie nicht Purvis? Joe Purvis?»

«Ja. Kennen Sie mich?» Der Polizist musterte ihn eingehend. «Sie sind doch nicht ...»

«Arnold Aptaker.»

«Na, so was! Wie geht's denn? Wieso der Bart?»

«Ach, weißt du, ich wollte das nur mal ausprobieren. Spart 'ne Menge Rasierklingen.»

«Na, so was! Warst du zu Hause? Ich habe dich gar nicht gesehen.»

«Ich habe nur ein paar Tage meine Eltern besucht. Ich bin jetzt in Philly. Wie lange bist du denn schon bei der Polizei? Ich dachte, du wärst Zimmermann.»

«Ich *war* Zimmermann, bis vor ein paar Jahren. Magere Zeiten, im Winter, deswegen hab ich das Polizistenexamen abgelegt. Hin und wieder, wenn ich keinen Dienst habe, mache ich für alte Kunden immer noch Zimmermannsarbeiten.»

«Du hast doch einen Bruder, nicht wahr?» fragte Akiva, der bestrebt war, das Gespräch möglichst freundschaftlich zu gestalten.

«Caleb? Ja, der war eine Klasse unter uns.»

«Stimmt. Er war in meiner Englisch-Klasse. Was macht der denn? Ist der auch bei der Polizei?»

«Nein. Der ist beim *Courier*, Verkaufsleiter. Er schreibt alle Crossers an, die von hier weggezogen sind, nach Florida, zum Beispiel. Die fragt er, ob sie das Blatt nicht abonnieren wollen, um den Kontakt mit ihrer Heimat nicht zu verlieren. Macht seine Sache ziemlich gut.»

Akiva hatte eine Eingebung. «He, das ist 'ne gute Idee!» Er suchte wieder im Handschuhfach und holte Bleistift und Papier heraus. Auf einen Zettel kritzelte er seinen Namen und seine Adresse und reichte ihn dann dem Polizisten. Aus der Brieftasche holte er einen Fünfdollarschein. «Hier ist ein Fünfer. Gib ihn deinem Bruder und sag ihm, er soll mir die Zeitung schicken.»

«Tja, Mann, schreib ihm doch selber, dann schickt er dir ein Formular. Ich weiß nicht genau, wieviel das kostet.»

«Na und? Wenn er mir Zeitungen für fünf Dollar geschickt hat, wird er mir schon wegen der Verlängerung des Abonnements schreiben. Du weißt doch, wie das immer ist. Wenn ich mich erst lange hinsetzen und einen Brief schreiben muß, komme ich nie dazu.»

«Okay, na schön.» Der Polizist faltete den Zettel um die Banknote und schob alles hinter das Schweißband seiner Mütze. «Aber wenn du mal wieder hierher kommst, besuch mich doch. Und sei vorsichtig, auf der nächsten Strecke. Da liegen überall runtergefallene Äste auf der Fahrbahn.»

15

Rabbi Small hörte am nächsten Morgen beim *minjen* von Kestlers Tod. Obwohl es ein Schock für ihn war, daß der Mann, den er am Abend zuvor noch besucht hatte, gestorben war, kam es für ihn doch nicht allzu überraschend. Kestler war über achtzig Jahre alt gewesen, und jedesmal, wenn er bei ihm war, hatte er ihn schwacher und hinfälliger gefunden.

«Gehen Sie auch zu der Beerdigung, Rabbi?» erkundigte sich Chester Kaplan. «Die ist drüben in Revere, um halb elf. Er war Mitglied vom Bnai Shalom.»

«Ich glaube nicht.»

«Na ja, ich werde wohl gehen müssen. Ich habe die ganzen Jahre als Anwalt für die Kestlers gearbeitet.»

«Die Teilnahme ist eine *mitzwe*», stellte der Rabbi fest.

Kaplans Miene hellte sich auf. «Ja, stimmt! Das ist es.»

Als er den Rabbi beim abendlichen *minjen* wiedersah, berichtete er ihm über das Ereignis. «Sie hätten dabei sein müssen, Rabbi. Es waren unheimlich viele Leute da. Hätte nie gedacht, daß er so beliebt war.» Kaplan lachte. «Aber als ich ein paar Bemerkungen hörte, kam es mir vor, als wären die alle nur gekommen, um sich zu vergewissern, daß er auch wirklich tot ist.»

Der Rabbi zog die Brauen hoch. «Ach?»

«Sie wissen doch, was der war, nicht wahr?»

«Ein Kleinkreditfinanzier?»

«Ein Wucherer war er. Hat Geld auf große Risiken verliehen. Zweite und dritte Hypotheken, gegen Sicherungsübereignung, und so weiter. Er verlangte zwischen 25 und 30 Prozent Zinsen. Aber Sie hätten die Grabrede hören sollen: Dieser Rabbi Rogin, der den Trauergottesdienst leitete, wollte gar nicht aufhören, davon zu reden, daß Kestler zwar Geld verliehen hätte, aber ‹nicht an die großen Finanziers oder die Industriekapitäne, sondern an die Armen und Gedemütigten›. Wahrscheinlich hat er den Sohn nach seinem Vater ausgefragt und alles ein bißchen ausgeschmückt.»

Der Rabbi nickte bekümmert. «Früher haben wir nur für große Männer solche Grabreden gehalten, aber heutzutage erwarten das alle Familien und finden es richtig, daß man die Verstorbenen lobt, selbst wenn sie es besser wissen. Und später behalten sie sie so in Erinnerung, wie der Rabbi sie bei der Grabrede hingestellt hat. Vielleicht ist das gar nicht so schlecht, wenn es einen Sohn veranlaßt, ein bißchen besser von seinem Vater zu denken. Die Geschichtsschreiber machen schließlich dasselbe mit den Staatsmännern und Helden, für die sie ein Faible haben. Und ihr Anwälte, macht ihr nicht auch dasselbe, wenn ihr vor den Geschworenen ein Plädoyer haltet?»

«Ja, kann schon sein», antwortete Kaplan. Als Rabbi Small sich zum Gehen wandte, fiel Kaplan aber noch etwas anderes ein. «Hören Sie, Rabbi, Sie haben den Alten doch immer besucht. Was für einen Eindruck machte er da auf Sie?»

«Wie meinen Sie das? Er machte den Eindruck eines alten, kranken Mannes.»

«Na ja, wissen Sie – hinterher gingen die Leute zu Joe Kestler, um ihm zu kondolieren. Und eine Frau, eine Verwandte, nehme ich an, sagte zu ihm, wie überrascht sie gewesen sei, als sie die Nachricht bekommen hätte. Als sie ihn zuletzt gesehen hätte, da hätte sie ihn so wach und lebendig gefunden. Und Joe sagte, es sei ihm auch gut gegangen, bis er die Pillen genommen hätte, die ihm der Arzt verschrieben hat.»

Der Rabbi musterte Kaplan mit scharfem Blick. «Und was halten Sie davon?»

Kaplan grinste. «Als Anwalt würde ich sagen, Joe Kestler bereitete den Boden für eine Klage wegen falscher ärztlicher Behandlung vor.»

16

Obwohl die Telefon-Instandsetzungstrupps die ganze Nacht hindurch arbeiteten, hörte Dr. Cohen erst am nächsten Morgen von Dr. DiFrancesca, daß sein Patient gestorben war.

Cohen schüttelte bedrückt den Kopf. «Tja, das ist traurig. Er war krank und alt, aber ich hätte nicht gedacht, daß er in Lebensgefahr schwebte. Vielleicht hätte ich ihn doch ins Krankenhaus holen sollen.»

«Hinterher ist man immer klüger, Dan», antwortete Dr. DiFrancesca. Er war blond, blauäugig und gewachsen wie ein Footballspieler. Obwohl er nur etwa zwei Jahre älter war als Cohen, besaß er das selbstverständliche, sichere Auftreten eines Mannes, der seinen Platz im Leben gefunden hat. «Vielleicht war es eine Reaktion auf das Medikament», ergänzte er. «Für mich sah es jedenfalls so aus.»

«Wirklich? Aber ich habe ihm vor ein paar Monaten dasselbe Medikament gegeben, und da hat er es gut vertragen. Was für Symptome hatte er?»

«Ach, die üblichen: Entzündung, Blutandrang, Schwierigkeiten bei der Atmung. Durchaus möglich, daß er eine Unverträglichkeit entwickelt hat.»

«Diese Gefahr besteht doch immer, nicht? Woher soll man das vorher wissen? Damals konnte er Penicillin nicht vertragen, deshalb setzte ich ihn auf Tetracyclin, und alles ging gut.»

«Was haben Sie gegeben, Dan?»

«Limpidine 250. Pierce and Proctor. Dasselbe wie gestern abend. Ich habe guten Erfolg damit gehabt.»

«Nun, diesmal war es kein Erfolg.» DiFrancesca zögerte. «Äh ... Der Sohn war ziemlich aufgebracht und hat ein ganz schönes Theater gemacht.»

«Das war ja wohl zu erwarten.»

«Nein, ich meine wegen der Behandlung, Dan. Er behauptete, sein Vater hätte sich durchaus wohl gefühlt, bis er das Medikament eingenommen hätte.»

«Das stimmt nicht, John, glauben Sie mir! Er hatte Fieber und starke Beschwerden.»

«Es würde mich nicht überraschen, wenn er Klage wegen falscher Behandlung gegen Sie erheben würde», sagte DiFrancesca.

«Wie kommen Sie darauf?» erkundigte sich Cohen rasch.

«Nun, zum Teil, weil ich diesen Typ kenne. Kestler gehört zu den Menschen, die sich automatisch nach jemandem umsehen, den sie verklagen können, wenn was passiert.»

Cohen nickte grimmig. «Ich verstehe. Aber das kommt nicht von ungefähr. Das hat er von seinem Vater.»

«Er behauptete immer wieder, sein Vater habe sich wohl gefühlt, bis er die Pillen geschluckt hatte, die ihm von Ihnen verschrieben worden waren.»

«Wenn er sich so wohl fühlte, warum haben sie mich dann gerufen? Wozu brauchte er dann einen Arzt?»

«Gewiß, aber ...»

«Hören Sie, John, der Mann war achtzig oder darüber. Er hatte 39 Grad Fieber. Er hatte Schwierigkeiten beim Urinieren, und wenn er Harn ließ, klagte er über starkes Brennen. Das klingt doch typisch wie eine bakterielle Infektion, stimmt's? Na schön, es hätte eine Virusinfektion sein können, dann hätte das Medikament nicht geholfen, aber es hätte auch nicht geschadet. Jetzt passen Sie auf: Vor ungefähr sechs Monaten hatte er praktisch die gleichen Symptome. Ich gab ihm dasselbe Medikament, und er wurde gesund. Also gab ich ihm natürlich – dieselbe Person, dieselben Beschwerden – dasselbe Medikament. Ein gutes, konservatives Medikament. Neunundneunzig Prozent aller Ärzte hätten ihn genauso behandelt. Vielleicht hätten sie ein anderes Tetracyclin verschrieben, im wesentlichen aber sind die sich ja alle gleich. Wo gibt es also einen Grund für eine Klage wegen falscher Behandlung?»

«Mich brauchen Sie nicht zu überzeugen, Dan. Aber Sie wissen ja, wie es ist: Einen Winkeladvokaten, der Klage erhebt, findet er allemal. Ich habe versucht, vernünftig mit ihm zu reden, habe ihm erklärt, bei einem Mann in diesem Alter könne immer etwas passieren, aber die Sorte ...» Er schüttelte den Kopf. «Deshalb habe ich vorgeschlagen, der Polizei-Sergeant, der mit dem Krankenwagen kam, solle die Pillen in Verwahrung nehmen und sie dem offiziellen Bericht beifügen.»

Cohen nickte. «Gut gemacht. Und wenn er mich tatsächlich verklagt, bin ich schließlich ausreichend versichert.»

DiFrancesca zögerte. «Es könnte leider etwas kritischer werden, Dan. Erstens ist dieser Kestler ein Mensch, der ewig den Mund aufreißen muß. Damit könnte er Ihnen ziemlich schaden.»

«Ich verstehe.»

«Und außerdem ist Al Muntz verärgert. Er rief mich natürlich zu Hause an, als er von den Kaplans kam. Er wollte alle Einzelheiten wissen.»

«Was hat denn der damit zu tun?»

DiFrancesca war verlegen. «Er findet anscheinend, daß die Klinik durch diese Angelegenheit Schaden erleiden könnte. Wenn mit Schmutz geworfen wird, meint er, könnte auch an uns anderen etwas davon hängenbleiben. Tatsächlich hat Kestler mir vorgeworfen, ich versuchte Sie zu decken, weil wir ... na ja, Kollegen seien.»

«Das ist doch lächerlich, John!» erwiderte Cohen hitzig. «Was ist denn mit den anderen Ärzten am Krankenhaus? Die sind doch auch meine Kollegen. Schadet es denen etwa auch?»

«Sie wissen doch, wie es ist, Dan. Wenn man sich einen Besitz erarbeitet hat, wie Al Muntz ihn an der Beachcroft Road bewohnt, und einen Cadillac fährt, den man alle zwei Jahre gegen einen neuen eintauscht, wird man überempfindlich, möglicherweise sogar ein bißchen paranoid.»

«Dazu hat er keinen Grund», erklärte Cohen kurz und knapp. Aber er war beunruhigt.

Sowohl Al Muntz als Dr. Kantrovitz waren den ganzen Vormittag im Krankenhaus, aber zum Mittagessen kamen sie zurück. Die vier Ärzte gingen gemeinsam zum Lunch, doch weder unterwegs noch während der Mahlzeit brachte einer von ihnen das Gespräch auf den Fall. Erst als sie ihren Kaffee tranken, sagte Muntz: «Übrigens, wegen dieser Kestler-Sache, Dan. John meint, es könnte zu einer allergischen Reaktion gekommen sein. Was haben Sie verschrieben?»

«Limpidine 250. Viermal täglich, fünf Tage lang.»

«Steht das auf der Flasche, John?» erkundigte sich Kantrovitz.

«Hm-hm.»

«Gegen eine Infektion der Harnwege?» Kantrovitz überlegte, dann nickte er. «Haben Sie ihn gefragt, ob er allergisch dagegen ist?»

«Also hören Sie, Ed!»

«Was ist – haben Sie ihn gefragt?»

«Nein, habe ich nicht», antwortete Cohen. «Das war nicht nötig. Ich hatte ihn wenige Monate zuvor schon einmal damit behandelt.»

«Trotzdem sollte man sich jedesmal erkundigen – für alle Fälle, und um sich abzusichern.»

«Ich war nicht daran interessiert, mich abzusichern», gab Cohen zurück. «Ich war ausschließlich daran interessiert, meinen Patienten zu behandeln.»

«Kein Grund zur Aufregung, Dan», sagte Al Muntz beruhigend.

«Wir wollen Ihnen ja nur helfen», erklärte Dr. Kantrovitz.

«Helfen – wie? Der Mann ist tot. Wollen Sie etwa behaupten, Ihnen wäre noch nie ein Patient gestorben?»

«Natürlich nicht. Das ist nicht mehr zu ändern. Unsere Sorge gilt jetzt ganz allein Ihnen. Wie uns John sagte, besteht die Gefahr, daß es zu einer Klage wegen falscher Behandlung kommt.»

«Na und? Ich bin versichert.»

Muntz nickte. «Selbstverständlich. Aber John hat das Gefühl, daß Kestler mit seinen Beschuldigungen hausieren geht. Tatsächlich hat mir Chet Kaplan gesagt, daß er schon bei der Beerdigung entsprechende Äußerungen getan hat.»

«Na und?»

«Das könnte sich für uns alle negativ auswirken.»

«Wieso denn?»

«Ach, Dan, Sie wissen doch! Viele Leute haben komische Ansichten über eine Klinik», antwortete Muntz vage.

Ed Kantrovitz war ein hagerer, ernsthafter Mann, der nicht sprach, sondern statuierte. «Betrachten Sie es doch mal so, Dan», begann er. Die Lippen geschürzt, ordnete er seine Gedanken. «Jemand erzählt Ihnen, daß jemand gestorben ist. In diesem Fall werden Sie sich doch höchstwahrscheinlich zuerst danach erkundigen, wer der Arzt des Verstorbenen war. Angenommen, er sagt nun, es sei einer von der Klinik. Dann könnte man ohne weiteres vermuten, daß es Al wäre, oder ich, oder John . . .»

«Oder ich», ergänzte Cohen. «Und wenn es hieße, es sei ein Arzt vom Krankenhaus gewesen, dann könnte es einer von hundert Ärzten sein.»

«Ergehen wir uns nicht in Hypothesen», schlug Muntz vor. «Im Augenblick geht es um Kestler.»

«He-e!» Kantrovitz schnalzte mit den knochigen Fingern. «Ist dieser Kestler nicht der Mann, von dem Sie mir vor einiger Zeit erzählt haben, Dan? Der Kerl, der Sie vor Gericht verklagt hat?»

«Ja, das ist er. Als ich meinen Zaun gezogen hatte, behauptete er, das

Ding stünde auf seinem Grundstück.»

Muntz starrte ihn an; seine blauen Quellaugen wirkten, als wollten sie ihm aus dem Kopf fallen. «Und Sie haben ihn trotzdem behandelt?»

«Nun, er fand keinen anderen Arzt, und das hatte ja nichts mit der Klage zu tun.»

Dr. Muntz schüttelte bedächtig den Kopf. «Ich hätte Sie für klüger gehalten, Dan.»

«Also, was haben Sie gegen ...»

«Man behandelt keinen Mann, wenn eigene Gefühle dabei im Spiel sind», erklärte Muntz nüchtern.

«Sie würden doch auch kein Familienmitglied behandeln, nicht wahr?» fragte Ed Kantrovitz.

«Was ich dagegen habe, ist, daß es keinen guten Eindruck macht», sagte Muntz. «Da ist ein Mann, über den Sie rechtens verärgert sind, und Sie verschreiben ihm ein Medikament, das seinen Tod herbeiführen kann. Ja, mehr noch, Sie verschreiben es ihm nicht nur, Sie telefonieren das Rezept auch noch durch, damit er es möglichst schnell bekommt. Also, das macht wirklich keinen guten Eindruck, jedenfalls nicht auf den Mann auf der Straße. Und wenn es zum Prozeß kommt, sitzt nämlich dieser Mann in der Jury.»

«Aber Mr. Kestler war krank, und ich dachte ... ich müßte ihm helfen», wehrte sich Dr. Cohen. «Ich konnte doch nicht einfach ablehnen!»

«Aber genau das hätten Sie tun sollen», widersprach Muntz. «Sie waren nicht für ihn verantwortlich. Sie hätten ihm raten sollen, die Polizei anzurufen. Die hätten ihm einen Krankenwagen geschickt und ihn ins Krankenhaus gebracht.»

«Und wenn sich sein Zustand unterwegs verschlimmert hätte, oder wenn er sogar gestorben wäre ...»

«Er wäre nicht gestorben. Und wenn, dann wäre es nicht Ihre Schuld gewesen.»

Sie diskutierten hin und her, jedoch mit gedämpfter Stimme, da sie schließlich in einem öffentlichen Lokal saßen, blickten immer wieder in die Runde, um zu sehen, ob jemand zuhörte. Und kamen zu keinem Ergebnis. Dr. Cohen beharrte darauf, daß es seine Pflicht sei, jeden zu behandeln, der ihn um seine Hilfe bat und dem er aufgrund seiner Ausbildung helfen konnte. Während Muntz und Kantrovitz mit ebenso großer Hartnäckigkeit behaupteten, er habe zunächst einmal Pflichten gegen sich selbst, er habe das Recht, die Behandlung zu verweigern, sobald sein beruflicher und gesellschaftlicher Ruf auf dem Spiel stehe. DiFrancesca verhielt sich fast immer still, äußerte sich nur, wenn es so aussah, als drohe der Disput persönlich zu werden. Dann rutschte er unruhig auf seinem Stuhl herum und sagte: «Na, hört mal, Jungens ...»

Als sie sich schließlich erhoben, um in die Praxis zurückzukehren, zeigten sich die beiden älteren Kollegen Cohen gegenüber merklich kühl, ja, legten sogar gegenüber DiFrancesca eine reservierte Höflichkeit an den Tag, weil dieser sie nicht unterstützt hatte.

Am Abend fand Mrs. Cohen ihren Mann außergewöhnlich schweigsam. Sie schrieb dies natürlich dem Kummer über den Tod seines Patienten zu und machte klugerweise keinen Versuch, ihn aufzuheitern. Als seine Stimmung sich am nächsten Morgen jedoch immer noch nicht gebessert hatte, sagte sie: «Warum fährst du heute nachmittag nicht mit hinaus zu dieser Klausur, Dan? Es würde dir gut tun, mal ein, zwei Tage rauszukommen.»

«Ich kann nicht. Sie wollen schon am frühen Nachmittag fahren. Dazu müßte ich ein paar Patienten umbestellen.»

«Weißt du was? Pack trotzdem einen Koffer in dein Auto. Wenn du dich dann doch zum Mitfahren entschließen solltest, fährst du einfach los. Madeleine kann mich dann anrufen und sagen, daß du nicht nach Hause kommst.»

17

«Ich kam zufällig vorbei und sah Ihren Wagen in der Einfahrt stehen, David.» Es war Hugh Lanigan.

«Kommen Sie herein», sagte Rabbi Small zu Barnard's Crossings Polizeichef, einem untersetzten Mann mit breitem, rotem Gesicht. Die beiden hatten sich schon im ersten Jahr nach dem Amtsantritt des Rabbi befreundet – Grund genug für einen informellen Besuch. Aus langer Erfahrung jedoch wußte der Rabbi, daß es für diese Besuche eigentlich immer einen offiziellen Grund gab, und auch jetzt fragte er sich, was den Polizeichef zum Kommen veranlaßt haben mochte.

«Wir wollten eben Kaffee trinken», erklärte Miriam. «Sie leisten uns dabei doch Gesellschaft, nicht wahr? Ich mache gerade eine kleine Atempause bei meinen Vorbereitungen für den Sabbat.»

«Aber gern», antwortete Lanigan. Er legte seine Uniformmütze neben dem Sessel auf den Boden und fuhr sich mit den dicken, kurzen Fingern durch das Gestrüpp seiner kurz geschorenen weißen Haare.

«Hier, versuchen Sie diese mal», drängte der Rabbi. «Wir nennen sie *kichelech*. Man ißt sie zum Kaffee.»

«Mmmm, sehr gut! Wie nennen Sie die? *Kichelech?* Sie haben recht, sie passen ganz ausgezeichnet zum Kaffee. Würden Sie Amy das Rezept geben?»

«Mit Vergnügen», antwortete Miriam.

Der Polizeichef trank seinen Kaffee und stieß einen zufriedenen Seufzer aus. «Dies ist der erste ruhige Augenblick, den ich seit achtundvierzig Stunden habe. Den ganzen Mittwoch waren wir damit beschäftigt, uns auf den Sturm vorzubereiten, und gestern mußten wir den ganzen Tag aufräumen.»

«Ja, aber machen das denn nicht hauptsächlich die städtischen Räumtrupps?» erkundigte sich Miriam.

Der Chef stieß ein kurzes Lachen aus. «Gewiß, die machen die eigentliche Arbeit: umgestürzte Bäume wegräumen oder Wasserrohre reparieren. Der Polizei aber wird gemeldet, welche Straßen blockiert sind. Wir überprüfen die Meldungen und geben die Informationen an das Amt weiter, das die Reparaturen ausführen muß. Nehmen wir an, ein Schaufenster wird eingedrückt. Dann müssen wir Wache stehen, bis es mit Brettern zugenagelt worden ist. Oder nehmen Sie den Hafen: Zwei Polizeiboote haben vierundzwanzig Stunden am Tag die Vertäuungen kontrolliert und Boote gesucht, die sich losgerissen hatten. Wenn bei Verkehrsunfällen Menschen verletzt werden, müssen wir sie ins Krankenhaus schaffen. Zum Beispiel den alten Kestler, den sie gestern beerdigt haben. Da war es der Beamte vom Streifenwagen, der ihm die Medizin gebracht hat. Und in derselben Nacht noch mußten wir ihm den Krankenwagen schicken, der ihn ins Krankenhaus transportierte. Es fielen also für diesen einen Mann gleich zwei Polizeieinsätze an. Übrigens, rein aus Neugier: Warum wurde er gestern schon beerdigt? Ich meine, er ist Mittwochnacht gestorben, und ihr beerdigt ihn gleich am nächsten Tag. Gab es einen besonderen Grund, warum ihr nicht länger warten konntet?»

Der Rabbi schüttelte den Kopf. «Wir begraben die Toten immer am nächsten Tag oder sobald es möglich ist. Sehen Sie, wir balsamieren sie nicht ein. Das ist bei uns so Tradition – weil Israel ein tropisches oder subtropisches Land ist, nehme ich an. Es müßte also einen besonderen Grund geben, wenn wir einmal länger warteten.»

«Sie halten keine Totenwache? Sie bahren Ihre Toten niemals auf, damit Familie und Freunde von ihnen Abschied nehmen können?»

«Nun ja», entgegnete der Rabbi, «das tun wir schon. Es gilt als eine gute Tat, die wir als *mitzwe* bezeichnen. In den meisten Gemeinden gibt es eine Art Gesellschaft, die Chevurai Kedusha, die es übernimmt, den Leichnam zu waschen, ihn in Grabgewänder zu hüllen und anschließend die ganze Nacht bei ihm Wache zu halten und aus den Klageliedern vorzulesen.»

«Aber», wandte Chef Lanigan ein, «wie Sergeant Jenkins mir mitteilte, hat Joe Kestler ein fürchterliches Theater gemacht, als der Arzt von einer Autopsie sprach. Er behauptete, es sei gegen seine Religion.»

Der Rabbi nickte. «Ich hätte nicht gedacht, daß Joe Kestler sich so sehr um seine Religion bekümmert, aber es stimmt, auch das gehört zu unserer Tradition. Wir billigen keine Autopsie, es sei denn, alles deutet darauf hin, daß eine Untersuchung der sterblichen Hülle einem anderen Menschen das Leben retten kann, oder daß dadurch etwas ganz Bestimmtes in Erfahrung zu bringen ist. Der Mensch ist nach dem Bilde Gottes geschaffen; den Körper aufzuschneiden, heißt also, dieses Bild zu entweihen.»

«Das scheint mir aber gar nicht zu der Auffassung zu passen, daß der Körper nur Staub ist, wenn die Seele nicht mehr in ihm wohnt», meinte der Chef.

«Sie haben recht, es paßt nicht dazu.» Der Rabbi grinste. «Unsere Einstellung ist in dieser Hinsicht ein bißchen ambivalent. Doch unsere Tradition entspringt ja keinem geplanten System, wissen Sie, wo alles wie bei einem Puzzle zusammenpaßt. Sie hat sich über die Jahrhunderte hinweg entwickelt. Die Abneigung gegen das Aufschneiden des Leichnams oder auch seine Verbrennung beruht auf dem Glauben einiger Juden, daß die Toten auferstehen, wenn der Messias kommt. Damit meinen sie die Auferstehung des Körpers *und* des Geistes. Und darum ist es notwendig, daß der ganze Körper beerdigt wird, damit er wieder ins Leben zurückkehren kann.»

«Das scheint mir aber unfair gegen diejenigen, die schon lange tot sind», sagte Lanigan. «Und gegen Soldaten, die im Krieg einen Arm oder ein Bein verloren haben.»

«Das ist es wohl.»

«Gab es eigentlich einen Grund, warum Sie dem alten Kestler nicht die letzte Ehre erwiesen haben?» fragte der Chef.

«Nein. Aber er kam ursprünglich aus Revere und gehörte immer noch der dortigen Synagoge an.»

«Was für ein Gesprächsthema!» tadelte Miriam. «Und das beim Kaffee!»

«Ich vermute, der Chef arbeitet auf einen ganz bestimmten Punkt hin», sagte ihr Mann mit leichtem Lächeln.

Lanigan warf ihm unter den buschigen Brauen hervor einen kurzen, scharfen Blick zu und stieß ein verlegenes Lachen aus. «Na ja, ich habe da tatsächlich etwas.»

Der Rabbi nickte ihm ermutigend zu.

«Möchten Sie mit David allein sprechen?» erkundigte sich Miriam.

«Aber nein! Keineswegs. Bitte, bleiben Sie.» Chef Lanigan lehnte sich bequem zurück. «Ich bin bei Dr. Daniel Cohen Patient, seit er vor ungefähr einem Jahr hierherkam – nun ja, weil ich ihn mag. Außerdem ist er ein praktischer Arzt, und zwar so ziemlich der einzige in der Stadt, und ich lege Wert auf einen Hausarzt. Alle anderen sind Spezialisten. Deswegen konsultiere ich ihn stets, wenn mir was fehlt, und Amy macht es genauso wie ich. Wenn einem von uns einmal etwas Ernstes zustoßen sollte und er das Gefühl hätte, er sei dem Fall nicht gewachsen, würde er bestimmt nicht zögern, einen Spezialisten hinzuzuziehen.»

Miriam nickte zustimmend.

«Heute war ich zur Untersuchung bei ihm. Nichts Besonderes, nur eine Routinekontrolle. Das mache ich jedes Jahr, weil ich es für besser halte.»

«Das solltest du auch mal tun, David», sagte Miriam automatisch.

«Ich sitze also da in seinem Sprechzimmer, als das Telefon klingelt», erzählte der Polizeichef weiter. «Es ist die Zentrale, und das Mädchen sagt, sie hat einen in der Leitung, der ihn unbedingt sofort sprechen will. Er sagt, stellen Sie durch, und dann höre ich sofort, weil der Mann aus vollem Hals schreit: ‹Sie haben vielleicht Nerven, mir eine Rechnung ins Haus zu schicken!› Na ja, das war mir doch ziemlich peinlich, und wenn ich nicht in der Unterwäsche dagesessen hätte, wäre ich rausgegangen, damit er in Ruhe telefonieren kann. Aber ich konnte nicht gut in den Flur rausgehen, weil da die anderen Patienten warteten, deswegen blieb ich und hörte den Anrufer genauso deutlich, wie Dr. Cohen ihn hörte. Es war Joe Kestler, und der war stinkwütend, weil er gerade die Arztrechnung bekommen hatte. Sehen Sie, die vier Ärzte haben zwar jeder eine eigene Praxis und ein eigenes Sprechzimmer, aber sie haben einen gemeinsamen Buchhalter und eine gemeinsame Sprechstundenhilfe und MTA. Es ist eine Gemeinschaftspraxis, aber eher wie eine Klinik. Und die Klinik verschickt die Rechnungen.»

«Ja, ich weiß, wie das gehandhabt wird», sagte der Rabbi.

«So was gibt es ziemlich häufig, heutzutage. Na ja, Kestler hatte also seine Monatsrechnung bekommen und war empört, denn er meinte, die Behandlung durch Dr. Cohen habe zum Tod seines Vaters geführt. Wahrscheinlich setzte er voraus, das Ableben seines Vaters lösche automatisch alle Schulden der Familie beim Arzt. Er sagte weiter, er werde ihn wegen falscher Behandlung verklagen – ‹auf jeden Cent, den Sie besitzen›, drückte er es aus –, und er habe stichhaltige Beweise, denn Rabbi Small sei zugegen gewesen, als er ihm die Pille gegeben habe . . .»

«Ich verstehe. *So* bin ich ins Spiel gekommen.»

Lanigan nickte. «Ganz recht. Also, ich habe nichts zu Dr. Cohen gesagt, als er auflegte. Man merkte ihm an, daß er verlegen war. Aber ich dachte, ich sollte mir die Sache doch mal näher ansehen.» Er lachte entschuldigend. «Im Grunde ist es ja keine Angelegenheit für die Polizei, weil sie uns nicht gemeldet worden ist. Wenn Kestler Dr. Cohen wegen falscher Behandlung verklagen will, so ist das eine Zivilklage und sein gutes Recht. Andererseits wird Kestler, nach allem, was ich da am Telefon gehört habe, und da ich ihn ja ein bißchen kenne, bestimmt sein großes Maul aufreißen, und das kann einen Arzt ruinieren, vor allem einen

Mann wie Cohen, der sehr schüchtern ist und, da er neu in dieser Gegend ist, sich noch keine Anhängerschaft gesichert hat.»

«Ich verstehe.»

«Die Polizei ist aber auch noch in einer anderen Hinsicht in die Sache verwickelt», fuhr Lanigan fort. «Es war der Beamte aus dem Streifenwagen, der das Medikament ablieferte . . .»

«Ja, stimmt. Ich habe gesehen, wie der Wagen vorfuhr. Wie kam es dazu?»

«Na ja, Dr. Cohen hatte das Rezept an den Drugstore durchtelefoniert, und einer von den Kunden, ein Mr. Safferstein . . .» Er sah den Rabbi fragend an.

«Ja, den kenne ich. Ein netter Kerl.»

«Ja. Also, dieser Safferstein erbot sich, das Medikament abzugeben, weil im Drugstore niemand Zeit hatte und Kestlers Haus an seinem Heimweg lag. Aber dann ging der Sturm los und Safferstein hielt unter einer Straßenlaterne, weil es so stark regnete. Der Streifenwagen entdeckte ihn und hielt, um ihn zu fragen, ob alles in Ordnung sei, und er bat den Beamten, die Flasche mit den Pillen bei Kestler abzugeben.»

«Ich verstehe.»

«Dann wurde die Polizei wieder hineingezogen, als der Krankenwagen den Alten ins Krankenhaus brachte. Kestler begann an Ort und Stelle, in dem Zimmer, in dem sein toter Vater lag, Dr. Cohen zu beschuldigen. Er behauptete, sein Vater sei an den Pillen gestorben. Darum machte der Arzt, der mit dem Krankenwagen gekommen war, den Vorschlag, die Polizei solle die Pillen in Aufbewahrung nehmen.» Lanigan holte seine Brieftasche aus der rückwärtigen Hosentasche und entnahm ihr einen Zettel, den er auf den Teetisch warf. «Das ist die Kopie der Quittung, die der Sergeant ihm ausgestellt hat.»

Der Rabbi nahm den Zettel und las laut: «Erhalten von Joseph Kestler zur polizeilichen Aufbewahrung eine Flasche mit achtzehn Pillen.» Er brach ab und sah Lanigan an. «Achtzehn?»

«Aha, es fällt Ihnen also ebenfalls auf.»

«*Chai*», murmelte Miriam, und ihr Mann lächelte.

Der Chef sah sie beide fragend an.

Der Rabbi erklärte ihm, was sie meinten. «*Chai* heißt achtzehn auf Hebräisch, aber es heißt auch Leben. Das ist eine Art Numerologie, mit der sich einige der alten Rabbis beschäftigten. Sehen Sie, das hebräische Alphabet ist zugleich ein Zahlensystem. A ist ein, B ist zwei, C ist drei, und so weiter. AB wäre also zwölf, BC dreiundzwanzig und ABC einhundertdreiundzwanzig.

«Ich verstehe.»

«Einige der Zahlen ergeben Wörter, und das hat zu vielen komplizierten und mystischen Bibelauslegungen geführt. Einige dieser Wörter-

Zahlen-Verbindungen blieben hängen und wurden zum Allgemeingut. Eine davon war *chai*, achtzehn, das auch die Bezeichnung für Leben ist. Man gibt wohltätige Spenden etwa in Höhe von achtzehn oder dem Mehrfachen von achtzehn.» Er lächelte. «Und das ist überaus vorteilhaft. Wenn jemand zum Beispiel fünfzehn Dollar spenden will, ist es kinderleicht, die Spende hochzutreiben, indem man vorschlägt, die Leute sollten doch *chai* Dollar spenden, also achtzehn: Ein Nettogewinn von drei Dollar und so gut wie schmerzlos.»

«Und wenn dieser Jemand nun zwanzig geben will? Soll er die Spende dann aus demselben Grund auf achtzehn reduzieren?» fragte der Chef.

Miriam lachte. «Ein guter Spendensammler würde versuchen, ihn auf sechsunddreißig hochzutreiben, dem doppelten *chai.*» Sie nahm ihrem Mann die Quittung aus der Hand und studierte sie. «In diesem Fall erscheint mit *chai* jedoch nicht so recht angebracht. Was ist Besonderes an achtzehn Pillen?»

Der Polizeichef sah sie voll Zuneigung an. «Nun, wenn achtzehn in der Flasche sind und er eine genommen hat, dann heißt das, daß ursprünglich neunzehn vorhanden waren, und das ist eine ungewöhnliche Anzahl für ein Rezept. Außerdem stand auf dem Etikett, der Patient müsse viermal am Tag eine Pille nehmen, neunzehn waren also . . .»

«Ah, ich verstehe!» sagte Miriam aufgeregt. «Sie glauben, man hat ihm zwei gegeben, und dann ist er daran gestorben.»

«Was meinen Sie, David?» Der Chef wandte sich an den Rabbi. «Sie waren dabei.»

Der Rabbi krauste nachdenklich die Stirn. «Warten Sie. Ich hörte die Klingel, blickte aus dem Fenster und sah den Streifenwagen. Dann kam Mrs. Kestler mit den Pillen herauf. Ich erinnere mich, daß sie den Deckel von der Flasche geschraubt und den Wattepfropfen herausgenommen hat.» Er schüttelte den Kopf. «Das ist alles. Dann habe ich mich abgewandt.»

«Aber warum? Was war passiert?»

Der Rabbi schüttelte den Kopf. «Gar nichts Besonderes. Sehen Sie, Kestler war ein alter Mann. Seine Hände zitterten, und zitterten noch stärker, wenn jemand ihm zusah. Also wandte ich mich ab, als sie ihm das Glas Wasser reichte.»

«Dann haben Sie also nicht gesehen, ob sie ihm eine oder zwei Pillen gegeben hat?» erkundigte sich der Polizeichef.

Der Rabbi schüttelte bedauernd den Kopf. «Worauf wollen Sie hinaus?»

«Nun, ich habe mich noch nicht bei Dr. Cohen erkundigt», antwortete Lanigan, «aber ich dachte mir, während eine Pille harmlos sein mag, können zwei eventuell gefährlich sein. Nach allem, was der Sergeant mir sagte, scheint der Alte allergisch reagiert zu haben. Nun ist bekannt, daß

Menschen, die gewisse Dinge nicht vertragen, diese jahrelang einnehmen können, ohne Schaden zu erleiden. Und dann nehmen sie mal ein winziges bißchen mehr als normal, und schon setzt die allergische Reaktion ein.»

«Ich verstehe.» Der Rabbi nickte. «Und warum sollte Mrs. Kestler dem alten Herrn zwei Pillen geben, wenn das Rezept eine vorschrieb?»

Lanigan lehnt sich breit zurück. «Jetzt kommen wir in den Bereich der spekulativen Möglichkeiten, und da sehe ich zwei. Die erste und wahrscheinlichste ist, daß sie ihm zwei gab, weil sie dachte, zwei sind besser als eine. Mein Vater hätte so was zum Beispiel getan. Er nahm immer ein bißchen mehr als vom Arzt vorgeschrieben, wahrscheinlich weil er vermutete, die rezeptierte Dosis sei das Minimum, das der Patient zu nehmen habe. Damals schmeckten außerdem alle Arzneimittel scheußlich bis widerlich, und er wollte meinem Bruder Pat und mir beweisen, daß er sich überwinden konnte. Als Lehre zur Charakterstärke, sozusagen.»

«Ohne negative Auswirkungen, vermute ich.» Der Rabbi lächelte.

Lanigan lachte. «Ich möchte annehmen, daß die Arzneien damals, so schlecht sie schmeckten, nicht ganz so stark waren. Ausgenommen Rizinusöl.»

«Und die zweite Möglichkeit?»

«Ich habe das bestimmte Gefühl, daß die Pflege des Alten hauptsächlich auf den Schultern der Schwiegertochter lastete. Angenommen, sie hatte es satt, das Aschenbrödel zu sein. Angenommen, sie hatte es satt, den Alten hinten und vorn zu bedienen. Ein alter, kranker Mann kann sehr lästig werden, sehr anstrengend. Wenn sie ihm nun zwei Pillen gab, weil sie ihn gern loswerden wollte?»

Der Rabbi zuckte die Achseln. «Und woher sollte sie wissen, daß zwei Pillen genügen?»

«Sie hat es möglicherweise vermutet. Vielleicht hat der Doktor sie auch gewarnt, ihm nicht mehr als die vorgeschriebene Dosis zu geben.»

«Aber das wäre Mord!» rief Miriam entsetzt.

«Wenn man es ihnen nachweisen kann. Ein guter Anwalt kann Totschlag oder Tötung aus Mitleid daraus machen», erwiderte Lanigan. «Aber Sie wären erstaunt, wenn Sie wüßten, wie viele Tötungen dieser Art begangen werden: einem Mann wird, während er einen Herzanfall hat, die Nitroglyzerinkapsel aus der Hand geschlagen, einem Diabetiker, der einen Insulinschock bekommt, wird das Stück Schokolade vorenthalten, die Sache hier in der Stadt vor ein paar Jahren mit Issac Hirsch . . . Nur wenige kommen jemals vor Gericht, aber wir von der Polizei erfahren davon.»

«Überprüfen Sie jedesmal die Möglichkeit eines Mordes, selbst wenn es nahezu mit Sicherheit ein natürlicher Tod war?» erkundigte sich Miriam.

«Natürlich nicht. Doch wenn der Tod jemandem überaus gelegen kommt, oder wenn jemand dadurch schwer geschädigt wird wie in diesem Fall Dr. Cohen, mache ich mir so meine Gedanken. Und manchmal horche ich ein bißchen herum.»

«Und das sind nun Ihre beiden Möglichkeiten?» fragte der Rabbi. «Es muß doch noch eine Menge andere geben.»

«Zum Beispiel?»

Wieder zuckte der Rabbi die Achseln. «Die wahrscheinlichste wäre, daß im Drugstore nur neunzehn Pillen in die Flasche gefüllt worden sind. Oder Joe Kestler hat seiner Frau befohlen, seinem Vater zwei Pillen zu geben.»

Warum sollte er?»

«Aus demselben Grund, aus dem Sie das gleiche bei ihr vermuteten. Und das wäre auch eine Erklärung dafür, daß Joe Kestler ein so großes Aufhebens wegen der Autopsie gemacht hat. Gewiß, zwei Pillen können ihm andererseits auch überhaupt nicht geschadet haben.»

«Ich glaube, Sie haben recht», antwortete Lanigan bedauernd. «Es ist ja auch nur, weil Dr. Cohen in der Klemme sitzt und ich ihm gerne helfen möchte.»

«Nun, wenn Sie noch mehr Möglichkeiten wollen . . .»

«Ja, bitte?»

«Die pharmazeutische Firma, die die Pillen herstellt, kann die Zusammensetzung ein wenig verändert haben. Oder diese spezielle Lieferung ist schlecht geworden. Oder die Pille vertrug sich nicht mit etwas, was der alte Herr genommen hatte, ohne daß Dr. Cohen davon wußte. Noch mehr?»

«Nein, danke. Ich hab's kapiert.» Lanigan grinste ein wenig hilflos. «Ich wollte den Kestlers keinen Mord anhängen. Ich dachte nur, ich könnte meine Theorie benutzen, um Joe Kestler den großen Mund zu stopfen, damit er einem netten Mann wie Dr. Cohen nicht weiter schaden kann.»

Der Rabbi überlegte. «Nun, zu diesem Zweck können Sie sie immer noch benutzen. Es besteht nur die Gefahr, daß Joe hinsichtlich seiner Frau nachdenklich wird, wenn Sie ihn darauf hinweisen, daß eine Pille fehlt und daß der alte Kestler daher zwei genommen haben kann. Das könnte ziemlich schlimm für Mrs. Kestler werden.»

«Sie sind mir doch stets eine Hilfe, David», sagte Lanigan trübselig, als er sich erhob.

Als er ging, fragte Miriam: «Glaubst du wirklich, er ist zufällig vorbeigekommen, weil er gerade hier in der Gegend war, David?»

«Bestimmt nich, wenn er sich die Mühe gemacht hat, von der Quittung des Sergeants eine Kopie anzufertigen. Und das läßt vermuten, daß Lanigan mißtrauisch ist, was den Tod des alten Kestlers betrifft.»

«Ich verstehe nicht . . .»

«Mein Wagen hat in der Einfahrt gestanden, seit ich heute morgen gegen halb acht von der Morgenandacht nach Hause gekommen bin. Also gut. Lanigan fährt zu Dr. Cohen in die Praxis nach Lynn. Nehmen wir an, er war der erste Patient, dann wäre er gegen neun Uhr bestellt gewesen. Warum ist er nicht auf dem Rückweg zu uns gekommen? Statt dessen ist er erst zum Polizeirevier gefahren und dann hergekommen.»

«Woher weißt du das? Vielleicht war er erst später zur Untersuchung bestellt. Vielleicht *kam* er jetzt gerade aus der Praxis und hat wirklich nur hereingeschaut, weil er deinen Wagen sah.»

«Dann hätte er keine Kopie der Quittung bei sich gehabt», erwiderte der Rabbi triumphierend. «Nein, irgend etwas beschäftigt Lanigan. Und zwar nicht nur die Vermutung, daß Kestler bösen Klatsch über Dr. Cohen in die Welt setzt. Die ganze Fragerei, warum der alte Kestler am nächsten Tag schon beerdigt worden ist, läßt darauf schließen, daß er irgendwo Unrat wittert.»

«Du meinst, er glaubt, daß der Alte ermordet wurde?»

Der Rabbi schürzte die Lippen und überlegte. «Lanigan ist sein Leben lang Polizist gewesen. Wenn man einen Beruf so lange ausübt, entwickelt man einen sechsten Sinn im Hinblick auf die Dinge, die damit zusammenhängen. Eine Alarmglocke fängt an zu schrillen. Gestern zum Beispiel erzählte mir Kaplan von der Beerdigung und Joe Kestlers Verhalten. Als Anwalt sagte ihm sein sechster Sinn, daß Kestler vorhabe, Klage wegen falscher Behandlung einzureichen. Irgend etwas, was er sagte, hat die Alarmglocke bei ihm ausgelöst. Nun, und ich habe das Gefühl, Lenigan hat auch eine Alarmglocke gehört.»

18

Am Freitagmittag rief Chester Kaplan bei Safferstein an. «Der Mann, der Ihren Mantel mitgenommen hat, Billy, hat ihn mir eben zurückgebracht. Ein Bursche namens Cy Perlow. Ich habe mir erlaubt, die Taschen zu durchsuchen und habe den Umschlag mit dem Pillenfläschchen gefunden. Sie werden sich freuen, Billy: Auf dem Umschlag stand Ihr Name, und das Flaschenetikett trug ebenfalls Ihren Namen, oder vielmehr den Ihrer Frau. Sie haben sich also umsonst Sorgen gemacht.»

«Vielen Dank, Chet, das ist wirklich eine gute Nachricht. An und für sich hatte ich mir ja schon gedacht, daß ich dem Polizisten den richtigen Umschlag gegeben habe, denn wenn der falsche Name draufgestanden hätte, dann hätte er das bestimmt bemerkt. Außerdem bin ich gestern vormittag in den Drugstore gegangen, um für Mona eine Nachfüllung zu besorgen. Dabei sah ich, daß der Name des Patienten auch auf die Flasche geschrieben wird, daher vermutete ich, selbst wenn die Kestlers sich den Umschlag nicht angesehen hätten, müßten sie es bestimmt gemerkt haben, wenn der falsche Name auf der Flasche gestanden hätte. Ich war meiner Sache ziemlich sicher, aber ein bißchen unruhig war ich doch immer noch. Ich bin Ihnen wirklich dankbar, daß Sie mich angerufen haben. Es ist eine große Erleichterung, zu wissen, daß ich absolut nichts mit Kestlers Tod zu tun gehabt habe.»

«Selbstverständlich», gab Kaplan zurück. «Ich bin froh, daß ich zufällig zu Hause war, als der Mantel abgeliefert wurde. Edie hätte bestimmt nicht daran gedacht, in den Taschen nachzusehen. Und ich war eigentlich nur zu Hause, weil wir aufs Land zu der Klausur fahren wollen. Wie wär's, haben Sie nicht Lust, mitzukommen? Ich könnte mir vorstellen, daß Sie genau in der richtigen Stimmung dafür sind.»

«Tja, ich weiß nicht, Chet. Jetzt, wo Mona krank ist, glaube ich, lieber nicht.»

«Das kann ich verstehen. Richten Sie ihr Grüße aus.»

«Mache ich gern. Übrigens, ich hatte neulich abends gar keine Gelegenheit, Sie zu fragen. Wie sieht's denn aus, mit dieser Klausur-Angelegenheit?»

«Großartig, Billy, großartig. Wir haben die überwiegende Mehrheit. Zwar sind nicht alle unbedingt daran interessiert, daß die Synagoge eine Klausur erwirbt, wissen Sie, obwohl das heute große Mode ist. Aber selbst diejenigen, denen das nicht ganz paßt, sind am Erwerb eines Grundstücks interessiert, auf dem sie am Wochenende Camping machen und wo ihre Kinder in den großen Ferien an einem Sommerlager teilnehmen können. Die Opposition besteht, soweit ich das bis jetzt feststellen kann, im Grunde nur noch aus dem Rabbi.»

«Warum ist der Rabbi dagegen?»

«Na ja, wissen Sie – er ist der konservative Typ. Wer weiß, vielleicht ist er auch ein bißchen eifersüchtig auf Rabbi Mezzik.»

«Ja, aber wenn Rabbi Small bei der Vorstandssitzung anfängt, darüber zu diskuteren . . .»

«Ich glaube kaum, daß er an der Sitzung teilnehmen wird.»

«Warum denn nicht?»

«Weil am Sonntag in der Schule Elternsprechtag ist und er den ganzen Vormittag mit den Eltern beschäftigt sein wird. Also, ich habe inzwischen vor, unsere Sitzung draußen im Camp abzuhalten. Wissen Sie, alles klarzumachen. Und wenn wir am Sonntagmorgen dann unsere reguläre Sitzung haben, brauchen wir die Angelegenheit bloß noch zur Abstimmung vorzulegen, weil wir die Diskussion ja bereits hinter uns haben. Anschließend vertagen wir uns.»

«Donnerwetter, das ist ein geschickter Schachzug, Chester! Das muß Ihnen der Neid lassen.»

Der Freitag begann ziemlich schlimm für Dr. Cohen. Der Vormittag brachte ihm nicht nur Kestlers Anruf, sondern außerdem das peinliche Bewußtsein, daß Polizeichef Lanigan das Gespräch mit anhörte. Der Tag wurde auch nicht gerade besser dadurch, daß sich sein nächster Patient verspätete und somit den ganzen Terminplan über den Haufen warf. Infolgedessen hatte er noch um zwölf Uhr mittags mit seinem letzten Patienten zu tun, und die Kollegen mußten ohne ihn zum Lunch gehen.

Er selbst aß in einer nahegelegenen Imbißstube auf einem Hocker mit dem Gesicht zur Wand. Kaum war er in seine Praxis zurückgekehrt, als man aus dem Krankenhaus anrief, um ihn zu benachrichtigen, ein Patient mit Herzinfarkt habe einen Rückfall erlitten, er möge sofort herüberkommen. Er nahm sich gerade noch die Zeit, das Mädchen in der Telefonzentrale zu bitten, sie möge seine nachmittags bestellten Patienten anrufen und die Termine auf nächste Woche verschieben. Ganz zuletzt ergänzte er noch: «Und, Madeleine, rufen Sie bitte noch meine Frau an und sagen Sie ihr, daß ich heute nicht nach Hause komme.»

Um halb drei erst war Dr. Cohen dann im Krankenhaus fertig. Er fuhr geradenwegs zu den Kaplans. Als er dort eintraf, mußte er jedoch feststellen, daß weder in der Einfahrt noch vor dem Haus Wagen standen. Er kam zu spät. Das schien ihm ein durchaus adäquater Abschluß dieses Tages zu sein. Dennoch stieg er die Stufen hinauf und klingelte.

Mrs. Kaplan öffnete. «Ach, Dr. Cohen, nicht wahr?»

«Ganz recht. Vermutlich sind sie alle schon abgefahren.»

«Ja, vor ungefähr einer Viertelstunde. Wissen Sie, wie man fahren muß?»

Er schüttelte den Kopf.

«Augenblick mal. Chet hat ein paar Straßenkarten vervielfältigen lassen.» Sie verschwand, kam aber wenige Minuten darauf wieder. «Damit werden Sie sich bestimmt leicht zurechtfinden. Es ist wirklich nicht weiter schwierig. Vielleicht holen Sie sie sogar ein. Sie machen manchmal eine Kaffeepause.»

19

Als Dr. Cohen im Camp eintraf, einem großen Holzgebäude auf einer Lichtung im Wald, hatten sie sich bereits häuslich eingerichtet. Durch eine Lücke in den Bäumen sah man etwa fünfzig Schritt hinter dem Haus einen See. Chester Kaplan, der den Wagen vorfahren hörte, kam geschäftig herausgeeilt. «Ach, Sie sind es, Doctor! Himmel, bin ich froh, daß Sie es einrichten konnten! Wir haben diesmal mehr Teilnehmer als Zimmer, deswegen müssen zwei Mann in einem Zimmer schlafen. Ist das nicht wunderbar?» Er studierte ein Klemmbrett, das er in der Hand hielt. «Warten Sie, Zimmer zwölf hat zwei Betten. Da ist noch Platz für Sie. Ihr Zimmerkollege ist Matthew Charn. Kennen Sie ihn?»

Cohen schüttelte den Kopf.

«Er ist aus Salem, hat aber an fast allen unseren Klausuren teilgenommen. Großartiger Mann, sehr anständig, und er kann Ihnen alles erklären. Gehen Sie nur hinauf und machen Sie sich mit ihm bekannt. Wir halten hier nicht viel von Förmlichkeit.»

Er schob die Hand unter Cohens Arm und führte ihn mit einer ausholenden Geste der Hand, die das Klemmbrett hielt, die Stufen zur Veranda hinauf. «Bei gutem Wetter sitzen wir oft hier draußen. Am Abend sind natürlich die Mücken lästig . . .»

Kaplan dirigierte Cohen ins Haus und präsentierte ihm mit einer abermaligen Geste mit dem Klemmbrett den Raum, in dem sie sich nun befanden. «Das hier ist unsere Synagoge, unser Treffpunkt, Versammlungssaal, Erholungszentrum, was immer Sie wollen. Hier halten wir uns fast immer auf.» Der Raum enthielt nichts weiter als einen Tisch an einem Ende und eine Anzahl Klappstühle. Er nahm in der Höhe beide Stockwerke des Hauses ein, so daß man über sich das Spitzdach mit den Schrägbalken sah, die sich am Dachfirst trafen.

«Wie eine Kirche, nicht wahr?» sagte Kaplan. «Das Dach, meine ich. Es ist fast gotisch.»

«Ja, sehr schön», antwortete Dr. Cohen.

Eine weitere Geste mit dem Klemmbrett bezog sich auf ein Balkongeländer, das an einer Seite des Raumes entlanglief. «Da oben sind die Schlaf- und Badezimmer. Sie gehen da die Treppe rauf und finden Zimmer zwölf am Ende. Zunächst aber –» er deutete mit dem Klemmbrett auf den Hintergrund des Raumes –, «der Speisesaal liegt direkt hinter den Falttüren dort. Da bereitet die *rebbetzen* gerade unser Sabbatmahl vor. Kommen Sie, Sie müssen sie kennenlernen.» Er führte den Arzt auf die Trennwand zu und schaffte es irgendwie, trotz des Klemmbrettes in der Hand, den Knauf zu drehen und die Tür aufzustoßen. «Mrs. Mezzik», rief er laut und fröhlich, «wir brauchen ein Gedeck mehr für Dr. Cohen hier. Dr. Cohen, das ist Mrs. Mezzik, die Frau unseres Rabbi.»

Sie war klein, pummelig, etwa Mitte dreißig und quittierte die Vorstellung mit einem traurigen, müden Lächeln. Zu Kaplan sagte sie: «Keine Sorge, es gibt reichlich zu essen. Möchten Sie die Platzkarten verteilen?»

«Sie werden hier ein Sabbatmahl kriegen, an das Sie noch lange denken werden, Doktor. Warten Sie nur ab, bis Sie die *gefillte fisch* unserer *rebbetzen* probiert haben - genau wie bei Muttern.»

«Ich hacke ihn, statt ihn durchzudrehen», gestand sie schüchtern.

Immer noch seinen Arm im Griff, drehte Kaplan Dr. Cohen herum und steuerte ihn zur Tür. «Am besten gehen Sie jetzt erst mal rauf und schließen Bekanntschaft mit Matt Charn. Ich muß mich um die Vorbereitungen kümmern.»

Dr. Cohen stieg die Treppe hinauf und ging auf dem Balkon weiter, bis er zu Zimmer zwölf gelangte. Er klopfte an, obwohl die Tür nur angelehnt war, und trat auf das «Ja» von drinnen hin ein. Das Zimmer enthielt nichts weiter als zwei Liegen und eine gestrichene Kommode. Von der Decke baumelte eine einzige, mit Fliegendreck übersäte Glühbirne. Auf einem Bett lag ein korpulenter Mann mit dickem Bauch und rosigen Backen. Er war nur mit Socken, Unterhose und Unterhemd bekleidet.

«Matthew Charn? Ich bin Dr. Cohen. Ich soll mit Ihnen das Zimmer teilen.»

Der andere richtete sich auf und streckte die Hand aus. «Freut mich, Doctor.» Dann erklärte er, warum er nur Unterkleidung trug. «Ich ziehe mich immer um, zu Ehren des Sabbat. Das hat mir meine Mutter beigebracht, als ich noch klein war.» Er besaß eine gutturale, rauhe Stimme, die klang, als müsse er sich räuspern.

«Sind Sie ein richtiger Mediziner? Ich frage nur, weil ich einen Neffen habe, der ist auch Doktor, aber der ist keinen roten Heller wert, wenn man mal Bauchschmerzen hat. Weil er nämlich Doktor der Volkswirtschaft ist.» er lachte dröhnend. Und an der Börse taugt er auch nicht viel. Sind Sie das erstemal hier draußen?»

«Ganz recht.»

«Dann darf ich Ihnen sagen, daß das hier ein richtiges religiöses Erlebnis ist. Ich hab fast alle Klausuren mitgemacht, die Chet organisiert hat. Als ich zum erstenmal hierherkam, war ich völlig zusammengebrochen. Ich hatte gerade meine Frau verloren, müssen Sie wissen. Wahrscheinlich brauchte der Mann da oben sie dringender, als er wohl dachte, daß ich sie brauchte, und ich kann Ihnen sagen, ich konnte einfach nicht mehr. Aber ich war trotzdem froh - um ihretwillen, denn sie hatte den großen Bazillus.»

«Den großen . . .»

«Krebs», erklärte Charn. «Schlimm, sage ich Ihnen. Ganz schlimm. Was die in diesem einen Jahr alles hat durchmachen müssen, und dann das Ende – ich wurde einfach nicht mehr damit fertig. Dann entschloß sich Chet zu dieser Klausur und fragte mich, ob ich Interesse habe. Und soll ich Ihnen die Wahrheit sagen?»

Cohen nickte höflich.

«Ich hatte *kein* Interesse. Das ist die reine Wahrheit. Ich hatte für überhaupt nichts Interesse. Aber ich bin trotzdem gekommen, und dieser erste Freitagabendgottesdienst, der hat alles ganz anders gemacht. Sie wissen ja, man soll den Sabbat empfangen wie eine Königin und sich an ihm freuen wie der Bräutigam an seiner Braut. So steht's in unserem Gebetbuch. Also, ich hab ja schon viele Freitagabendgottesdienste in den verschiedensten Tempeln und Synagogen mitgemacht, aber der damals war ganz anders. In der Synagoge gibt es vielleicht einen oder zwei, die's richtig ernst meinen, fromme Menschen wie Chet oder der Rabbi der Gemeinde, aber wenn Sie sich den Rest ansehen – die tun doch eigentlich immer nur so. Hier aber, hier meinen wir's alle ernst. Damals, beim erstenmal, als wir da den Sabbat empfingen, war ich so zutiefst bewegt, daß mir war, als wir uns zur Tür umdrehten – daß mir da war, als müßte gleich eine phantastisch schöne Frau hereingeschritten kommen. Und da, in diesem Augenblick, wußte ich, daß sie bei mir war, meine Charlotte. Sie war die ganze Zeit bei mir gewesen, aber ich hatte ihre Nähe nicht bemerkt, weil ich mir keine Mühe gegeben hatte.»

Cohen nickte mitfühlend.

«Die Hauptsache ist», fuhr Charn fort, «daß man sich richtig gehenläßt. Beim erstenmal habe ich geweint wie ein Kind. Das tue ich manchmal immer noch, aber jetzt merkt das niemand mehr. Und übrigens, Doc, wenn Sie runtergehen, suchen Sie sich einen Platz am Fenster. Dann können Sie sich auf die Fensterbank stützen, denn wenn man nichts hat, wo man sich ein bißchen anlehnen kann, ist diese Meditation verdammt schwer durchzustehen.»

Eine Glocke läutete. Charn sagte: «Oh, das ist das Zeichen für die erste Meditation. Gehen Sie doch schon mal vor. Warten Sie nicht auf mich. Ich komme wahrscheinlich ein bißchen später, aber das macht weiter nichts, denn Rabbi Mezzik fängt immer mit einer kleinen Rede an, und die habe ich schon ein paarmal gehört.»

Die anderen hatten anscheinend nicht auf die Glocke gewartet, denn sie saßen alle schon, als Dr. Cohen den Versammlungsraum betrat. Matthew Charns Warnung folgend, suchte er sich einen Stuhl an einem der Fenster. Erstaunt stellte er fest, daß sie alle Gebetstücher mitgebracht hatten. Hinter dem Tisch stand Rabbi Mezzik, ein beinahe zu schöner Mann mit Gardistenschnäuzer und Van-Dyke-Bart. Cohen hatte den deutlichen Eindruck, daß er jünger war als die *rebbetzen*. Er war prächtig angetan mit einer hohen Kantors-*yarmulke* aus Samt und einem über die schwarze Gelehrtenrobe drapierten seidenen Gebetstuch. Rabbi Mezzik bat um Aufmerksamkeit, indem er auf den Tisch klopfte, der ihm als Lesepult diente.

«Ich bitte alle, ihr *talles* umzulegen», sagte er. «Diejenigen, die keines mitgebracht haben, können sich eins von den Tüchern nehmen, die wir bereitgestellt haben.»

Dr. Cohen holte sich eins und legte es sich um die Schultern. Aber er war ein bißchen unsicher, da er immer geglaubt hatte, das Gebetstuch werde ausschließlich bei der Morgenandacht verwendet.

Als habe er seine unausgesprochene Frage erraten, fuhr Rabbi Mezzik sogleich fort: «Gewöhnlich tragen wir das *talles* nur bei der Morgenandacht. Der Grund für diesen Brauch ist eine Menge halachischer Unsinn, auf den wir diesmal nicht näher eingehen wollen. Glauben Sie mir, es ist durchaus zulässig, das Tuch hier und jetzt zu tragen. Und wir werden es jedesmal tragen, wenn wir als Gruppe zusammenkommen, ob es Tag ist oder Nacht. Und selbst wenn wir den Waldspaziergang machen, den Chet für morgen nachmittag geplant hat, werden wir es umlegen. Denn das *talles* ist in Wirklichkeit ein Gewand wie die Toga der alten Römer, und nur die Tatsache, daß es Fransen hat, unterscheidet uns von den anderen Völkern.

Also, bevor wir mit unserem Programm beginnen, möchte ich Ihnen eine Vorstellung davon vermitteln, um was es uns dabei überhaupt geht, vor allem den neu Hinzugekommenen. Diejenigen, die meine Einführung schon gehört haben - nun, denen kann es keineswegs schaden, sie sich noch einmal anzuhören. Bei diesem Programm geht es um Religion. Und worum geht es bei der Religion? Bei jeder Religion? Um Gott, um das Bemühen der Menschen – aller Menschen, über die Zeiten hinweg –, Verbindung mit Gott aufzunehmen. Das ist Religion. Religion ist *nicht*, wenn man an einem besonderen Ort, in einer Synagoge, einer Kirche, einer Moschee, zusammenkommt, um in einer altmodischen, arachaischen Sprache bestimmte Worte vor sich hinzumurmeln. Das ist geselliges Beisammensein. Das ist Kontaktaufnahme mit Freunden und Nachbarn, mit der Gesellschaft. An sich gar keine üble Sache, aber es ist keine Verbindungsaufnahme mit Gott, und darum ist es keine Religion.

Und jetzt werde ich Ihnen was Komisches sagen», führte Rabbi Mezzik aus. «Früher einmal *war* es Religion. Wann? Damals, als diese Gebete erdacht wurden, als die Sprache, in die sie gefaßt waren, noch nicht archaisch war, als sie die normale Umgangssprache war. Jetzt aber ist das nichts weiter als das Bewahren einer Tradition, auch keine üble Sache an sich, aber nicht Religion, weil es keine Verbindungsaufnahme mit Gott ist. Was passiert also? Das Bedürfnis, Verbindung mit Gott aufzunehmen, ist noch da, aber wie dringen nicht zu ihm durch. Und was ist die Folge? Ich werde es Ihnen sagen: Die Menschen, vor allem unsere jungen Menschen, wenden sich bei dem Bemühen um Verbindungsaufnahme anderswohin. Sie wenden sich dem Zen-Buddhismus zu, dem Meher Baba, dem Krischnamurti; manche gehen zu Chabad, andere versuchen es mit Drogen. Das ist die Folge.»

Er hielt inne, um sich triumphierend im Raum umzusehen, als hätten sie mit ihm diskutiert und er hätte soeben sein Trumpf-As ausgespielt. «Und hilft es ihnen?» fragte er. Um sich die Frage sofort selbst zu beantworten. «Natürlich hilft es einigen. All diese Sekten sagen einem nicht, dies ist richtig, und das ist falsch, wie es die traditionellen Religionen tun, sie lehren lediglich die Methode, wie man das eine erreichen und das andere vermeiden kann. Mit anderen Worten, sie zeigen einem nicht, wo das Ziel ist, sie erklären einem nur, wie man dorthin gelangt.

Und jede verfügt über einen anderen Weg zum Ziel. Ist das so sonderbar? Wenn man nach Chicago will, gibt es nur einen einzigen Weg? Es würde doch davon abhängen, wie man reisen will, und woher man kommt, nicht wahr? Nun, wir alle kommen aus verschiedenem Lebensstil. Wir kleiden uns verschieden, wir essen verschieden, wir leben verschieden, warum sollten wir also nicht auch verschieden beten, meditieren, Verbindung mit Gott herstellen? In Indien setzt man sich zum Essen auf den Boden, und wenn man jemandem Respekt erweisen will, wirft man sich lang vor ihn hin . . .» Um seine Worte zu veranschaulichen, duckte er sich plötzlich neben dem Tisch nieder, als erwarte er die Peitsche seines Herrn zu verspüren. Gleich darauf sprang er wieder auf die Füße. «Also ist es nur natürlich, wenn sie im Lotussitz meditieren. Das erzielt aber bei uns nicht die gleiche Wirkung, weil es unserer Tradition und unserem Lebensstil fremd ist. Wir berühren nicht mit der Stirn den Boden wie die Moslems, und wir knien nicht wie die Christen, um unseren Respekt zu zeigen. Wir stehen. Auch halte ich nichts von dem Wiegen und Schütteln der Chassiden - deren Interpretation der Worte ‹Liebe deinen Gott mit ganzem Herzen und ganzer Kraft› -, ich finde, das ist uns ebenfalls fremd.

Das Hauptgebet in unserer Liturgie, das *Schemonesre* – die achtzehn Segnungen –, das zu jedem Gottesdienst gehört, heißt auch *Amida*, das Stehen, weil wir stehen, wenn wir es sprechen. Wenn wir also Verbindung mit Gott aufnehmen wollen, stehen wir schweigend und meditieren, und jeder nimmt die Verbindung direkt auf, ohne Vermittlung durch einen Heiligen wie bei den Christen oder auch durch einen *rebbe* wie bei den Chassiden. Wir stehen – zum Zeichen unseres Menschentums, zum Zeichen unserer Überlegenheit über niedere Kreaturen, zum Zeichen dafür, daß wir nach Seinem Bilde geschaffen wurden. Da es undenkbar ist, daß Er kniet, dürfen wir ebenfalls nicht knien.

Nun, während ein Geübter fast überall, unter nahezu allen Bedingungen Verbindung aufnehmen *kann*, meditieren *kann*, brauchen die meisten von uns die Unterstützung der anderen. Und darum beten wir in der Gruppe, als Einzelne, aber in der Gruppe, in einem *minjen*, in einer Gemeinde von zehn oder mehr erwachsenen Männern, ohne Frauen und Kinder, die uns ablenken könnten. Daran ist nichts Puritanisches. Es ist keineswegs männlicher Chauvinismus. Es ist so natürlich wie das Leben selbst. Sie alle wissen, daß Kinder sich nicht lange konzentrieren können. Nach wenigen Minuten werden sie unruhig, stellen Fragen, müssen einmal hinaus. Und genausowenig, wie Sie sie in der Nähe haben wollen, wenn Sie Ihre Steuererklärung machen, wollen Sie sie in der Nähe haben, wenn Sie Verbindung mit Gott aufnehmen. Frauen wiederum lenken uns auf andere Art und Weise ab. Sie sind keineswegs ein Wüstling, wenn

Ihnen bei dem Gedanken an eine Frau ein bißchen warm wird. Das ist nur natürlich. So hat uns Gott geschaffen. Wäre es anders, würde die menschliche Rasse aussterben. Er wollte, daß wir so reagieren. Das meinte Er, als Er uns befahl, seid fruchtbar und mehret euch. Aber wenn wir mit Ihm Verbindung aufnehmen wollen, ist das nur störend. Und schon bald denken wir statt an Ihn nur noch daran. Einige sehr fromme Gläubige, vor allem die Chassiden, tragen einen Gürtel um die Taille, um den oberen Teil des Körpers vom unteren zu trennen. Ich persönlich glaube kaum, daß das zu etwas anderem gut ist als zu dem Zweck, ein Rutschen der Hose zu verhindern. Nein, am besten hat man sie gar nicht in der Nähe.» Er lächelte den Männern zu. «Und jetzt frage ich euch, ist es männlicher Chauvinismus, wenn man zugibt, daß man soviel von den Frauen hält, wenn man gesteht, daß sie uns von Gott selbst ablenken können?

Nun gut, jetzt möchte ich Sie alle bitten, aufzustehen und den Kopf mit dem Gebetstuch zu bedecken. Ja, so ist es richtig, zieht es ganz über den Kopf. So schließt ihr alles ringsherum aus und könnt mit euren Gedanken allein sein. Ihr schließt die Welt aus, isoliert euch, um mit Gott Verbindung aufzunehmen. Und jetzt werdet ihr eine halbe Stunde lang in stummer Meditation stehenbleiben. Wenn ihr nicht mehr stehen könnt, setzt euch hin und ruht euch ein Weilchen aus, aber haltet durch, solange ihr könnt. Und seht bitte nicht auf die Uhr. Ich werde euch sagen, wenn die Zeit um ist. Anschließend halten wir unseren regulären Freitagabendsgottesdienst, und dann werden wir das köstliche Sabbatmahl genießen, das Mrs. Mezzik für uns bereitet hat.»

20

Am Freitagnachmittag machte Rabbi Small den Kestlers seinen Kondolenzbesuch. Er hatte diese traurige Pflicht im Laufe der Jahre zahllose Male ausgeübt, aber er hatte sich nie daran gewöhnen können; daher empfand er die halbe Stunde, oder wie lange der Besuch dauern mochte, immer wieder als äußerst unbehaglich. War der Verstorbene jung gewesen, ein Kind vielleicht, war der Kummer der engsten Familie zumeist überwältigend, und wenn er ging, hatte er jedesmals das Gefühl, die Trauernden nur gestört zu haben. War es dagegen ein alter Mensch, etwa ein greiser Elternteil, war die Atmosphäre eher gedämpft als traurig. Er wußte genau, daß die Gespräche vor seinem Eintreffen ebenso normal gewesen waren wie bei anderen gesellschaftlichen Ereignissen, hier und da vielleich sogar durch einen kleinen Scherz aufgeheitert. Ja, zuweilen hatte er sogar gedämpftes Lachen gehört, als er sich der Tür näherte, die angelehnt blieb, damit die Familie nicht bei dem ständigen Läuten immer wieder aufspringen mußte. Sobald er eintrat, wurden jedoch die Mienen ernst, und das Gespräch bestand nur noch aus philosophischen Platitüden, fast so, wie lärmende Schulkinder still werden, wenn sich der Lehrer der Klasse nähert. Und er verabscheute diese deprimierende Rolle, die er als professioneller Kondolenzträger der Gemeinde ausüben mußte. Er konnte sich nie ganz damit aussöhnen. Zwar war es angebracht und richtig, die Toten zu betrauern, diese Trauerzeit sollte auch dazu dienen, den Hinterbliebenen bei der Bewältigung ihres Kummers zu helfen, und da er sie durch seine Gegenwart immer wieder daran erinnerte, tat er ihnen vielleicht einen schlechten Dienst. Überdies fand er, daß es falsch sei, Trauer vorzutäuschen, die man nicht empfand. Nichtsdestoweniger war er entsetzt, als er das Haus der Kestlers betrat und Joe mit seiner Frau beim Kartenspielen antraf.

«Ach, Sie sind's, Rabbi!» sagte Joe Kestler. «Kommen Sie rein.» Und dann erklärte er ein wenig verlegen: «Meine Frau war so deprimiert, da dachte ich, ein bißchen Rommée könnte sie vielleicht ablenken von . . . na ja, von allem.»

«Ich verstehe», erwiderte der Rabbi.

Christine Kestler kam ihrem Mann zu Hilfe: «Ja, stimmt, Rabbi. Ich war ganz kribbelig. Es war ein solcher Schock für uns.»

«Immerhin war er sehr alt und außerdem krank», wandte der Rabbi ein.

«Aber er hätte noch jahrelang leben können», behauptete Kestler. «Wenn Cohen ihm nicht diese Pille gegeben hätte.»

Eingedenk seiner Unterhaltung mit Lanigan gab der Rabbi scharf zurück: «Wollen Sie damit andeuten, der Arzt hätte Ihrem Vater absichtlich ein Medikament gegeben, das ihm schadete?»

«Ich will überhaupt nichts andeuten», sagte Kestler halsstarrig. «Ich weiß nur, daß Cohen sauer auf meinen Vater war, weil der ihn wegen dem Zaun verklagt hat. Vielleicht hat er sich deswegen nicht genug Zeit für ihn genommen. Er war im Handumdrehen mit ihm fertig. Ich habe ihm deswegen sogar Vorwürfe gemacht. Nicht wahr, Chris?»

«Das stimmt!» Sie nickte energisch. «Joe war richtig sauer darüber.»

«Wenn die Diagnose auf der Hand lag . . .» meinte der Rabbi.

«Dann lag sie eben nicht auf der Hand, sonst wäre mein Vater ja nicht gestorben. Er war krank, aber nicht lebensgefährlich. Sie haben ihn selbst gesehen. Dann hat er diese Pille genommen, und nach einer halben Stunde war er tot. Sie haben gesehen, wie er die Pille nahm. Sie waren Zeuge.»

«Ich habe gesehen, daß Ihre Frau ihm eine Pille gab», erwiderte der Rabbi kalt. «*Was* für eine Pille das war, konnte ich nicht wissen.»

«Ach, das macht nichts», sagte Kestler selbstsicher. «Die Polizei hat die

Pillen mit dem Streifenwagen gebracht. Sie haben die doch sicher vorfahren gehört. Jedenfalls haben die bestimmt die Zeit aufgeschrieben, und das war, während Sie hier waren. Eine Minute später kommt meine Frau rauf und gibt sie ihm. Als später der Krankenwagen der Polizei kam, haben die die ganze Flasche mitgenommen. Was also die Beweise angeht, haben wir alles hieb- und stichfest beisammen.»

«Aber ich kann nicht mit Bestimmtheit behaupten, daß die Pille, die Mrs. Kestler von der Polizei bekam, dieselbe war, die sie Ihrem Vater gab.»

«Wollen Sie sagen, daß meine Frau sie vertauscht haben kann, Rabbi? Daß meine eigene Frau ihrem Schwiegervater schaden wollte?» Kestler war zutiefst entsetzt.

«Ich sage gar nichts, aber die Beweiskette ist nicht so vollständig, wie Sie zu glauben scheinen. Und die Diskrepanz, auf die ich Sie hingewiesen habe, ist genau das, worauf sich ein Verteidiger sofort stürzen würde. Außerdem könnte er es, genau wie das Gericht auch, für merkwürdig halten, daß Sie einen Arzt geholt haben, mit dem Sie Streit hatten.»

«Ich wollte Cohen ja gar nicht rufen. Mein Vater hat mich dazu gezwungen. Ich habe ihn gebeten, es nicht zu tun. Aber er meinte, die Klage wegen dem Zaun sei eine Sache für sich und habe nichts damit zu tun, daß man Cohen als Arzt rufe. Also selbst wenn er unrecht gehabt hätte, gibt das Cohen immer noch nicht das Recht, ihm ein falsches Medikament zu verschreiben.»

«Und Sie glauben, weil er böse auf Ihren Vater war, habe er ihm ein falsches Medikament verschrieben?»

Kestlers Miene drückte listige Verschlagenheit aus. Er lächelte. «O nein, ich behaupte nicht, daß er das mit Absicht getan hat. Das wäre Mord, und ich will ihn auf keinen Fall des Mordes beschuldigen. Ich sage nur, weil er sauer auf meinen Vater war, hat er sich nicht genug Zeit für eine sorfältige Diagnose genommen und somit einen Fehler gemacht. Das ist Nachlässigkeit, und das ist falsche Behandlung. Und deswegen werde ich ihn verklagen.»

«Als Sie Dr. Cohen anriefen – hat er da sofort gesagt, daß er kommt?» fragte der Rabbi.

Kestlers Augen verengten sich, als er über diese Frage nachdachte. Er argwöhnte, daß ihm der Rabbi eine Falle gestellt hatte. «Na ja, sofort würde ich eigentlich nicht sagen.»

«Aber Sie haben darauf bestanden?»

«Es war schließlich Mittwoch», warf Mrs. Kestler ein.

Ihr Mann funkelte sie böse an. «Mein Vater hatte Vertrauen zu ihm als Arzt.»

«Ich verstehe. Er kam also zu Ihrem Vater, obwohl es ein Mittwoch war, sein freier Tag. Und Sie werfen ihm vor, er habe sich ihn nur flüchtig angesehen und Ihnen dann ein Rezept gegeben, daß Sie . . .»

«Er hat mir kein Rezept gegeben», widersprach Kestler. «Er hat es durchtelefoniert, als er wieder zu Hause war.»

Der Rabbi zeigte sich erstaunt. «Als er wieder zu Hause war? Warum hat er nicht von hier aus angerufen oder Ihnen einfach das Rezept gegeben?»

«Weil Joe dachte, er hätte vielleicht ein Ärztemuster», erklärte Mrs. Kestler rasch.

Joe Kestler warf ihr einen giftigen Blick zu. «Es war ziemlich spät», berichtete er, «und die Drugstores waren alle geschlossen. Bis auf Aptakers, aber dahin gehe ich nicht. Darum fragte ich ihn, ob er Ärztemuster hätte, und er sagte, wenn ja, würde er sie vorbeibringen. Sonst würde er das Rezept durchtelefonieren und die würden es uns liefern.»

Der Rabbi nickte nachdenklich. «Da ist also ein Arzt», sagte er, als versuche er sich die Situation selbst darzulegen, «der an seinem freien Tag zu einem Mann gerufen wird, der ihn verklagt hat. Und er kommt nicht nur zu ihm, sondern erbietet sich, ein Ärztemuster des von ihm verschriebenen Medikaments vorbeizubringen oder dafür zu sorgen, daß es ins Haus geliefert wird. Und das ist der Mann, den Sie verleumden und den Sie verklagen wollen?»

«Er hat einen Fehler gemacht», sagte Kestler beharrlich, «und daran ist mein Vater gestorben. Das ist falsche Behandlung. Ich habe nichts gegen den Doktor persönlich, aber es ist mein gutes Recht, ihn zu verklagen, genau wie ich's tun würde, wenn mein bester Freund mich mit seinem Wagen anfahren würde.»

«Das muß ja die Versicherung zahlen», stellte Mrs. Kestler fest.

Der Rabbi erhob sich. «Der Arzt mag einen Fehler gemacht haben», sagte er, «genau wie wir alle mal einen Fehler machen. Aber er kann auch das richtige Medikament verschrieben haben. Gehen Sie mit der Klage vor Gericht, wird das Gericht darüber entscheiden. Üble Nachrede aber gilt laut unserem Gesetz als schwere Sünde, Mr. Kestler. Unserer Tradition gemäß zieht sie die fürchterlichsten Strafen nach sich.»

Eingedenk der mißbilligenden Blicke ihres Mannes fürchtete Mrs. Kestler einen Schwall von Beschimpfungen, sobald der Rabbi das Haus verließ. Joe Kestler wahrte jedoch ein bedrückendes und finsteres Schweigen, während er in Gedanken versunken im Zimmer auf und ab wanderte. Endlich blieb er wieder stehen und sah sie an. «Weißt du, was der angedeutet hat?»

«Na ja, Joe, ich glaube . . .»

«Halt den Mund und hör mir zu. Dieser Cohen ist ein Mitglied seiner Gemeinde, weißt du. Deswegen muß er für ihn sorgen. Er weiß, daß ich ihn als Zeugen benennen werde, und da er ein Rabbi ist, muß er die Wahrheit sagen. Aber dieser Kerl ist schlau; er kann sie drehen und wenden, ganz wie er will. Deswegen meine ich, es wird langsam Zeit, daß ich einen Anwalt aufsuche. Bis dahin wünsche ich, daß du aufhörst, den Mund über Doc Cohen aufzureißen. Kapiert?»

«Aber ich habe nie . . .» Sie sah, wie ärgerlich er war, und antwortete: «Natürlich, Joe. Ich sage kein Wort.»

21

Wie schon so oft während dieses Wochenendes bedeckte Daniel Cohen seinen Kopf mit dem Gebetstuch. Es war Sonntagmorgen; auf dem Programm stand die letzte Meditationsübung dieser Klausur. Aber die Hoffnung, die er zu Beginn gehegt hatte, daß vielleicht, ganz vielleicht, doch etwas daran war, die war verschwunden. Jetzt empfand er nur noch eine gewisse Verlegenheit darüber, daß er, ein Arzt, ein Mann der Wissenschaft, hierher in den Wald gekommen war, um mit dem Allmächtigen zu kommunizieren, um . . . ja, warum? Um eine ausnahmsweise Aufhebung des ewigen Gesetzes von Ursache und Wirkung zu seinem persönlichen Vorteil zu erbitten?

Gewiß, wenn er an den hohen Feiertagen zur Synagoge ging, oder selbst, wenn er gelegentlich einen Freitagabendsgottesdienst besuchte, geschah dies angeblich zu demselben Zweck. Aber das war etwas ganz anderes. In Wirklichkeit war das eher eine Bestätigung seiner Verbindung mit der Gruppe, in die er hineingeboren worden war. Man betete dabei eigentlich nicht, sondern sprach mehr oder weniger mechanisch vorgeschriebene Gebetstexte. Es war eine gesellschaftliche Verpflichtung, etwas, was die Juden gegenseitig voneinander erwarteten.

Dies jedoch war etwas ganz anderes. Er hatte sich aufrichtig bemüht. Wenn seine Lippen sich während der traditionellen Andachten beim Rezitieren der hebräischen Gebete bewegten, flehte er in Gedanken eindringlich auf Englisch um Hilfe. Bei den Meditationen war er stehengeblieben, bis die festgesetzte Zeit abgelaufen war, ohne sich ein einziges Mal zum Ausruhen zu setzen oder sich auch nur an die Fensterbank zu lehnen. Und an den Diskussionen hatte er stets aktiv teilgenommen.

«Warum dürfen wir uns nicht hinsetzen und uns während der Meditation entspannen, Rabbi?»

«Erstens, weil Sie einschlafen könnten. Bei der Transzendentalen Meditation, die durch die Maharischis populär wurde, sitzt man in einer bequemen Position . . .»

«Und hilft es?»

«Oh, gewiß – als Mittel zur wohltätigen Entspannung. Es gibt einen Arzt, ich glaube, von der medizinischen Fakultät in Harvard, der hat wissenschaftliche Experimente damit gemacht, mit Kontrollinstrumenten und so weiter, und der hat festgestellt, daß dadurch tatsächlich der Blutdruck herabgesenkt wird. Vielleicht haben Sie davon gehört, Doctor. Aber das ist nichts weiter als eine Entspannungsmethode; Religion ist es auf keinen Fall. Vergessen Sie nicht, daß wir die religiöse Erfahrung wollen. Und dazu braucht man einen gewissen Zustand der Spannung, der ausgeglichenen Spannung. Die Buddhisten machen es mit der Lotusposition; im Zen wird gekniet. Die jüdische Tradition dagegen verlangt meiner Meinung nach von uns, daß wir stehen.»

«Was halten Sie denn von dieser Gewohnheit, ein Wort oder einen Satz immer wieder herzusagen?»

«Von dem Mantra?» Rabbi Mezzik nickte mit dem schönen Kopf. «Einige finden, daß es ihnen hilft, sich zu konzentrieren. Es ist bewiesen, daß unsere Vorfahren sich dieser Methode bedient haben. Am Schluß des Jom-Kippur-Gottesdienstes sagen wir siebenmal *Adonai Hu Elohim* – Der Herr ist der Gott. Das läßt darauf schließen, daß dieser Satz möglicherweise als Mantra benutzt worden ist, und zwar nicht nur siebenmal, wie im Gebetsbuch vorgeschrieben.»

«Wozu soll die Meditation denn eigentlich gut sein?»

«Das ist schwer zu sagen, denn das ist bei jedem einzelnen verschieden. Sie könnten zum Beispiel fühlen, daß alles mit allem anderen verbunden ist – das, was wir Universelle Verwandtschaft nennen. Oder Sie spüren die grundlegende Einheit des Universums. Oder Sie erleben eine tiefe Ruhe.»

Dan Cohen erlebte gar nichts von allem. Was er erlebte, sagte er sich ingrimmig, war fades Essen, eine harte, knotige Matratze auf einer schmalen Liege mit einer viel zu dünnen Wolldecke zum Schutz gegen die nächtliche Kühle und die ständige, langweilige Gesellschaft Matthew Charns. Von Kaplan hatte er außerhalb der Gruppensitzungen nur wenig gesehen, denn der war weitgehend mit seinem eigenen Kreis beschäftigt, der aus den Vorstandsmitgliedern der Synagoge bestand und von den anderen Abstand hielt. Und der schon abgefahren war, als er an diesem Morgen zur ersten Andacht herunterkam.

«Chet und ein paar von den anderen mußten heute morgen schon früh nach Hause zurückkehren», erklärte Rabbi Mezzik den übrigen. «Sie müssen an einer wichtigen Vorstandssitzung teilnehmen. Immerhin haben wir aber noch einen *minjen,* also ist es nicht weiter schlimm.»

Niemand schien sich etwas dabei zu denken, für Dan Cohen aber war es ein weiteres jener Ärgernisse, die er an diesem Wochenende zu erdulden hatte. Während er mit dem Gebetstuch über dem Kopf dastand, fragte er sich, warum er überhaupt gekommen war. Gewiß, er hatte weg wollen, von Barnard's Crossing und von seiner Praxis. Aber warum hierher, und warum hatte er überhaupt weg müssen?

Der Tod eines Patienten, so traumatisch er sich auch auswirken mochte, war in einer Arztpraxis immer zu erwarten. Auch über eine mögliche Klage wegen falscher Behandlung machte er sich keine Gedanken; er war sicher, daß seine Behandlung korrekt und vertretbar gewesen war.

Die Reaktion seiner Kollegen, vor allem der beiden älteren, war zwar unerwartet und beunruhigend gewesen, aber mit so einer Situation wurde man ganz gewiß besser fertig, wenn man blieb und sie durchkämpfte, statt einfach davonzulaufen. Es war denkbar, daß sie ihn letztlich baten, die Klinik zu verlassen. Das wäre wirklich beunruhigend, gestand er sich ein. Aber es würde nicht sofort geschehen, weil er einen Vertrag hatte, und wenn er auf Erfüllung der Vertragsbedingungen pochte, hatte er immer noch über ein Jahr Zeit, bis sie ihn hinauswerfen konnten. Bis dahin war er vielleicht in der Lage, sich eine eigene Praxis in Barnard's Crossing einzurichten und einen Stamm eigener Patienten aufzubauen. Um zu dieser Erkenntnis zu gelangen, brauchte er nicht ganz hier herauszufahren und mit einem Gebetstuch über dem Kopf herumzustehen.

Aber warum war er dann hier? Wieder erinnerte er sich seiner Verlegenheit bei dem Telefongespräch mit Kestler, die um so größer gewesen war, als Lanigan mitgehört hatte. Leicht beunruhigt fragte er sich, ob der Polizeichef über die Klage wegen des Zauns unterrichtet war. Wurde die Polizei von derartigen Dingen in Kenntnis gesetzt? Unvermittelt wurde ihm klar, daß er sich im Grunde nur wegen seiner wiederholten Mißerfolge Sorgen machte. Er hatte in Delmont versagt, und dann in Morrisborough. Sollte das gleiche wieder in Barnard's Crossing passieren? Neigte er zu Mißerfolgen, wie manche Menschen zu Unfällen neigten? Die in den drei Städten gesammelten Erfahrungen zusammengenommen – bedeuteten sie, daß er zum Praktizieren der Medizin ungeeignet war?

Verlor er den Glauben an sich selbst als Arzt? Ein beängstigender Gedanke schoß ihm durch den Kopf, den er jedoch sogleich zu verdrängen suchte: War es möglich, daß es damals, als er Jacob Kestler zum erstenmal Limpidine verschrieben hatte, zu einer allergischen Reaktion gekommen war? Er hatte nicht erst noch einmal in seinen Krankenblättern nachgesehen, ehe er am Abend des Hurricanes zu ihm fuhr, sondern sich auf sein Gedächtnis verlassen. Er war sicher, daß das nicht der Fall gewesen war, aber das hatte schon Monate zurückgelegen, und er hatte es vielleicht vergessen. Und während er jetzt hier ganz allein stand, mußte er zugeben, daß ihm der Gedanke gekommen war, als er von Kestlers Tod hörte. Nur hatte er sich nicht die Mühe gemacht, sich zu vergewissern, so sicher war er seiner selbst gewesen. Oder hatte er Angst gehabt?

Obwohl das Klausurprogramm für den Sonntag noch ein Abendessen und eine anschließende Zusammenkunft vorsah, beschloß er, nicht so lange zu warten, sondern direkt nach der Meditation heimzufahren. Er mußte seine Unterlagen prüfen; er konnte und wollte nicht länger warten.

Seinem Zimmergenossen erzählte er eine Lüge. Er müsse noch vor dem Mittagessen einen Patienten besuchen. Dieselbe Ausrede benutzte er Rabbi Mezzik gegenüber.

«Und haben Sie Nutzen aus diesem Erlebnis gezogen?» erkundigte sich Mezzik wohlwollend.

«Ich glaube schon. Die Ruhe hat mir gut getan.»

«Und das religiöse Erlebnis? Hat Ihnen das geholfen?»

Er hätte beinahe höflich zugestimmt, aber er war noch zu deprimiert. «Leider nein, Rabbi. Es hat mich überhaupt nicht berührt. Um ganz ehrlich mit Ihnen zu sein: Ich finde, es war leeres Gerede.»

Überraschenderweise war Mezzik keineswegs gekränkt. Ja, er lächelte sogar. «So geht es den Leuten häufig beim erstenmal.»

«Was soll das heißen, beim erstenmal?»

Mezzik richtete den Blick in die Ferne. Dann sah er den Arzt abwägend an. «Wenn Sie einen Patienten behandeln», fragte er ihn, «wenn Sie ihm ein Medikament geben – tritt die Heilung dann sofort ein?»

«Manchmal schon. In den meisten Fällen jedoch nicht unmittelbar danach.»

«Nun, so ist es auch mit religiösen Exerzitien. Manchmal kommt es zu einer großen, plötzlichen Erkenntnis, zu einer Offenbarung, zu einer unvermittelten Klarheit, als hätte jemand in einem dunklen Zimmer das Licht angemacht. Manchmal dagegen braucht es ein bißchen Zeit. Und manchmal natürlich geschieht, genau wie bei Ihren Medikamenten, überhaupt nichts. Sie haben gebetet und meditiert. Ich habe Sie beobachtet, und ich glaube – ich habe einige Erfahrung in diesen Dingen –, daß Sie aufrichtig und ernsthaft gebetet haben. Glauben Sie mir, irgend etwas *wird* sich daraus entwickeln. Vielleicht morgen, vielleicht nächste Woche, vielleicht sogar erst nächstes Jahr, aber irgend etwas kommt bestimmt.»

Auf dem Heimweg dachte Dan Cohen an Mezziks Worte, und sein Gesicht verzog sich zu einem ironischen Lächeln. Alles nur wieder der alte Unsinn. Die Quacksalber mit ihrer angeblichen Wundermedizin hatten vermutlich dieselben Argumente verwendet. Damit gewannen sie Zeit, außer Landes zu gehen, ehe der Zorn der Düpierten sie erreichte.

Endlich daheim. Kaum hatte er seinen Wagen geparkt, da rief seine Frau ihm auch schon zu: «Dan? Telefon! Chef Lanigan ist am Apparat.»

«Hallo, Dr. Cohen? . . . Mein Kreuz macht wieder mal Sperenzchen, aber diesmal ganz schlimm. Ich hab's grade noch bis an den Schreibtisch zurück geschafft.»

«Das haben Sie schon öfter gehabt, nicht wahr?»

«Na ja, so einmal im Jahr muß ich damit rechnen. Normalerweise aber ist das nur so ein dumpfer Schmerz, als hätte ich hundert Pfund Blei an der Taille hängen. Diesmal dagegen ist es ein stechender Schmerz, und ich kam einfach nicht wieder hoch. Ich bin auf dem Revier. Zu Hause habe ich einen speziellen Gürtel, den ich anlege, wenn das passiert, aber so, wie ich jetzt bin, kann ich auf gar keinen Fall nach Hause fahren.»

«Dann werde ich schnell rüberkommen und Sie mir mal ansehen. Ich kann sie wenigstens verschnüren.»

«Das wäre nett, Doktor. Ich weiß, daß ich's eben aushalten muß, bis der Schmerz von selbst nachläßt, aber so schlimm hab ich's noch nie gehabt.»

«Nun, vielleicht kann ich Ihnen was dagegen geben. Ich bin in wenigen Minuten dort.»

Kurze Zeit später sah Dr. Cohen dem Polizeichef in das jammervoll verzerrte Gesicht und nickte verständnisvoll, als Lanigan erklärte: «Ich würde ja gar nichts sagen, wenn ich irgend was Dummes gemacht hätte, Doktor, wenn ich etwa versucht hätte, einen Wagen aus dem Schnee zu schieben. Das hab ich einmal gemacht, und da hat sofort mein Rücken angefangen. Das war die Strafe, aber eine vergleichsweise milde. Jetzt dageben hab ich mich einfach gebückt, um eine Akte in den Schrank zurückzulegen, und – Mann! Ich konnte mich nicht mehr rühren.»

Dr. Cohen nickte mitfühlend. «Der Schmerz verschwindet mit der Zeit, nicht wahr? Nach zwei bis drei Tagen?»

«Er wird erträglicher nach ein paar Tagen, aber gewöhnlich bleibt er etwa zwei Wochen. Bloß, so schlimm hab ich's noch nie gehabt. Sonst ist es immer mehr so ein Ziehen, wenn Sie wissen, was ich meine. Dies war ein scharfer, stechender Schmerz, und ein paar Minuten lang konnte ich mich überhaupt nicht rühren. Dann habe ich mich am Schrank entlang und am Schreibtisch entlang zu meinem Sessel zurückgehangelt.»

«Ich glaube, ich gebe Ihnen doch lieber was», antwortete der Arzt. Er suchte in seiner schwarzen Tasche und holte eine kleine Flasche heraus. «Zum Glück hatte ich zu Hause Ärztemuster. Das hier ist ein Muskelrelaxans. Möglicherweise werden Sie davon müde, also würde ich an Ihrer Stelle lieber keine größeren Autofahrten unternehmen. Ich habe recht gute Erfolge mit diesem Medikament gehabt, obwohl ein paar Patienten behaupteten, es hätte überhaupt nicht geholfen.» Er ging zu dem kleinen Waschbecken in der Ecke des Büros und füllte ein Glas mit kaltem

Wasser. «Hier, nehmen Sie jetzt zwei davon, und anschließend alle vier Stunden wieder zwei. Übrigens, sind Sie gegen irgendwas allergisch?»

«Nicht daß ich wüßte», antwortete der Chef, der dem Arzt die Pillen aus der hingestreckten Hand nahm. Sekundenlang betrachtete er sie neugierig, dann steckte er sie in den Mund und spülte sie mit Wasser herunter.

«Warum fragen Sie, ob ich allergisch gegen etwas bin?» erkundigte sich Lanigan. «Meine Rückenschmerzen kommen doch nicht etwa von einer Allergie, oder?»

«Natürlich nicht. Ich dachte nur an das Medikament. Es besteht immer die Möglichkeit einer allergischen Reaktion auf ein Medikament, das man verschreibt, die zuweilen recht schwere Formen annehmen kann. Vor allen Dingen heutzutage, wo wir so hochkomplizierte Zusammensetzungen haben.»

«Ach, wirklich? He, könnte das dem alten Kestler passiert sein? Hat er vielleicht auf die Pillen, die Sie ihm verschrieben haben, allergisch reagiert?»

Der Arzt zuckte die Achseln. «Möglich wäre es. Mein Kollege Dr. DiFrancesca war zum Beispiel dieser Meinung. Wenn eine bekannte Allergie gegen ein bestimmtes Medikament besteht, werden wir dieses Medikament natürlich nicht verschreiben. Deswegen erklären wir den Patienten immer, um was für ein Medikament es sich handelt, und erkundigen uns nach eventuellen Allergien. Normalerweise hätte ich Mr. Kestler zum Beispiel Penicillin verschrieben, da ich aber wußte, daß er allergisch dagegen war, verschrieb ich ihm Tetracyclin. Er hätte dagegen natürlich auch allergisch sein können, aber das war unwahrscheinlich. Ich meine, auf Penicillin reagieren viele Menschen allergisch, auf Tetracyclin kaum einige. Außerdem hatte ich es ihm früher schon einmal gegeben. Aber man weiß ja nie. Manchmal wirkt es kumulativ.»

«Könnte der Drugstore einen Fehler gemacht haben?»

Der Arzt schüttelte den Kopf. «Glaube ich kaum. Die sind heutzutage furchtbar vorsichtig, gerade wegen dieser komplizierten Zusammensetzung, von der ich sprach. Ein Fehler von seiten des Apothekers ist äußerst unwahrscheinlich. Und die pharmazeutische Industrie hilft mit, indem sie ihre Pillen in allen möglichen Farben und Formen herausbringt, anstatt, wie früher, ausschließlich weiß und rund. Die Pille, die ich Kestler verschrieb, war zum Beispiel oval und rosa . . .»

«Eher orange, würde ich sagen», entgegnete der Chef.

«Nein, rosa. Nun, vielleicht könnte man es als lachsfarben bezeichnen. Woher wissen Sie das?»

«Weil ich sie mir angesehen habe. Ich habe sie hier und bin ganz sicher, daß sie orange sind. Einen Moment.» Er zog eine Schreibtischschublade auf und entnahm ihr jenen Umschlag, der die Flasche mit den Pillen enthielt. Er schraubte die Flasche auf und schüttelte ein paar Pillen auf die Schreibtischplatte. Ein Irrtum war ausgeschlossen. Gewiß, die Pillen waren oval, aber sie waren ganz eindeutig orange. «Na, würden Sie sie etwa nicht als orange bezeichnen?» fragte er.

«Lassen Sie mich die Flasche sehen.» Der Arzt las laut, was auf dem Etikett stand: «J. Kestler, Limpidine zweihundertfünfzig, viermal am Tag je eine Tablette. Dr. D. Cohen.»

«Ist dies das Medikament, das Sie verschrieben haben?»

Cohen nickte.

«Und sind das die Pillen? Wie haben Sie sie genannt – Limpidine?»

«Ich hab mir immer eingebildet, sie wären rosa. Passen Sie auf, ich habe zu Hause ein Buch, daß die pharmazeutische Industrie jedes Jahr an alle Ärzte verschickt. Es enthält sämtliche Informationen über die Medikamente, die sie herstellen, sowie Farbtafeln mit Abbildungen der Pillen. Ich könnte schwören, daß Limpidine rosa ist, aber ich werde es zu Hause sofort nachschlagen.»

«Tun Sie das, Doktor, und rufen Sie mich an. Ich bleibe noch eine Zeitlang hier.»

Dr. Cohen hielt auf der Heimfahrt alle Geschwindigkeitsbeschränkungen ein, aber nur knapp. Er stellte den Wagen in die Garage und hastete in sein Arbeitszimmer hinauf, ohne zuerst den Mantel auszuziehen. Er schlug die *Physician's Desk Reference* auf und starrte auf die Farbtafel. Er hatte recht! Die Limpidinepillen waren rosa. Die orangefarbenen Pillen waren dagegen Penicillin in einer Form, wie sie dieselbe Firma herausbrachte. Irgendwie hatte Aptaker einen Fehler gemacht und die Penicillinpillen abgefüllt. Und der alte Mr. Kestler hatte natürlich darauf reagiert, da er allergisch gegen Penicillin war. Der Fehler lag also beim Apotheker, und nicht bei ihm!

Das Herz sang ihm in der Brust. Es war geschehen! Er war zur Klausur gegangen; er hatte gebetet, wohl zum erstenmal in seinem Leben aufrichtig gebetet; und sofort am Tag darauf war ihm auf wunderbare Weise dieses schwere, drückende Gewicht von der Seele genommen worden.

Er griff zum Telefon.

Die Probleme der Eltern mit ihren Kindern, die alle offenbar nichts geringeres als eine Entscheidung des Rabbiners oder mindestens seine Meinung erforderten, waren zahlreich und vielfältig. Rabbi Small empfing die Mütter nacheinander, während die übrigen draußen auf einem Sofa warteten.

«... Ich weiß ja, daß es nicht so furchtbar wichtig ist, aber Kinder sind nun mal sensibel, und als Malcolm Studnick die Rolle bei der Aufführung bekam, wo doch alle sagten, daß mein Ronald bei den Proben so gut war, da war er natürlich tief gekränkt . . .»

«. . . Sie wissen doch, wie Mädchen sind, Rabbi. Sie finden es furchtbar wichtig, allseits beliebt zu sein. So was kann ihre ganze Persönlichkeit beeinflussen. Deswegen sind Tanzstunden und Tennisunterricht unerläßlich für ihre weibliche Entwicklung . . .»

«. . . Nicht, daß mein Sumner uninteressiert wäre, Rabbi. Aber er hat einfach keine Zeit . . .»

«. . . Gerade jetzt, Rabbi, nachdem er gekränkelt hat, seit er ein Baby war, meint mein Mann, und ich natürlich auch, daß er möglichst oft im Freien sein soll. Ich danke Gott für die ‹Little League›. Ohne die ‹Little League› würde er den ganzen Tag zu Hause herumhocken. Deshalb war ich ja auch so an dem Camp interessiert, als mein Mann am Mittwochabend heimkam und mir davon erzählte. Also, wenn er sich dort während der Sommerferien auch noch im Judentum üben könnte . . .»

«Was für ein Camp ist denn das, Mrs. Robinson?»

«Ach, Rabbi, Sie wissen doch - da oben in Petersville. Nach allem, was ich hörte, soll es ja nicht nur als Klausur für Erwachsene benutzt werden; auch die Kinder sollen Gelegenheit haben, im Sommer mehrere Wochen dort zu verbringen.»

«Aber das ist nicht für die unmittelbare Zukunft geplant, Mrs. Robinson. Die Angelegenheit steht erst zur Diskussion.»

«Aber nein, Rabbi! Wie mir mein Mann sagte, haben sie das gestern in der Klausur diskutiert und wollen heute darüber abstimmen.»

«Aha, verstehe.» Rabbi Small zähmte seine Ungeduld und ließ sich nicht anmerken, daß er sie möglichst schnell loswerden wollte. Doch als die Unterredung beendet war und er Mrs. Robinson zur Tür begleitete, sagte er zu der Frau, die als nächste eintreten wollte: «Tut mir leid, Mrs. Kalbfuss, ich muß zu einer Vorstandssitzung.»

«Aber die ist doch längst vorbei, Rabbi. Die sind vor einer ganzen Weile schon alle gegangen.»

Ein Blick den Korridor hinunter zeigte ihm, daß die Tür zum Vorstandszimmer tatsächlich weit offen stand und der Raum völlig leer war.

Als Chester Kaplan nach Hause fuhr, sah er Dr. Cohen auf dem Rasen vor seinem Haus Laub zusammenharken und hielt am Bordstein. «Hallo, Doctor!» rief er ihm zu. «Tut mir leid, daß ich heute morgen abfahren mußte, ohne mich zu verabschieden.»

«Ach, das macht nichts», antwortete Cohen, der mit der Harke in der Hand näherkam.

«Wie war's denn, Doctor? Hat's Ihnen gefallen?» erkundigte sich Kaplan eifrig.

«Es war schön», antwortete der Arzt mit breitem Grinsen. «Wirklich schön, eigentlich sogar fabelhaft! Übrigens, da fällt mir ein: Ich habe noch nicht bezahlt. Wenn Sie einen Augenblick warten, schreibe ich Ihnen schnell einen Scheck. Oder kommen Sie doch herein, wenn Sie mögen.»

«Nein, danke. Schicken Sie ihn mir ganz einfach zu. Ich muß weiter. Freut mich, daß es Ihnen gefallen hat.»

«Aber ja! Es war ein echtes Erlebnis.»

Als er heimkam, ging Kaplan geradenwegs in sein Arbeitszimmer, wo er auf dem Briefpapier der Synagoge ein Schreiben an Marcus Aptaker, Town-Line Drugstore tippte. Er informierte ihn mit diesem Brief, daß der Synagogenvorstand sich einstimmig dafür entschieden habe, den Goralsky-Block mit den angrenzenden Grundstücken an William Safferstein, 258 Minerva Road, Barnard's Crossing, zu verkaufen. Er möge seine Bitte um Verlängerung des Mietvertrages doch an den genannten Käufer richten.

23

«Tu's nicht, David», riet Miriam eindringlich. «Kaplan hat dich reingelegt. Jetzt gib ihm nicht auch noch die Genugtuung, ihm zu zeigen, daß du gekränkt bist.»

«Aber ich kann's doch nicht einfach übersehen», antwortete der Rabbi, nahm aber trotzdem die Hand vom Telefonhörer.

«Du weißt doch gar nicht, was geschehen ist. Du weißt nur das, was eine Frau dir erzählt hat über das, was der Vorstand auf der Sitzung beschließen wollte. Du weißt nicht, ob es wirklich dazu gekommen ist. Warum wartest du nicht, bis man dich offiziell informiert?»

Ihr Mann setzte sich; und da er für ihre Worte empfänglich zu sein schien, fuhr sie fort: «Du glaubst, sie haben beschlossen, dieses Camp oben in Petersville zu kaufen. Und wenn schon! Dazu haben sie doch das Recht, oder nicht? Deine Erlaubnis brauchen sie nicht. Du bist bei den Vorstandssitzungen nur als Gast geladen. Du bist nicht in den Vorstand gewählt.»

Er nickte. «Nein, natürlich nicht. Und wenn sie da oben aus ganz normalen Gründen ein Stück Land kaufen wollten . . .»

«Zum Beispiel?»

«Na ja, als Geldanlage. Ich hätte vielleicht Bedenken, ob das klug wäre, als Rabbi dieser Gemeinde würde mich das aber nicht interessieren. Aufgrund der Bemerkungen, die Kaplan jedoch in den letzten zwei Monaten fallen gelassen hat, bin ich ziemlich sicher, daß sie das Camp als Klausur erwerben wollen. Und *das* geht mich allerdings einiges an.»

«Nun ja, vielleicht, da es eine religiöse Frage ist . . .»

Er sah Miriam erstaunt an. «Es ist mehr als das. Es ist nicht einfach eine Angelegenheit, bei der sie mich nach meiner Ansicht hätten fragen müssen, wie . . . wie etwa bei der Frage, ob sie neue Thorarollen kaufen sollen. Nein, dieser Einfall mit der Klausur beinhaltet eine Kehrtwendung auf dem Weg, den die Synagoge nimmt. Angenommen, sie überlegen, ob sie die Bar Mitzva im Alter von dreizehn Jahren abschaffen und dafür eine Konfirmation mit fünfzehn oder sechzehn Jahren einführen sollen, wie es bei vielen Reform-Synagogen geschieht. Oder angenommen, sie beschließen, eine neue Sitzordnung einzuführen, bei der die Frauen, wie in den orthodoxen Synagogen, von den Männern getrennt sitzen. Das sind Dinge, bei denen es nicht nur um meine Meinung oder meinen Rat geht, sondern Fragen dieser Art deuten auf einen grundlegenden Wandel innerhalb der Synagoge hin, und dazu brauchen sie meine Zustimmung.»

«Und wenn sie sich weigern?»

«Dann werde ich natürlich zurücktreten», antwortete er schlicht. «Ich werde sagen, ich bin ein konservativer Rabbi und habe als solcher eine Stellung bei einer konservativen Gemeinde angenommen. Wenn ihr jetzt also zu einer Reform-Gemeinde oder zu einer orthodoxen Gemeinde werden wollt – nun, das ist euer gutes Recht, aber dann habe ich hier nichts mehr zu suchen.»

Miriam war beunruhigt. «Wäre das nicht eine Überreaktion, David?» fragte sie. «Wenn ein paar Mitglieder deiner Gemeinde in den Wald gehen und für sich allein beten wollen . . .»

«Es sind nicht nur ein paar Mitglieder. Es sind der Präsident und der Vorstand der Synagoge, die angeblich im Namen der gesamten Gemeinde handeln und dabei das Geld der Gemeinde ausgeben. Und sie gehen auch nicht nur in den Wald, um zu beten. Sie richten eine Zweigstelle der Synagoge ein und engagieren diesen Rabbi, von dessen Einstellung ich nicht das geringste weiß, um sich von ihm führen zu lassen.» Er stand auf und ging zum Telefon.

Miriam unternahm noch einen Versuch. «Ja, aber wäre es nicht schon aus taktischen Gründen besser, wenn der Vorstand dich über das informierte, was bei der Sitzung beschlossen wurde? Ich meine, wäre es nicht besser, wenn sie zu dir kommen, statt du zu ihnen? Nach allem, was du weißt, hat Kaplan möglicherweise vor, dich heute nachmittag anzurufen oder sogar selbst herzukommen, um dir alles zu erklären.»

Er überlegte. «Mag sein, aber ich bezweifle es. Vermutlich meint er, daß er mich heute abend beim *minjen* sieht.»

«Das ist dasselbe.»

Er schwieg und dachte darüber nach. Endlich sagte er: «Mag sein.»

Er war den ganzen Nachmittag mißgestimmt und verbrachte ihn fast ausschließlich in seinem Studierzimmer. Miriam merkte, daß ihr Mann zutiefst verletzt war, und störte ihn nicht. Als sie am Abend jedoch sein Zimmer betrat, sah sie erstaunt, daß er in der Ecke stand und mit rasch sich bewegenden Lippen das *Schimonesre* betete. Sie wartete, bis er fertig war; dann fragte sie: «Gehst du heute nicht zum *minjen*, David?»

Er schüttelte den Kopf. «Nein, heute nicht. Und wahrscheinlich die ganze Woche nicht.»

«Sie werden meinen, daß du schmollst.»

Er grinste. «Laß sie ruhig. Vielleicht stimmt es sogar. Ich habe mich noch nicht entschieden, was ich tun werde, aber ich denke gar nicht daran, diese Angelegenheit auf dem Flur mit Kaplan und wer immer sich noch dazugesellt zu besprechen. Ich werde bis Sonntag warten. Wenn dann das Protokoll der letzten Sitzung gelesen wird, weiß ich genau, was sie getan haben, und kann entsprechend reagieren. Wenn sie dem Vorschlag, das Grundstück in Petersville für eine Klausur zu erwerben, zugestimmt haben, verlange ich Neuabstimmung.»

«Und wenn sie noch mal darüber abstimmen, und das Ergebnis ist dasselbe?»

«Dann bitte ich um Einberufung einer allgemeinen Mitgliederversammlung, vor der ich meine Ansichten darlegen und um Abstimmung durch die gesamte Gemeinde bitten kann.»

«Und wenn sie ablehnen?»

«Werde ich selbstverständlich zurücktreten.»

24

Auf dem Heimweg parkte Lanigan seinen Wagen, einer spontanen Eingebung folgend, an der Ecke, statt in die Straße einzubiegen. Wie immer, zuckte er zusammen, als er die grelle Neonreklame sah: YE OLDE CORNER DRUGGE STORE, JOS. TIMILTY, REG. PHARM., PROP., aber er trat trotzdem ein. Timilty, ein kleiner, dunkler, untersetzter Mann, kam sofort herbeigeeilt. Seine hellgrüne Nylontunika im russischen Stil, mit dem Namenszug *Ye Olde Drugge Store* in Dunkelgrün auf die Brusttasche gestickt, hatte kurze Ärmel, die haarige Unterarme freiließen. Er war kahl, hatte aber, wie zum Ausgleich dafür, buschige, schwarze Brauen, die von dem schweren, dunklen Brillengestell noch betont wurden. Seine Wangen hatten selbst unmittelbar nach dem Rasieren einen leicht bläulichen Schimmer; jetzt, am Spätnachmittag, wirkten sie blauschwarz.

«Und womit kann ich *Ihnen* dienen?» fragte er, um die Bedeutung des jeweiligen Kunden zu unterstreichen, wie man es in dem Verkaufskursus lernte, an dem er gerade teilnahm. Er war neu in der Gegend, hatte das

Geschäft vor knapp einem Jahr erst von den Brundages gekauft, die es vor ihm besessen hatten, solange sich Lanigan erinnern konnte.

Ein wenig peinlich berührt von dieser direkten Attacke, überlegte Lanigan, was er kaufen könnte. Sein Blick wanderte über die Auslagen, die Salznüsse, die Pralinenschachteln, die Parfüms; die Hundehalsbänder, -leinen und -Gummiknochen; Futter für Kanarienvögel und Sittiche; Kinderspielsachen. Aber er hatte weder Hund noch Kanarienvogel, hatte nicht einmal ein Kind und wußte, wenn er Pralinen oder Parfüm heimbrachte, würde Amy vermuten, er sei betrunken. Dann fiel ihm die kleine Flasche mit den Pillen ein, das Ärztemuster, das Dr. Cohen ihm gegeben hatte. Er zog sie heraus.

«Mir ist heute vormittag was ganz komisches passiert», begann er. «Ich war in meinem Büro unten auf dem Revier und überprüfte gerade ein paar Akten, da bückte ich mich, und verflixt, ich konnte mich nicht wieder aufrichten.»

«Sacroiliacum.» Timilty nickte weise. «War das das erste Mal?»

«Nein, aber so schlimm war's noch nie.» Er berichtete, wie er Dr. Cohen angerufen hatte. «. . . und diese Pillen, die der mir gegeben hat, also, die haben wahre Wunder gewirkt. Eine halbe Stunde später war ich praktisch wie neu.» Timilty nickte und lächelte das überlegene Lächeln des Eingeweihten über den Laien, der die Wunder der Wissenschaft bestaunt.

«Gewöhnlich dauert so ein Anfall ungefähr zwei Wochen, aber diesmal – eine halbe Stunde, und weg war's. Darum wollte ich fragen, ob Sie diese Pillen haben . . . Das hier ist nur ein Ärztemuster, das Dr. Cohen zufällig zu Hause hatte . . . Na ja, ich könnte mir ja einen kleinen Vorrat zulegen. Wenn's dann wieder mal passiert, brauche ich nicht erst den Arzt zu rufen.»

Timilty warf einen Blick auf das Glasfläschchen, das der Polizeichef ihm zeigte. «Aber sicher haben wir die. Es gibt mehrere Präparate, die die gleiche Wirkung haben; wir nennen so etwas ein Muskelrelaxans. Aber Sie müssen aufpassen beim Autofahren, wenn Sie die Dinger nehmen. Die machen müde.»

«Brauche ich ein Rezept? Dann würde ich nämlich . . .»

«Nein, *Sie* brauchen kein Rezept. Wie viele wollen Sie?»

«Tja, ich weiß nicht. Ein Dutzend vielleicht?» meinte der Chef.

«Selbstverständlich. Sie können jederzeit mehr haben, wenn Sie wollen.» Er ging nach hinten in die Rezeptur, und Lanigan folgte ihm.

«Himmel, wie halten Sie bloß all diese vielen Medikamente auseinander?»

«Ach, das ist nicht weiter schwierig, wenn man ein bestimmtes System hat.» Er lachte. «Der alte Brundage hat vermutlich alles instinktiv gemacht.» Er nahm ein Plastikröhrchen und ein Etikett heraus. «Ich kann nur die Bezeichnung des Medikaments auf das Etikett schreiben», erklärte er. «Den Namen des Arztes und die Dosierung können Sie selbst drauf schreiben, wenn Sie das wollen. Ich darf das nicht ohne Rezept.»

«Ach, das macht nichts», sagte Lanigan obenhin. «Fertigen Sie eine Menge Rezepte an?»

«So ungefähr fünfzig, sechzig pro Tag.»

«Sie füllen die Pillen aus den großen Flaschen in die kleinen um, nicht wahr?»

Timilty hätte am liebsten überheblich erwidert, so etwas erforderte große Verantwortung, aber er sagte sich, Lanigan sei ein wichtiger Mann in der Stadt. Also zwinkerte er ihm zu und antwortete grinsend: «Ja, so ungefähr.»

«Richtig zusammenmixen tun Sie wohl überhaupt nichts mehr.»

«O doch! Flüssige Medikamente, Salben, Suppositorien, manchmal sogar auch noch Pillen. Einige alte Leute hier haben ihre Spezialrezepte für Pillen, und die mixe ich dann zusammen und fülle sie in Pastikkapseln. Als ich mit der Pharmazie anfing, hatten die großen Chemiewerke das bereits alles organisiert.»

«Haben Sie je einen Fehler gemacht?»

Timilty schüttelte ernst den Kopf. «Nicht bei Arzneimitteln. Das tut kein Apotheker. Sonst hätte er seine Linzenz nicht mehr.»

«Aber einige Apotheker . . .»

Timilty schüttelte hartnäckig den Kopf. «Ich laufe nicht rum und werfe der Konkurrenz Knüppel zwischen die Beine, aber ein Apotheker kann es sich einfach nicht leisten, bei einem Rezept einen Fehler zu machen. Manchmal verschreibt der Arzt das Präparat einer bestimmten Firma, sagen wir Squibb, und davon hat man gerade nichts mehr. Nun hat man vielleicht das entsprechende Präparat von, sagen wir Parke-Davis. Also, ich kenne Apotheker, die dann das Parke-Davis Medikament geben. Das ist eigentlich kein richtiger Fehler. Aber es ist unethisch. Und einige Ärzte sehen drüber hinweg, während andere ein Mordstheater machen. Mein Grundsatz ist, immer zunächst den Arzt anrufen und ihn fragen, ob wir das andere Präparat geben dürfen. Sonst händige ich es nicht aus.»

«Dann geben Sie dem Kunden das Rezept zurück und erklären ihm, Sie hätten das Medikament nicht?»

Abermals blinzelte ihm Timilty zu. «Normalerweise sagen wir ihm, es werde ein Weilchen dauern, und bieten ihm an, ihm das Medikament zu liefern.»

«Aha.» Lanigan grinste. «Mir ist das auch schon mal passiert. Und ich fragte mich, als ich die Pillen bekam, was denn so besonderes dran sei, warum es so lange gedauert habe, da sie doch offensichtlich maschinell hergestellt worden waren. Ich meine, der Apotheker hatte sie doch nicht selbst gedreht.»

«Das ist Geschäft. Ein guter Geschäftsmann versucht seine Kunden zu halten.»

«Ja, vermutlich. Aber sehen Sie mal, es gibt doch sicher Apotheker, die zuverlässiger sind als andere.»

«Nicht beim Anfertigen eines Rezepts», antwortete der Apotheker. «Jedenfalls nicht, wenn sie ihre Lizenz noch haben.»

«Aber wie konkurriert ihr denn miteinander?»

«Auf den Sektoren Preis, Geschäftslage, Persönlichkeit. Genau wie bei den Lebensmittelgeschäften. Die Campbell-Suppen sind in dem einen Laden bestimmt die gleichen wie in dem anderen. Der eine Laden aber ist billiger oder näher oder sauberer. Also gehen Sie in den.»

«Oder man bekommt da ein bißchen mehr als in dem anderen», ergänzte Lanigan.

«Wie meinen Sie das?»

«Na ja, nehmen wir an, ich komme mit einem Rezept für Pillen. Der eine Apotheker füllt einfach die Flasche, während der andere vielleicht sehr viel mehr Watte mit reintut.»

Timilty schüttelte entschieden den Kopf. «Der Arzt bestimmt auf dem Rezept genau, wieviel er von dem Medikament braucht, und genausoviel gebe ich dem Patienten. Wir haben eine ganze Menge Präparate, von denen der Arzt nur ganz genau soundso viele Pillen verabreichen will, und keine mehr. Oder er will, daß der Patient die gesamte Menge nimmt, egal, wie gesund er sich schon nach der Hälfte fühlt. Also geben wir exakt die Menge, die der Arzt verschreibt, nicht mehr und nicht weniger. Außerdem, bei diesen Pillen, die pro Stück bis zu siebzig oder achtzig Cent kosten, gibt Ihnen bestimmt niemand eine extra.»

«Was ist mit den Apothekern, die bei Ihnen angestellt sind?»

«Die verhalten sich beim Abfüllen von Medikamenten auch nicht anders.»

«Vermutlich signiert jeder Apotheker das Rezept, das er ausführt.»

«Wozu? Was wäre der Zweck?»

«Na ja, zum Beispiel, falls etwas schief geht.»

Timilty starrte ihn verwundert an. «Was kann da schiefgehen?»

25

Polizeichef Lanigan schob seinem Lieutenant die *Physician's Desk Refrence* hinüber und sagte: «Also, das hier hat Doc Cohen verschrieben, und das hier hat der alte Kestler erhalten und eingenommen.»

Lt. Eban Jennings richtete den Blick der wasserblauen Augen auf die kleine Farbtafel, dann betrachtete er die Pille, die auf der Schreibtischplatte lag. Sein ausgeprägter Adamsapfel hüpfte, als er sagte: «Völlig verschieden. Der Apotheker muß sich geirrt haben.»

Lanigan schüttelte den Kopf. «Laut Dr. Cohen ist ein Irrtum des Apothekers höchst unwahrscheinlich. Ich habe mich außerdem bei Timilty erkundigt, der Brundages Geschäft am Ende von meiner Straße übernommen hat, und der sagt ebenfalls, daß Apotheker beim Ausführen von Rezepten keine Fehler machen. Nun ist Timilty einer von diesen Übereifrigen, der der Konkurrenz, wenn ihm die Möglichkeit gegeben wird, gern eins auswischt. Aber er war derselben Meinung wie der Doktor: Ein Apotheker macht so einen Fehler nicht.»

«Ja, aber was ist es dann?»

Lanigan lehnte sich bequem zurück. «Tja, ich würde sagen, wenn es kein Fehler war und doch geschehen ist, dann muß es Absicht gewesen sein.»

«Aber das wäre Mord!» gab Jennings zu bedenken.

«Oder Totschlag. Und warum nicht? Morde werden nicht nur mit Schießeisen und Dolchen begangen. Die meisten Menschen besitzen weder einen Dolch noch einen Revolver. Wenn man von den Profis absieht, wird in den meisten Fällen verwendet, was gerade zur Hand ist. Der scharfe Gegenstand entpuppt sich fast immer als etwas ganz Alltägliches, ein Steakmesser etwa. Erinnern Sie sich an Millicent Hanbury, die eine Stricknadel benutzt hat? Und an Ronald Sykes, der Isaac Hirsh umbrachte, indem er einfach den Ventilator seines Wagens verschloß, während der Motor lief? Überlegen Sie mal. Das natürlichste Mordinstrument ist das, was griffbereit ist. Hier haben wir einen Apotheker mit einem ganzen Laden voll Chemikalien. Wenn der jemanden umbringen wollte, könnte er natürlich versuchen, sich einen Revolver zu beschaffen. Viel wahrscheinlicher aber ist es, daß sein erster Gedanke all den vielen Dingen gilt, die er selbst in seinen Regalen hat.»

«Ja, aber . . Aber was, das ist doch verrückt? Hören Sie, Hugh, ich kaufe im Town-Line Drugstore, seit wir das Haus verkauft und uns die Wohnung an der Salem Road genommen haben. Ich holte mir dort fast jeden Abend die Zeitung und ein paar Zigarren, und man könnte sich keinen netteren Menschen vorstellen als Marcus Aptaker. Nicht, daß er einer von diesen leutseligen Typen ist. Nein, er ist eigentlich eher konservativ, wissen Sie, mit einem ausgeprägten Verantwortungsbewußtsein. So ein Mann würde bestimmt nicht hingehen und Medikamente rausgeben, mit denen man Menschen umbringen kann.»

«Ich kenne Marcus Aptaker länger als Sie», erwiderte Lanigan. «Als ich damals zur Polizei kam, mußte ich des nachts auf der Salem Road Streife gehen. Zu jener Zeit waren die Drugstores noch bis Mitternacht geöffnet, und ich pflegte mich bei Aptaker aufzuwärmen. Er hatte eine Kochplatte, und Marcus Aptaker spendierte mir oft genug eine Tasse Kaffee, die ich trank, während wir uns unterhielten. Ich mag Aptaker, aber er gehört zu diesen starren, geradlinigen Typen. Diese Art Menschen sieht alles nur schwarz und weiß, ohne Zwischentöne. Und wenn er glaubt, jemand hätte ihm Unrecht getan, kann ich mir vorstellen, daß er das Gefühl hat, Richter und Jury zugleich sein zu müssen – und sogar Vollstrecker. Erinnern Sie sich an seinen Sohn Arnold?»

«Ja. Hat der ihm nicht im Geschäft geholfen?»

Lanigan lehnte sich in seinem Drehsessel zurück und legte die Füße auf die herausgezogene unterste Schreibtischschublade. Den Kopf in die gefalteten Hände gelegt, starrte er zur Decke empor. «Diesen Jungen, den Arnold, warf er vor zwei, drei Jahren hinaus, weil er die Hand in die Kasse gesteckt hatte.»

«Nein!»

«O doch. Der Junge trieb sich damals in den Nightclubs und Spielkasinos von Revere herum und hatte Schulden gemacht, die er mit einem Schuldschein beglich. Wahrscheinlich drängte man ihn zur Einlösung des Scheins und bedrohte ihn sogar. Wenn man bei diesen Kerlen nicht bezahlt, brechen die einem Arme und Beine. Ich vermute, daß Arnold deswegen Geld aus der Kasse genommen hat, und der Alte hat ihn dabei erwischt und rausgeworfen.»

«Wieso habe ich nichts davon erfahren?»

«Weil Sie damals in Washington waren, bei dem FBI-Auffrischungskurs, für den ich der Stadt das Geld abgeluchst hatte.»

«Ach so. Und was war dann? Ist Aptaker zu Ihnen gekommen?»

«Zunächst nicht. Marcus Aptaker löste den Schuldschein ein und sagte dem Geldeintreiber, er wolle ihn nie wieder in seinem Laden sehen.» Der Chef stellte die Füße auf den Boden und richtete sich kerzengerade auf. «Aber diese Typen geben ja nie Ruhe; sie hören nicht auf, die anderen zu ducken. Der Mann lachte ihn aus und erwiderte, der Laden sei ein öffentlicher Platz, und er werde kommen, wann immer er Lust dazu habe. Da kam Aptaker zu mir. Er wollte, daß ich den Mann warne. Er werde den Kerl umbringen, wenn er nicht aufhöre, ihn zu belästigen, erklärte er.»

«Was konnte er denn tun, wenn dieser Mann aus Revere war?»

«Der Mann war gerade in unsere Stadt umgezogen. Es war Joe Kestler.»

«Joe Kestler?» fragte der Lieutenant verblüfft. «Ich wußte nicht, daß der in den *rackets* ist. Ich dachte, er arbeitete mit seinem Alten zusammen, Hypotheken und so weiter.»

«Ich will auch nicht sagen, daß er in den *rackets* ist», korrigierte Lanigan freundlich. «Er sagte zu Aptaker, er habe den Schuldschein gekauft oder diskontiert.»

«Und was haben Sie gemacht?»

«Ich bin zu Kestler gegangen.»

«Was haben Sie ihm gesagt?»

Lanigan grinste. «Es war wohl weniger das, was ich ihm gesagt habe, als das, was ich ihm *seiner Auffassung nach* gesagt habe. Ich habe lediglich gesagt, ich wünsche keinen Ärger in unserer Stadt, er sei neu hier, und wenn er in Ruhe und Frieden leben wolle, solle er keinen Streit anfangen. In anderen Städten bedeutete eine derartige Warnung durch den Polizeichef vermutlich, daß er alle möglichen Schwierigkeiten mit den Behörden haben wird, falls er nicht sauber bleibt, daß sein Besitz neu veranlagt wird, oder die Leute von der Baubehörde kommen und seine Installationen beanstanden werden. Jedenfalls, soweit ich weiß, hielt er sich zurück. Wenigstens hat Aptaker sich nie mehr bei mir über ihn beschwert. Schade, daß Kestler nicht weiterhin Abstand gehalten hat, aber ich nehme an, jetzt, wo sein Vater krank war . . .»

«He, Augenblick mal, Hugh! Wollen Sie sagen . . . Aber das ist doch drei Jahre her!»

«Ja, aber manche Sachen werden mit der Zeit nur schlimmer», erwiderte der Chef. «Aptakers Sohn kam nicht mehr zurück. Je länger es dauerte, desto größer wurde der Schmerz. Und außerdem - falls Kestler wirklich Abstand gehalten hat, war dies die erste Gelegenheit für Aptaker, sich an ihm zu rächen.»

«Aber das Medikament war nicht für Joe bestimmt, den Mann, mit dem er damals den Ärger hatte, sondern für dessen Vater», wandte Lieutenant Jennings ein.

«Daran habe ich auch gedacht», sagte Lanigan. «Auf dem Etikett der Flasche erscheint jedoch lediglich der Buchstabe J, und der paßt auf den Vater und auf den Sohn. Der Vater hieß nämlich Jacob. Wenn also der Vater krank war, wäre dann nicht der Sohn gekommen, um das Medikament abzuholen? Wenn also der Sohn nicht kam, war er möglicherweise selber krank und holte das Medikament nicht ab, weil er es nicht konnte.»

Eban Jennings schüttelte langsam den Kopf. «Das kann ich nicht glauben. Nicht von Marcus Aptaker.»

«Man kann nie wissen, was die Menschen tun werden, Eban. Man kann nie dem Anschein nach urteilen.»

«Aber das ist doch unlogisch», protestierte Jennings. «Aptaker hat vor drei Jahren mit Joe Kestler Streit, also bringt er drei Jahre später dessen Vater um?»

«Aufgrund dieses Streites verließ ihn sein Sohn, Eban, mit dem er große Pläne hatte. Für Marcus ist das Geschäft mehr als eine Einnahmequelle. Für ihn ist es eine Tradition, die Arnold nach ihm fortsetzen sollte. Das ist ein großer Unterschied.»

«Ja, aber woher sollte Marcus wissen, daß diese neuen Pillen Mr. Kestler schaden würden? Bitte, beantworten Sie mir das.»

«Das konnte er natürlich nicht wissen. Nicht mit Bestimmtheit. Laut

Doc Cohen wurde das Tetracyclin jedoch für Menschen entwickelt, die auf Penicillin allergisch reagieren. Für einen Apotheker lag es also auf der Hand, daß dieses Medikament verschrieben worden war, weil der Patient kein Penicillin vertrug. In diesem Fall würde eine Penicillinpille großen Schaden anrichten, auch wenn sie den Patienten vielleicht nicht umbringen würde. Eines ist jedenfalls sicher: Der Town-Line-Drugstore hat in einer Sache einen Fehler gemacht, in der Apotheker niemals einen Fehler begehen . . .»

«Und was haben Sie vor?»

«Nun, ich glaube, ich sollte Mr. Aptaker ein paar Fragen stellen.»

«Aber woher wollen Sie wissen, daß Marcus Aptaker selbst den Austausch vorgenommen hat?» erkundigte sich Jennings. «Woher wollen Sie wissen, daß es nicht vielmehr der andere Apotheker war, Ross McLane? Also der ist wirklich ein widerlicher Kerl! Er ist grob und ironisch und hat keine Ahnung, wie man mit Menschen umgeht. Wenn ein Kunde in den Laden kommt, Hugh, wird er ausschließlich von Marcus bedient. Und warum? Weil McLane einfach nicht mit Kunden umgehen kann. Er fährt sie an: ‹Was wollen Sie?› – als hätten sie ihn gestört, und er tue ihnen einen Gefallen, wenn er ihnen was verkauft.»

«Worauf wollen Sie hinaus, Eban?»

«Ich will damit sagen, wenn im Geschäft Kunden sind, wie es am Mittwoch wegen des bevorstehenden Unwetters der Fall gewesen sein muß, ist immer Marcus vorn im Laden. Während McLane hinten die Rezepte anfertigt.»

«Aber McLane ist neu hier in der Stadt», entgegnete der Chef.

«Seit ungefähr einem Jahr», sagte Jennings.

«Und wir wissen nichts von einer Verbindung mit Kestler.»

«Das muß nicht heißen, daß es keine gibt. McLane hatte vorher einen Drugstore in Revere. Und Kestler kommt ebenfalls von dort.»

«Tja . . .»

«Hören Sie, Hugh, wenn Sie Ihr Gespräch mit Aptaker noch ein paar Tage aufschieben, könnte ich mich in Revere ein bißchen umhören und sehen, ob ich irgendwas ausgrabe.»

Lanigan nickte. «Na schön. Einige Tage hat's wohl noch Zeit. Aber ich wünsche keine langwierige Untersuchung, weil Dr. Cohen solange den Prügelknaben spielen muß.»

26

Wäre Dr. Cohen nicht so sicher gewesen, daß Lanigan sein Freund war und ihm helfen wollte, er hätte nicht gewußt, was er davon halten sollte, daß ihm der Polizeichef abgeraten hatte, Aptaker wegen des Irrtums beim

Anfertigen des Rezepts zur Rede zu stellen.

«Lassen Sie mich die Sache erst überprüfen, Doctor», hatte Lanigan gesagt.

«Aber das verstehe ich nicht. Was gibt's da zu überprüfen?»

«Nun, es wurde ein Fehler gemacht. Daran besteht keinerlei Zweifel. Das könnte aus reiner Nachlässigkeit geschehen sein, aber es könnte auch etwas anderes sein . . .»

«Zum Beispiel?»

«Ich weiß es nicht. Das will ich ja gerade herausfinden.»

«Weshalb kann ich nicht einfach hingehen und es selbst herausfinden?» erkundigte sich Dr. Cohen.

«Nun, in gewissem Sinn ist die Polizei an diesem Fall auch beteiligt, weil wir die Pillen offiziell in Verwahrung haben. Ja, wir haben sie sogar abgeliefert. Ich bin zum Beispiel gar nicht sicher, ob ich sie Ihnen hätte zeigen dürfen. Ich meine, wenn wir an dem Fall beteiligt sind, dann steht das auch in der offiziellen Akte. Falls Kestler Klage wegen falscher Behandlung erhebt, könnte ein geschickter Anwalt etwas daraus konstruieren, daß Sie mein Arzt sind und ich Ihnen ohne Wissen und in Abwesenheit der anderen Partei und ihres Anwalts Beweisstücke gezeigt habe. Er könnte zum Beispiel durchblicken lassen, wir wären Komplizen beim Austausch der Pillen gewesen. Glauben Sie mir, ich habe schon eine Menge Fälle gehabt, die an so einer Kleinigkeit gescheitert sind. Nein, ich möchte erst einige Erkundigungen einziehen.»

«Wie lange würden Sie dazu brauchen?» fragte Dan.

«Ach, ich weiß nicht . . . Ein bis zwei Tage», antwortete der Chef.

«Nun, ein paar Tage könnte ich schon warten, aber ich möchte nicht, daß es sich länger hinzieht. Das könnte meiner Praxis schaden.»

«Ich verstehe. Ich werde sofort anfangen.»

Cohens erster Impuls beim Entdecken der Wahrheit war es gewesen, Dr. Muntz und seine anderen Kollegen anzurufen und ihnen alles zu erzählen. Nach einigem Nachdenken jedoch entschied er sich zunächst dagegen. Denn erstens nahm er ihnen die Art und Weise übel, wie sie auf die Nachricht von seinen Schwierigkeiten reagiert hatten, und zweitens wollte er sie nicht wissen lassen, daß er selbst an der Richtigkeit seiner Behandlung gezweifelt hatte. Gewiß, er wollte es ihnen sagen, aber ganz beiläufig, wenn die Angelegenheit bei einer normalen Unterhaltung zufällig zur Sprache kam.

Inzwischen war es jedoch Dienstagnachmittag, und noch immer hatte sich keine Gelegenheit ergeben. Er mochte es sich einbilden, aber er glaubte eine gewisse kühle Haltung seiner Kollegen ihm gegenüber zu entdecken. Gestern waren sie ohne ihn zum Lunch gegangen. Er war zwar noch mit einem Patienten beschäftigt gewesen, aber einer der Kollegen hätte ihn doch schnell anrufen und ihn fragen können, ob sie auf ihn warten sollten.

Und dann hatte er den ganzen Nachmittag das Gefühl gehabt, daß sie ihn mieden. Sicher, sie steckten alle bis über die Ohren in der Arbeit, aber es gab doch immer zwischen dem einen Patienten und dem nächsten ein paar Minuten, in denen sie selbst an den hektischsten Tagen schnell zum Kollegen ins Sprechzimmer hinübergingen, um dort eine Zigarette zu rauchen und sich ein bißchen zu entspannen. Kein einziges Mal während des ganzen Nachmittags hatte ihm einer der anderen Ärzte auch nur von weitem zugewinkt. Dan hatte erwartet, daß Al Muntz sich bei ihm wenigstens nach der Klausur erkundigen würde. Schließlich hatte er auf dessen Drängen erst daran teilgenommen. Dann hätte er Gelegenheit gehabt, dem anderen von seinen Erlebnissen während des Wochenendes zu berichten, um anschließend auf die Unterredung in Chef Lanigans Büro überzuleiten. Aber Muntz erwähnte die Klausur mit keinem Wort.

Am Dienstag hatten Kantrovitz und Muntz Sprechstunde im Krankenhaus, waren aber gewöhnlich vor dem Mittagessen wieder in ihrer Praxis. Heute jedoch war zu dem Zeitpunkt, da Cohen bereit war, zum Lunch zu gehen, keiner von beiden zurückgekommen. Und als er zu DiFrancesca hineinschaute, erhielt er zur Antwort: «Gehen Sie nur schon los, Dan. Meine Frau holt mich heute ab. Wir wollen uns einen neuen Teppich aussuchen.»

War das alles nur Zufall? War er überempfindlich, vielleicht sogar ein wenig paranoid? Er rief Lanigan an in der Hoffnung, von ihm etwas Neues zu hören. Aber Lanigan war nicht in seinem Büro.

«Würden Sie ihn bitten, mich anzurufen, wenn er kommt?»

«Sicher.»

Den ganzen Nachmittag wartete er auf den Anruf. Als er bei Praxisschluß immer noch nichts gehört hatte, beschloß er, auf eigene Faust etwas zu unternehmen. Es konnte doch bestimmt nicht schaden, wenn er zu Marcus Aptaker ging, sich einfach nur mit ihm unterhielt. Kestlers Rezept würde er nicht erwähnen. Er würde nur ein . . . ein paar Zigarren kaufen. Sie würden sich unterhalten über . . . nun, über alles mögliche, wie sie es gewöhnlich taten, wenn er in den Laden kam und Aptaker Zeit hatte. Falls Aptaker dann auf Kestler zu sprechen kam . . .

27

Der Brief von der Synagoge kam mit der Morgenpost. Bis auf ein vorübergehendes Zusammenpressen der Lippen ließ Marcus Aptaker sich seine Enttäuschung nicht anmerken; aber er war den ganzen Vormittag zerstreut und mußte sich, wenn er einem Kunden gegenüberstand, zu einem freundlichen Lächeln zwingen. Er bediente wie immer, er überprüfte eine Warenlieferung, er beantwortete das Telefon, er tippte Preise in die Registrierkasse und gab die richtige Summe Wechselgeld heraus oder trug den Betrag auf das Kreditkonto des Kunden ein; aber das alles tat er automatisch, während seine Gedanken anderswo waren und sich mit diesem neuen Problem herumschlugen.

Safferstein um die Verlängerung des Mietvertrages zu bitten, wie es in dem Brief vorgeschlagen wurde, war sinnlos, da Safferstein bereits seit langem versuchte, das Geschäft für seinen Schwager zu erwerben. Jetzt aber brauchte er es gar nicht mehr zu kaufen; jetzt brauchte er nur noch ein paar Monate zu warten, bis der Mietvertrag ablief, dann konnte er es ganz einfach übernehmen. Ursprünglich hatte Safferstein durchblicken lassen, daß er bereit sei, einen guten Preis zu bezahlen; die Tatsache, daß er den Häuserblock gekauft hatte, machte das aber ganz eindeutig überflüssig. Aptaker war sich über eines klar: Falls Safferstein sein Angebot, das Geschäft zu kaufen, aufrechterhalten würde – und das war unter den gegebenen Umständen zweifelhaft –, dann nur auf der Basis, daß er die Warenvorräte zu Schleuderpreisen übernahm und für die Einrichtung höchstens Preise zahlte, wie sie beim Trödler zu erzielen waren. Freundliches Entgegenkommen gab es nicht mehr.

Er spielte mit der Möglichkeit, einen anderen Laden zu mieten. Das würde eine beträchtliche Investition für eine neue Einrichtung bedeuten, doch wenn sein Sohn ihm zur Seite stünde, wäre das ein durchaus logischer Schritt. Diese Hoffnung allerdings, das war ihm jetzt klar, war nichts weiter als ein schöner Traum gewesen und jetzt, nach dem kurzen Besuch des Sohnes zu Hause, noch weniger wahrscheinlich geworden. Er mußte einsehen, daß er allein, zweiundsechzig und zu alt war, um ein neues Geschäft zu eröffnen.

Flüchtig dachte er daran, noch einmal mit Kaplan zu sprechen und ihn zu bitten, er möge es sich doch überlegen oder ihm die Möglichkeit geben, seine Bitte direkt an den Vorstand der Synagoge zu richten. Aber warum sollten sie besondere Rücksicht auf ihn nehmen, wo er noch nicht einmal Gemeindemitglied war?

Zunächst stand er vor dem schweren Problem, was er seiner Frau sagen sollte. In Gedanken übte er den Tonfall und die Haltung, die er bei seiner Erklärung annehmen wollte. Er durfte sie keinesfalls merken lassen, wie tief getroffen er eigentlich war. «Ach, weißt du, es ist wohl ganz gut so. Ich habe mein Leben lang hart gearbeitet, jetzt ist es Zeit, daß ich mich ein bißchen ausruhe. Vielleicht machen wir eine Reise, und mit meiner Sozialversicherung und deiner und mit unseren Ersparnissen müßten wir ganz gut auskommen. Vielleicht nehme ich eine Teilzeitarbeit an, damit ich etwas zu tun habe. Ich gebe zu, freiwillig hätte ich nicht verkauft, aber da es nun mal so gekommen ist, bin ich im Grunde froh darüber.» Doch würde sie ihm überhaupt glauben?

McLane erschien kurz nach zwölf Uhr, und Aptaker gab ihm ein paar Anweisungen, um schließlich in die Rezeptur zu gehen und das Lunch zu essen, das Rose ihm jeden Tag mit ins Geschäft gab.

Er aß hastig, wie immer, wenn er im Laden war, nahm große Bissen von seinem Sandwich und spülte sie mit großen Schlucken Kaffee herunter. Als er fertig war, spürte er, wie schon ein paarmal, einen Knoten in seiner Brust. Langsam trank er ein Glas Wasser; das brachte ihm eine gewisse Erleichterung. Er wollte aufstoßen, konnte es aber nicht. Schließlich gab er dem dumpfen, anhaltenden Schmerz nach und löste in einem Glas ein wenig Natriumcarbonat auf. Nun konnte er wenigstens aufstoßen, doch die Erleichterung war nur vorübergehend. Beinahe sofort kehrte der Druck in seiner Brust zurück.

McLane beobachtete ihn mit Besorgnis. «Haben Sie Sodbrennen? Hier, nehmen Sie eine davon.» Er holte eine Blechdose von der Theke, wo die nicht rezeptpflichtigen Heilmittel verkauft wurden. «Die sind gut. Ich habe sie selbst ausprobiert.»

Marcus zerkaute eine Tablette, und dann eine zweite, und abermals spürte er vorübergehend Erleichterung; doch abermals kehrte der Druck zurück. Ihm kam der Gedanke, Schmerz und Druck könnten vielleicht vom Herz kommen, statt nur vom Sodbrennen. Darum öffnete er, als McLane nicht herübersah, schnell eine kleine Flasche mit Nitroglyzerintabletten und legte sich eine der winzigen Pillen unter die Zunge. Sofort war ihm, als krampfe sich sein ganzer Kopf zusammen. Das dauerte jedoch nicht lange, und als es vorbei war, war auch der Schmerz in seiner Brust vergangen.

Etwa eine Stunde lang fühlte er sich völlig normal, dann war der Druck plötzlich wieder da. Vor Schmerz verzog er das Gesicht und schob sich verstohlen eine weitere Tablette unter die Zunge. Wieder kam die große Erleichterung, aber er merkte, daß er schwitzte, und war überzeugt, daß er leichenblaß war.

Normalerweise hätte Marcus gegen zwei Uhr das Geschäft verlassen, doch seine Frau hätte sofort gesehen, daß es ihm nicht gut ging, und sich Sorgen gemacht. Aus reiner Fürsorge hätte sie ihn mit endlosen Fragen bombardiert: Ist im Laden was passiert? Hattest du Streit mit McLane? Gab es Schwierigkeiten mit einem Kunden? Wenn er ihr dann von dem Brief erzählte – und früher oder später würde er das müssen –, hätte sie mit ihrer weiblichen Logik eine Verbindung mit diesem gegenwärtigen Unwohlsein vermutet. Und er hätte sie niemals überzeugen können, daß die Aufgabe des Geschäfts ihm nichts weiter ausmachte. Deswegen beschloß er, bis nach dem Abendessen im Laden zu bleiben, sich aber möglichst nicht anzustrengen. Er würde heute früh zu Bett gehen, und wenn er sich ausgiebig ausgeschlafen hatte, würde er morgen früh wieder vollkommen in Ordnung sein. Gewiß, solange Kunden vorn im Laden waren, konnte er nicht hier in der Rezeptur sitzen bleiben, also bediente er trotz seines Vorsatzes beinahe genausoviel wie er es unter normalen Umständen getan hätte.

Einmal erkundigte sich McLane: «Alles in Ordnung? Sie sind so blaß.»

«Nein, nein, alles in Ordnung», versicherte er. «Vielleicht kommt das von der neuen Leuchtstoffröhre. Sie wirken auch ziemlich käsig.»

Kurz nach fünf kam Dr. Cohen, den Marcus selbst bediente. Der Arzt musterte ihn durchdringend, und als sich Aptakers Gesicht vor Schmerz zu einer Grimasse verzog, fragte Dan Cohen: «He, was ist los?»

«Ach, nur ein bißchen Magendrücken, nehme ich an. Ich muß aufstoßen, aber es geht einfach nicht.»

«Sie transpirieren», stellte Dr. Cohen fest.

«Ja, vielleicht ein bißchen. Es ist warm hier, und ich bin viel rumgelaufen.»

«Seit wann haben Sie dieses Magendrücken?»

«Ach, noch nicht sehr lange.»

«Er hat es seit dem Mittagessen, Doktor», mischte McLane sich ins Gespräch.

«Schmerzen im Arm?» erkundigte sich Cohen.

«Nein.»

«Wo ist der Druck, Mark?»

«Hier.» Er deutete auf seine Brust.

«Schwierigkeiten bei der Atmung? Ist es ein schmerzhafter Druck?»

«Nein, nein, ganz und gar nicht.»

«Geben Sie mir Ihr Handgelenk.»

«Also hören Sie, Doktor, ich weiß, was Sie denken. Es ist nichts, ganz bestimmt nicht.» Trotzdem reichte er ihm die Hand.

Der Doktor fühlte ihm den Puls. Dann sagte er: «Ziehen Sie Jackett und Hemd aus. Ich hole nur schnell mein Stethoskop aus dem Wagen.»

«Ich kann doch hier im Laden nicht mein Hemd ausziehen!»

«Warum denn nicht? Es ist niemand hier. Wenn Sie wollen, können wir auch in die Rezeptur oder in die Toilette gehen. Aber nein, lassen Sie nur, Sie brauchen unbedingt ein EKG. Wer ist Ihr Arzt?»

«Ich habe keinen», antwortete Aptaker. «Ich war nie krank.»

«Nun gut, dann fahren Sie mit mir jetzt in meine Praxis, und wir machen es da. Oder noch besser, ich fahre Sie ins Krankenhaus.»

«Ich gehe nicht ins Krankenhaus. Rose erwartet mich in einer Stunde zu Hause.»

«Seien Sie nicht töricht», warnte Cohen. «Sonst müssen Sie unter Umständen auf einer Trage nach Hause gebracht werden. Fahren Sie mit mir ins Krankenhaus.»

«Tun Sie's, Marcus», drängte McLane. «Ich telefoniere mit Rose.»

Aptaker zögerte, sah von einem zum anderen, las die Sorge in Dr. Cohens Gesicht. «Na schön», lenkte er ein, «aber mit Rose spreche ich selber. Wenn Sie nur für mich wählen würden.»

Als seine Frau sich meldete, sagte er: «Rose? Ich habe ein bißchen Magenbeschwerden, und Dr. Cohen kam zufällig vorbei. Er möchte mich untersuchen.»

Später, während der abendlichen Besuchszeit, saß Rose Aptaker am Bett ihres Mannes. Er hatte ein Krankenhausnachthemd an, und sein Bett war hochgestellt, so daß er sie ohne Mühe ansehen konnte.

Er erläuterte ihr, wie alles gehandhabt werden sollte. «Du kannst am Morgen aufschließen, Rose; McLane hat gesagt, er werde alles tun, was notwendig sei. Er kommt dann um zehn, und . . .»

«Nein.» Sie schüttelte energisch den Kopf. «Ich werde Arnold mitteilen, daß er nach Hause kommen muß. Er wird dich vertreten, bis du wieder auf den Beinen bist.»

«Aber er hat seinen Job.»

«Dann wird er ihn aufgeben oder unbezahlten Urlaub nehmen.»

«Und wenn er nicht will?» fragte Marcus unsicher.

«Er wird kommen.»

Aptaker lächelte schwach. «Weißt du, Rose, diese Sache hier –» er deutete auf seine Brust –, «das ist nichts Ernstes, mußt du wissen. Es ist ein kleiner Herzanfall, und ich fühle mich ganz gut, aber es ist immerhin ein Herzanfall, und das bedeutet, daß es einige Zeit dauern wird. Laut Dr. Cohen kann es drei Monate dauern, bis ich wieder arbeiten kann.»

«Egal, wie lange es dauert, Marcus, Arnold wird bleiben, das versichere ich dir. Ich kenne den Jungen. Aber vielleicht wäre es doch gut, wenn wir einen Spezialisten hinzuzögen, einen Herzfachmann, oder . . .»

«Nein, nein, Rose! Wenn Dr. Cohen meint, daß wir einen brauchen, dann wird er es von sich aus vorschlagen. Ich habe Vertrauen zu Dr. Cohen. Es gefällt mir, wie er seine Patienten behandelt. Ich spüre, daß er um mich besorgt ist.»

28

Chester Kaplans engster Freund in Barnard's Crossing war Al Muntz, obwohl der Arzt ein ausgesprochener und streitbarer Agnostiker war. Sie besuchten sich gegenseitig regelmäßig zu zwanglosen Abenden, bei denen die Ehefrauen über Mode und Küche plauderten, während die beiden Männer über die bedeutenderen Probleme der Politik und Religion diskutierten.

Hinterher sagte Kaplan zuweilen zu seiner Frau: «Ich begreife nicht, wieso ein so kluger Mann wie Al Muntz in jeder Hinsicht, von seinem Spezialfach abgesehen, so dumm sein kann. Hast du gehört was er darüber gesagt hat, daß ich jeden Morgen in die Synagoge gehe?»

Und im Hause von Dr. Muntz sagte Mrs. Muntz: «Himmel, Al, warum mußt du dich immer mit Chet streiten, und immer über Religion? Ich glaube, er war gekränkt, weil du diese Bemerkung gemacht hast über seine Teilnahme am *minjen.*»

«Das war nur meine Reaktion auf das, was er gesagt hat. Er hat angefangen. Wenn er etwas behauptet, wovon mein gesunder Menschenverstand mir sagt, daß es eindeutig abergläubischer Unsinn ist, soll ich da vielleicht dasitzen und den Mund halten?»

Am Dienstagabend vor dem Aufbruch zum Abendessen bei den Kaplans beschwor Mrs. Muntz ihren Mann, wie immer, nicht den ganzen Abend über Religion zu streiten.

«Verdammt, die Religion ist sein Bier, nicht meins. Ich fange bestimmt nicht davon an. Das tut nur er.»

«Du brauchst ihm ja nicht zu antworten.»

«Natürlich, ich werde dasitzen wie ein Idiot und immer mit dem Kopf nicken.»

Als sie aus dem Wagen stiegen und durch den Vorgarten auf die Haustür zugingen, bat sie ihn abermals: «Also, wir wollen keinen Streit anfangen. Ich möchte einmal einen angenehmen, freundlichen Abend erleben.»

«Schon gut, schon gut!»

Und tatsächlich, unter den wachsamen Blicken seiner Frau enthielt sich Al Muntz während des Abendessens jeglicher Reaktion auf die Herausforderungen seines Gastgebers, die eventuell zum Streit geführt hätten. Selbst nach dem Dinner, als die Frauen in der Küche das Geschirr in die Spülmaschine packten und Kaplan begann, sich über die wundersame Ruhe, den erquickenden Frieden dieses Wochenendes in der Klausur auszulassen, stimmte der Arzt höflich zu, es sei tatsächlich sehr schön dort oben. Derart ermutigt, fuhr Kaplan dann aber munter fort, den physischen Nutzen zu beschreiben, den einige aus dem Erlebnis gezogen hatten, und nun konnte Al sich der Bemerkung nicht enthalten: «Ich will ja glauben, daß Joe Gottliebs Nebenhöhlen ihm plötzlich keine Beschwerden mehr machten – vorübergehend –, aber behaupte bitte nicht, daß das Gottes Wirken war. *Bitte* nicht!»

«Ich habe ja gar nicht behauptet, daß es Gott war», erwiderte Kaplan ein wenig steif. «Ich habe lediglich gesagt, er habe gleich nach der ersten Meditationsperiode wieder frei atmen können, und das sei während des ganzen Wochenendes auch so geblieben.»

«Na und? Ich möchte wetten, daß so was schon häufig vorgekommen ist. Das beruht zum großen Teil auf Psychosomatik, und wenn man irgendwie davon abgelenkt wird . . . Verdammt noch mal, so was passiert manchmal schon, wenn man ins Kino geht oder sich in ein Buch vertieft. Aber die Besserung hält nicht an. Oder wenn doch, entwickelt man irgendein anderes Symptom. Wenn du mir diese Klausur als Heilmittel für alle Beschwerden verkaufen willst . . .»

«Ich will dir überhaupt nichts verkaufen», entgegnete Kaplan. «Ich habe Joe Gottlieb nur als Beispiel für die Dinge angeführt, die geschehen können, wenn man sich von der Alltagswelt zurückzieht und sich auf Höheres konzentriert. Und das ist im Grunde doch der Sinn und die Wirkung des Sabbat.»

«Also schön, wir haben den Sabbat. Den haben wir aber schon seit zweitausend Jahren. Warum müßt ihr auf einmal in den Wald gehen, um ihn zu feiern?»

«Das ist es ja gerade!» erklärte Kaplan dem Freund eifrig. «Wenn eine Einrichtung so alt ist wie der Sabbat, wird sie nur allzu leicht zur reinen Formsache. Die Substanz verpufft. Genauso ist es mit den Gebeten. Die Menschen, die sie schrieben, und vielleicht noch einige Generationen nach ihnen, beteten wirklich, genau wie sie den Sabbat wirklich heiligten. Und als die Juden noch in der eng verbundenen Gemeinschaft des Getto lebten und ein sehr schweres Leben hatten, vielleicht vermochten sie da noch die ursprüngliche Begeisterung für das Gebet und den Sabbat aufzubringen, ihren wahren Sinn zu spüren. Wenn mein Vater zum Beispiel vom Sabbat in der alten Heimat sprach, begannen seine Augen zu leuchten, als erinnere er sich an ein ganz wunderbares Erlebnis. Heutzutage jedoch wahren wir nur den äußeren Anschein. Die Gebete haben keine Bedeutung mehr, der Sabbat hat keine Bedeutung mehr – vor allem hier in Amerika. Sie sind nichts weiter als Rituale. Und weil sie keine Bedeutung mehr haben, wirken sie sich auch nicht auf unser Leben aus. Deswegen ist es so notwendig, daß wir in den Wald gehen, an einen neuen Ort, daß wir versuchen, ihre eigentliche Bedeutung wieder zu erfassen.»

«Aber warum ausgerechnet jetzt, Chet? Dasselbe traf doch vor zehn oder zwanzig Jahren zu.»

«Weil es gerade jetzt in der Luft liegt. Die jungen Menschen spüren es und zeigen es durch ihre Unzufriedenheit mit dem Herkömmlichen. Sie sind auf der Suche nach etwas Neuem. Die Zeit ist reif. Du spürst es vermutlich auch, du willst es dir nur nicht eingestehen. Sag mal, warum hast du für den Kauf der Klausur gestimmt, wenn du tief innen . . .»

«Verdammt, ich habe dafür gestimmt, weil du es uns als eine Art Paket angedient hast: Wir verkaufen den Goralsky-Block und kaufen dieses Grundstück draußen. Ich bin durchaus für den Verkauf des Goralsky-Blocks, denn ich weiß, daß der Besitz runterkommen würde, wenn die

Synagoge ihn behielte, und daher nächstes Jahr weniger wert wäre als dieses Jahr, und das Jahr darauf noch weniger. Eine Institution kann keinen kommerziellen Besitz verwalten, das kann nicht einmal eine Bank. Außerdem bot uns Bill Safferstein einen geradezu irrsinnigen Preis dafür, ungefähr um die Hälfte mehr als den heutigen Marktwert. Ich wäre also dumm gewesen, wenn ich nicht für den Verkauf gestimmt hätte. Was nun das Grundstück oben in New Hampshire angeht, da dachte ich mir, daß das ein ebenso günstiges Angebot wäre. Wir könnten dort eine Art Camp einrichten, wo Gemeindemitglieder sich im Sommer ein oder zwei Wochen erholen könnten, oder auch als Sommerlager für die Kinder. Aber alles übrige Drum und Dran – nein, da mache ich nicht mehr mit. Ich habe eine wissenschaftliche Ausbildung hinter mir. Ich brauche Beweise, knallharte, wissenschaftliche Beweise, wenn ich etwas glauben soll.»

«Was ist denn aber mit deinem eigenen Kollegen Dan Cohen? Der ist gekommen. Und du mußt zugeben, daß er dieselbe Ausbildung hat wie du. Daß seine Einstellung ebenso streng wissenschaftlich ist wie deine, nicht wahr?»

«Nun ja, da bin ich mir nicht so sicher. Er ist praktischer Arzt. Die lassen sich manchmal auf alle möglichen Sachen ein. Ich kenne einige, die beraten ihre Patienten in Familienangelegenheiten, ja sogar in Rechtsfällen. Aber nun gut, sagen wir, daß er streng wissenschaftlich denkt. Was ist mit Dan?»

«Hast du schon mit ihm gesprochen?» erkundigte sich Kaplan. «Seit er an der Klausur teilgenommen hat, meine ich.»

«Nein, habe ich nicht. Ich hatte in den letzten Tagen sehr viel zu tun, und wir sind uns zufällig nie über den Weg gelaufen. Warum? Was hat er gesagt?»

«Als ich ihn am Sonntagnachmittag traf, war er eindeutig euphorisch. Als ich ihn fragte, wie es ihm bei der Klausur gefallen habe, grinste er von einem Ohr zum anderen und sagte, es sei ein überwältigendes Erlebnis gewesen. Es habe vermutlich sein ganzes Leben verändert. Was sagst du dazu?»

«Nun . . .»

«Los», forderte ihn Kaplan heraus, «geh hin zu ihm und sprich mit ihm. Du wirst schon sehen, was er sagt.»

«Na ja, nur weil ein Mann eine wissenschaftliche Ausbildung hat, muß er nicht ununterbrochen wissenschaftlich denken», meinte Dr. Muntz ein wenig lahm.

29

Bei seinem üblichen Besuch im Krankenhaus ging Rabbi Small auch zu Marcus Aptaker.

«Guten Tag, Rabbi», sagte Aptaker höflich. «Nett von Ihnen, daß Sie mich besuchen.»

«Wie geht es Ihnen?» fragte der Rabbi freundlich, als er sich einen Stuhl ans Bett zog.

Aptaker taute ein wenig auf. «Ach, wissen Sie, ganz gut. Nur ziemlich schwach bin ich noch.»

«Kam diese Herzgeschichte ganz plötzlich, oder hatten Sie sich schon länger nicht wohl gefühlt?»

Aptaker schüttelte müde den Kopf. «Ich weiß es nicht. Vielleicht war es schon einige Zeit im Anzug, und ich habe es nicht gemerkt. Hier heißt es, daß es von der nervösen Spannung kommt. Na ja, ein Geschäftsmann steht heutzutage ständig unter Spannung, vor allem bei uns im Drogenhandel, wo man morgens, wenn man den Laden aufmacht, nicht weiß, ob nicht so ein verrückter Hippy reinkommen und mit dem Revolver um sich schießen wird. Man lernt allmählich, damit zu leben, aber wahrscheinlich staut sich das alles auf. Und der Brief, den ich von Ihnen und Ihren Leuten gekriegt habe, hat natürlich auch nichts besser gemacht.»

«Ein Brief von uns?» fragte der Rabbi verständnislos. «Von der Synagoge, meinen Sie? Was für ein Brief?»

«Den Brief von Ihrem Synagogenvorstand. Da sind Sie doch Mitglied, oder nicht?»

«Ich . . . Ich nehme auf Einladung des Vorsitzenden an den Sitzungen teil. Richtiges Mitglied bin ich nicht.»

«Heißt das, daß Sie nicht mit abstimmen?»

«Doch, wenn ich anwesend bin, stimme ich ab, aber . . .»

«Nun, in dem Brief steht, es sei ein einstimmiger Beschluß des Vorstands, also müssen Sie auch dafür gestimmt haben.»

«Glauben Sie mir, Mr. Aptaker, ich weiß nichts von einem Brief an Sie. Was steht denn drin?»

«Daß Sie meinen Mietvertrag nicht erneuern können, weil Sie den ganzen Block verkaufen.»

«Ich wußte nicht mal, daß Sie um eine Verlängerung des Mietvertrages eingekommen sind.»

«O doch, Rabbi! Sehen Sie, als mein Mietvertrag allmählich auslief, schrieb ich an Mr. Goralsky und bat ihn um Verlängerung. Er antwortete mir, ich sei ein guter Mieter, er sei bereit, mir einen neuen Vertrag für fünf Jahre und eine fünfjährige Option zu denselben Bedingungen wie den alten zu geben, und er werde mir die Formulare zur Unterschrift zusenden.»

«Und das hat er nicht getan?»

«O doch, er hat sie mir zugeschickt», antwortete Marcus. «Aber sie enthielten eine Klausel, daß ich meine Schaufensterscheiben versichern müsse. Also, die hatten wir in den vorangegangenen Verträgen immer ausgestrichen, weil ich die Schaufensterscheiben immer selber bezahlt habe. Darum schrieb ich ihm und bat ihn, er möge diese Klausel ausstreichen.»

«Und er weigerte sich?»

Aptaker schüttelte grimmig den Kopf. «Nein. Er starb. Ich wollte an Ben, seinen Sohn, schreiben, aber dann benachrichtigten mich die Anwälte, daß Goralsky den Block der Synagoge vermacht habe, also schrieb ich an Ihre Leute und hörte wochenlang kein Wort. Das hat mich nicht weiter beunruhigt, wissen Sie, denn da es sich um eine Organisation handelte, dachte ich mir, daß eine Verzögerung nur natürlich wäre. Und außerdem hatte ich der Synagoge eine Kopie von Goralskys Brief geschickt. Und gestern bekam ich dann die Antwort. Von Chester Kaplan – das ist Ihr Präsident, nicht wahr? Er schreibt mir, der Block sei an William Safferstein verkauft worden, mit dem müsse ich mich in Verbindung setzen.»

«Haben Sie das getan?» fragte der Rabbi.

«Ich habe den Brief erst gestern bekommen. Außerdem, was hätte das noch für einen Sinn, wo er doch immer hinter mir her war, ich solle ihm das Geschäft verkaufen?»

«Safferstein will Ihr Geschäft kaufen?»

«Er wollte. Jetzt hat er das nicht mehr nötig. Jetzt braucht er bloß ein paar Monate zu warten, bis mein Mietvertrag ausgelaufen ist, und kann ihn einfach so übernehmen.»

«Aber warum sollte Mr. Safferstein Ihr Geschäft erwerben wollen? Er ist doch Immobilienmakler.»

«Nun, er will es eben. Während der letzten Monate hat er mich mindestens ein Dutzendmal gefragt. Wissen Sie, er hat da einen Schwager, der auch Apotheker ist, und der bittet ihn ständig um ein Darlehen, das er dann nie zurückbekommt. Aber da es sich um den Bruder seiner Frau handelt, kann er ihn auch nicht abweisen. Darum hat er sich gedacht, daß er mein Geschäft kaufen und seinen Schwager hineinsetzen will. Und da er hinter meinem Laden her ist, weshalb sollte er dann meinen Mietvertrag verlängern?»

«Aber wenn Sie ihn nicht mal gefragt haben . . .»

Aptaker schüttelte den Kopf. «Das brauche ich nicht. Und selbst wenn er es täte – ich würde ihn niemals darum bitten. Denn das wäre betteln. Er würde mich ja doch abweisen.»

«Aber wenn Safferstein doch immer wieder zu Ihnen gekommen ist, obwohl Sie ihn schon das erstemal abgewiesen hatten . . .»

Aptaker grinste. «Das ist was anderes. Das ist Geschäft. Sie als Rabbi kennen sich da möglicherweise nicht aus, aber das geht folgendermaßen. Angenommen jemand sagt, er will Ihr Geschäft kaufen. Dann fragen Sie nicht sofort, wieviel er bietet, weil Sie nicht allzu eifrig wirken wollen. Außerdem wollen Sie vermeiden, daß die Leute erfahren, wie interessiert Sie an dem Verkauf sind, weil das darauf schließen ließe, daß Ihr Geschäft nicht gut geht, und das könnte wiederum Ihrem Kredit schaden. Darum weichen Sie zunächst mal aus. ‹Warum sollte ich ein gutgehendes Geschäft verkaufen?› Oder: ‹Warum wollen Sie einen Drugstore kaufen, wo Sie nicht mal Apotheker sind?› Sehen Sie, man verhandelt anfangs einfach nicht ernsthaft. Also, jedesmal, wenn er reinkommt, um sich eine Zeitung oder ein Päckchen Zigaretten zu kaufen, stellt er mir wieder diese Frage. Es stört ihn nicht, daß ich ihn abweise, weil er auch ein Geschäftsmann ist und weiß, wie der Hase läuft. Aber dann sucht er mich zu Hause auf. Das bedeutet, er meint es ernst. Also muß ich ernsthaft mit ihm verhandeln.»

Aptaker hatte auf dem Rücken gelegen, jetzt aber drehte er sich auf die Seite, um den Rabbi ansehen zu können. «Ich erklärte ihm, warum ich nicht verkaufen könne. Sie müssen wissen, daß ich mein Geschäft nicht als etwas betrachte, mit dem ich machen kann, was ich will. Ich habe es von meinem Vater geerbt und muß es an meinen Sohn weitergeben. Ich meine, so was ist nicht wie ein Job, den man einfach verlassen kann. Wenn man ein Geschäft hat, für das man sein Leben lang gearbeitet hat, und vor einem der eigene Vater, und wenn man seinen Sohn hat ausbilden lassen, damit er es einmal übernimmt, dann verkauft man nicht einfach an einen Fremden, nur weil der einem ein paar tausend Dollar bietet. Nein, dann ist das eine Familienangelegenheit. Darum sagte ich ihm, ich müsse das erst noch mit meinem Sohn besprechen und sehen, wie der darüber denkt.»

«Und Safferstein kam dann wieder zu Ihnen, um Sie zu fragen, ob Sie von Ihrem Sohn gehört hätten?»

«Ganz recht, Rabbi. Aber bei einer solchen Angelegenheit kann man nicht einfach einen Brief schreiben. Man muß sich zusammensetzen und die Sache gemeinsam besprechen.»

«Wenn also Safferstein sich erkundigen kam, antworteten Sie ihm, Sie hätten noch nichts von Ihrem Sohn gehört.»

«Hm-hm. Denn eigentlich hatte ich vor, mir einmal ein Wochenende frei zu nehmen und Arnold in Philadelphia aufzusuchen, wo er arbeitet.»

«Aber war er denn nicht erst vor ein paar Tagen hier?»

Aptaker wurde puterrot. «Ja, aber da hatten wir keine Gelegenheit zu einem Gespräch. Er mußte plötzlich nach Philadelphia zurück.»

«Und nun?»

«Tja, jetzt ist es mehr oder weniger gleichgültig», antwortete Marcus düster. «Mein Mietvertrag läuft aus, und Safferstein wird mir vielleicht ein Angebot für meinen Warenbestand machen. Höchstwahrscheinlich aber werde ich alles an einen Auktionator verkaufen müssen.»

«Haben Sie die Korrespondenz über diese Angelegenheit, Mr. Aptaker? Ich meine, die Bitte um Verlängerung und . . .»

«Selbstverständlich. Ich bin ein sehr methodischer Mann, Rabbi. Ich habe eine Akte mit allen Briefen, die ich erhalten und den Durchschlägen aller Briefe, die ich geschrieben habe.»

«Könnte ich die mal sehen?»

«Warum nicht? Glauben Sie, daß Sie etwas für mich tun könnten?» erkundigte sich Marcus eifrig. Dann, resignierend: «Glauben Sie mir, es ist aussichtslos. Alles ist vollkommen legal. Es war eben mein Pech, daß Goralsky ausgerechnet zu diesem Zeitpunkt starb.»

«Trotzdem würde ich mir, wenn ich darf, gern Ihre Korrespondenz ansehen.»

«Aber gern, Rabbi. Erinnern Sie mich bitte daran, wenn ich wieder draußen bin.»

«Könnte ich sie nicht vorher schon haben? Vielleicht kann Ihre Frau . . .»

«Na schön. Der Aktenhefter ist im Geschäft. Wenn Rose heute abend kommt, sage ich ihr, daß sie ihn für Sie ausgraben soll.»

30

Um zwölf steckte Dr. Kantrovitz den Kopf durch die Bürotür seines Kollegen und fragte: «Lunch?»

«Sofort», antwortete Muntz. «Kommen Sie, wir holen Dan. Was ist mit John?»

«Der ist noch nicht aus dem Krankenhaus zurück.»

Dr. Kantrovitz ging über den Flur zu Dr. Cohens Praxis und rief: «Wie wär's mit Lunch, Dan?»

Und Cohen, der während der letzten zehn Minuten dagesessen und sich gefragt hatte, ob sie ihn wohl zum Mitkommen auffordern würden, antwortete munter: «Ja, ich verhungere.»

Erst als die drei Herren beim Kaffee saßen, erkundigte sich Muntz nach der Klausur.

Dan Cohen lächelte breit. «Oh, das war schon ganz in Ordnung. Wissen Sie, mal völlig weg von allem hier. Und dieses Beten und Meditieren, das die da machen - na ja, das war auch gar nicht so schlecht. Nach einer Weile kommt man rein, und dann kann es richtig entspannend sein.»

«Entspannend?» fragte Al Muntz erstaunt. «Ist das alles? Chet Kaplan meinte – er sagte, er hätte Sie getroffen, als Sie wieder zu Hause waren –, Sie wären regelrecht euphorisch gewesen.»

«Ach so, das!» Dr. Cohen lachte. «Ja, ich glaube, das war ich wohl. Wissen Sie, diese Kestler-Sache hat mich ziemlich bedrückt, obwohl ich ganz sicher war, daß ich dem Alten das richtige Medikament gegeben hatte. Trotzdem machte ich mir Gedanken, weil . . . na ja, weil Kestler eben Kestler ist. Und auch, weil Sie alle auf die Tatsache, daß er mich verklagen wollte, so merkwürdig reagiert hatten. Eigentlich war das der Grund, warum ich mich überhaupt entschloß, an der Klausur teilzunehmen. Ich bin nicht religiös, aber ich dachte, es wäre eine gute Gelegenheit, mal aus allem ganz raus zu kommen. Na ja, und als ich kaum wieder zu Hause war, da kam der Anruf von Chef Lanigan.»

Er berichtete den anderen von seinem Gespräch mit Lanigan und endete: «Kaplan kam also unmittelbar danach vorbei und fragte mich, wie mir das Wochenende gefallen hätte. Und da sagte ich natürlich, daß ich mich großartig fühlte.»

«Dann hat Kestler also nicht das Medikament bekommen, da Sie ihm verschrieben haben?» fragte Muntz.

«Nein. Er hat statt dessen Penicillin bekommen.»

«Und er war allergisch gegen Penicillin?»

«Hm-hm. Deswegen hatte ich ja Limpidine verschrieben.»

«Dann hat er wahrscheinlich darauf reagiert, und das kann ohne weiteres die Todesursache gewesen sein», meinte Kantrovitz.

«Ja, aber nicht auf Dans Verschreibung hin», betonte Muntz.

«Was haben Sie denn nun unternommen?» wollte Kantrovitz von ihm wissen.

«Ich wollte natürlich Aptaker aufsuchen und mich mit ihm auseinandersetzen, aber Lanigan sagte, da die Polizei in die Sache verwickelt sei, wolle er zunächst alles nachprüfen, deswegen habe ich vorläufig nichts unternommen. Ich hatte erwartet, er würde sofort damit anfangen. Aber als ich nichts von ihm hörte, dachte ich mir gestern auf dem Heimweg, gehst lieber mal beim Drugstore vorbei . . .»

«Und?»

«Und gar nichts», gab Cohen zurück. «Als ich hinkam, hatte Aptaker einen Herzanfall, also brachte ich ihn ins Krankenhaus.»

«Aptaker liegt mit einem Herzanfall im Krankenhaus?»

«Ganz recht. Er ist mein Patient. Ich kann ihm unmöglich jetzt was davon sagen. Er würde es nicht überleben. Auf jeden Fall würde er einen Rückfall haben.»

«Aber hören Sie, irgendwas *müssen* Sie doch unternehmen», sagte Muntz. «Sie können doch nicht länger dulden, daß Kestler sich den Mund über Sie zerreißt, wo Sie restlos rehabilitiert sind. Das könnte Ihrer

Praxis schaden, und uns anderen täte es auch nicht gerade gut.»

«Wissen Sie, was Sie tun sollten?» fragte Kantrovitz feierlich. «Sie sollten sich aus diesem Fall zurückziehen. Sagen Sie Aptaker, er soll lieber einen Herzspezialisten nehmen, Sie hätten das Gefühl, nicht . . .»

«Kompetent zu sein?» unterbrach Cohen. «Glauben Sie mir, wenn ich das Gefühl hätte, würde ich ihn sofort an einen Kardiologen überweisen. Aber bisher haben sich keine Komplikationen ergeben. Ich habe ihm eine Diät mit wenig Fett und viel Proteinen verschrieben. Ich beobachtete seine täglichen EKGs und Enzymtests und . . .»

«Ich meine ja nicht, daß Sie dem Fall nicht gewachsen sind», entgegnete Kantrovitz. «Ich meine nur, Sie sollten ihm das sagen, damit Sie ihn problemlos abgeben können. Dann wäre er nicht mehr Ihr Patient und Sie können frei handeln.»

Cohen schüttelte störrisch den Kopf. «Selbst wenn er nicht mehr mein Patient wäre, könnte ich so was nicht tun. Wenn Sie ihn von mir übernähmen, Ed», fragte er, «würden Sie dulden, daß ich ihm sage, er habe sich bei einem Rezept geirrt und dadurch den Tod eines Menschen auf dem Gewissen?»

«Nein, aber . . .»

«Also was wollen Sie tun?» fragte Al Muntz.

«Ich weiß es nicht. Abwarten, nehme ich an.»

Dr. Muntz lehnte sich auf seinem Stuhl zurück und schob die Hände in die Hosentaschen. Langsam, verwundert schüttelte er den Kopf. «Wissen Sie was, Dan? Sie haben es wieder mal geschafft.»

«Was denn geschafft?»

«Sich mit einem Patienten zu belasten, dem gegenüber Sie gefühlsmäßig engagiert sind.»

Doch später, als er mit Kantrovitz allein war, sagte Muntz: «Wissen Sie, Ed, Dan ist ein verdammter Idiot, aber ich kann nicht anders, ich bewundere ihn. Er riskiert es, daß seine Praxis in die Binsen geht, bloß weil er einem seiner Patienten nicht weh tun will. Vielleicht ist das schon immer der Nachteil für ihn gewesen: Er glaubt tatsächlich an all den Unsinn, den die Dekane der medizinischen Fakultät ihren Studenten am Anfang verzapfen.»

«Aber Al, wenn Sie in Dans Lage wären, würden Sie es Aptaker sagen?»

«Natürlich nicht», antwortete Muntz. «Aber ich wäre gar nicht erst in diese Lage gekommen.»

31

Mrs. Aptaker betrat das Studierzimmer des Rabbi und setzte sich vorsichtig. Sie sah sich um, betrachtete die Wände voll dicker, ledergebundener Bücher, von denen zwei aufgeschlagen auf dem Schreibtisch lagen.

«Hoffentlich störe ich Sie nicht bei der Arbeit», sagte sie.

Der Rabbi lächelte. «Ganz und gar nicht, Mrs. Aptaker.» Er deutete auf die Bücher vor ihm. «Das hier geht immer weiter. Es hat Zeit. Und wie geht's Mr. Aptaker?»

«Ach, danke. Recht gut.»

«Und Ihr Sohn? Was hören Sie von ihm?»

«Arnold? Kennen Sie ihn? Er kommt nach Hause. Ich habe ihn angerufen, als sein Vater krank wurde. Er sagte, er würde kommen, sobald er in Philadelphia alles geregelt hat. Es kann Monate dauern, bis mein Mann wieder auf den Beinen ist, darum mußte Arnold Vorkehrungen treffen.»

«Natürlich.»

«Denn selbst wenn wir das Geschäft verkaufen müssen, brauchen wir einen von der Familie, der sich mit diesen Dingen auskennt, mit einem Drugstore.»

«Vielleicht entschließt er sich, ganz hierzubleiben», meinte der Rabbi.

Mrs. Aptaker seufzte. «Ich weiß nicht. Arnold hat sich nie mit seinem Vater vertragen, vor allem nicht im Geschäft. Vielleicht können zwei Männer, ein Vater und ein Sohn, genausowenig im selben Geschäft miteinander auskommen wie zwei Frauen in einer Küche.»

«Und wie kommen Sie zurecht?»

«Na ja, Ross – das ist McLane, der andere Apotheker – ist sehr hilfsbereit, aber er möchte, daß ich noch einen Apotheker einstelle, als Hilfskraft für ihn. Aber wenn Arnold kommt, würden wir den ja nicht mehr brauchen.»

Rose Aptaker legte den Aktenhefter auf den Tisch, den sie mitgebracht hatte, und sagte: «Das hier sind die Briefe, die ich Ihnen zeigen soll. Ich habe sie durchgesehen, bevor ich herkam. Ich habe sie noch nie gesehen. Wissen Sie, mein Mann hat mich nie mit Geschäftssachen belästigt. Vielleicht dachte er, daß ich mir nur Gedanken mache. Da ist ein Brief, den mein Mann an Ihre Synagoge geschrieben hat, eine Kopie, meine ich; darin bittet er um Verlängerung des Mietvertrags. Der Brief ist vor über einem Monat abgeschickt worden, und er hat keine Antwort bekommen bis . . . bis vor ein paar Tagen. Und da hieß es, er soll sich an Mr. Safferstein wenden. Das war an dem Tag, an dem mein Mann den Herzanfall hatte, Rabbi. Ist das richtig, daß eine Synagoge so was tut? Erst einen Brief nicht beantworten und ihm dann schließlich einen Brief schreiben, daß er einen Herzanfall kriegt? Ist das Religion?»

«Ich weiß nichts davon, Mrs. Aptaker, aber wenn Sie mich den Brief lesen lassen . . .»

«Selbstverständlich, lesen Sie nur. Aber ich muß ins Geschäft zurück.»

«Könnten Sie ihn mir hier lassen . . .»

«Warum nicht?» Sie stand auf, wollte gehen, änderte ihre Absicht jedoch und setzte sich wieder. «Als ich meinen Mann heute nachmittag im Krankenhaus besuchte, wirkte er irgendwie ein bißchen zuversichtlicher. Er war sogar richtig aufgekratzt. Ich glaube, das kam von Ihrem Besuch; Sie müssen ihm irgendwas gesagt haben.» Sie musterte ihn fragend, doch als er schwieg, fuhr sie fort: «Deswegen wollte ich Ihnen sagen, Rabbi, wenn Sie diese Briefe lesen und sehen, daß es aussichtslos ist, wäre es besser, wenn Sie es ihm nicht sofort mitteilten. Ich meine, daß hat doch noch ein bißchen Zeit, bis er wieder kräftiger ist, nicht wahr?»

«Ich habe Ihrem Mann nichts gesagt, Mrs. Aptaker. Nur, daß ich gern die Korrespondenz sehen würde, die sich mit dem Mietvertrag befaßt. Wenn er den voreiligen Schluß gezogen hat, ich könnte etwas für ihn tun . . .»

«Aber was macht das schon?» entgegnete sie heftig. «Wenn er sich etwas vormacht, hilft es ihm wenigstens, wieder gesund zu werden.»

«Früher oder später wird er es doch einsehen müssen», sagte der Rabbi.

«Dann lieber später als früher.» Abermals wollte sie aufstehen und blieb doch wieder sitzen. «Ich weiß nicht, ob Sie verstehen, was das Geschäft meinem Mann bedeutet. Es ist nicht nur eine Einnahmequelle; für ihn ist es eine Institution, wie ein College oder eine Bank. Wenn er es jetzt verkaufen müßte, selbst zu einem guten Preis, liefe sein ganzes Leben auf einen Fehlschlag hinaus. Nun gut, wir haben gut daran verdient, aber wenn er das Geschäft verkauft, wird er in Gedanken Bilanz ziehen und feststellen, daß er die ganze Zeit, die er im Laden verbracht hat, nur für den Lohn eines Angestellten gearbeitet hat. Wenn er es jedoch an Arnold weitergeben kann, dann bleibt es in der Familie und es gehört noch immer ihm und es ist gleichgültig, wie viele Wochenstunden er dafür opfert. Wissen Sie, daß wir Kunden haben, die vor zehn, fünfzehn Jahren nach Florida gezogen sind und ihre Medikamente immer noch von uns beziehen?»

«Ich glaube, ich verstehe Ihren Mann, Mrs. Aptaker», sagte der Rabbi freundlich. Als er sie zur Tür beleitete, kam gerade Miriam, die zum Einkaufen gegangen war, nach Hause. Er machte die beiden Frauen miteinander bekannt.

«Ich hoffe, es geht Ihrem Mann jetzt besser», sagte Miriam.

Rose Aptaker zuckte traurig lächelnd die Achseln.

Später, als Miriam das Abendessen vorbereitete, fragte sie: «Kannst du nicht etwas für sie tun, David? Sie sah so furchtbar unglücklich aus.»

Ihr Mann, der an der Küchentür lehnte, schüttelte den Kopf. «Ich glaube kaum. Da er kein Mitglied der Gemeinde ist, hat Aptaker eine übertriebene Vorstellung von der Macht und Autorität eines Rabbi. Ich fürchte, er steckt in einer Situation, wie sie im Geschäftsleben vermutlich häufig vorkommen: daß er einen beträchtlichen finanziellen Verlust erleidet, ohne daß jemanden dafür die Schuld trifft. Und dennoch . . .»

«Was?»

«Komisch, daß Kaplan nichts von Aptakers Bitte um Verlängerung des Mietvertrages erwähnt hat. Er hatte den Brief doch schon eine ganze Zeit. Ich bin ziemlich sicher, daß er die Angelegenheit nie bei einer Vorstandssitzung vorgelegt hat.»

«Das ist wirklich komisch. Kannst du dir einen Reim darauf machen?»

«Nun, ich kann wenigstens Kaplan anrufen und mich erkundigen, wie das kommt.» Der Rabbi ging zum Telefon. «Er müßte jetzt inzwischen zu Hause sein.»

«Was kann ich für Sie tun, Rabbi?» fragte Kaplan jovial, als er hörte, wer am Apparat war.

«Ich habe mit Marcus Aptaker gesprochen, dem Apotheker im Goralsky-Block. Sie haben vielleicht gehört, daß er mit einem Herzanfall im Krankenhaus liegt. Er sagte mir, daß er an die Synagoge geschrieben und um Verlängerung seines Mietvertrages gebeten hat. Ich möchte wissen, warum Sie davon nichts auf einer der Vorstandssitzungen erwähnt haben.»

«Weil es sich um eine unwichtige Verwaltungssache handelt, Rabbi. Ich habe sie aus demselben Grund nicht erwähnt, aus dem ich nichts von der kleinen Reparatur am Dach der Schneiderei gesagt habe. Wenn ich jedes kleine Problem, mit dem ich konfrontiert werde und das ich löse, zur Diskussion bringen wollte, würden wir nie fertig werden.»

«Für Aptaker war das aber keine unwichtige Sache, und ich beabsichtige, sie bei der nächsten Sitzung vorzubringen.»

«Aber Rabbi! Sie sind doch nur sauer, weil ich Sie reingelegt habe.»

«Sie haben den Verkauf des Goralsky-Blocks durchgepeitscht. Ich werde eine neue Abstimmung beantragen.»

«Wie bitte? Bloß weil ich dem Vorstand nichts von Aptakers Brief gesagt habe?» Kaplan war fassungslos.

«Deswegen, und weil es bisher immer der Brauch gewesen ist, bei wichtigen Angelegenheiten, vor allem, wenn es um große Geldsummen geht, die endgültige Abstimmung über einen Antrag um mindestens eine Woche zurückzustellen.»

«Wissen Sie, Rabbi, ich hätte nie gedacht, daß Sie ein so schlechter Verlierer sind. Beantragen Sie ruhig eine nochmalige Abstimmung. Ich werde Sie ja doch wieder schlagen.»

Nach einigem Nachdenken jedoch beschloß Kaplan, Safferstein von der Absicht des Rabbi in Kenntnis zu setzen. Er rief ihn an und berichtete ihm von dem Gespräch.

«Was hat das zu bedeuten, Chet?»

«Gar nichts, Billy, glauben Sie mir. Ich verfüge über eine solide Mehrheit. Ich könnte ihn sogar bei seinem Antrag auf erneute Abstimmung schlagen.»

32

Am nächsten Tag fuhr Rabbi Small die Route 128 entlang, jenen langgestreckten Vorort, der aus Forschungslaboratorien, Elektronikfirmen und automatisierten Industrieanlagen bestand. Als er an Goraltronics, Incorporated, vorbeikam, hatte er plötzlich eine Idee. Er vergaß den Grund, warum er überhaupt auf der Route 128 war – er wollte zur Monatsversammlung des Rabbinerrats von Groß-Boston –, nahm die nächste Ausfahrt und fuhr zu der Fabrik zurück.

Wenig vertraut mit den Usancen großer Fabriken lauschte er geduldig Ben Goralskys Sekretärin, die ihm erklärte, der Chef sei beschäftigt und sei auch die ganze restliche Woche nicht zu sprechen; auch in der darauffolgenden Woche sei er nicht erreichbar, da er sich dann auf Reisen befinde; wenn Rabbi Small ihr sagen würde, welcher Art sein Anliegen sei, werde sie ihr möglichstes tun, um ihm in der Woche danach einen Termin zu verschaffen.

«Können Sie ihm nicht einfach jetzt sagen, daß ich hier bin?» fragte er vorwurfsvoll.

Ihr Lächeln über diese Naivität war Antwort genug, und er wollte schon hinausgehen, als Ben Goralsky aus seinem Büro kam und ihn entdeckte.

«Rabbi Small! Was machen Sie denn hier? Kommen Sie herein.» Zum größten Kummer seiner Sekretärin legte er dem Rabbi einen stämmigen Arm um die schmalen Schultern und dirigierte ihn in sein Privatbüro. Ben Goralsky war ein schwerer Mann mit langer Nase und knochigen Wangenbeinen. Obwohl er schon Mitte fünfzig war, wies sein dichtes, schwarzes Haar noch nicht eine einzige Spur von Grau auf, nicht einmal an den Schläfen. Er nahm hinter dem Schreibtisch Platz und sah seinen Besucher mit strahlendem Lächeln an.

«Also, Rabbi, womit kann ich Ihnen helfen?»

«Tja, ich brauche ein paar Informationen über den Besitz, den Ihr Vater der Synagoge hinterlassen hat.»

«Aber sicher! Was wollen Sie wissen? Wie ich sehe, hat Bill Safferstein den Block ja nun doch gekriegt.»

«Der Vorstand hat beschlossen . . .» Als ihm die Bedeutung von Goralskys Bemerkung aufging, unterbrach sich der Rabbi. «Soll das heißen, daß er den Block schon von Ihnen kaufen wollte?»

«Ganz recht. Von meinem Vater. Aber der erklärte Billy, er stehe nicht zum Verkauf.»

Der Rabbi lächelte verständnisinnig. «Um nicht allzu eifrig zu erscheinen?»

Ben Goralsky musterte ihn scharf. «Aber nein! Mein Vater wollte wirklich nicht verkaufen.» Er legte den Kopf schief und überlegte. Dann lachte er auf. «Vielleicht ist Safferstein deswegen zu mir gekommen – weil er dachte, mein Vater wollte sich nur zieren.»

«Und was haben Sie ihm gesagt?»

«Ach, daß er sich an meinen Vater wenden müsse. Ich habe ihm eine Aufstellung über den Besitz gegeben – Sie wissen schon, Einkommen, Unkosten, veranlagter Wert, Mieteinnahmen, das übliche. Aufgrund dessen machte er mir zwei Tage später ein Angebot. Ein sehr gutes Angebot, deshalb sprach ich mit meinem Vater darüber.» Er schüttelte den Kopf. «Er sagte, er wolle nicht verkaufen.»

«Warum nicht, wenn das Angebot so gut war?» fragte der Rabbi.

«Nun, damals dachte ich, weil mein Vater keinen Grund und Boden verkaufen wollte. Sehen Sie, wir hatten den Block damals gekauft, weil wir erwogen, dort unser Werk zu bauen. Er lag direkt an der Salem Road, leicht zugänglich für Autos und Lastwagen; aber dann wurde die Route 128 gebaut, und das war viel günstiger für uns. Und während der ganzen Zeit konnte ich meinen Vater nicht dazu bringen, den Block an der Salem Road zu verkaufen. Jetzt neige ich allerdings zu der Auffassung, daß er ihn nicht an Safferstein verkaufen wollte, weil er vorhatte, ihn der Synagoge zu vermachen.»

«Aber hätte er nicht den Block verkaufen und der Synagoge das Geld vermachen können?» fragte der Rabbi.

Ben Goralsky lachte. «Und Kapitalgewinnsteuer für den Verkauf zahlen? O nein, dazu war mein Vater ein zu guter Geschäftsmann.»

«Sie sagen, es war ein sehr gutes Angebot. Warum, glauben Sie, wollte Safferstein den Block unbedingt kaufen.»

Goralsky schüttelte den Kopf. «Keine Ahnung. Es heißt, daß auf der Salem-Seite ein großer Apartmentkomplex für Senioren gebaut werden soll. Das würde den Wert des Blocks um einiges steigern, aber um soviel nun auch wieder nicht.»

«Könnten Sie sich vorstellen, warum Safferstein den Drugstore kaufen will?»

«Aptakers? Wollte er das? Nun, jetzt macht die Sache allmählich einen Sinn.»

«Wirklich?» erkundigte sich der Rabbi.

«Sicher», antwortete Ben Goralsky. «Das bedeutet nämlich, daß er den Block abreißen will. Er will die Grundstücke, aber warum, daß weiß der Teufel. Es gibt so viele unbebaute Grundstücke dort.»

«Ich fürchte, ich kann Ihnen nicht ganz folgen.»

«Sehen Sie, Rabbi, der Drugstore hat einen Mietvertrag, und der Mietvertrag ist auch für alle nachfolgenden Besitzer bindend. Wenn Safferstein den Block abreißen will, dann muß er sämtliche Verpflichtungen loswerden. Wissen Sie, was er für den Laden geboten hat?»

«Ich weiß nur, daß Aptaker sagte, es sei ein guter Preis. Safferstein wolle ihn für seinen Schwager kaufen, sagte er mir.»

Goralsky lachte.

«Wie ich sehe, halten Sie diesen Schwager für ein Produkt seiner Phantasie», sagte der Rabbi.

Goralsky zuckte die Achseln. «Was sonst? Er mußte doch einen Grund angeben dafür, daß er eine Apotheke kaufen will.»

«Und was ist mit den Mietverträgen der anderen Geschäfte? Müßte er die nicht auch kaufen?»

«Die anderen Geschäfte waren sofort kündbare Mieter», erklärte Goralsky. «Nur der Drugstore hatte einen Mietvertrag. Der alte Mietvertrag lief aus, Aptaker schrieb an meinen Vater, und der verlängerte ihn zu denselben Bedingungen, auf zehn Jahre. Ich hielt es für falsch, daß wir uns auf eine so lange Zeit festlegten, aber . . .»

«Aber der Mieter ist doch ebenso festgelegt, nicht wahr?»

«Nicht ganz, Rabbi. Wenn es sich bei dem Mieter um eine große Firma oder eine Einzelperson mit solidem finanziellen Hintergrund handelt, dann ist er natürlich ebenso festgelegt wie wir. Wenn es sich aber um einen kleinen Mann handelt – was sollen wir tun? Angenommen, der Drugstore will morgen schließen – sollen wir ihn verklagen? Oder soll die Synagoge ihn auf zehn Jahre Miete verklagen, nur weil der Mietvertrag für alle folgenden Besitzer bindend ist?»

«Ich verstehe.»

«Aber ich stritt mich nicht gern mit meinem Vater darüber. Zum Schluß war er doch ziemlich hinfällig.»

«Ja, ich erinnere mich noch», antwortete der Rabbi. «Als ich ihn besuchte . . .»

«Aber das war immer nachmittags oder am Abend, Rabbi. Am Vormittag war er noch recht lebendig. Und da hat er natürlich die geschäftlichen Dinge erledigt.»

«Sie meinen, er hat sich tatsächlich ums Geschäft gekümmert, auch noch, als er schon bettlägerig war?»

«O ja!» sagte Goralsky stolz. «Er hat jeden Vormittag bis zwölf Uhr Briefe und Anweisungen diktiert. Bis ein paar Tage vor seinem Tod.»

«Hat er eine Sekretärin im Haus gehabt?»

Goralsky lachte. «Vermutlich hat sie sich für seine Sekretärin gehalten. Im Grunde gehört sie zu unserem Steno-Pool. Ich habe sie jeden Morgen zu meinem Vater geschickt, und selbst wenn mein Vater nichts geschäftliches zu tun hatte, konnte er sich doch mit ihr unterhalten. Alice Feddermann. Ihr Vater ist Mitglied der Synagoge. Möchten Sie vielleicht mir ihr sprechen?»

«Aber ja, falls das möglich ist.»

«Sicher.» Goralsky schaltete die Sprechanlage ein. «Rabbi Small möchte mit Alice Feddermann vom Steno-Pool über meinen Vater sprechen. Würden Sie sie ins Konferenzzimmer schicken? Sie ist doch abkömmlich – oder?»

«Ja, Sir.» Und wenige Sekunden später: «Sie kommt sofort.»

«Ich lasse Sie hinbringen, Rabbi.»

Als er kam, wartete sie schon auf ihn: ein schlankes junges Mädchen von neunzehn bis zwanzig Jahren, stark geschminkt mit Lidschatten, Eyeliner und Mascare. Die Lippen waren mit einer Art weißlichem Schimmer überzogen. Sie trug hohe Plateausohlen und einen sehr kurzen Rock, der bei übergeschlagenen Beinen eine Menge Schenkel sehen ließ. Rabbi Small glaubte sie schon bei verschiedenen Veranstaltungen für junge Leute in der Synagoge gesehen zu haben, aber vielleicht auch nicht – sie sahen einander alle so gleich.

«Hallo, Rabbi! Sie wollten mich wegen dem alten Mr. Goralsky sprechen, deswegen habe ich gleich das Notizbuch mitgebracht, das ich immer benutzt habe, wenn ich bei ihm war.»

«Ich interessiere mich für einen Brief, den er an Mr. Aptaker, den Inhaber des Drugstore schrieb . . .»

«Ach ja, wegen des Mietvertrags.» Sie lächelte. «Ich kann mich gut daran erinnern.»

«Wirklich? Aus einem besonderen Grund?» fragte der Rabbi.

«Na ja, es war schließlich kurz vor . . . also, erstens einmal ziemlich zum Schluß. Aber ich mußte diesen speziellen Brief auch noch mehrmals schreiben. Es war so.» Sie beugte sich vertraulich vor. «Er sprach nicht mehr so gut, grammatikalisch, wissen Sie. Darum sagte er mir immer, was er schreiben wollte, und ich habe dann daraus einen Geschäftsbrief gemacht.»

«Ich verstehe.»

«Wir hatten diesen Brief von Mr. Aptaker bekommen, der um Verlängerung seines Mietvertrags bat. Mr. Goralsky sagte also, da er ein guter Mieter sei, wolle er ihm denselben Mietvertrag wie vorher geben, ohne Mieterhöhung. Ich schrieb daraufhin den üblichen Geschäftsbrief. Sie wissen schon: ‹*In Beantwortung Ihres Schreibens vom Zwanzigsten habe ich unsere Anwälte angewiesen, einen Mietvertrag mit denselben*

Bedingungen wie in dem gegenwärtigen zu entwerfen. Bei Erhalt der Formulare wollen Sie bitte beide Ausführungen unterzeichnen und sie mir zur Gegenzeichnung zurückreichen.› Eben wie üblich. Aber als ich den Brief getippt hatte und ihn Mr. Goralsky zur Unterschrift vorlegte, hat er sich irgendwie über die Formulierung aufgeregt. Ich glaube, er hatte einen schlechten Tag. Er sagte –» sie imitierte sein stark gefärbtes Englisch –, «‹Ich möchte, daß Sie ihm sagen, weil er ein so guter Mieter war und meinem Eigentum nie Schaden zugefügt hat und immer die Miete rechtzeitig bezahlt hat und das Haus instandgehalten hat, gebe ich ihm denselben Mietvertrag wie vorher und erhöhe die Miete nicht›.» Sie zwinkerte dem Rabbi vielsagend zu. «Ich habe alles genau aufgeschrieben, genau wie er es gesagt hat. Ich wollte auch den Brief genauso schreiben, weil ich mich über ihn geärgert hatte. Er war sehr nett, aber er konnte auch . . . na, Sie wissen ja, grob sein.»

«Grob? Mr. Goralsky?»

«Na ja, Sie wissen schon – mäkelig. Aber als ich wieder im Büro war, hatte ich mich einigermaßen beruhigt; also hab ich alles ein bißchen aufpoliert, aber immer noch reingeschrieben, daß er ein guter Mieter war, und so. Das gefiel ihm, und so wurde der Brief abgeschickt.»

«Hat Mr. Aptaker geantwortet?»

Alice Fedderman schüttelte den Kopf. «Davon weiß ich nichts. Ich bin anschließend nur noch zwei Tage dort gewesen. Sehen Sie?» Mit Daumen und Zeigefinger hielt sie ein paar Seiten ihres Notizbuchs empor, um ihm zu zeigen, wie wenig noch geschrieben worden war. «Mir wurde gesagt, Mr. Goralsky ginge es schlechter, und er sei nicht mehr in der Lage, mir zu diktieren.»

«Wissen Sie genau, daß niemand anders zu ihm geschickt wurde?»

«Ganz genau. Er mochte mich. Und ich mochte ihn.»

«Obwohl er grob war?» fragte der Rabbi lächelnd.

«Ach, aber Sie wissen doch! Ich meine ja nicht richtig grob. Ich meine, er war nervös – vielleicht, weil er so alt war.»

Rabbi Small bedankte sich bei ihr und lehnte ihr Angebot, ihn zum Chefbüro zurückzubegleiten, ab. «Danke, ich finde mich schon zurecht», sagte er.

Er wollte Ben Goralsky lediglich für seine Hilfsbereitschaft danken, doch nachdem sie sich die Hände geschüttelt hatten und der Rabbi sich zum Gehen wandte, fiel ihm plötzlich noch etwas ein. «Sie sagten, die Anwälte seien wegen des Testaments zu Ihrem Vater gekommen. Geschah das, weil er bettlägerig war?»

«Ganz recht, Rabbi. Das war ungefähr drei Wochen, vielleicht auch vier, bevor er starb.» Seine Miene wurde traurig, als er nachdenklich hinzufügte: «Ich glaube, damals wußte er schon, daß er sterben mußte.» Noch einmal reichte er dem Rabbi die Hand. «Also, auf Wiedersehen,

Rabbi. Hoffentlich habe ich Ihnen helfen können.»

Der Rabbi lächelte. «Sie haben, Mr. Goralsky. Glauben Sie mir, Sie haben.»

33

Lt. Eban Jennings ließ sich schwerfällig nieder, zog die unterste Schublade von Lanigans Schreibtisch heraus und legte dann, sich bequem zurücklehnend, die Füße auf den Schubladenrand.

«Fühlen Sie sich wie zu Hause», sagte Lanigan.

Jennings ignorierte die Ironie und richtete den Blick der wasserblauen Augen auf seinen Chef, während er feierlich erklärte: «McLane hatte einen Drugstore in Revere, und der alte Kestler hatte eine Hypothek mit Sicherungsübereignung auf den Laden.»

«Na und?»

«Er verlor das Geschäft, als Kestler die Hypothek zurückforderte», sagte Jennings.

«Hmm – interessant.»

«Ja.» Der Lieutenant wartete, bis Lanigan die Information verarbeitet hatte. «Ich habe zwei verschiedene Versionen gehört», fuhr Jennings ungerührt fort. «Einige von den Leuten, mit denen ich sprach, meistens Frauen, sagten, er hätte das Geschäft sowieso verloren. McLane habe nach dem Tod seiner Frau den Laden verkommen lassen und sei unhöflich zu seinen Kunden gewesen. Seine Frau hat ihm im Laden geholfen, und ich vermute, daß sie es war, die geputzt und Ordnung gehalten hat. Als sie dann starb . . .»

«Ja, sicher.»

«Und außerdem hatte er immer Scherereien mit seinen Angestellten. Ich habe mit einem davon gesprochen, einem Apotheker, der bei dem neuen Besitzer angestellt war. Der sagte, McLane sei ein schwieriger Chef gewesen, ständig schlechtgelaunt und sogar rücksichtslos.»

«Was für ein Geschäft ist das?» fragte Lanigan.

«Ein kleiner Laden, mit Kundschaft aus den umliegenden Straßen. Ich vermute, daß er erst recht in Schwierigkeiten kam, als etwa sechs Häuserblocks entfernt dieser riesige Discountladen aufmachte. Wäre er bei seinen Kunden beliebt gewesen, wären die nicht zu dem neuen Laden übergelaufen, vor allem, da er bequemer zu erreichen war.»

«Glauben Sie das nur nicht, Eban. Die Leute laufen ziemlich weit, wenn sie ein paar Pennies sparen können. Und dann kritisieren sie den alten Laden, um ihre Untreue zu rechtfertigen», ergänzte er nachdenklich.

«Ja, mag sein», stimmte ihm Jennings zu. «Das war auch weitgehend die Ansicht des Lebensmittelhändlers nebenan. Der leidet natürlich unter ein paar neuen Supermärkten in der Gegend. Wenn man ihm glauben darf, hat sich McLane gehenlassen, als seine Frau gestorben war, doch der Mann war überzeugt, daß er sich wieder aufgerappelt hätte. Aber –» er stellte die Füße auf den Boden und richtete sich auf, um dem, was er jetzt sagte, noch mehr Bedeutung zu verleihen – «Joe Kestler kündigte die Hypothek und trieb ihn damit in die Enge. Das alles war vor ungefähr einem Jahr.»

Lanigan blieb stumm; nur seine Finger trommelten nervös auf der Armlehne, während er die Folgerungen aus dem Bericht des Lieutenants erwog. Dann brach Jennings das lange Schweigen. «Sagen Sie, Hugh, soll ich McLane zur Befragung vorführen?»

Lanigan antwortete nicht sofort. Er lehnte sich weit zurück und blickte zur Decke. Jennings sah ihn erwartungsvoll an; der Adamsapfel hüpfte in seinem mageren Hals. Endlich sagte Lanigan, das Gesicht noch immer zur Decke gerichtet: «Vielleicht war es ein Fehler, Sie zur FBI-Schule zu schicken und Sie letztes Jahr zu diesem Kursus in Boston abzustellen. Sie haben sich Großstadtmanieren angewöhnt, Eban, und die Großstadtdenkweise. Wenn so etwas wie dieses in Boston passiert wäre, hätte man Aptaker vermutlich sofort zur Vernehmung aufs Revier geholt. Ein paar Cops wären zu ihm in den Laden gegangen und hätten ihn auf der Stelle in Gewahrsam genommen. Falls gerade Kunden im Laden waren – sein Pech. Falls er allein gewesen wäre, hätte er eben für diesen Tag schließen müssen. Und dann, nachdem er vernommen worden wäre, wenn sich herausgestellt hätte, daß sie ihm nichts anhängen konnten, hätten sie ihn laufenlassen. Vielleicht hätten sie sich sogar entschuldigt. Und der arme Kerl wäre in seinen Laden zurückgekehrt und noch glücklich gewesen, daß er von jedem Verdacht befreit war.»

Er richtete sich kerzengerade auf und sah Jennings in die Augen. «Aber dann hätte er feststellen müssen, daß er gar kein Geschäft mehr hatte. Es hätte sich herumgesprochen. Verflixt, es ist schließlich ein Drugstore. Falls auch nur der geringste Verdacht bestand, daß er eventuell einen Fehler beim Anfertigen eines Rezepts begangen hätte – wer würde noch bei ihm kaufen? Dies aber ist eine Kleinstadt, Eban. Die Leute hier sind unsere Freunde und Nachbarn. Mehr noch, sie stimmen jedes Jahr bei der Stadtversammlung über unsere Gehälter ab. Wir können es uns nicht leisten, den Unschuldigen zu schaden, während wir hinter den Schuldigen her sind.»

«Aber Sie sagten doch selbst, daß Sie mit Marcus Aptaker sprechen wollten.»

«Sicher, aber ich hätte ihn niemals hierherbringen lassen. Ich wollte zu ihm hineingehen, wenn niemand anders im Laden war. Wir hätten uns freundschaftlich unterhalten und ich hätte ihm die Lage erklärt. Wenn er dann etwas gestanden hätte, hätte ich ihn verhaftet. Wenn nicht, wenn er eine Erklärung bereit gehabt hätte, hätte ich die ganze Sache erst gründlich überprüft und mich vergewissert, daß ich wirklich etwas gegen ihn in der Hand hatte, ehe ich etwas unternahm. Ich hätte niemals befürchtet, daß er die Stadt verlassen würde.»

«Nun, bei McLane . . .»

«Bei McLane ist das etwas anderes», fiel ihm der Chef ins Wort.

«Wieso?»

«Weil er nur da arbeitet», erklärte Lanigan. «Es ist nicht sein Laden. Es geht nicht ihm an den Kragen, wenn das Geschäft kaputt geht. Er sucht sich einfach einen anderen Job. Und wenn ich McLane vorführen ließe, oder selbst wenn ich hinginge und mit ihm spräche, er würde reden – auch wenn er von jedem Verdacht frei wäre. Er würde sich bei jeder nur möglichen Gelegenheit über diese dämlichen Cops beschweren. Und das ist der Unterschied: Marcus Aptaker würde niemals reden, denn er wüßte, daß das seinem Geschäft schaden würde. Und er kennt mich gut genug, um zu wissen, daß ich ebenfalls nicht rede.»

«Was werden Sie also tun?» fragte Jennings.

«Oh, ich werde schon mit McLane sprechen, aber ich werde versuchen, es so einzurichten, daß es ganz wie zufällig wirkt», erwiderte Lanigan. «Bis dahin möchte ich, daß Sie wieder nach Revere gehen und alles sammeln, was Sie über McLane auftreiben können. Spüren Sie ihm nach bis zu seiner Taufe. Übrigens, den Kestlers auch. Gehen Sie zu Captain O'Day . . .»

«Der ist pensioniert.»

«Weiß ich», sagte Lanigan. «Aber er treibt sich immer noch im Präsidium herum und kann an eine Menge Informationen heran, an die Sie nicht rankommen. Ihnen, als einem Polizisten von auswärts, wird man nur offizielle Informationen geben. Haben Sie ihn auf Ihrer Seite, werden sie den Mund aufmachen. Ich will nämlich wirklich alles: Gerüchte, Klatsch, einfach alles. Ich werde hier weiterarbeiten. Ich werde mir Safferstein vorknöpfen . . .»

«Wieso den?» fragte Jennings.

«Weil er die Pillen aus dem Drugstore geholt hat und ich den Weg der Pillen zurückverfolgen will bis zu dem Zeitpunkt, als sie abgefüllt wurden.»

«Aber Hugh, wenn Sie ihm Fragen über die Pillen stellen, wird er sich überlegen, was mit Aptaker los ist. Wer will *ihn* am Reden hindern?»

«Sie haben recht. Ich muß behutsam vorgehen. Ich werde mir irgendeinen Grund ausdenken, warum ich ihn sprechen muß, irgend etwas, das überhaupt nichts mit dem Drugstore zu tun hat.»

34

«Ach, ist es mal wieder so weit, Chef?» fragte Safferstein, während er lächelnd nach seinem Scheckbuch griff.

Lanigan sah ihn verständnislos an. Dann fiel ihm ein, wann er das letztemal bei Safferstein gewesen war. «Ach so, Sie meinen den Polizistenball? Nein, nein, die Karten dafür verkaufen wir erst in einigen Wochen. Nein, diesmal geht es um eine persönliche Angelegenheit.»

«Darf ich raten? Ihre Frau hat keine Lust mehr, so ein großes Haus zu versorgen, wo Sie doch jetzt nur noch zu zweit sind, sie möchte das Haus verkaufen und in eine moderne Wohnung umziehen.»

«Schon wieder falsch», entgegnete Lanigan grinsend. «Sie möchte ein Geschäft aufmachen, einen Laden für Glückwunschkarten und Geschenkartikel. Ich kann nicht sagen, daß ich verrückt vor Freude darüber bin, aber . . .»

«Nun, warum nicht? Dann hat sie was zu tun, und sie kann durchaus ein recht hübsches Einkommen herausschlagen.»

«Tja, allerdings. Ein kleiner Nebenverdienst ist heutzutage . . .»

«Gewiß, und ich habe genau den richtigen Laden für sie, oder werde ihn wenigstens in etwa zwei Monaten haben. In Lynn, in der Market Street. Was ist denn los?» fragte er, als Lanigan den Kopf schüttelte.

«Sie hat sich schon ein Objekt ausgesucht», antwortete Lanigan. «Sie interessiert sich für den leerstehenden Laden im Goralsky-Block. Wie ich hörte, haben Sie ihn von der Synagoge gekauft.»

«Warum ausgerechnet dort, Chef? Die Lage ist doch gar nicht so gut.»

«Der Laden liegt in der Salem Road, und da gibt's eine Menge Verkehr.»

«Ja, aber die Leute, die nach Boston fahren, oder in die entgegengesetzte Richtung, nach Norden, machen gewöhnlich nicht hier halt, um eine Glückwunschkarte oder ein Geschenk zu kaufen. Für so ein Geschäft braucht man regen Anliegerverkehr», erklärte Safferstein.

«Tja, also Amy meint, es würden eine Menge Leute hinkommen, weil nebenan der Drugstore ist. Der existiert schon über ein halbes Jahrhundert und war immer in denselben Händen. Er ist so eine Art Institution. Sogar Leute aus meinem Stadtviertel gehen dort einkaufen. Sie kaufen doch selber auch im Town-Line Drugstore, nicht wahr?»

Safferstein schüttelte den Kopf. «Nein, eigentlich nie. Ich war nur einmal neulich abends da, als der Sturm kam, wissen Sie, weil ich annahm, daß alle anderen Geschäfte geschlossen hatten. Normalerweise aber kaufe ich nicht da ein. Übrigens, ich wollte mich noch bei Ihnen dafür bedanken, daß Ihr Beamter aus dem Streifenwagen so hilfsbereit war. Sie wissen doch sicher, was passiert ist, nicht wahr?»

«O ja, gewiß. Der Sergeant hat alles gemeldet.»

«Ich wollte schon einen Brief schreiben und der Polizei ein Kompliment machen. Würde das Ihnen und Ihren Leuten nützen?»

Der Chef grinste. «Schaden könnte es sicher nicht, einen derartigen Brief bei den Akten zu haben, vor allem, wenn die Stadtversammlung zusammentritt, um über unser Budget zu beraten. Aber wissen Sie, ich habe eigentlich nie so recht begriffen, wieso Sie in den Besitz dieser Pillen kamen.»

«Ich war zufällig dort und unterhielt mich mit Aptaker, als der Arzt das Rezept durchtelefonierte. Der andere Apotheker war am Telefon und fragte Aptaker, ob sie das Medikament ausliefern könnten. Aptaker sagte nein, aber ich hatte den Namen und die Adresse gehört – man konnte ihn überall im Laden hören –, und da es sich offenbar um einen Notfall handelte, erbot ich mich, die Pillen abzugeben.»

«Kannten Sie den alten Kestler?»

«Nie kennengelernt, aber es lag an meinem Heimweg. Warum sollte ich da nicht aushelfen?»

«Haben Sie gehört, was ihm zugestoßen ist?»

Safferstein nickte. «Ja, ich war drüben bei Chet Kaplan. Ich wollte warten, bis das Unwetter nachließ, und dann erst heimfahren. Der Arzt rief Al Muntz an, während ich dort war, und der berichtete es uns. Schlimm!»

«Ja, so was kommt immer wieder vor», erklärte Lanigan philosophisch.

«Also, wegen dem leerstehenden Laden. Ich glaube kaum, daß ich Ihnen den vermieten kann.»

«Warum denn nicht?» fragte der Polizeichef.

«Weil ich andere Pläne damit habe.»

Lanigan hatte zwar schon die Informationen, die er brauchte, aber er fand, er müsse sein ursprüngliches Anliegen doch noch ein wenig weiterverfolgen, damit Safferstein nicht bei längerem Nachdenken darauf kam, daß er eigentlich nur an Aptaker interessiert war. Darum sagte er jetzt steif: «Wenn Sie sich Sorgen machen, ob meine Frau die Miete zahlen kann . . .»

Und Safferstein, der wußte, wie wichtig es für seine Geschäftsinteressen war, mit den städtischen Beamten auf freundschaftlichem Fuß zu stehen, hob protestierend beide Hände. «O nein, Chef, das ist es nicht. Glauben Sie mir!»

Lanigan stieß sofort nach. «Haben Sie vielleicht schon einen anderen Mieter?»

Jetzt konnte er natürlich lügen und behaupten, er habe den Laden tatsächlich bereits vermietet, doch wenn sich dann herausstellte, daß das nicht stimmte, glaubte Lanigan vielleicht, daß er ihm etwas verschwiegen habe. Und warum sollte er es ihm auch nicht anvertrauen? Alles war unter Dach und Fach, und in ein paar Tagen würden es ohnehin alle wissen. Er lachte kurz auf. «Hören Sie, Chef – können Sie schweigen?»

«Selbstverständlich.»

«Ich meine, auch Ihrer Frau gegenüber?»

Lanigan lachte. «Das fällt mir zwar ein bißchen schwerer, aber ich übe mich schließlich ständig darin. Ich erzähle ihr nie etwas über die Dinge, die mir beruflich zu Ohren kommen, es sei denn, es handelt sich um Informationen, die bereits veröffentlicht sind.»

«Nun», sagte Safferstein vertraulich, «ich kann Ihnen den Laden nicht vermieten, weil ich das Haus abreißen will. Ich besitze schon sämtliche Grundstücke jener Gegend oder habe Optionen auf sie. Der Goralsky-Block war das letzte Objekt. Ich möchte da nämlich das größte Einkaufszentrum von ganz New England bauen, direkt an der Salem Road.»

«Ich verstehe.» Der Chef lächelte. «Wissen Sie, ein anderer Grund, warum meine Frau unbedingt den Laden haben wollte, war der, daß sie sich sagte, sobald Sie den Block übernähmen, würden Sie ihn genauso schön modernisieren wie die anderen Objekte, die Sie besitzen.»

Safferstein grinste vor Genugtuung. «Nichts weiter als Glück, Chef. Ich habe eben Glück gehabt.»

«Ziemlich beständiges Glück aber», entgegnete Lanigan. «Und deshalb war es vielleicht doch nicht nur Glück.»

35

Rose Aptaker war zu müde, um sich eine richtige Mahlzeit zu bereiten, darum kochte sie sich nur zwei Eier und wärmte sich den Kaffee vom Morgen auf. Sie hatte den Laden um halb neun geöffnet und ihn bis um neun Uhr allein versorgt, dem Zeitpunkt, zu dem McLane erschien. Zum Glück war niemand mit einem Rezept gekommen. Hätte ein Kunde Medikamente verlangt, hätte sie ihm erklären müssen, der Apotheker komme erst später, sie würden die Medizin am Nachmittag ins Haus liefern.

Um zwölf Uhr hatte sie sich eine Stunde frei genommen und war nach Hause gegangen, wo sie ein Sandwich und eine Tasse Kaffee zu sich nahm; dann wieder zurück zum Laden und bis sechs Uhr ununterbrochen auf den Beinen; dann ins Krankenhaus, um ihren Mann zu besuchen und ihm zu versichern, alles sei absolut in Ordnung; dann bis zum Ladenschluß ins Geschäft zurück. Um sechs hatte sie keinen Appetit gehabt, sondern hatte nur schnell in einem Coffee-Shop eine Tasse Kaffee getrunken und ein Doughnut gegessen; das reichte ihr, bis sie wieder zu Hause war. Jetzt aber fühlte sie sich zu erschöpft, um noch die Lammkoteletts zu grillen, die sie sich zum Abendessen gekauft hatte.

Sie hörte den Wagen in der Einfahrt, war aber zu müde, um sich zu rühren. Als es an der Haustür klingelte, ging sie aufmachen. Es war Arnold, flankiert von zwei großen Koffern. «Da bin ich, Mom», verkündete er.

«Ja, da bist du», antwortete sie. Als er sie umarmte, bot sie ihm die Wange zum Kuß; dann trat sie beiseite, um ihn einzulassen.

Es war ganz anders, als er es erwartet hatte. Auf der langen Fahrt durch die Nacht hatte er sich vorgestellt, daß sie ihn umarmen und küssen und immer wieder murmeln würde: «Gott sei Dank, daß du wieder da bist!» Er verbarg seine Enttäuschung jedoch und trug seine Koffer in den Flur. Er entsann sich, daß sie niemals sehr demonstrativ ihre Liebe zueinander gezeigt hatten, daß das aber keineswegs bedeutete, er sei nicht willkommen.

«Wie geht's Dad?» erkundigte er sich.

«Ach, ganz gut. Hast du gegessen?»

«Ja, unterwegs.»

«Dann vielleicht einen Kaffee?»

«Na schön.»

«Er ist von heute morgen», warnte sie ihn. «Ich koche mir morgens immer eine ganze Kanne, und dann . . .»

«Macht nichts. Hauptsache, er ist schön heiß. Der Kaffee von heute morgen ist mir durchaus recht.»

Die Mutter zündete die Gasflamme an. Der Kaffee brauchte nicht lange, um heiß zu werden, da sie ihn sich selbst ja erst kurz zuvor aufgewärmt hatte. Sie schenkte ihm eine Tasse ein und ließ sich schwerfällig ihm gegenüber nieder.

«Du bist müde», stellte Arnold fest.

«Ja, ein bißchen. Ich bin den ganzen Tag auf den Beinen gewesen. Es war viel zu tun, heute. Gott sei Dank.»

Er trank schweigend seinen Kaffee, dann schob er die Tasse fort.

«Er schmeckt dir nicht», warf sie ihm vor.

«Er schmeckt mir gut, aber ich habe unterwegs alle zwei Stunden halt gemacht, um einen Kaffe zu trinken. Wahrscheinlich war das ein bißchen zuviel. Aber jetzt erzähl mir erstmal von Dad.»

Sie atmete tief durch. «Was soll ich dir viel erzählen? Er hatte einen Herzanfall. Was das bedeutet, weißt du ja. Er muß sich schonen. Er darf sich nicht aufregen oder ängstigen. Das sagt der Arzt. Wie ein Geschäftsmann, der im Bett liegt, während seine Frau versucht, das Geschäft weiterzuführen, es anstellen soll, sich keine Sorgen zu machen, hat er mir nicht gesagt. Wenn ich ihn besuche, fragt er jedesmal zuerst, wie das Geschäft läuft, und ich sage ihm jedesmal, alles geht bestens. Wer macht hier also wem was vor?»

«Also, jetzt, wo ich hier bin, kann er sich beruhigen. Ich werde ihn morgen gleich besuchen und ihm sagen, daß ich hierbleibe, solange er mich braucht. Ich habe meine Wohnung aufgegeben und die Möbel verkauft. Ich habe alle meine Sachen mitgebracht.»

«Das wird ihm natürlich helfen. Aber . . .»

«Aber was?»

Auf einmal waren die Angst und die Sorge zuviel für sie. Sie preßte die Lippen zusammen, um nicht zu schluchzen, konnte aber nicht verhindern, daß ihr die Tränen über die Wangen strömten.

«Aber Ma! Was ist denn los?»

Mit den Fingerspitzen wischte sie sich die Tränen ab, dann stand sie unvermittelt auf und ging zur Flurgarderobe, wo sie ihre Handtasche abgelegt hatte, um sich ein Taschentuch zu holen.

«Was ist denn, Ma? Was bedrückt dich? Hast du mir etwas verschwiegen?»

«Ich . . . Ich weiß, ich sollte überhaupt nichts sagen. Ich sollte dankbar sein, aber . . .» Plötzlich gewann ihr Kummer die Oberhand über ihre Erschöpfung. «Sieh dich doch an!» klagte sie. «Du willst zu deinem Vater gehen und ihm sagen, daß du den Laden übernimmst. Und er sieht dich mit diesen Haaren, mit dem Bart und den geflickten Kleidern, während er selbst immer so adrett und sauber ist. Du willst ihm sagen, er kann sich beruhigen, genau wie der Doktor ihm immer sagt, er soll sich nicht aufregen. Das hat ihm gerade noch gefehlt, um ihn zu beruhigen – daß du ihm das sagst.»

«Hör zu, mein Bart und wie ich mich anziehe, ist meine Sache.»

«O ja, ich weiß. Der Bart ist wegen der Religion, sagst du. Und die Kleider, die sind wegen der Freiheit und Unabhängigkeit. Und die Stiefel? Mein Großvater – ich hab ein Bild von ihm in der alten Heimat –, der trug auch Stiefel, aber das war wegen dem Matsch und dem Schnee. Und wenn dein Vater dir nun sagt, er will nicht, daß du im Laden arbeitest, so wie du angezogen bist und mit dem Bart, dann kommst du wahrscheinlich wieder nach Hause und erzählst mir, du hättest ihm eine Chance gegeben, aber er hätte sie nicht ergriffen, und du wolltest nach Philadelphia zurück. Oder vielleicht denkt er auch daran, wie schwer ich arbeiten muß, und sagt überhaupt nichts, sondern liegt einfach da und macht sich Sorgen.»

«Schon gut, schon gut», schrie er sie an. «Morgen gehe ich zum Friseur und lasse mir die Haare wie ein Bankangestellter schneiden. Ich habe durchaus normale Kleider; die werde ich anziehen. Sogar ein weißes Hemd. Wenn du willst, gehe ich sogar im Smoking ins Geschäft.»

«Ach, Arnold, das wird wie Medizin für ihn sein!»

Auf sein Klingeln öffnete Leah die Haustür, so weit es die vorgelegte Kette zuließ. Sie starrte ihn an; dann erkannte sie ihn. «Akiva!» Sie schloß die Tür, um die Kette auszuhaken, öffnete sie weit und fragte ihn: «Warum hast du nicht vorher angerufen?»

«Ich wollte möglichst schnell herkommen. Außerdem hatte ich Angst, du würdest . . . du würdest . . .»

«Nein sagen, wenn ich Zeit zum Nachdenken gehabt hätte? Und wenn ich nun Besuch gehabt hätte? Hast du dir das mal überlegt?»

«Ich dachte, das Risiko könnte ich eingehen. Ich war überzeugt, daß ich Glück haben würde.»

Sie führte ihn ins Wohnzimmer, war aber immer noch nicht besänftigt. «Und die würden dann denken, ich wäre so eine Frau, zu der die Männer einfach kommen und klingeln können. Hast du daran gedacht?»

«Nein, habe ich nicht», gab Akiva mürrisch zurück. «Ich habe überhaupt nichts gedacht, nur daß ich dich möglichst schnell wiedersehen wollte. Sie doch», bat er sie, «ich bin rasiert, meine Haare sind geschnitten, ich bin angezogen wie ein Spießer und wollte, daß du mich so siehst.»

«Na schön, ich sehe dich.»

«Gefällt es dir?» fragte er eifrig.

«Es ist besser als früher. Auch wenn du keine Zeit hattest, mich anzurufen, bevor du kamst – warum hast du mich nicht angerufen und mir gesagt, daß du weg mußt?»

«Ich . . . Ich bin ziemlich überstürzt abgefahren. Es ging nicht anders. Aber jetzt bin ich wieder da.»

«Für immer?»

«Ich weiß es nicht», antwortete er. «Vielleicht hast du es gehört. Mein Vater ist krank . . .»

«Ja, ich habe davon gehört. Es tut mir leid.» Leah verschwieg, daß sie in den Drugstore gegangen war, weil sie dachte, er wäre vielleicht dort.

«Um die Wahrheit zu sagen», erklärte er ernst, «als ich wegfuhr, wollte ich nicht wiederkommen. Dann rief mich meine Mutter an und erzählte mir, was passiert war.»

«Ich verstehe. Und du hast deine Kleidung geändert, du hast deinen Bart abrasiert, weil ich dir das damals über die Bärte gesagt habe?»

Er war versucht, sie anzulügen, ihr zu sagen, er habe es für sie getan. Doch was ihm damals während ihrer kurzen Bekanntschaft am besten gefallen hatte, woran er während der ganzen langen Fahrt nach Philadelphia und anschließend während der darauffolgenden Woche gedacht hatte, das war das Gefühl, ihr gegenüber ganz und gar ehrlich und aufrichtig sein zu können. «Nein, ich habe es für meinen Vater getan.»

«Ach?»

«Er ist mein Vater», fuhr er fort. «Ich schulde ihm das, Leah. Du hast nur angedeutet, daß es dir nicht gefällt, aber er würde sich fürchterlich aufregen, daß jemand wie ich, so wie ich aussah, seinen kostbaren Laden führt. Und er darf sich eben nicht aufregen. Soviel bin ich ihm wenigstens schuldig.»

Sie war flüchtig etwas enttäuscht und dennoch seltsamerweise beruhigt. «Wie geht es ihm?»

«Ich war heute morgen bei ihm, gleich nach dem Besuch beim Friseur. Ich war genauso angezogen wie jetzt. Er lag da, starrte zur Decke hinauf und wirkte erschöpft und irgendwie ausgelaugt. Ich erinnere mich nicht, ihn jemals so erlebt zu haben. Aber als er mich sah, wurde er richtiggehend munter und gab mir ausführliche Instruktionen, was im Geschäft alles zu machen sei. Und ich habe still zugehört.» Er erkannte, daß sie nicht begriff. «Ich meine, ich habe ihm nicht widersprochen, ich habe zugehört und ihm zugestimmt. Weißt du, es ging gar nicht um wichtige Dinge. Darum ging es eigentlich nie. Es ging nur um eine ganz bestimmte Art, Rechnungen zu schreiben, Waren auszustellen oder Etiketten auszuzeichnen.» Er grinste. «Ich fühlte mich großartig dabei. Als hätte ich eine richtige *mitzwe* gemacht.»

«Und was hätte dein *rebbe* dazu gesagt?» fragte sie neckend.

Er erwog die Frage jedoch voll Ernst. «Tja, die meisten Mitglieder der *chavura* hätten mich wahrscheinlich verurteilt, weil ich mich rasiert habe - diejenigen, die keinen Bart tragen, benutzen ein Enthaarungsmittel oder einen elektrischen Rasierer, was aus irgendeinem Grund zulässig ist –, vor allem, weil ich mir am Sabbat den Bart habe abnehmen und die Haare habe schneiden lassen, und weil ich am Sabbat gearbeitet habe, aber der *rebbe* selbst hätte es, glaube ich, gutgeheißen. Er ist nicht wie die durchschnittlichen chassidischen *rebbes*. Er ist sehr modern. Und ich weiß, daß es richtig ist, weil ich ein gutes Gefühl dabei hatte. Manchmal hat man ein gutes Gefühl, wenn man etwas für sich selbst tut, schön faul in der Sonne liegt etwa, oder wenn man mit einem Mädchen schläft und das einfach richtig ist; aber wenn man etwas für einen anderen tut – nicht nur eine Gefälligkeit, sondern richtig ein Opfer bringt –, dann hat man ein ganz besonderes gutes Gefühl.»

Sie erkundigte sich, wie lange er zu Hause bleiben werde, und er antwortete: «Ich weiß noch nicht. Meine Mutter sagt, es werde mindestens drei Monate dauern, bis mein Vater wieder arbeiten kann. So lange werde ich also vermutlich mindestens bleiben. Meine Wohnung in Philly habe ich aufgegeben.»

«War dein Job da denn soviel besser als das, was du hier hast?»

«Nein. Ich bin in Philly geblieben, weil ich da zur Schule gegangen bin und die Stadt bereits kannte. Und außerdem wollte ich weit genug weg sein von zu Hause, um mich so richtig frei zu fühlen.»

«Und nun?»

Er grinste. «Na ja, wie frei war ich denn, wenn es meiner Mutter gelungen ist, mich mit einem einzigen Anruf zurückzuholen?»

Leah stieß nach. «Dann wirst du also vielleicht bleiben?»

Er zuckte die Achseln. «Vielleicht muß ich – vielleicht will ich aber auch.»

Da er wußte, daß seine Mutter wahrscheinlich aufbleiben würde, bis er heimkam, ging er um elf. An der Tür sagte er noch: «Bis auf die Sonntage werde ich wahrscheinlich jeden Abend arbeiten müssen. Wenn ich fertig bin, ist es zu spät, noch irgendwohin auszugehen, zum Essen oder ins Kino. Aber ich würde dich trotzdem sehr gern sehen . . .»

«Ich gehe nicht sehr oft aus, wegen Jackie. Wenn du willst, kannst du herkommen, sobald du fertig bist.»

Er hatte Erfahrungen genug, um sich darüber klar zu sein, wie ungewöhnlich ihre Offenheit war. «Ich werde kommen», antwortete er.

37

Das Telefon läutete; Rabbi Small nahm den Hörer ab. «David? Hier ist Mort Brooks. Können Sie mich zur Synagoge mitnehmen? Mein Wagen hat einen Platten.»

«Ja gut, aber lassen Sie mich nicht warten.»

«Ich werde draußen sein, wenn Sie kommen.»

Tatsächlich stand der Direktor der jüdischen Schule bereits am Bordstein, als der Rabbi seinen Wagen mit quietschenden Bremsen zum Halten brachte. «Wann werden Sie endlich diesen Schrotthaufen verkaufen?» erkundigte sich Brooks verächtlich, als er auf dem Beifahrersitz Platz nahm.

Der Rabbi warf einen kurzen Blick auf das sportliche Kabrio in der Einfahrt und erwiderte ein wenig bissig: «Ich nehme Sie mit, nicht Sie mich.»

«Einen Platten kann jeder mal haben.» Brooks hatte ausgestellte Hosen und ein Hahnentritt-Sportjackett an. Er trug den Hemdkragen geöffnet und ein seidenes, seitlich geknotetes Halstuch dazu.

«Wollen Sie zu einer Gartenparty?» fragte der Rabbi säuerlich.

«Allerdings. Nach der Sonntagsschule. Das heißt, zu einer Grillparty.» Er verrenkte sich auf seinem Sitz, um sich im Rückspiegel zu betrachten, und warf seinem Spiegelbild ein zufriedenes Lächeln zu. «Der Sonntag ist für mich ein Ruhetag und ich ziehe mich gern entsprechend an.»

«Nicht der Samstag?»

«Der Samstag auch. Bei den heutigen Nervenanspannungen und dem

Streß braucht man zwei Ruhetage pro Woche.»

«Welchem Streß sind Sie denn unterworfen?» fragte der Rabbi.

«Machen Sie Witze? Bei einer ganzen Schule voll verwöhnter Blagen mit ihren fürsorglichen Eltern?» Er schüllteIte sich. «Wenn ich abends nach Hause komme, bin ich ein absolutes Wrack. Caroline drängt mich ständig, ich soll endlich aufhören.»

«Und zum Theater zurückkehren?»

«Genau», antwortete Brooks. «Aber Sie wissen ja, wie es am Broadway heute aussieht. Frauen denken so unpraktisch.» Er drehte sich um und sah den Rabbi an. «Aber sie sind nicht die einzigen, David. Wie ich gerüchteweise hörte, wollen Sie bei der Vorstandssitzung Einspruch gegen die Abstimmung letzte Woche über den Verkauf des Goralsky-Blocks erheben. Das ist unpraktisch gedacht, ganz und gar unpraktisch.»

«Diese Gerüchteküche, aus der Sie schöpfen . . .»

«Wollen Sie sagen, daß das nicht stimmt?»

«O doch, es stimmt», erwiderte der Rabbi. «Ich möchte bloß wissen, wie diese Gerüchteküche arbeitet.»

Brooks lächelte. «Sie haben es Kaplan gesagt, und der hat es einigen Vorstandsmitgliedern gesagt, unter anderem meinem Nachbarn Cy Feinstone. Es war ein einstimmiger Beschluß. Wieso glauben Sie, daran noch etwas ändern zu können?»

«Ja, er war einstimmig», entgegnete der Rabbi. «Aber nur, weil Kaplan ihn durchgepeitscht hat. Das bedeutet nicht, daß es keine Opposition gab. Ich weiß, wie so was gemacht wird. Es wird abgestimmt, und dann sagt einer: ‹Kommt, wir machen den Beschluß einstimmig.› Also stimmen sie nochmal ab, und dann ist er tatsächlich einstimmig.»

«Machen Sie sich nichts vor, David. Cy stimmt normalerweise nicht mit Kaplan, aber diesmal hat er dafür gestimmt. Und warum? Weil es ganz natürlich ist. Was will die Synagoge mit einem Häuserblock? Das gibt nur Scherereien. Und dann kommt jemand und bietet einen hervorragenden Preis. Da ist es doch nur natürlich, daß sie den akzeptieren.»

«Aber sie haben auch für den Kauf des Grundstücks in New Hampshire gestimmt», wandte der Rabbi ein.

«Warum auch nicht? Was sollen sie denn mit dem vielen Geld anfangen? Die Gehälter erhöhen? Die Abgaben senken? Die Hypothek ist abbezahlt. Die Gebäude sind in gutem Zustand. Einige Synagogen richten, wie ich gehört habe, Reservefonds ein, auf die sie in Notfällen zurückgreifen, aber die Leute sind der Ansicht, daß das nur einer Aufforderung an den Rabbi, den Kantor und die Lehrer der Schule gleichkommt, höhere Gehälter zu verlangen. Außerdem hat Kaplan äußerst clever die beiden Anträge zu einem Paket verschnürt. Das hätten Sie nur mit einem sehr großen politischen Einfluß stoppen können. Und den Beschluß aufzuheben, wird Ihnen noch schwerer fallen.»

«Ach, ich weiß nicht.»

«Seien Sie realistisch, David! Wen haben Sie schon auf Ihrer Seite? Im Vorstand keinen, bis auf zwei ehemalige Präsidenten, die fast an keiner Sitzung mehr teilnehmen.»

«Nun, im Vorstand vielleicht nicht, aber in der Gemeinde . . .»

Brooks schüttelte den Kopf. «Die meisten kennen Sie ja nicht mal», sagte er mitleidig.

«Jetzt hören Sie aber auf!»

«Nein, wirklich, David! Gewiß, sie wissen, wer Sie sind, aber damit hat sich's auch schon. Die sehen Sie nur an den hohen Feiertagen, das sind nur ein paar Tage im Jahr. Na schön, diejenigen, die regelmäßig die Freitagabendgottesdienste besuchen, werden Sie kennen, aber mehr als fünfundsiebzig, höchstens hundert werden Sie nie zusammenkriegen. Außerdem müssen Sie berücksichtigen, daß Sie kennen nicht gleichbedeutend ist mit Sie mögen. Im günstigsten Fall steht es in dieser Hinsicht fünfzig-fünfzig, denn Sie machen's den Leuten nicht leicht, Sie zu mögen, David. Wissen Sie, wer Ihr bester Bundesgenosse ist? Die Trägheit. Das ist Ihr Trumpf im Ärmel. Einen Rabbi abservieren, bedeutet Ärger, heißt, daß man aktiv handeln muß. Und die Menschen sind nun mal geistig und gefühlsmäßig träge. Sie werden Sie nicht abservieren, aber das heißt nicht, daß sie Sie bei einer Auseinandersetzung mit dem Vorstand unterstützen werden. Und vergessen Sie bitte nicht, daß es in diesem Jahr noch schlechter steht als sonst.»

«Warum steht es in diesem Jahr schlechter, Morton?»

«Weil Sie in den anderen Jahren auf das orthodoxe Element zählen konnten, aber das sind Kaplan und seine Gruppe, und die sind in diesem Jahr Ihre Gegner.»

Der Rabbi lächelte. «Was raten Sie mir also?»

«Stellen Sie sich nicht gegen sie, David. Lassen Sie's gut sein. Die haben Sie geschlagen, nehmen Sie die Niederlage wie ein guter Sportsmann.»

«Warum sind Sie so besorgt, Morton? Inwiefern sind Sie davon betroffen?»

Brooks starrte ihn verwundert an. «Ich bin Ihr Freund.»

«Ach so.»

«Außerdem haben wir uns im Laufe der Jahre aneinander gewöhnt. Wer weiß, wie ein anderer Rabbi wäre.»

38

Während der Sekretär das Protokoll verlas, zählte der Rabbi die Anwesenden: Zwölf saßen außer ihm rund um den Tisch. Das waren fünf oder sechs mehr, als normalerweise an den Vorstandssitzungen teilnahmen, und er schloß daraus, daß Kaplan heftig die Werbetrommel gerührt hatte. Selbst in den Anfangsjahren, als der Vorstand aus 45 Mitgliedern bestand, wurde jeder, der sich dafür interessierte oder den man dazu bringen konnte, sich dafür zu interessieren, in den Vorstand gewählt. Trotzdem waren kaum jemals mehr als fünfzehn bei einer Sitzung anwesend. Und auch jetzt, da der Vorstand achtzehn gewählte Mitglieder hatte, *chai*, dazu die Amtsträger und die ehemaligen Präsidenten, war fünfzehn immer noch die äußerste Zahl, die sie bei einer Sitzung zusammenbringen konnten, was allerdings den Vorteil hatte, daß sie ein unbestritten beschlußfähiges Quorum bildeten.

Von den Anwesenden rechnete der Rabbi die Hälfte zu den direkten Verbündeten des Präsidenten. Sie standen auf der Vorschlagsliste, die Kaplan präsentiert hatte, als er für die Präsidentschaft kandidierte; sie nahmen stets am *minjen* teil; in aller Wahrscheinlichkeit begleiteten sie ihn auch zu den Klausuren in New Hampshire. In einigen anderen, wie Dr. Muntz und Paul Goodman, erkannte er Kaplans persönliche Freunde, obwohl sie nicht unbedingt seine religiösen Ansichten teilten. Von den übrigen wußte er nichts, war aber sicher, daß die Tatsache ihrer unerwarteten Anwesenheit allein schon bedeutete, daß sie zu Kaplan halten würden.

«. . . *Vorsitzende des Gebäudeausschusses berichtete, daß drei renommierte Heizungsinstallateure angeschrieben und aufgefordert wurden, Voranschläge einzureichen . . .*»

Niedergeschlagen sinnierte der Rabbi, hätte er praktischer gedacht, dann hätte er einige Vorstandsmitglieder angerufen, einige ehemalige Präsidenten wie Jacob Wasserman, Al Becker oder sogar Ben Gorfinkle, und sie gebeten, an der Sitzung teilzunehmen. Zwar war er keineswegs so sicher, daß sie zu ihm gehalten hätten, aber sie hätten ihm wenigstens freundliches Gehör geschenkt.

«. . . *vom Vorsitzenden als Alte Angelegenheit bezeichnet. Nach einer längeren Diskussion wurde dafür gestimmt, die Angelegenheit bis zu der Sitzung vor dem Chanuka-Fest zurückzustellen, da der Vorstand dann besser in der Lage sein werde, zu beurteilen . . .*»

Er fragte sich, ob es klug gewesen war, Marcus Aptaker gegenüber bei seinem letzten Besuch anzudeuten, eine nochmalige Diskussion des Verkaufs liege im Bereich des Möglichen. Würde nun, nachdem diese Hoffnung in ihm geweckt worden war, seine Enttäuschung um so größer sein? Ihm kam der Gedanke, da Aptaker kein Gemeindemitglied war, könnten es einige Vorstandsmitglieder für illoyal halten, daß er, der Rabbi, seine Interessen gegen die Synagoge vertrat. Aber er schob diesen Gedanken sofort beiseite. Als der einzige Rabbi der Stadt war er der Rabbi der gesamten jüdischen Einwohnerschaft, und nicht nur jenes Teils, der sein Gehalt bezahlte.

«. . . *wurde der Antrag gestellt und unterstützt, die Synagoge möge das Petersville-Grundstück in New Hampshire erwerben, das zu bezahlen sei mit der für den Verkauf des Goralsky-Blocks von William Safferstein gebotenen Summe in Höhe von 100000 Dollar. Über den Antrag wurde abgestimmt, er wurde einstimmig angenommen und der Präsident, Chester Kaplan, wurde ermächtigt, die notwendigen Verhandlungen zu führen. Die Sitzung wurde um 10.32 Uhr vertagt. Hochachtungsvoll vorgelegt von Joseph Schneider, Sekretär.*»

Chester Kaplan sah in die Runde. «Korrekturen oder Ergänzungen?» fragte er. «Keine? Dann wird der Bericht angenommen wie vorgelesen. Haben wir Berichte der Ausschüsse?» Er sah nacheinander die Vorsitzenden der Ausschüsse an, die allesamt den Kopf schüttelten.

«Heute nicht, Chet. Es ist nichts geschehen. Wir haben keine Sitzung abgehalten.»

«Hm-hm.»

«Auch nichts Neues bei den Versicherungen, Paul?» erkundigte er sich.

«Tja, Chet, ich warte immer noch auf Nachricht von diesem Mann. Ich würde lieber bis nächste Woche warten und dann den vollständigen Bericht vorlegen.»

«Okay. Dann gehen wir weiter zu den Alten Angelegenheiten. Rabbi?» da er die gehobene Hand entdeckte.

«Ich beantrage nochmalige Abstimmung über den Antrag, das Petersville-Grundstück zu erwerben», sagte der Rabbi.

«Unterstützt jemand den Antrag?»

Schweigen.

Kaplans Lippen zuckten, weil er ein belustigtes Lächeln unterdrücken mußte. «Da niemand den Antrag des Rabbi unterstützt . . .»

«Augenblick mal!» Der Rabbi war verärgert. Bei der Vorbereitung seiner Argumente war er nicht auf die Idee gekommen, man werde ihm möglicherweise gar keine Gelegenheit geben, sie vorzutragen. «Ich möchte den Grund für meinen Antrag auf Neuabstimmung erklären.»

«Das geschieht während der Diskussion über den Antrag», erwiderte der Vorsitzende, «und diskutieren können wir nur, wenn der Antrag unterstützt wurde.»

Verstimmt biß sich der Rabbi auf die Lippe. Er erhob sich. «Dann muß ich mein Vorrecht in Anspruch nehmen. Hier handelt es sich um eine Angelegenheit, zu der der Rabbi der Gemeinde gehört . . .»

Paul Goodman, ein ehemaliger Präsident, rief laut: «Zur Verfahrensordnung, Herr Vorsitzender!»

«Bitte sehr, Paul.»

«Ich möchte darauf hinweisen, und zwar mit allem Respekt, daß der Rabbi kein offizielles Mitglied dieses Vorstandes ist. Er nimmt ausschließlich auf Einladung des Vorsitzenden an den Vorstandssitzungen teil . . .»

«Nein, Paul», unterbrach ihn Kaplan. «Es stimmt zwar, daß der Rabbi an diesen Sitzungen auf meine Einladung teilnimmt, doch als ich diese Einladung Anfang des Jahres aussprach, machte ich es sofort klar, daß der Rabbi während meiner Amtszeit als volles Mitglied zu betrachten ist. Das heißt, mit allen Rechten und Privilegien. Aber», fügte er hinzu, «ich werde bei der Leitung dieser Sitzungen natürlich den Parlamentsregeln folgen. Bitte sehr, Rabbi, Sie haben das Wort.»

«Ich wollte sagen, es gibt bestimmte Angelegenheiten, bei denen der Rabbi der Gemeinde gewisse, seiner Position innewohnende Rechte hat. Das Petersville-Grundstück ist für die Einrichtung einer permanenten Klausur bestimmt. Das ist eine Erweiterung der religiösen Aufgabe der Synagoge und betrifft den Rabbi der Gemeinde daher sogar noch mehr als den Vorstand.»

«Der Antrag enthält nicht den geringsten Hinweis darauf», erwiderte Goodman. «Es heißt keineswegs in dem Antrag, daß das Grundstück als Klausur Verwendung finden soll. Ich persönlich habe dafür gestimmt, weil ich fand, es wäre ein gutes Geschäft für die Synagoge, aber ich dachte dabei eigentlich mehr an ein Sommerlager für unsere Kinder.» Er sah deutlich, daß der Rabbi wütend war, und da es in der Vergangenheit zahllose Gelegenheiten gegeben hatte, da es zum Streit zwischen ihnen gekommen war, machte es ihm besonderes Vergnügen, seine Wut noch zu schüren.

Der Rabbi gab sich große Mühe, seine Selbstsicherheit zurückzugewinnen. Er setzte sich und brachte sogar ein Lächeln zustande. «Also gut», sagte er, «dann beantrage ich eine nochmalige Abstimmung über den Antrag, den Goralsky-Block zu verkaufen.»

«Das ist Teil desselben Antrags», entgegnete der Sekretär. Die Vorstandsmitglieder grinsten, als ihnen klar wurde, wie geschickt es von ihrem Vorsitzenden gewesen war, den Antrag so zu formulieren, daß er sich auf den Erwerb des Petersville-Grundstücks *und* auf den Verkauf des Goralsky-Blocks bezog.

«Es handelt sich um zwei separate Aktionen», widersprach der Rabbi. «Die kann man doch nicht einfach verbinden, indem man sie in einem einzigen Antrag abfertigt.»

«Warum denn nicht? Der Kongreß macht das doch dauernd», antwortete Goodman. «Wenn der Antrag so abgefaßt war, dann ist das eben der

Antrag.»

Und geflüstert zu seinem Nachbarn: «Der Rabbi sitzt aber schön in der Klemme.»

Kaplan überlegte. «Ich sehe eine gewisse Berechtigung in Ihrer Argumentation, Rabbi. Ich werde den Antrag zulassen. Will ihn jemand unterstützen?»

«Worum geht's denn jetzt eigentlich?» fragte der Sekretär. «Ich habe den Faden verloren.»

«Der Rabbi hat Neuabstimmung über den Antrag zum Verkauf des Goralsky-Blocks beantragt, und ich lasse den Antrag zu, obwohl der Sekretär zutreffend darauf hingewiesen hat, daß der Verkauf Teil des Antrags zum Erwerb des Petersville-Grundstücks ist. Also was ist – unterstützt jemand den Rabbi?»

Abermals Schweigen.

Kaplan lächelte. Einige andere grinsten und zwinkerten sich voll Genugtuung zu. Paul Goodman lachte laut heraus.

«Unsere Vorstandsmitglieder sind offenbar überzeugt, daß sie schon beim erstenmal richtig gehandelt haben, Rabbi», sagte Kaplan.

«Oder gut gedrillt waren», gab der Rabbi bitter zurück. «Sie lassen mir keine andere Wahl: Ich werde einen *din-tojre* abhalten.»

«Was hat er gesagt? Einen *din-tojre?* Was ist ein *din-tojre?*»

«Das ist so etwas ähnliches wie ein Gerichtsverfahren. Er will ein Gerichtsverfahren abhalten.»

«Wieso? Kann er das denn?»

«Einen Moment mal, Rabbi», sagte Kaplan, dessen Gelassenheit einen kleinen Knacks bekommen hatte. «Gegen wen wollen Sie ein Gerichtsverfahren abhalten?»

«Gegen Sie alle, einzeln und gemeinsam.»

«Lassen Sie mich das mal klarstellen», forderte Kaplan. «Sie wollen ein Gerichtsverfahren oder eine Verhandlung abhalten und uns alle . . .»

«Mir bleibt ja nichts anderes übrig», antwortete der Rabbi sanft. «Es ist zu einer schweren Übertretung des *halacha* gekommen . . .»

«Was redet er da?»

«Was ist *halacha*?»

«Er sagt, wir haben das Gesetz übertreten.»

«Was für ein Gesetz? Beschuldigt er uns . . .»

«Ruhe! Ruhe! Bitte um Ruhe, Gentlemen.» Kaplan betätigte sein Hämmerchen. In die vorübergehende Stille sagte er: «Lassen Sie mich das klarstellen, Rabbi. Ich weiß, daß Sie gegen diesen Beschluß sind. Das haben Sie mir selbst gesagt. Wollen Sie darum jetzt eine Gerichtsverhandlung inszenieren, bei der Sie selbst als Richter, Jury und Kläger fungieren?»

«Das ist ein berechtigter Einwand, Herr Vorsitzender», gab der Rabbi zu. «Ich bin in dieser Angelegenheit nicht neutral. Darum werde ich sie dem Rabbinerrat von Groß-Boston vorlegen. Hält man meinen Antrag für berechtigt, wird man zweifellos einen Rabbi bestimmen, der einen Ruf als Talmudkenner besitzt, etwa Rabbi Jacobs aus Boston, und zwei *dajanim*, vor denen beide Parteien zu erscheinen und ihre Argumente vorzulegen haben.»

«Kann er das denn?»

«Und wenn wir nicht hingehen?»

«Dann informieren sie die Presse und machen Stunk», kam die geflüsterte Erwiderung.

Kaplan blickte in die Runde und zählte rasch. Von den zwanzig Anwesenden waren ein Dutzend seine Parteigänger, die auch regelmäßig zu seinen Mittwochsempfängen kamen und ihn zu den Klausuren in Petersville begleiteten. Von den übrigen waren einige nicht an der Klausur interessiert, hielten den Grundstückserwerb aber für ein gutes Geschäft. Der Rest hatte zwar keine feste Meinung über die Notwendigkeit einer Klausur, waren aber, etwa wie Paul Goodman, eingeschworene Gegner des Rabbi. Was hatte er also zu befürchten? Er wandte sich an Rabbi Small. «Also, was wünschen Sie, Rabbi?» erkundigte er sich.

«Ich möchte zu diesem Antrag gehört werden.»

«Nun gut, dann werde ich den Antrag auf Neuabstimmung unterstützen», sagte Kaplan.

«He, Chet, wir hatten doch beschlossen . . .»

«Das können Sie nicht, Chet. Sie sind der Vorsitzende.»

«Dann gebe ich den Vorsitz ab. Aaron, würden Sie bitte übernehmen?» fragte er den Vizepräsidenten.

«Gern, Chet.»

«Herr Vorsitzender.»

«Mr. Kaplan.»

«Ich unterstütze den Antrag des Rabbi auf Neuabstimmung.»

«Es wurde der Antrag gestellt und unterstützt, nochmals abzustimmen über den Antrag, den Goralsky-Block zu verkaufen und das Petersville-Grundstück zu erwerben», verkündete der Vizepräsident. «Diskussion, bitte. Ja, Rabbi?»

«Ich habe deswegen so auf Anhörung bestanden», begann der Rabbi ungezwungen, «weil ich glaube, daß Sie alle anständige, faire Männer sind und tun werden, was rechtens ist, sobald Sie alle Fakten kennen. Nun sind Sie, wie ich annehme, alle mit mir einer Meinung, daß *wenn* jemand die Wünsche eines Erblassers respektieren sollte, es vor allem die Erben sein müßten, diejenigen also, die von seinem Wohlwollen profitieren. Nun, die Synagoge hat von Mr. Goralsky einen wertvollen Immobilienbesitz geerbt, und ich finde, um ihm unsere Dankbarkeit zu erweisen, sollten wir wenigstens seine Wünsche hinsichtlich dieses Besitzes berücksichtigen.»

«Wenn Sie auf die Klausel anspielen, die besagt, daß wir den Block für eine Schule oder eine ständige Dienstwohnung des Rabbi verwenden sollen . . .»

«Nein, Mr. Kaplan, diese Klausel meine ich nicht. Mir ist klar, daß Mr. Goralsky die Verwendung des Besitzes vermutlich nicht so eingeschränkt wissen wollte. Aber um ganz sicherzugehen, machte ich mir die Mühe, seinen Sohn Ben aufzusuchen. Er bestätigte meine Meinung. In dieser Hinsicht besteht kein Problem. Nein, ich spreche von Mr. Goralskys Wünschen im Zusammenhang mit Aptaker und dem von ihm bewirtschafteten Laden.»

«Aptaker? Wer ist das denn?» fragte Goodman.

«Der Apotheker, der den Drugstore im Goralsky-Block hat.»

«Ganz recht, Mr. Reinhardt», bestätigte der Rabbi. «Er hat an demselben Tag einen Herzanfall erlitten, an dem er ein Schreiben von Mr. Kaplan bekam mit dem Inhalt, der Block werde verkauft, er möge sich wegen der Verlängerung des Mietvertrags, um die er eingekommen war, an den neuen Besitzer wenden. Seine Frau meint, das habe den Herzanfall ausgelöst.»

«Ja, aber dafür kann man die Synagoge doch nicht verantwortlich machen.» Paul Goodman war aufrichtig entsetzt.

«Das stimmt», sagte Dr. Muntz. «Man kann nie vorhersehen, wie ein Mensch auf eine schlechte Nachricht reagieren wird – oder auch auf eine gute. Ich hatte mal einen Patienten, der bekam einen Herzanfall, als er hörte, daß er in der Lotterie gewonnen hatte.»

«Ich gebe Ihnen ja auch nicht die Schuld an Mr. Aptakers Herzanfall», erwiderte der Rabbi. «Ich beschuldige Sie, Mr. Goralskys Wünsche mißachtet und Aptakers Mietvertrag nicht verlängert zu haben.»

«Als der Block in unseren Besitz kam, wurde er unser Eigentum», entgegnete Kaplan. «Und somit hatten wir das Recht, damit zu tun, was wir für richtig hielten. Da wir ihn verkaufen wollten, habe ich Aptakers Mietvertrag natürlich nicht verlängert, denn das hätte unter Umständen den Verkauf verhindert. Als der Vorstand den Verkauf beschlossen hatte, schrieb ich Aptaker und teilte ihm mit, daß ein neuer Besitzer den Block übernommen habe oder übernehmen werde, sobald die entsprechenden Papiere unterzeichnet sein würden, und schlug ihm vor, sich wegen der Vertragsverlängerung an diesen zu wenden. Ich bin nicht verantwortlich für das, was Safferstein tut, sobald er den Block übernommen hat. Es ist ein legaler Geschäftsabschluß.»

«Ja, das ist es, nehme ich an», gab der Rabbi traurig zurück. «Die Synagoge verkauft den Besitz, weil das ein gutes Geschäft für sie ist. Und ein kleiner Mann wie Aptaker, der sein Leben mit dem Aufbau seines Geschäfts verbracht hat, wird einfach auf die Straße geworfen, aber das ist legal, weil das eine geschäftliche Angelegenheit ist.»

«Das kommt doch immer wieder vor, Rabbi», sagte Kaplan. «Man kann dem Fortschritt doch nicht im Wege stehen.»

«Fortschritt!»

Kaplan grinste. «Na schön, dann Veränderung. Man kann auch der Veränderung nicht im Wege stehen.»

Der Rabbi nickte. «Ja, im Laufe der Veränderung wird so mancher einzelne kurzerhand überfahren. Das ist alles rein geschäftlich, wie Sie sagen. Aber ist das eine Art Geschäft, wie eine Synagoge sie machen soll? Unsere Religion ist eine moralische Religion. Soll eine dieser Religion gewidmete Institution tatsächlich so etwas tun?»

«Nun, Rabbi, als Anwalt muß ich sagen, wenn's legal ist, ist es auch moralisch», erklärte Goodman.

«Schön, Mr. Goodman, überlegen wir, ob es wirklich legal ist.» Der Rabbi bückte sich, nahm einen Aktenkoffer vom Fußboden auf und legte ihn vor sich auf den Tisch. «Hier habe ich die Korrespondenz Mr. Aptakers über die Verlängerung seines Mietvertrags, zuerst mit Mr. Goralsky und dann mit Mr. Kaplan. Ich werde sie später herumgehen lassen, wenn Sie das wollen, aber ich kann es auch für Sie zusammenfassen.» Er entnahm dem Koffer einen Stoß Papiere. «Hier ist Mr. Aptakers Bitte um Verlängerung des Mietvertrages, der in wenigen Monaten ausläuft. Und hier ist Mr. Goralskys Antwort.» Er las ihnen das Schreiben vor. «Beachten Sie bitte den Wortlaut; keineswegs der übliche Geschäftsstil, nicht wahr? Ich habe seine Sekretärin danach gefragt. Sie erinnerte sich noch sehr gut daran, denn sie mußte den Brief zweimal schreiben. Beim erstenmal redigierte sie sein Diktat, wie üblich, nach den üblichen Geschäftsrichtlinien. Doch diesmal war Mr. Goralsky unzufrieden damit und verlangte, sie solle alles genauso schreiben, wie er es ihr diktiert hatte, weil er Aptaker zeigen wollte, wie sehr er dessen Geschäftsgebaren während all der Jahre geschätzt hatte. Also schrieb sie den Brief noch einmal um und formulierte ihn, vielleicht ein bißchen boshaft, genau nach seinen eigenen Worten. Diesen Brief unterzeichnete er, die Anwälte wurden entsprechend instruiert und bereiteten den neuen Mietvertrag vor.»

«Ja, aber dann wurde Aptaker habgierig», erwiderte Kaplan. «Er verlangte, daß eine der Klauseln gestrichen wurde, wenn ich mich recht erinnere.»

«Ganz recht», stimmte der Rabbi zu. «Er schrieb noch einmal an Goralsky, teilte ihm mit, die Klausel, daß er seine Schaufensterscheiben versichern lassen müsse, sei bei den vorangegangenen Mietverträgen gestrichen worden, und bat, sie auch diesmal wieder zu streichen.»

«Und was hat Goralsky dazu gesagt?» fragte Goodman.

«Gar nichts. Er starb.»

«Na, dann hat Aptaker eben Pech gehabt», fand Goodman.

«Der Brief an Aptaker wurde geschrieben, als Mr. Goralsky bereits mit jener Krankheit zu Bett lag, an der er starb. Zu jenem Zeitpunkt hat er auch sein Testament geschrieben», erklärte der Rabbi.

Goodman zuckte die Achseln. «Na und? Im Testament steht davon nichts, und nur, was im Testament steht, zählt.»

«Nicht nach jüdischem Recht», widersprach der Rabbi.

«Wie bitte?»

«Was soll das heißen?» fragte Kaplan. «Wer sagt das?»

«Das sagt das Talmud-Kapitel *Gittin*, und ebenfalls das *Shulchan Aruch*. Das jüdische Gesetz, das heißt, das Talmud-Gesetz, macht im Zusammenhang mit dem Testament einen Unterschied, und zwar aufgrund des Gesundheitszustands eines Erblassers. Ist der Erblasser *bari*, also gesund, lautet das Gesetz wie das säkulare Gesetz: Es zählt nur das, was im Testament steht. Ist der Erblasser aber *schechiv me-ra*, schwerkrank und bettlägerig, und mehr noch, wenn es sich, wie in Mr. Goralskys Fall, um eine Krankheit mit tödlichem Ausgang handelt, dann verlangt es das Gesetz, daß seine Wünsche ausgeführt werden, auch wenn sie nicht im Testament stehen. Der Grund für diese Ausnahme im Gesetz ist der, daß es dem Sterbenden in seinen letzten Tagen inneren Frieden verschaffen soll. Nun war es eindeutig Mr. Goralskys Wunsch, Aptakers Mietvertrag zu verlängern, daher ist dieser Wunsch nach jüdischem Recht ebenso gültig wie die im Testament niedergelegten Wünsche.»

«Ja, aber woher sollten wir das wissen?» fragte Goodman.

«Das konnten Sie nicht wissen; darum erwartet man ja auch, daß Sie sich bei Ihrem Rabbi Rat holen», antwortete der Rabbi zuckersüß.

«Nein, ich meine, was Goralsky mit Aptaker vorhatte.»

«Aus Aptakers Brief, den er der Synagoge schrieb. Ich werde ihn Ihnen vorlesen.» Er nahm ein Blatt Papier aus dem Aktenhefter und schob seine Brille auf die Stirn, um besser lesen zu können. «Hier steht's. ‹Kurz vor seinem Tod erklärte sich Mr. Goralsky einverstanden, meinen Mietvertrag zu denselben Bedingungen zu verlängern, und war so freundlich, mir zu schreiben, er tue das gern, da er mich für einen guten Mieter halte. Wie aus beigefügtem Schreiben ersichtlich.› Und das ist eine Kopie des Briefes, den ich Ihnen eben vorgelesen habe.»

Die Vorstandsmitglieder bewegten sich unruhig auf ihren Stühlen und warfen Kaplan verstohlene Blicke zu, als erhofften sie sich von ihm Verhaltensmaßregeln. Jetzt sprach zum erstenmal Dr. Muntz. «Damit wollen Sie sagen, Rabbi, die Synagoge sei aufgrund des Talmudgesetzes verpflichtet, dem Gesuch Aptakers um Mietverlängerung zu entsprechen, weil Mr. Goralsky es so wollte?»

«Genau das wollte ich damit sagen, Doctor.» Der Rabbi sah sich triumphierend um.

Jetzt regte sich Kaplan wieder. «Augenblick mal, Rabbi! Ich bin kein Talmudkenner, aber mein Schwiegervater war einer, und ich habe mit Edie zu Beginn unserer Ehe einige Jahre bei ihm gewohnt. Außerdem habe ich Jura studiert. Wir haben häufig über das Recht im allgemeinen diskutiert, und ich erinnere mich, daß er sagte, sobald ein Unterschied zwischen dem Talmudgesetz und dem Landesgesetz bestehe, gelte nur das Landesgesetz.»

Der Rabbi nickte. «*Dina de-malchuta, dina.* Das Gesetz des Landes ist das Gesetz.»

«Na, aber dann . . .» Kaplan lehnte sich, ein selbstzufriedenes Lächeln auf den Lippen, bequem zurück.

«Dieser Grundsatz ist aber stark eingeschränkt», erwiderte der Rabbi, ebenfalls lächelnd. «Einige Rabbiner meinen, er solle nur auf Fälle angewandt werden, die ausschließlich die Verwaltung des Landes betreffen, etwa bei der Besteuerung. Verständlicherweise kann er nicht durchweg angewendet werden, sonst würde dadurch ja der Talmud, das Gesprochene Gesetz, in dem wir, genau wie im Geschriebenen Gesetz, dem Talmud, das Wort Gottes sehen, ganz und gar außer Kraft gesetzt werden. Nein, nein, nur dort, wo unser Gesetz dem säkularen Gesetz widerspricht, wo es nicht mit ihm übereinstimmt, wo etwas, das wir für legal halten, unter dem säkularen Gesetz illegal ist, findet dieser Grundsatz Anwendung, und zwar aus auf der Hand liegenden, rein praktischen Gründen.»

«Geben Sie uns ein Beispiel, Rabbi», schlug Dr. Muntz vor.

«Nun gut. Da wir gerade von Testamenten sprechen, werde ich Ihnen ein Beispiel aus dem Erbrecht geben. Wenn ein Mann stirbt, ohne ein Testament hinterlassen zu haben, wird sein Nachlaß nach dem säkularen Recht unseres Landes zwischen seiner überlebenden Frau und seinen Kindern aufgeteilt, wobei männliche und weibliche Nachkommen den gleichen Anteil erhalten. Im jüdischen Recht aber wird der Nachlaß nur unter die männlichen Nachkommen verteilt, wobei der Erstgeborene den doppelten Anteil erhält. Der Unterhalt unverheirateter Töchter und ihre Mitgift gehen jedoch zu Lasten der Erbmasse und haben Vorrang vor der Erbschaft der Söhne. In einer derartigen Angelegenheit würde zweifellos das säkulare Recht Anwendung finden. Nehmen wir andererseits den Fall einer Frau, die von einem säkularen Gericht geschieden wird. Nach dem säkularen Recht darf sie wieder heiraten. Aber nicht nach dem jüdischen Recht – jedenfalls nicht, bis sie ein jüdisches Scheidungsurteil bekommen hat, einen *get*. Hier läuft das jüdische Recht dem säkularen Recht nicht zuwider, sondern es kommt ergänzend hinzu. Ähnlich liegt unser gegenwärtiger Fall, bei dem sowohl das jüdische als auch das säkulare Recht daran interessiert sind, daß die Wünsche des Erblassers ausgeführt werden. Aus eindeutig verwaltungstechnischen Gründen und um endlose

Streitigkeiten zu vermeiden, verlangt das säkulare Recht, daß der Erblasser seine Wünsche in einem Testament niederlegt, während alles, was nicht in diesem Dokument erwähnt wird, für die Erben nicht bindend ist. Damit geht auch das jüdische Recht konform, nur nicht im Fall des *schechiv me-ra*, des todkranken Mannes. Hier sagen wir, um ihm in seinen letzten Tagen den inneren Frieden zu erhalten, daß wir seine Wünsche auch dann für bindend erklären, wenn er nicht mehr dazu kommt, sie im Testament niederzulegen.»

«Aber das ist doch nur Ihre Auslegung, Rabbi», entgegnete Kaplan halsstarrig. «Meiner Meinung nach sind wir berechtigt, dem säkularen Recht zu folgen, vor allem, da der Erlös aus dem Verkauf des Blocks für einen wahrhaft religiösen Zweck verwendet werden soll, für die Erneuerung der Religion . . .»

«Religion!» sagte der Rabbi aufgebracht. «Bei uns ist Religion moralisches Verhalten. Sie sind ein praktizierender Jude, Mr. Kaplan. Sie beten täglich mit den Phylakterien. Sie küssen die *mesusa* an Ihrer Tür jedesmal, wenn Sie daran vorbeikommen. Aber was ist denn das alles, wenn nicht eine ständige Mahnung, auf dem Weg des Herrn zu schreiten? Wenn es das nicht ist, dann ist Ihre Frömmigkeit, Ihre gewissenhafte Befolgung der Zeremonien einfach nur noch Hokuspokus. ‹Was sind mir eure Opfer?› fragte der Prophet. ‹Euer Sabbat und euer Neumond, meine Seele haßt sie . . . Hört vielmehr auf, Böses zu tun . . . sucht Gerechtigkeit, erlöst die Unterdrückten.›» Von seiner eigenen Redekunst erwärmt, fuhr er mit erhobener Stimme fort: «Mag sein, daß ihr da oben in eurer Klausur im Wald eine Religion erneuert, aber das ist nicht die jüdische Religion. Und wenn das der Weg sein soll, den unsere Synagoge einschlägt, dann will ich nichts damit zu tun haben.»

Wie um die Mahnrede des Rabbi zu unterstreichen, begann überall im Gebäude eine Glocke zu schrillen. Die Männer im Vorstandszimmer fuhren zusammen. Es war die Glocke, die das Ende der Sonntagsschule ankündigte.

Der Sekretär sah ungläubig auf die Uhr. «Himmel, zwölf Uhr! Hört mal, ich muß meine Kinder nach Hause bringen. Meine Frau schlägt Krach, wenn wir uns verspäten.» Er klappte sein Notizbuch zu und erhob sich von seinem Stuhl.

«Ich muß auch gehen.»

Kaplan hob beide Hände, um den Aufbruch, der zum allgemeinen Exodus zu werden drohte, zu stoppen. «Hört zu, Männer, wir können die Sache doch nicht einfach in der Luft hängen lassen. Wir müssen . . .»

«Stellen wir sie bis nächste Woche zurück.»

«Einen Moment, nur einen Moment noch! Ihr tut, als wärt ihr 'ne Horde Kinder. Wir wollen dies doch ordnungsgemäß machen. Jemand muß einen Antrag stellen.»

«Na schön. Ich stelle den Antrag, den Antrag des Rabbi auf Neuabstimmung zurückzustellen.»

«Ich unterstütze den Antrag.»

«Rabbi? Einverstanden?»

«Nun, ich finde, es müßte erst noch eine ausführlichere Diskussion . . .»

«Hören Sie, Chet, wichtige Angelegenheiten stellen wir doch immer für mindestens eine Woche zurück.»

«Das haben Sie bei dem ursprünglichen Antrag, für den ich die Neuabstimmung beantragt habe, aber nicht gemacht», bemerkte der Rabbi.

«Darf ich was sagen?» rief Dr. Muntz laut. «So, wie ich die Sache sehe, meint der Rabbi, Aptaker müßte seine Mietverlängerung bekommen. Schön und gut, woher wissen wir, daß Bill Safferstein den Vertrag nicht verlängern wird? Wenn er den Vertrag verlängert, dann ist nach dem *halacha* doch alles in Ordnung, nicht wahr, Rabbi?»

«Er wird es nicht tun», stellte Kaplan fest. «Das weiß ich genau.»

«Aber es kann nicht schaden, wenn wir ihn fragen, oder?»

«Na schön, ich werde ihn fragen. Aber ich weiß, daß er es nicht tun wird.»

«Dann beantrage ich, diese Angelegenheit zurückzustellen, bis unser Vorsitzender mit Safferstein über Aptakers Mietvertrag gesprochen hat.»

«Ich unterstütze den Antrag.»

«Alle, die dafür sind, sagen ja. Dagegen – nein. Ja hat die Mehrheit. Bekommen wir jetzt einen Antrag auf Vertagung, Paul?»

«Ich stelle nicht den Antrag auf Vertagung, Chet», erklärte Goodman. «Wenn du das möchtest, werde ich es natürlich tun. Aber ich habe ums Wort gebeten, weil ich finde, der Rabbi dürfte nächste Woche, wenn wir über die Angelegenheit diskutieren, nicht anwesend sein. Ich finde zwar nicht, daß man hierzu einen Antrag stellen sollte, aber . . .»

«Warum soll der Rabbi nicht dabei sein?» fragte Al Muntz. «Mir scheint, da er die Sache zur Sprache gebracht hat . . .»

«Weil er praktisch uns alle beschuldigt hat, in diesem Zusammenhang das jüdische Gesetz übertreten zu haben, und weil er gesagt hat, er werde uns alle – ‹einzeln und gemeinsam›, hat er gesagt – vor einen Din-weiß-nicht-was zitieren. Okay, er steht also auf der einen Seite, und wir auf der anderen. Er ist der Kläger, wir sind die Beklagten. Der gesunde Menschenverstand muß einem doch sagen, daß der Kläger nicht bei einer Versammlung der Beklagten anwesend sein darf.»

«Aber, Paul . . .»

«Ich finde, was Mr. Goodman sagt, hat einiges für sich», erklärte der Rabbi. «Ich finde selbst, daß ich an der nächsten Sitzung nicht teilnehmen sollte. Ich habe meine Meinung dargelegt, nun liegt es bei Ihnen, wie Sie darüber entscheiden werden. Es macht mir nichts aus, eine Woche zu warten.»

«Einen Moment! Nächste Woche findet keine Sitzung statt», sagte Goodman.

«Warum nicht?»

«Frauenklubfest.»

«Ach ja! Dann also die Woche danach. Einverstanden, Rabbi?»

«Wenn ich eine Woche warten kann, werde ich auch zwei warten können», antwortete der Rabbi.

39

Edie Kaplan begriff nicht, was ihre Freundinnen so erstaunlich an ihrer Haushaltsführung fanden. Sie kochte koscher mit zweierlei Geschirr, eines für Fleisch, das andere für Molkereiprodukte, weil das für sie einfach normal war. Ihr Vater war Küster einer großen Synagoge in Boston gewesen, und von einem Küster erwartet man, daß er ein frommer Mann ist, der sich streng an die religiösen Vorschriften hält. Er war nicht nur für die Instandhaltung des Gebäudes verantwortlich, sondern mußte auch alle notwendigen Vorbereitungen für die Gottesdienste treffen, bei den täglichen Gebeten als Vorbeter fungieren, aus den Schriftrollen lesen und sogar gelegentlich den Kantor vertreten.

Edie war in einem Haus aufgewachsen, in dem die Vorstellung, Fleisch und Molkereiprodukte vom selben Geschirr zu essen, ebenso unmöglich war wie die, etwa vom Fußboden zu essen. Und den Gedanken, beides während derselben Mahlzeit zu essen, war für sie einfach ekelerregend. Schon wenn sie nur ein Rezept las, das für die Zubereitung eines Fleischgerichts die Verwendung von Butter oder Milch vorschrieb, drehte sich ihr der Magen um.

Sie wußte natürlich, daß andere Leute Schweinefleisch und Hummer aßen, für sie selbst aber waren diese Dinge ebenso fremd und ausgefallen wie Schnecken, Schlangenfleisch oder geröstete Ameisen, die ja auch von manchen Leuten gegessen wurden. Auch sah sie in ihren Eßgewohnheiten kein Opfer, das sie aus religiösen Gründen brachte, wie die Katholiken, wenn sie am Freitag Fisch aßen. Gewiß, sie wußte verstandesmäßig, daß die Speisen, die sie aß, gestattet waren, und die Speisen, die sie nicht aß, nach den Regeln ihres Glaubens als tabu galten, tatsächlich aber reagierte sie in dieser Beziehung rein instinktiv. Sie hätte keinen Bissen von den verbotenen Speisen schlucken können, und hätte man sie gezwungen, sie hätte ihn wieder ausgewürgt. Wenn die Kaplans mit ihren Freunden auswärts aßen, bestellte sie sich immer Fisch, und wenn einer aus der Gesellschaft sich Fleisch bestellte und dann vor allem ein mit

Butter bestrichenes Brötchen dazu aß, zuckte sie unwillkürlich zusammen und mußte sich abwenden.

«Aber ist es nicht furchtbar umständlich, Edie, von allem jeweils zwei Garnituren zu haben? Bringst du sie nicht durcheinander?»

Dann zuckte sie die Achseln und antwortete: «Als wir in Israel waren, haben wir gesehen, wie die Beduinen auf dem Boden saßen und alle gemeinsam aus einer Schüssel aßen, mit den Händen. Zum Essen an einem Tisch zu sitzen, jeder mit einem eigenen Teller und einem eigenen Besteck, muß ihnen auch furchtbar umständlich vorgekommen sein.»

Edie hatte Chester geheiratet, als dieser noch Jurastudent war, und sie hatten mehrere Jahre bei ihren Eltern gewohnt. Es war nicht unangenehm gewesen, aber ihr Mann hatte sich über die Notwendigkeit dieses Arrangements geärgert. Nach bestandenem Staatsexamen hatten einige seiner Freunde öffentliche Ämter übernommen, etwa als Assistant District Attorney, oder waren bei Versicherungen und großen Anwaltskanzleien gelandet. Chester dagegen hatte sich entschlossen, eine eigene Anwaltspraxis zu eröffnen, aber es kamen keine Klienten.

Edie glaubte jedoch an ihn, ebenso wie sein Schwiegervater, der manchmal sagte: «Keine Sorge, Chester. Vertraue auf Gott, und alles wird gut werden.»

«Meinst du, Er wird mir Klienten schicken?» spöttelte Kaplan.

«Nun, zweifellos wird Er für dich nicht hinter Krankenwagen herjagen, Chester», antwortete sein Schwiegervater, «und Verbrechen wird Er für dich auch nicht arrangieren, damit du die Täter verteidigen kannst. Doch wenn du betest, werden deine Wünsche erfüllt werden. Als junger Mann wollte ich immer Rabbi werden und habe eifrig dafür studiert, aber das eine oder das andere kam dazwischen. Trotzdem verlor ich den Glauben nicht und bekam schließlich das, was ich mir wirklich wünschte.»

«Aber du bist doch gar kein Rabbi. Du bist Küster.»

«Gewiß, aber was hatte ich mir denn wirklich gewünscht? Zuerst wollte ich Rabbi werden wegen der Ehre. Später, als ich älter und reifer wurde, wollte ich Rabbi werden, weil ich dachte, daß mir das Leben gefallen würde: studieren, beraten, Menschen auf den richtigen Weg lenken, lehren. Und genau das mache ich jetzt. Ich habe Zeit zum Studieren, ich unterrichte eine Gruppe Männer im Talmud und bin fast immer die Stimme der Gemeinde, wenn ich täglich bei der Andacht vorbete. Und ich habe drei Rabbis an der Synagoge überdauert. Alle waren sie so beschäftigt mit Sitzungen und Ausschüssen und der Vorbereitung kleiner Ansprachen, daß sie nie Zeit zum Studieren hatten und nicht mal immer am täglichen *minjen* teilnehmen konnten. Drüben, in der alten Heimat, war das alles natürlich ganz anders – anders für den Rabbi und anders für den Küster. Aber wir sind nicht mehr in der alten

Heimat. Wir sind hier. Und hier tue ich, was ich mir wirklich gewünscht habe.»

«Warum passiert denn mir so was nicht? Ich gehe jeden Morgen und jeden Abend mit dir zum *minjen* . . .»

«Aber man muß beten», antwortete sein Schwiegervater.

«Und was mache ich? Lese ich vielleicht die Zeitung?» fragte Chester aufgebracht.

«Du sprichst, wie die meisten, lediglich die Worte aus. Das Gebet muß in deinen Gedanken sein.»

Im Laufe der Zeit ging es Edies Ehemann immer besser. Klienten kamen, zum Teil aufgrund der Kontakte, die er in der Synagoge angeknüpft hatte, und schließlich konnten Edie und Chester ihre eigene Wohnung beziehen. Insgeheim war er überzeugt, daß sein Glaube diesen Erfolg ausgelöst hatte. Er hing diese Überzeugung jedoch nicht an die große Glocke, denn der Glaube war unmodern, und seine Zeitgenossen hätten ihn für schrullig gehalten. So legten sie seine regelmäßige Teilnahme an den Gottesdiensten als eine leichte Exzentrizität aus oder als Gefälligkeit seinem Schwiegervater gegenüber. Oder sogar als günstige Gelegenheit, Klienten zu werben.

Als Leah geboren wurde, fanden sie, eine Stadtwohnung sei für die Entwicklung von Kindern ungeeignet, und zogen um nach Barnard's Crossing. Chester wurde Mitglied der orthodoxen Synagoge im nahen Lynn und nahm regelmäßig am *minjen* teil. Der Sabbat jedoch stellte sie vor ein Problem. Die Synagoge lag gute fünf Meilen vom Haus entfernt, zu weit, um zu Fuß zu gehen, und Autofahren war tabu. Er besprach das Problem mit Edie. «Ich könnte am Freitagnachmittag in ein Hotel gehen und . . .»

Sie schüttelte den Kopf. «Dann würdest du das Sabbatmahl zu Hause versäumen. Und Vater sagt, das ist weit wichtiger, als zur *schul* zu gehen. Du mußt deinen Verstand gebrauchen. Einmal zum Beispiel fiel kurz vor dem Freitagabendgottesdienst der Strom in der Synagoge aus. Und aus irgendwelchen Gründen war der Hausmeister nicht da. Mein Vater wußte, was zu tun war. Eine Sicherung war durchgebrannt. Aber sie auszuwechseln, hätte Arbeit am Sabbat bedeutet. Er wollte auf die Straße gehen, weil er hoffte, einen nichtjüdischen Passanten zu finden, den er bitten konnte, ihm zu helfen, aber dann hatte er Angst, daß dabei was passieren könnte. Er ist im Umgang mit Elektrizität immer ein bißchen ängstlich gewesen. Andererseits, was würde geschehen, wenn die Leute kamen, und die ganze Synagoge war dunkel? Also wechselte er, obwohl es Arbeit und daher am Sabbat verboten war, die schadhafte Sicherung selber aus.»

«Aber ich kann nicht am Samstag im Auto an der Synagoge vorfahren.»

«Dann parkst du einen Block entfernt und gehst von da aus eben zu Fuß», riet Edie.

Als Jacob Wasserman eine Organisation für den Bau einer Synagoge in Barnard's Crossing gründete, trat Chester Kaplan natürlich bei, zeigte aber wenig Interesse daran, da es eine konservative Synagoge werden sollte. Als dann Tochter Leah alt genug war, um in die jüdische Schule zu gehen, beschloß er jedoch, sie in die Schule der Synagoge von Barnard's Crossing zu schicken, statt all die Umstände auf sich zu nehmen, die es bedeutete, das Kind täglich in die Schule der Synagoge von Lynn zu bringen. Infolgedessen bekam er engeren Kontakt mit der einheimischen Synagoge und entsprechend weniger mit der Synagoge von Lynn. Zwar vermißte er hier verschiedene Dinge, aber es gab Kompensationen. Als aktiv praktizierender und in Dingen der Religion beschlagener Jude gehörte Chester zu einer kleinen Elite der einheimischen Synagoge, während er in Lynn nur einer von vielen gewesen war. Daher erwies man ihm besonderen Respekt.

Kurz nach Leahs Scheidung begann ihr Vater mit seinen Mittwochsempfängen und den Klausuren in New Hampshire. Edie war von beidem nicht sehr begeistert, aber sie drängte ihm ihre Meinung nicht auf, da sie undeutlich spürte, daß Chesters neu gewonnenes Interesse irgendwie etwas mit Leahs Scheidung zu tun hatte, daß es eine Reaktion auf das Unglück war, von dem ihre Tochter heimgesucht wurde, eine spezielle religiöse Übung dafür, daß er in Ungnade gefallen war.

Als ihr Mann zum Präsidenten der Gemeinde gewählt wurde, war Edie erfreut, aber nicht übermäßig, denn sie war in einem Haushalt aufgewachsen, in dem der Präsident der Synagoge häufig als Feind oder wenigstens als Opposition betrachtet wurde. Als er Pläne für eine permanente Klausur zu schmieden begann, zeigte sie nur geringes Interesse.

«Aber was hältst du von der Wirkung, die so etwas auf die Gemeindemitglieder ausüben wird?» fragte Chester. «Diese Klausur bietet ihnen die Chance, an ihrer Religion zu arbeiten, ihrer Religion mehr Sinn zu verleihen.»

«Komisch, ich habe das nie als Arbeit betrachtet», gab Edie zurück. «Es gibt Vorschriften, und alles wird ganz deutlich erklärt. Man weiß immer, was man zu tun hat. Wo siehst du da Arbeit?»

Als sie hörte, daß der Rabbi gegen die Klausur war, zeigte Edie sich beunruhigt, doch ihr Mann war so begeistert von dem Projekt, daß sie nicht mit ihm streiten wollte. Als sie allerdings dann hörte, wie er Bill Safferstein nach der Sitzung erklärte, er brauche sich keine Sorgen zu machen, der Rabbi sei der einzige Gegner und er hege nicht den geringsten Zweifel, sein Antrag auf Neuabstimmung werde abgelehnt, konnte sie nicht mehr schweigen.

«Es ist nicht richtig, Chet», sagte sie. «Mein Vater hat im Laufe der

Jahre mit vielen Rabbis zu tun gehabt. Manche mochte er, und manche mochte er nicht so sehr. Mit einigen hat er diskutiert, mit einigen hat er gestritten, weil er ein gelehrter Mann war und den Talmud ebenso gut kannte wie sie. Doch wenn er einen Rabbi nach einer Rechtsangelegenheit fragte, akzeptierte er dessen Entscheidung. Man stellt sich nicht gegen einen Rabbi, Chet. Wenn man ihn um sein Urteil bittet, nimmt man dieses Urteil an.»

«Aber ich habe ihn in diesem Fall nicht um seine Meinung gebeten. Er hat sie uns aufgedrängt.»

«Das ist dasselbe, Chet. Wenn man ihn fragt, akzeptiert man seine Antwort. Und wenn er meint, dies sei eine Angelegenheit, die ihn angeht, akzeptiert man diese Entscheidung ebenfalls. Aus dieser Sache entsteht nichts Gutes, Chet. Glaube mir.»

40

Von den kurzen Besuchen bei seinem Vater im Krankenhaus abgesehen, verbrachte Akiva jede freie Minute mit Leah. Er kam nicht nur des abends nach Ladenschluß, sondern fuhr auch an den Tagen, an denen McLane morgens aufschloß, nach dem Frühstück hinüber, um eine Tasse Kaffee mit ihr zu trinken. Gelegentlich, wenn seine Arbeitszeit im Geschäft es erlaubte, holte er sie ab und fuhr mit ihr zum Lunch in ein koscheres Restaurant in Boston. Nie rief er sie vorher an; immer erschien er unangemeldet. Er setzte voraus, daß sie zu Hause war und ihn gern sehen wollte.

«Warum rufst du nicht vorher an?» beschwerte sie sich. «Wenn ich nun gerade Besuch habe?»

«Wie gestern vormittag?»

«Du warst gestern hier? Meine Mutter . . .»

Er grinste. «Natürlich war ich hier. Aber ich hab den Wagen in der Einfahrt gesehen und bin umgekehrt.»

«Aber warum kannst du denn nicht . . .»

Akiva legte seine Hände auf die ihren. «Macht es dir wirklich etwas aus, Leah? Stört es dich? Für mich ist das nämlich wunderschön. Es verleiht mir das Gefühl, zu Hause zu sein.»

«Hier, meinst du? In diesem Haus?»

«Nein, ich meine, wo du bist. Wo immer du dich gerade aufhältst.»

Rose Aptaker machte sich natürlich ihre Gedanken, doch nach der Szene letztesmal, als er zu Hause war, hütete sie sich, ihm Fragen zu stellen, die er als Einbruch in seine Privatsphäre auffassen mochte.

Als sie dann sah, daß er am Morgen seine Gebete sprach, fragte sie ihn dann doch. «Gehst du nicht mehr zum *minjen* in die Synagoge?»

«Ach, weißt du, am Morgen brauche ich doch etwas mehr Schlaf, und abends bin ich fast immer im Laden.» Der wahre Grund war, daß Leahs Vater in der Synagoge sein würde, und es war ihm peinlich, dem Vater zu begegnen, während er mit seiner Tochter intim war.

Akiva sprach mit Leah nie über die Zukunft, über seine Pläne und ihren Platz darin. Nach der ersten Woche sagte er jedoch mit entwaffnender Beiläufigkeit: «Ich habe meiner Mutter von uns erzählt.»

«Ach! Und was hat sie gesagt?»

«Sie wollte wissen, ob du ein nettes Mädchen seist, das, was sie als nettes Mädchen bezeichnet.»

«Und was hast du geantwortet?»

Er grinste. «Ich habe gesagt, du wärst eine Schlampe, die ihre Krallen in mich geschlagen hat, du wolltest mich unbedingt heiraten, und ich sähe keinen Ausweg.»

«Hmm. Hast du ihr auch von Jackie erzählt?»

«Hab ich. Und sie war natürlich beglückt über diesen Beweis deiner Fruchtbarkeit . . .»

«Nein, im Ernst!» bat sie ihn.

Akiva wurde sofort ernst. «Nun gut, also im Ernst. Meine Mutter hat nicht gerade Zustände gekriegt, vermutlich, weil sie im Augenblick soviel Sorgen um Vater hat, aber sie war . . . äh . . .»

«Empört? Enttäuscht?»

«Das, und noch mehr», antwortete Akiva.

«Wegen Jackie?»

«Nun, deine Scheidung war auch nicht gerade ein Grund zum Jubeln für sie. Das mußt du verstehen, Leah, sie . . .»

«Oh, ich verstehe!» sagte sie bitter. «Meine Mutter hätte im umgekehrten Fall genauso reagiert.»

«Sie wird schon zur Besinnung kommen», erklärte Akiva philosophisch.

«Wirklich?»

«Natürlich wird sie. Sie muß einfach.»

«Vielleicht hättest du lieber noch warten sollen», meinte Leah. «Es ist erst so kurze Zeit her.»

«Man wartet, bis man sicher ist. Ich bin sicher. Du nicht?»

«Doch, aber . . . Wirst du es deinem Vater sagen?» fragte sie ihn.

«Das wird vermutlich Mutter tun.» Er lächelte matt. «Sie war auf dem Weg zum Krankenhaus, als ich die Bombe platzen ließ. Vielleicht nimmt der Alte es gnädiger auf.»

41

Marcus Aptaker war zum erstenmal aufgestanden. Das war ein ungeheurer Fortschritt, und er war selbstverständlich euphorisch.

«Oh, du bist ja nicht mehr im Bett, Marcus», begrüßte ihn Rose. «Hat der Arzt dir erlaubt, daß du im Sessel sitzen darfst?»

«Zum Essen und anschließend auch noch ein paar Minuten», antwortete er mit Genugtuung. «Morgen dann ein bißchen länger, und in einigen Tagen darf ich rund ums Bett marschieren. In einer Woche kann ich entlassen werden, aber ich muß natürlich noch eine Zeitlang das Haus hüten.»

«Das ist schön, Marcus.»

Ihre Reaktion ließ die Herzlichkeit und Freude vermissen, die er von ihr erwartet hatte. Und als er sie dann näher betrachtete, fand er sie ungewöhnlich bedrückt. «Stimmt irgendwas nicht?» erkundigte er sich.

«Ob was nicht stimmt? Nein, alles in Ordnung.»

«Sei ehrlich, Rose. Was ist passiert? Irgendwas im Geschäft?»

«Das ist das einzige, woran du denkst – das Geschäft.»

«Dann ist es was anderes. Arnold?»

Jetzt konnte sie nicht mehr an sich halten. «Ach, Marcus, er geht mit einem Mädchen», verkündete sie in tragischem Ton.

«Na und?»

«Aber es ist ihm ernst. Er will sie heiraten.»

«Das ist normal. Er ist achtundzwanzig. Da wird es Zeit, daß er heiratet. Vielleicht bringt ihn die Verantwortung zur Ruhe.»

«O ja, zur Ruhe bringt sie ihn bestimmt», klagte sie bitterlich. «Sie hat ein Kind, einen fünfjährigen Jungen.»

«Ist sie Witwe?» fragte er vorsichtig.

«Schlimmer, Marcus. Geschieden!»

«Ich verstehe. Etwa eine ältere Frau?»

«Nein», mußte sie zugeben. «Sie ist ungefähr in Arnolds Alter. Sie ist mit ihm zur Schule gegangen.»

«Dann ist sie aus Barnard's Crossing. Kennen wir sie?»

Jetzt kam der Knalleffekt. «Sie ist Kaplans Tochter.»

«Kaplan?»

«Der Präsident der Synagoge, der dir den Brief geschrieben hat.»

«Dann wissen wir wenigstens, daß sie aus einer guten Familie kommt», sagte er sehr vernünftig. «Ich kenne ihn nicht persönlich, aber man kann wohl annehmen, daß ein Mann, der kein anständiger Mensch ist, nicht zum Präsidenten gewählt wird.»

«Das stört dich gar nicht? Du liegst seinetwegen im Krankenhaus, und es stört dich nicht, daß dein Sohn seine Tochter heiraten will?»

«Möchtest du denn, daß es mich stört, Rose?» fragte er spöttelnd. «Er hat den Brief geschrieben, weil der Vorstand dafür gestimmt hat. Ich bin überzeugt, daß er nicht persönlich gemeint war. Wie wäre das auch möglich, da er mich ja nicht einmal kennt?»

«Und daß das Mädchen geschieden ist und einen Sohn hat?» fragte sie hartnäckig.

Er schüttelte nachdenklich den Kopf. «Es ist nicht mehr so wie früher, Rose. Heutzutage hat das nichts zu bedeuten. Die Hälfte aller Ehen werden geschieden. Deine eigene Nichte ist geschieden, und die hat zwei Kinder.»

«Aber sie ist ein nettes Mädchen, und ihr Ehemann war unmöglich.»

«Nun, vielleicht ist dieses Mädchen auch ein nettes Mädchen, und vielleicht war ihr Mann unmöglich.»

«Wenn sie ein nettes Mädchen wäre, würde sie ihn nicht schon nach einer Woche heiraten wollen.»

Er zuckte die Achseln. «So sind die jungen Leute heute nun mal. Wenn sie einen Entschluß gefaßt haben, führen sie ihn sofort aus. Wer weiß? Vielleicht ist es besser so. Deine Nichte ist über ein Jahr mit dem Mann rumgelaufen, ehe sie ihre Verlobung bekanntgegeben hat. Und dann, nach zwei Kindern, fand sie ihn plötzlich unmöglich. Man kann sich also auch irren, nachdem man länger gewartet hat.»

«Aber . . .»

«Wenn Arnold heute abend herkommt, werde ich mit ihm reden», erklärte Marcus seiner Frau. «Ich werde ihn nach dem Mädchen fragen, nach ihrem Kind, nach seinen Plänen. Wenn mir gefällt, was er sagt, werde ich versuchen, ihm zu helfen.»

«Wieso – helfen?»

«Wenn er es ernst meint, wenn er sich wirklich binden will, werde ich alles arrangieren, daß er das Geschäft übernehmen kann.»

42

Polizeichef Lanigans Problem, die Frage, wie er an Ross McLane herantreten sollte, wurde von einem neuen Polizisten gelöst, einem Anfänger bei der Truppe. Der junge Beamte steckte zum erstenmal in Uniform und brannte vor Eifer für Recht und Ordnung, und als er McLanes Wagen sah, der vor dem Drugstore geparkt war, gab er ihm ein Strafmandat. Am selben Nachmittag kam McLane ins Revier gestürmt und schwenkte den Strafzettel vor Chef Lanigans Nase. «Jetzt hören Sie mal, Chef, ich stelle meinen Wagen immer auf den Parkplatz, aber diesmal hat irgendein Vertreter meinen Platz genommen, und als er wegfuhr, hatte ich im Laden zu tun und keine Gelegenheit, meinen Wagen rüberzufahren.»

Lanigan nahm den Strafzettel, sah den Namen des Beamten und lächelte. «Kommen Sie rein, wir werden uns darüber unterhalten.» Er führte McLane in sein Büro. Als sie saßen, erklärte der Chef: «Dieser Beamte ist noch neu, darum ist er natürlich besonders gewissenhaft. Tatsächlich haben wir in Ihrer Gegend seit Monaten keine Strafzettel mehr verteilt. Normalerweise tun wir das auch nicht, höchstens in den Sommermonaten, wenn dort besonders starker Verkehr herrscht und die Wagen mit hoher Geschwindigkeit durch die Straße jagen.»

«Na, und was ist nun mit dem Strafzettel?» fragte McLane.

«Ach, ich denke, wir können es einrichten, daß Sie die zwei Dollar nicht zu bezahlen brauchen. Aber erzählen Sie mal, was hören Sie von Marcus Aptaker? Wie geht's ihm inzwischen?»

«Ganz gut. Ich habe ihn neulich besucht, und da war er aus dem Bett und saß in einem Sessel. Und sah eigentlich recht gut dabei aus.»

«Das freut mich. Und wie kommen Sie im Laden zurecht?»

«Nicht schlecht, jetzt, wo Arnold da ist», antwortete McLane. «Ich habe die gleiche Arbeitszeit wie vorher, als Marcus noch da war. Nur die erste Woche, als ich ganz allein war, das war Mord. Ich mußte um neun im Laden sein und arbeitete bis um zehn Uhr abends. Gewiß, Mrs. Aptaker hat morgens aufgeschlossen, und oft genug war nicht viel zu tun, so daß ich schnell mal rausgehen und fünfzehn, zwanzig Minuten Pause machen konnte, aber . . .»

«Marcus kann wirklich von Glück sagen, daß er Sie hat. Viele hätten das nicht auf sich genommen», sagte Lanigan.

«Nun, ich muß sagen, Marcus ist ein anständiger Mann. Als ich mein Geschäft verlor, hat er mir sofort einen Job angeboten. Es gab alles mögliche Gerede, ich hätte angefangen zu saufen, aber er hatte Vertrauen zu mir, und das rechne ich ihm hoch an.»

«Und hatten Sie?»

«Was sollte ich haben?»

«Hatten Sie angefangen zu trinken?»

«Verdammt noch mal, nein! Hier und da habe ich natürlich mal einen kleinen gehoben, genau wie alle. Als ich meine . . . Als meine Frau starb, ging ich immer noch in die Kneipe um die Ecke, weil . . . na ja, weil ich nicht gern in ein leeres Haus heimkam. Vielleicht hat das die Gerüchte ausgelöst, aber ich hab immer nur einen, höchstens mal zwei getrunken. Und keineswegs heimlich. Ich bin nie mit einer Flasche zu Bett gegangen. Nur eben mal hier und da ein Drink in dieser Bar.»

Lanigan zuckte die Achseln. «Was hat es schon zu besagen, wieviel Sie tatsächlich trinken? Wenn Ihre Kunden Sie für einen Säufer halten und nicht mehr bei Ihnen kaufen, dann wäre es schon zuviel, wenn Sie einmal alle Jubeljahre einen winzigen Schluck tränken. Sie haben dadurch Ihren Laden verloren, nicht wahr?»

«Keineswegs. Ich habe meinen Laden verloren, weil man mich in die Klemme gebracht hat.»

«Ach, hören Sie!»

«Nein, es ist wahr, Chef! Sie kannten doch diesen Kestler, den alten Knacker, der neulich gestorben ist. Der hatte eine Hypothek mit Sicherheitsübereignung auf meinem Geschäft, und die hat er gekündigt. Hätte er mir ein bißchen mehr Zeit gegeben, ich hätte alles abzahlen können. Aber nein, er wollte unbedingt den Laden, weil er ihn zu einem guten Preis verkaufen konnte.»

«Kestler hat Ihnen also die Hypothek gekündigt, wie?» Lanigan lächelte. «Dann waren Sie sicher nicht allzu traurig, als er starb.»

«Soll ich Ihnen was Komisches sagen? Am selben Abend, als er starb, mußten wir für ihn ein Rezept anfertigen. Dr. Cohen, Dan Cohen, telefonierte es uns durch, und ich nahm den Auftrag entgegen. Als ich hörte, daß es für Kestler war, dachte ich mir, der kann zur Hölle fahren, bevor ich für *ihn* ein Rezept anfertige. Aber soll ich Ihnen was sagen? Als ich hörte, daß er tot war, tat mir der alte Kerl doch leid.»

«Aber Sie haben das Rezept angefertigt, nicht wahr?» erkundigte sich Lanigan beiläufig.

«Den Teufel habe ich getan! Ich hab's dem jungen Aptaker gegeben, damit der es macht. Ich hatte außerdem schon mit einem Rezept zu tun, auf das ein Kunde wartete, und der hat sich dann auch erboten, das Medikament für Kestler abzuliefern, darum . . .»

«Der junge Aptaker? Marcus?»

«Himmel, nein! Der ist älter als ich. Nein, ich meine Arnold.»

«Aber ich dachte, Arnold wäre erst vergangene Woche gekommen.»

«Das stimmt, aber er war neulich hier zu Besuch. Wir hatten bis über die Ohren zu tun, wegen dem Unwetter, da ist er gekommen und hat uns in der Rezeptur geholfen.»

«Sie meinen, er hat nur an diesem einen Abend gearbeitet?» fragte der Polizeichef.

«Hm-hm. Er kam rein, als gehörte ihm der Laden, ging geradewegs durch in die Rezeptur und sagte: ‹Ich bin Arnold Aptaker, ich werde Ihnen helfen.› Ich hab zu Marcus rübergesehen, der vorne im Laden war, aber der grinste nur irgendwie stolz und sagte kein Wort. Also hab ich ihm alles gezeigt, wie alles organisiert war bei uns. Aber diese jungen Leute, denen kann man ja nichts mehr sagen. ‹Ich weiß, ich weiß›, hat er immer nur gesagt, also hab ich ihn fummeln lassen, und tatsächlich, ehe ich weiß, was geschieht, kippt er 'ne Flasche Hustensaft um. Und will den Dreck dann mit Papiertüchern aufwischen. Das Zeug klebt, wissen Sie. Na ja, bei jedem anderen wäre ich in die Luft gegangen, aber das war schließlich Aptakers Sohn. Er war so froh und stolz, daß Arnold da war, daß ich kein Wort gesagt, sondern stillschweigend den Wischlappen geholt und saubergemacht habe. Danach wurde Arnold dann ruhiger und war mir eine große Hilfe bei der Unmenge Rezepte, die wir hatten, und so wurden wir eine ganze Zeit eher fertig, als ich gedacht hatte. Ich hatte gehofft, er würde dableiben, weil es ein bißchen viel Arbeit ist für zwei Apotheker, aber am nächsten Tag sagte Mark, er sei nach Philadelphia zurückgegangen.»

«Aber jetzt ist er für immer hier?»

«Ich nehme an, er will hierbleiben, bis sein Daddy wieder auf den Beinen ist. Ob er anschließend noch bleiben wird, weiß ich nicht. Sie wissen ja, wie diese jungen Burschen sind.» Er sah auf die Uhr. «He, ich muß zurück in den Laden! Jetzt ist die Zeit, wo wir viel zu tun kriegen. Übrigens, mit dem Strafzettel . . .»

«Keine Sorge», antwortete Lanigan liebenswürdig. «Um den kümmere ich mich schon.»

43

Es war die Mutter, der Leah es zuerst erzählte, denn der Vater war nicht zu Hause, und sie hielt es nicht länger aus. «Er heißt Akiva . . .»

«Akiva? Spanisch?»

«Nein, Akiva ist sein Vorname. Nach dem berühmten Rabbi Akiva, weißt du, der . . .»

«Dann muß seine Familie ja sehr religiös sein», meinte Edie.

«Ich habe sie noch nicht kennengelernt, aber soweit ich gehört habe, sind sie es nicht. Weißt du, das ist sein eigener Name. Ich meine, er hat ihn sich selber ausgesucht.» Endlich konnte Leah ihre Geschichte loswerden, die sie allerdings ein wenig ausschmückte. Sie erzählte, daß sie Akiva ganz zufällig getroffen habe, als er Jackie vom Strand über die Straße nach Hause brachte, und daß sich dann herausgestellt habe, daß sie sich bereits kannten, ‹weil er hier aus der Gegend ist›. Daß er an jenem Abend noch einmal gekommen sei, wegen des schrecklichen Unwetters und weil er um ihre Sicherheit besorgt war, um ihre und Jackies. «Er hatte einen langen Bart, und ich habe ihn deswegen geneckt und ihm gesagt, daß er mir nicht gefällt.» Und daß sie dann tagelang nichts von ihm gehört habe. «Und ich nahm natürlich an, es wäre wieder mal so die übliche Sache.» Und daß er dann plötzlich wieder aufgetaucht sei, und sich den Bart abrasiert habe. Und daß sie sich jeden Abend sähen, und daß er Jackie möge, und Jackie ihn.

«Aber was macht er? Womit verdient er seinen Lebensunterhalt?» erkundigte sich die Mutter.

«Ach, ich dachte, das hätte ich schon erwähnt. Er ist Apotheker und arbeitet bei seinem Vater.»

«In diesen Dingen muß man praktisch denken, Leah», sagte die Mutter sanft. «Ich meine, wenn er nur ein Apotheker ist, der in einem Drugstore arbeitet . . .»

«Aber das ist ja gerade das Wunderbare! Als er seinen Eltern von uns erzählte, bot ihm der Vater das Geschäft als eine Art Hochzeitsgeschenk an. Weißt du, er hatte einen Herzanfall – der Vater natürlich –, und jetzt muß er sich schonen. Also wird er für Akiva arbeiten . . .»

«Wo ist dieser Drugstore?» erkundigte sich Mrs. Kaplan, deren Stimme auf einmal sehr leise wurde.

«Hier in der Stadt, drüben an der Salem Road. Du kennst ihn bestimmt. Es ist einer der ältesten Drugstores in der Stadt.»

«Der Town-Line Drugstore? Marcus Aptakers Geschäft?»

«Ganz recht. Und Akiva ist Arnold Aptaker.»

Chester Kaplan traf zu Hause ein, nachdem Leah wieder gegangen war. Er war überglücklich über die Nachricht.

«Also, was willst du unternehmen?» wollte Mrs. Kaplan wissen.

Er rieb sich freudestrahlend die Hände. «Unternehmen? Was soll ich unternehmen? Wir werden den jungen Mann zum Essen einladen, und eine Woche später werden wir seine Eltern einladen. Dann werden sie uns vermutlich ebenfalls einladen . . .»

«Du vergißt, daß sein Vater im Krankenhaus liegt.»

«Ach ja!» sagte er. «Dann werden wir Mrs. Aptaker einladen, und ihn können wir möglicherweise im Krankenhaus besuchen.»

«Und wenn sie sich weigert, herzukommen?» fragte Edie.

«Warum sollte sie sich weigern? Sind wir nicht gut genug für sie?»

«Weißt du, wenn ich es wäre, ich würde mich weigern», antwortete seine Frau. «Ich würde denken, wo du meinen Mann aus seinem Geschäft drängen willst und er deswegen den Herzanfall bekommen hat, werde ich nicht in deinem Haus essen. Ich würde an den Speisen ersticken.»

«*Ich* habe seinen Herzanfall verursacht? Weil wir den Block verkauft haben und ich ihm geraten habe, sich wegen der Verlängerung des Mietvertrags an den neuen Eigentümer zu wenden? Und wenn ich gegen jemanden Klage erhebe und der kriegt einen Herzanfall, ist das auch meine Schuld?»

«Das mußt du tun, weil es dein Beruf ist. Dieses hättest du nicht zu tun brauchen. Und Aptaker bat dich um die Verlängerung, ehe Safferstein das Gebot für den Block machte.»

«Sicher, aber Safferstein hatte mir direkt nach Bekanntgabe der Testamentsbedingungen gesagt, daß er an dem Block interessiert sei. Wenn ich also einen potentiellen Käufer habe, soll ich mir das Geschäft verderben, indem ich Mietverträge verlängere?»

«Und der Rabbi ist auch dagegen.»

«Das ist eine Frage der Gesetzesauslegung», erklärte er überheblich. «Davon verstehst du nichts.»

«Aber was die Aptakers dir gegenüber empfinden, das kann ich verstehen. Ich wäre überrascht, wenn sie auch nur zur Hochzeit kämen.»

«Dann zeig mir, wo geschrieben steht, daß die Brauteltern mit den Eltern des Bräutigams auf freundschaftlichem Fuß stehen müssen», entgegnete ihr Mann. «Die Schneursons und die Feldmans sprechen nicht mal miteinander. Die Blackmans waren im vergangenen Jahr den ganzen Winter über in Florida, und Sidney Blackman erzählte mir, daß die Schwiegereltern seines Sohnes sie nicht ein einziges Mal auch nur zum Tee eingeladen haben.»

«Und wenn der Sohn dasselbe dir gegenüber empfindet?» fragte Edie.

«Dann werden wir eben keine Freunde sein», antwortete er philosophisch. «Solange er Leah ein guter Ehemann ist, kann ich das ertragen, glaube mir.»

«Aber jetzt, wo der Rabbi Antrag auf Neuabstimmung gestellt hat, hättest du Gelegenheit, alles wieder gutzumachen», erklärte sie.

Ihr Mann war schockiert. «Was sagst du da? Du willst, daß ich mich gegen meine Freunde stelle, gegen die Menschen, die mich unterstützt haben, und nur aus ganz persönlichen Gründen? Nein, mein Kind! Ich werde den Rabbi bekämpfen, und ich werde ihn auch schlagen!»

44

Mrs. Aptaker hob ihre Stimme nicht. Sie war ruhig und beherrscht. Aber sie war unerbittlich. «Ich werde die Kaplans nicht hierher einladen, und wenn sie mich in ihr Haus einladen, werde ich nicht hingehen.»

Ihr Sohn dagegen war alles andere als ruhig. Er schrie zwar nicht, doch seine Stimme zitterte vor Verzweiflung und Frustration. «Aber Ma, was werden die nur von mir denken? Würdest du bitte mal eine einzige Sekunde überlegen, wie ich durch deine Weigerung dastehe? Mrs. Kaplan sagt mir, daß sie dich bittet, Sonntagabend zu ihr zum Essen zu kommen. Was soll ich ihr denn nun sagen? Daß meine Mutter sich zu gut ist, um mit ihnen zu essen?»

«Ich habe nicht gesagt, ich sei mir zu gut. Ich habe nur gesagt, daß ich nicht hingehen werde. Mehr nicht.»

«Ja, aber was soll ich ihr nun sagen?»

«Warum hat sie dich überhaupt darum gebeten, Arnold?»

«Wie meinst du das?»

«Wenn sie mich zum Essen einladen will», erklärte seine Mutter geduldig, «warum muß sie mich auf dem Umweg über einen Dritten einladen? Tut sie das bei allen, die sie einlädt? Schickt sie immer einen Boten?»

«Ich war gerade da, deswegen sprach sie davon. Das ist alles.»

«Nein, Arnold. Und du weißt es genau. Sie hat dich gebeten, mir ihre Einladung zu überbringen, statt mich selber anzurufen, weil sie wußte, wenn sie mich anruft, würde ich ablehnen. Diesen Umweg über dich hat sie gemacht, weil sie hoffte, du würdest mich überreden.»

Er versuchte es aufs neue. «Nun gut, sagen wir, du hast recht. Sagen wir, Mrs. Kaplan ist sich klar darüber, daß du etwas gegen ihren Mann hast. Aber ich heirate ihre Tochter. Ist es nicht ihr gutes Recht, die Eltern ihres zukünftigen Schwiegersohnes kennenzulernen? Und man sollte meinen, daß du ebenfalls die Eltern deiner zukünftigen Schwiegertochter kennenlernen wolltest.»

«Ich kenne sie», gab Mrs. Aptaker zurück. «Ich weiß, wer sie sind. Wenn man in einer Kleinstadt wie Barnard's Crossing vierzig Jahre lang einen Laden hat, gibt es nicht viele Einwohner, die man nicht kennt. Und keine Sorge, sie weiß, wer ich bin, und sie weiß ebenfalls, wie dein Pa aussieht.»

«Hör mal, Pa hat mir das Geschäft angeboten, nicht wahr? Das Geschäft gehört also praktisch schon mir, nicht wahr? Habe ich da nicht auch ein Wort über den Mietvertrag mitzureden? Ich meine, wenn das Geschäft mir gehört, müßte ich da nicht auch wütend sein, wenn man uns bei dem Mietvertrag mit einem schmutzigen Trick reingelegt hat?»

«Aber du hast davon keinen Herzanfall bekommen.»

«Ich glaube, Pa ebenfalls nicht», erwiderte Arnold. «Er hat mir gestanden, daß er schon mehrmals solche Anfälle gehabt hat, die er für Magendrücken hielt. Was mit unserem Mietvertrag geschieht, kommt im Geschäftsleben immer wieder vor. Und Mr. Kaplan ist wirklich ein netter Mann. Er ist religiös . . .»

«Ach, religiös!»

«Jawohl, religiös. Und der Brief, den er Pa geschrieben hat, den mußte er als Präsident der Synagoge schreiben. Der Vorstand hatte darüber abgestimmt, und er hat uns das Ergebnis mitgeteilt. Mehr war an der ganzen Sache nicht dran.»

«Mehr nicht?» fragte sie herausfordernd. «Laut Kaplans Schreiben handelte es sich um einen einstimmigen Beschluß. Aber der Rabbi, der auch Vorstandsmitglied ist, hat uns gesagt, er hätte nicht mal was davon gewußt. Willst du behaupten, der Rabbi lügt?»

«Sieh mal, Ma, der Rabbi war nicht dabei. Der einstimmige Beschluß kam von den Leuten, die anwesend waren. Und was den Mietvertrag betrifft, auf den pfeife ich. Wenn er ausläuft, und Safferstein will den Laden, dann heißt das noch lange nicht, daß wir sofort ausziehen müssen. Das kann sich noch monatelang hinziehen. Und wir können uns einen anderen Laden suchen. Diese Lage paßt mir sowieso nicht. Außerdem begreife ich nicht, warum du so . . . so stur bist, wenn Pa es ganz und gar nicht ist.»

«Oh, dein Vater glaubt, der Rabbi kann etwas für ihn tun», sagte sie verächtlich.

«Vielleicht kann er das wirklich.»

«Nun gut, wenn er etwas tut, nehme ich Mrs. Kaplans Einladung an.»

45

«Da ist die Unfallversicherung und das sind die Feuerversicherungen für die Objekte am Kimberly Place. Und hier ist die Aufstellung der Prämien», erklärte der Versicherungsvertreter mit verlegenem Lächeln. «Spart mir eine Briefmarke.»

«Ist es Ihnen lieber, wenn ich gleich zahle, Murray?» erkundigte sich Safferstein.

«Nun ja . . .»

Safferstein griff nach dem Scheckbuch.

«Geld kann ich natürlich immer gebrauchen», erklärte Murray Isaacs. Das war das Angenehme an den Abschlüssen mit Bill Safferstein. Jeder andere hätte ihn wenigstens bis zum Monatsersten warten lassen.

Safferstein schob ihm den Scheck über den Schreibtisch zu. «Werden Sie Sonntag an der Vorstandssitzung teilnehmen?»

«Aber sicher», antwortete Isaacs. «Ich komme bestimmt. Meine Frau wollte, daß wir zum Wochenende nach New York fahren und meine Tochter besuchen. Aber ich hab ihr gesagt, kommt nicht in Frage, ich muß zu der Vorstandssitzung.»

Safferstein faltete die Hände hinter dem Kopf und lehnte sich zurück. «Irgendwas Besonderes zu erwarten, bei dieser Sitzung?»

Isaacs starrte ihn an. «Wir stimmen doch über den Antrag des Rabbi auf Neuabstimmung über den Verkauf des Goralsky-Blocks ab. Wußten Sie das nicht?»

«O doch, natürlich. Aber bestehen da irgendwelche Zweifel?»

«Nun, man sollte sich nie allzu sicher fühlen, sage ich immer, und jede Stimme hilft.»

«Aber der Beschluß war einstimmig . . .»

«Ja, aber das war, bevor der Rabbi mit seinen Argumenten ankam.»

«Und Sie meinen, das könnte etwas am Ergebnis ändern? Ich fand eigentlich nicht, daß er so überzeugend war», entgegnete Safferstein lässig.

«Das ist wirklich komisch, mit dem Rabbi. Er ist ein so ruhiger Mensch, wissen Sie, wird niemals laut. Selbst bei seinen Predigten redet er eher wie ein Professor vor seinen Studenten. Darum macht es großen Eindruck, wenn er sich wirklich einmal aufregt. Man merkt, daß diese Sache viel für ihn bedeutet.»

«Ja, aber . . .»

«Und vergessen Sie nicht, Billy – nicht alle Vorstandsmitglieder, die für den Antrag gestimmt haben, waren von der Idee begeistert. Ich meine, alle waren für den Verkauf des Goralsky-Blocks, aber nicht alle waren scharf darauf, das Geld zum Erwerb des Grundstücks in Petersville zu verwenden. Da aber beides in einem Antrag zusammengefaßt worden war, machten sie mit.»

«Man könnte ihn also jederzeit in zwei getrennte Anträge aufteilen, nicht wahr?»

«Nun ja, gewiß, aber einige von den Mitgliedern haben gesagt, daß der Vorstand vielleicht überstürzt gehandelt hat, daß, wenn es gegen das jüdische Gesetz verstößt, wie der Rabbi sagt . . . Na ja, Sie wissen schon. Und dann sind da diejenigen, die nicht bei der Sitzung anwesend waren, und die ehemaligen Präsidenten. Wenn der Rabbi mit denen Kontakt aufnimmt . . . Verstehen Sie mich?»

«Wie sieht es Ihrer Ansicht nach denn jetzt aus, Murray?»

«Oh, wir werden natürlich gewinnen. Daran besteht keinerlei Zweifel.»

Aber Bill Safferstein entdeckte doch Zweifel unter dieser tapferen Behauptung, und nachdem der Versicherungsvertreter gegangen war, blieb er einige Minuten deprimiert sitzen und starrte zum Fenster hinaus in den grauen Nachmittagshimmel. Dann griff er zum Telefon und wählte Kaplans Nummer.

«Murray Isaacs ist ein Idiot», erklärte Chester Kaplan knapp. «Sicher, einige werden anders stimmen, aber ich mache mir keine Sorgen.»

«Er sagte, der Rabbi hätte großen Eindruck bei der Sitzung gemacht.»

Kaplan lachte. «Ja, ein paar Minuten lang hatte er sie wirklich am Bändel. Aber wissen Sie, was dann passiert ist? Die Schulglocke hat geläutet, und alles verlief im Sande. Wissen Sie, Bill, Rabbi ist Rabbi. Es ist seine Aufgabe, auf kleine moralische Sünden hinzuweisen. Aber die Vorstandsmitglieder sind praktischdenkende Männer. Und jetzt haben sie Zeit zum Nachdenken gehabt. Ich bin überzeugt, daß sie am Sonntag richtig abstimmen werden.»

«Haben Sie in der Richtung schon was unternommen?» erkundigte sich Safferstein.

«Wie meinen Sie das?»

«Haben Sie mit jedem einzelnen Vorstandsmitglied gesprochen? Haben Sie für uns geworben?»

«Aber sicher, Bill, die Werbung läuft die ganze Zeit. Ich bin ständig in Verbindung mit den Mitgliedern. Aber ich werde Ihnen jetzt verraten, wie wir alles endgültig in die Hand kriegen und einen einstimmigen Beschluß erreichen können.»

«Und das wäre?»

«Also, der dickste Haken scheint Aptakers Mietvertrag zu sein», erläuterte Kaplan. «Darüber hat sich der Rabbi vor allem aufgeregt. Wenn Sie Aptaker den Mietvertrag nun verlängern würden . . .»

«Nein.»

«Nein?»

«Nein, ich habe meine Pläne mit dem Laden. Hören Sie, Chet, Sie müssen jetzt jedes einzelne Mitglied anrufen und wahrhaft überzeugende Argumente vorbringen.»

«Dazu ist keine Zeit mehr, Bill.»

«Was soll das heißen, keine Zeit? Sie haben heute abend und morgen . . .»

«Es ist Sabbat. Am Sabbat mache ich keine Geschäfte», gab Kaplan ziemlich steif zurück. «Ich könnte jetzt ein paar Anrufe machen, und auch noch einige am Samstagabend . . .»

«Wenn Sie sich die richtigen aussuchen, könnte das eine Menge helfen.»

«Na schön, Billy. Ich werde tun, was ich kann. Und keine Sorge. Wir werden gewinnen.»

Tapfere Worte, doch je mehr Safferstein darüber nachdachte, desto bestimmter wurde sein Gefühl, daß Kaplan, was den Ausgang der Abstimmung betraf, doch gar nicht so sicher war. Er stand auf und wanderte hin und her, versuchte die Situation abzuschätzen. Er fühlte sich eingeengt. Er öffnete die Tür, nahm seinen Hut vom Haken und teilte seiner Empfangsdame mit, er gehe nach Hause.

Sie warf einen Blick auf die Uhr. «Fühlen Sie sich nicht wohl, Mr. Safferstein?»

«Nein, nein, alles in Ordnung. Nur ein bißchen Kopfschmerzen.»

«Wollen Sie nicht lieber den Regenmantel mitnehmen? Er hängt im Schrank. Vielleicht haben Sie sich was geholt.»

«Nein, ich fühle mich durchaus wohl.» Trotzdem ging Safferstein noch einmal in sein Büro zurück und schlüpfte in den Regenmantel. Automatisch schob er die Hände in die Taschen und fühlte in der einen etwas Hartes. Er zog einen dicken Umschlag hervor und starrte ihn sekundenlang an. Dann erinnerte er sich wieder: Es war der Umschlag mit den Pillen, jenen, die er ursprünglich für Mona geholt hatte. Neugierig trat er an den Schreibtisch, schraubte die Flasche auf und schüttelte ein paar

Pillen auf die Platte. Dann griff er zum Telefon und rief Dr. Muntz an.

«Bill Safferstein. Erinnern Sie sich noch, daß neulich bei Chet Kaplan irgend jemand meinen Mantel mit seinem verwechselt hat? An dem Abend, als das Unwetter war? Also, am nächsten Tag habe ich mir eine Nachfüllung auf das Rezept von Ihnen geholt . . .»

«Im Town-Line Drugstore?»

«Natürlich dort. Die hatten ja das Rezept. Also, soeben habe ich die ursprünglichen Pillen gefunden. Wissen Sie, ich hatte den Mantel von Chet zurückbekommen, und die Pillen steckten noch in der Tasche. Weswegen ich Sie nun anrufe: Diese Pillen sehen anders aus als die, die ich Mona gegeben habe. Ich meine, sie unterscheiden sich von der Nachfüllung. Sie haben zwar dieselbe Größe und Form, aber eine andere Farbe. Darum wollte ich Sie fragen, könnte das daher kommen, daß sie in meiner Manteltasche steckten und feucht geworden sind, oder . . .»

«Dazu müßte ich sie mir ansehen, Billy», antwortete Dr. Muntz. «Ich habe hier noch ungefähr eine halbe Stunde zu tun. Von wo aus rufen Sie an?»

«Von meinem Büro, aber ich bin praktisch schon auf dem Heimweg.»

«Dann werde ich zu Ihnen kommen, sobald ich hier fertig bin. Ich möchte mir die Pillen wirklich gern ansehen.»

Als Dr. Muntz aufgelegt hatte, lächelte er breit und ging ins Büro seines Kollegen Dr. Kantrovitz hinüber. «Ich glaube, ich habe die Lösung für das Problem unseres jungen Freundes Dan Cohen», sagte er händereibend. Dann berichtete er von dem Anruf, den er gerade von Safferstein bekommen hatte.

«Ich verstehe nicht, Al. Wieso soll das Dan helfen?»

«Aber überlegen Sie doch mal!» sagte Dr. Muntz. «Dies ist schon wieder ein Fehler, der dem Town-Line Drugstore bei einer Rezeptanfertigung unterlaufen ist. Aber diesmal kann ich etwas unternehmen, denn Mona Safferstein, die diesmal betroffen wurde, ist meine Patientin.»

«Und was wollen Sie unternehmen?» erkundigte sich Kantrovitz.

«Das weiß ich noch nicht genau. Hauptsache, ich kann jetzt etwas unternehmen. Marcus Aptaker ist ein netter Mann und ich schade ihm nicht gern. Aber wenn ich die Wahl habe, ihm zu schaden oder zuzusehen, wie man Dan Cohen schadet, dann gilt meine Loyalität ausschließlich Dan.»

46

Die Vorstandssitzung begann kurz nach der normalen Wochentags-Morgenandacht, die an Sonntagen um neun statt wie sonst um sieben Uhr begann. In den wenigen Minuten zwischen dem Schluß der Andacht und dem Beginn der Sitzung standen die Mitglieder plaudernd, scherzend und diskutierend auf dem Korridor herum, dann schlenderten sie nach und nach zum Vorstandszimmer hinüber. An diesem Tag galten alle Gespräche dem Hauptpunkt der Tagesordnung.

«Wenn Bill Safferstein doch nur Aptakers Mietvertrag verlängern würde; dann gäb's überhaupt kein Problem. Seid ihr euch darüber klar? Ich begreife nicht, warum er es nicht tun will. Aptaker ist ein guter Mieter.» Oscar Levy hatte eine hohe, winselnde Stimme, so daß alles, was er sagte, wie eine Beschwerde klang.

«Woher wissen Sie, daß er es nicht tut? Chet sollte ihn doch darum bitten.»

«Ich weiß es eben», antwortete Levy. «Jedenfalls bin ich ziemlich sicher, nach dem, was Chet neulich abends gesagt hat.»

«Nein, er tut es nicht», sagte Manny Levine entschieden. Manny zweifelte nie an etwas. «Er wird ihm keinen Mietvertrag geben, weil er sauer auf ihn ist. Ganz einfach.»

«Woher wissen Sie das?»

«Erinnert ihr euch an unsere Mitgliederwerbung damals, vor ein paar Jahren?» sagte Manny. «Also, Billy zog Aptakers Namen. Unter anderem. Also suchte er ihn auf. Und Aptaker wies ihn nicht nur kurzerhand ab, sondern wurde auch noch ausfallend. Ich weiß noch genau, wie wütend Billy auf ihn war.»

«Nein, so einer ist Billy Safferstein nicht», widersprach Marvin Kalbfuss. «Der trägt keinem was nach, vor allem nicht, wenn's um was Geschäftliches geht. Ich glaube vielmehr, er will den ganzen Block freimachen und einen einzigen Riesenladen einrichten, indem er sämtliche Trennwände einreißt. Das wird bestimmt einer von diesen großen Spirituosenläden, wißt ihr? Wo man den Alkohol nur in geschlossenen Behältern kaufen kann . . .»

«Woher haben Sie denn das?»

«Na ja», antwortete Kalbfuss, «da stand was in der Zeitung, die Lenox Corporation plane eine Niederlassung an der Nordküste. Wenn Billy den Block als normalen Geschäftsblock behalten wollte, warum will er dann soviel mehr dafür bezahlen, als das Einkommen rechtfertigt? Und dann wäre es für ihn doch nur von Vorteil, wenn er den Drugstore behielte, nicht wahr? Ein Drugstore möbelt den ganzen Block auf. Na schön, vielleicht will er die Miete erhöhen, aber ich glaube kaum, daß Aptaker deswegen Krach schlagen würde. Also muß man annehmen, daß Billy etwas anderes vorhat. Und dabei kann es sich nicht nur um einen anderen Laden handeln, denn dann könnte er einen von den anderen Mietern rauswerfen, die übrigens alle keinen Mietvertrag haben. Und ihr wißt ja, daß da ein Laden leersteht. Also geht es offensichtlich um einen Plan, der mit dem ganzen Block zu tun hat. Stimmt's? Nun fragt ihr euch . . .»

«He, seht mal, wer da kommt! Al Becker.»

«Was hat das denn wohl zu bedeuten? Der ist seit Jahren nicht mehr zu den Sitzungen gekommen.»

«Darf ich um Ruhe bitten!» Kaplan schlug mit seinem Hämmerchen auf den Tisch. «Kommt, Leute, gehn wir an die Arbeit. Ruhe bitte!»

Es waren einundzwanzig Mitglieder anwesend, dieselbe Anzahl wie beim letztenmal, aber es waren nicht dieselben einundzwanzig. Zunächst einmal war der Rabbi natürlich nicht da. Und außerdem waren zwei von Kaplans engsten Anhängern abwesend. Der eine hatte geschäftlich verreisen müssen, der andere pflegte zu Hause eine starke Erkältung. Seine Frau hatte gedroht, ihn zu verlassen, wenn er den Fuß vor die Tür setzte, ‹nur um zu einer Vorstandssitzung zu gehen›. Der Sekretär hatte von jedem einen Brief, in dem er gegen den Antrag auf Neuabstimmung stimmte. Diese Briefe waren ihm auf Kaplans Anregung hin zugeschickt worden, der diese Vollmachten auch verwenden wollte, wenn es so aussah, als falle die Abstimmung nur knapp aus.

Von den dreien, die an der letzten Sitzung nicht teilgenommen hatten, war einer ein normales Mitglied, das Kaplan versprochen hatte, ihn zu unterstützen. Die anderen beiden waren ehemalige Präsidenten: Ben Gorfinkel von vor ein paar Jahren, der gelegentlich zu den Sitzungen kam, und Al Becker, Nachfolger von Jacob Wasserman, dem Gründer der Synagoge, im Amt des Präsidenten, der seit Jahren nicht mehr dabeigewesen war. Chester Kaplan hieß ihn herzlich willkommen, war aber verwirrt über sein Erscheinen – und auch ein kleines bißchen beunruhigt.

Kaplan klopfte kräftig auf den Tisch und verkündete: «Wir werden nun über den Antrag des Rabbi auf Neuabstimmung über den Verkauf des Goralsky-Blocks diskutieren. Mitch?»

Mitch Danziger erhob sich schwerfällig. Er war ein massiger Mann mit einer erstaunlich sanften Stimme. Indem er ihn zuerst aufrief, wollte der Vorsitzende seine Fairneß beweisen, denn Mitch gehörte nicht zu seinen aktiven Anhängern. «Ich möchte meine Position klarstellen. Ich bin zwar dafür, daß wir den Block an Safferstein verkaufen. Ich kann mir auch eigentlich nicht vorstellen, warum jemand dagegen sein sollte, denn es ist ein gutes Geschäft. Ich meine, wenn eine Aktie auf sechzig steht, und ein Makler kommt an, der mir hundert bietet, würde ich das doch auch akzeptieren, nicht wahr? Aber ich bin weniger überzeugt, daß der Erwerb des Grundstücks in New Hampshire ein gutes Geschäft ist . . .»

«Haben Sie es gesehen?»

«Nein, aber . . .»

«Außerdem ist das nicht der Grund für den Antrag des Rabbi, über den wir diskutieren . . .»

«O doch! Wissen Sie nicht mehr? Der Rabbi sagte . . .»

«Aber es war, glaube ich, Paul Goodman, der darauf hingewiesen hat, daß . . .»

«Aber er sagte . . .»

«Nein, er sagte . . .»

«Ruhe! Ruhe!» Kaplan hämmerte auf den Tisch. «Hören Sie, hier bekommt jeder Gelegenheit, seine Meinung zu sagen, aber wir wollen uns damit doch an den Vorsitzenden wenden, ja? Also, bevor diese ganze Diskussion außer Rand und Band gerät, möchte ich versuchen, das Thema auf eine knappe Formel zu bringen, damit wir uns alle zum selben Punkt äußern können. Ich nehme an, alle sind mit Mitch einer Meinung, daß der Verkauf des Geschäftsblocks ein gutes Geschäft für die Synagoge ist. Und ich gebe gern zu, daß einige, die dafür stimmten, gar nicht so wild darauf waren, das Grundstück in New Hampshire zu kaufen. Wenn ihr unbedingt wollt, wenn ihr meint, das könnte zu einer Kontroverse führen, bin ich bereit, die beiden Punkte zu trennen, damit wir über jeden Antrag einzeln abstimmen können. Im Augenblick aber interessiert uns weder das eine noch das andere. Es handelt sich hier nicht so sehr um die Frage, ob wir den Goralsky-Block verkaufen sollen, sondern darum, ob wir das Recht dazu haben. Der Rabbi behauptet, das hätten wir nach dem jüdischen Recht nicht, oder wir müßten wenigstens Aptaker seinen Mietvertrag geben, bevor wir den Block verkaufen. Aber ich kann euch definitiv versichern, wenn wir das täten, würde aus dem Verkauf nichts werden. Nun gibt es noch einen anderen Rechtsgrundsatz im jüdischen Recht, den ich vorgebracht habe, nämlich, daß dort, wo ein Konflikt zwischen dem jüdischen Recht und dem Landesrecht besteht, das letztere Anwendung zu finden hat. Der Rabbi behauptet, das treffe auf diesen Fall nicht zu. Nun gut, wo stehen wir also? Für mich ist das eine Frage der Prioritäten. Ich neige zu der Auffassung, wenn wir einen anderen Rabbi befragen würden, wäre es möglich, daß der entscheidet, der von mir erwähnte Rechtsgrundsatz sei hier doch anwendbar . . .»

«Warum fragen wir dann nicht einen anderen Rabbi,» fragte Paul Goodman.

«Weil das etwas ganz anderes ist als die Möglichkeit, die unser System vorsieht, nämlich sich an einen höheren Gerichtshof zu wenden. Dabei hebt der Spruch des höheren Gerichtshofs automatisch das Urteil des niedrigeren Gerichtes auf. Bei uns dagegen sind alle Rabbis gleich. Einige haben einen besseren Ruf als andere, ihre Autorität ist darum aber nicht größer. Also könnten wir von einem Rabbi zum anderen laufen, und der erste würde ja sagen, der zweite nein, der dritte wieder ja, und so fort. Das kann ewig so weitergehen. Nach meiner Meinung ist es an uns, zu entscheiden, ob der Rechtsgrundsatz, den ich angeführt habe, hier überhaupt nicht anwendbar ist, das von dem Rabbi erwähnte Gesetz dagegen bindend, weil dies eine Synagogengemeinde ist. In diesem Fall benachrichtigen wir Safferstein, daß wir unser Versprechen, den Block zu verkaufen, zurückziehen müssen. Natürlich kann er kehrt gegen uns machen und uns wegen Vertragsbruch verklagen, aber das glaube ich eigentlich nicht. Oder wir können entscheiden, daß der von mir erwähnte Rechtsgrundsatz uns einen Ausweg bietet, obwohl es auf der Kippe steht, und den Antrag auf Neuabstimmung ablehnen. Darüber möchte ich nun gern Ihre Meinung hören. Paul?»

Paul Goodman erhob sich. «Ich möchte zunächst mal sagen, daß unser Präsident es geradezu meisterhaft verstanden hat, alle oberflächlichen Aspekte dieser Situation auszusondern und unsere Aufmerksamkeit auf das Kernproblem zu lenken. Nun gehört es zu den schwierigsten Dingen in der Rechtspraxis, und ich bin sicher, Chet wird mir da beipflichten, einem Klienten zu erklären, daß das Recht nicht schwarz und weiß ist. Der Klient will immer genau wissen, ob etwas legal ist oder nicht, und dann muß man ihm beibringen, daß der eine Präzedenzfall zeigt, daß es legal ist, und der andere, daß es vielleicht doch nicht ganz legal ist, man muß ihm beibringen, daß das Recht letztlich das ist, was Richter und Jury – das sind in diesem Fall wir – als solches bezeichnen. Und diese ihre Entscheidung wird mindestens ebenso wesentlich von der harten Realität der Situation bestimmt wie von allem anderen. Ich möchte darauf hinweisen, und der Rabbi hat es selbst zugegeben, daß der Rechtsgrundsatz, den Chet vorgebracht hat, ursprünglich nur von den Rabbis eingeführt wurde, weil das unter den gegebenen Umständen am praktikabelsten war. O ja, und eines noch: Nach allem, was ich verstanden habe, verlangt dieser *din-tojre*, von dem der Rabbi sprach, einen Rabbi von ganz oben und zwei Beisitzer. Nun, ich weiß nicht genau, wie das funktioniert, da ich sowas nie selbst gesehen habe, aber ich könnte mir vorstellen, daß sie ein Dreiergericht bilden und ihr Urteil nach der Mehrheit fällen. Tja, aber warum brauchen wir drei Richter, wenn es sich um einen eindeutigen Fall handelt?»

Henry Vogel meldete sich zu Wort. «Was mich angeht, ich sehe überhaupt nicht ein, warum wir Aptaker soviel Rücksichtnahme zukommen lassen. Er hat sie gar nicht verdient. Ich kenne ihn zufällig, weil der Supermarkt nebenan zu meinen Kunden gehört. Wenn ich dann in der Gegend bin, um meinen Kunden aufzusuchen, schaue ich schon mal in den Town-Line Drugstore hinein. Also eines Tages gerieten wir ins Gespräch, und ich erzählte ihm, ich bin von der CPA. Ich wollte ihn nicht als Kunden werben, wißt ihr. Ich habe es nur einfach erwähnt, und er antwortet, als hätte ich ihn danach gefragt oder wäre auch nur interessiert gewesen, daß er mit Kavanaugh and Otis arbeitet, die erstens eine christliche Firma sind, und außerdem ist dieser Otis ein hundertfünfzigprozentiger Antisemit. Das ist es, worauf ich hinweisen wollte. Aptaker war einer der ersten Juden in dieser Stadt. Aber ist er Mitglied der Synagoge? Nein. Wir haben ihn bei unseren Mitgliederwerbungen immer wieder angesprochen, und jedesmal hat er abgewinkt. Als Mitglied des Mitgliederausschusses weiß ich genau, wovon ich rede. Er sagt sich vermutlich, da oben in der Salem Road, wo es fast keine jüdischen Einwohner gibt, wo die Gegend fast hundertprozentig christlich ist, braucht er nicht zu uns zu gehören. Aber ich sage euch noch was. Er hat seinen Sohn nicht mal zur Bar Mitzva geschickt, weder bei uns in der Synagoge noch anderswo. Das weiß ich genau. Wenn er sich also für nichts interessiert, was jüdisch ist, warum sollten wir uns die Mühe machen und ihn in den Genuß eines ausgefallenen jüdischen Gesetzes kommen lassen?»

Murray Isaacs warf die Frage von Marcus Aptakers Gesundheitszustand auf. «Es könnte sein, daß wir schließlich dastehen wie das Kind beim Dreck. Dieser Mann hat gerade einen Herzanfall gehabt. Keine Versicherung würde ihm eine Police geben, und da wollen wir uns auf zehn Jahre an ihn binden? Angenommen, wir geben dem Rabbi nach, verlängern seinen Mietvertrag und stoppen den Verkauf. Und dann, nach ein paar Monaten, stellt er fest, er kann nicht mehr weitermachen, und schließt seinen Laden. Was haben wir dann? Ich sage es euch: einen zweiten leerstehenden Laden.»

Mehrere Hände wurden gehoben, aus Höflichkeit einem ehemaligen Präsidenten gegenüber nickte Kaplan jedoch Ben Gorfinkle zu. «Ich war bei der letzten Sitzung nicht da», sagte Gorfinkle, «aber nach allem, was ich so hörte, habe ich den Eindruck gewonnen, daß der Rabbi sich bei dieser Sache so stark engagiert hat, daß er sie zu einem Test machen will, der entscheiden soll, ob er bleibt oder nicht. In diesem Fall wirft das ein ganz neues Licht auf das Problem. Denn wenn er sich so dafür engagiert, muß es dabei um Dinge gehen, die viel grundlegender sind für das Judentum, als meine Vorredner sich anscheinend klarmachen.»

«Ich glaube, da sind Sie nicht richtig informiert, Ben», sagte der Vorsitzende. «Der Rabbi hat nichts davon gesagt, daß er zurücktreten will, wenn wir gegen eine Neuabstimmung stimmen. Der Grund dafür war vielmehr, daß er nicht mit unseren Klausuren in New Hampshire einverstanden ist. Er fand, die Gottesdienste, die wir dort halten, stünden nicht im Einklang mit dem traditionellen Judaismus, und wenn die Synagoge diesen Weg einschlüge, erklärte er, wolle er nichts damit zu tun haben.»

«Ich möchte etwas sagen», meldete sich Paul Goodman und fuhr fort, ohne auf die Erlaubnis des Vorsitzenden zu warten: «Ich glaube, die Frage, wie der Rabbi darauf reagieren würde, darf keinen Einfluß auf unsere Erwägungen haben. Vor allem nicht auf das gegenwärtige Problem. Es ist an uns, zu entscheiden, denn wir sind der gewählte Vorstand der Synagoge. Wenn wir jedesmal, wenn wir über etwas entscheiden, erst lange überlegen wollten, ob es dem Rabbi gefällt oder nicht, wären wir kein Vorstand mehr und er wäre der einzige Leiter der Gemeinde. Und wenn es das wäre, was die Gemeinde will, dann hätte sie ihn zum Synagogenmanager gewählt. Ich denke, wir alle wissen genau, was wir wollen, und ich stelle Antrag auf Entscheidung über die anstehende Frage.»

Mehrere Anwesende applaudierten, einige andere klopften zustimmend auf den Tisch. Der Vorsitzende zog es vor, Goodmans Bemerkungen zu überhören, griff aber den Antrag auf. «Paul beantragt Entscheidung über die anstehende Frage . . .»

«Ja, stimmen wir ab.»

«Ich unterstütze den Antrag.»

«Einen Moment, Herr Vorsitzender.» Das war die laute, harte Stimme von Al Becker. «Ich komme nicht so oft hierher, aber ich möchte jetzt doch ein paar Worte sagen.»

«Selbstverständlich, Mr. Becker.»

Becker erhob sich und stützte seinen schweren Körper auf die beiden auf die Tischplatte gestemmten Fäuste. «Ich bin heute hergekommen, weil Jake Wasserman mich darum bat. Er wäre selbst gekommen, aber er verläßt kaum noch das Haus. Er hörte, daß man den Rabbi gebeten hatte, nicht an dieser Sitzung teilzunehmen, und fand, irgend jemand müsse hier sein, um seine Interessen wahrzunehmen. Nun weiß ich nicht allzu viel über das zur Debatte stehende Thema, aber ich weiß einiges über unseren Rabbi. Während der ersten Zeit nach der Synagogengründung, als Jake Wasserman Präsident war, und dann, als ich Präsident war, und noch Jahre danach, als ich mich aktiv an den Angelegenheiten der Synagoge beteiligte, hat sich der Rabbi niemals in geschäftliche Dinge eingemischt. Er kam zu den Sitzungen, beteiligte sich aber nie an den Diskussionen, es sei denn, das Thema betraf ihn direkt. Hin und wieder jedoch kam eine Angelegenheit zur Sprache, die er tatsächlich für *seine* Sache hielt, dann sagte er seine Meinung und blieb dabei, egal, was kam. Jake Wasserman sagt, er hat eine Art eingebautes Radar, das ihn warnt, wenn die Gemeinde von unserer Tradition abzuweichen droht, und daß er dann seine Meinung vertritt. Und nach meinen Erfahrungen hat es sich immer herausgestellt, daß er recht hatte. Nun möchte ich meinen, auch ohne all das Für und Wider dieser Angelegenheit zu kennen, wenn der Rabbi in dieser Hinsicht seine Meinung dargelegt hat, dann nur, weil sein Radar ihm sagt, daß wir abzugleiten drohen. Ich möchte, daß ihr das bedenkt, wenn ihr abstimmt.»

«Vielen Dank, Mr. Becker», sagte Kaplan höflich. «Ich denke, wir können jetzt zur Abstimmung schreiten.»

Der Sekretär räusperte sich, um den Präsidenten auf sich aufmerksam zu machen, dann deutete er mit einer Kopfbewegung auf die Vollmachten, die vor ihm auf dem Tisch lagen. Kaplan schüttelte unmerklich den

Kopf. Er war zuversichtlich. «Wir stimmen ab durch Handaufheben. Alle, die für eine Neuabstimmung sind. Alle, die dagegen sind.» Kaplan strahlte. Die Abstimmung fiel fünfzehn zu fünf gegen eine Neuabstimmung aus.

Später, als sie zu ihren Wagen hinausgingen, fragte ihn Dr. Muntz: «Werden Sie beim Rabbi vorbeifahren und ihm sagen, wie die Abstimmung ausgefallen ist?»

Kaplan machte unvermittelt halt. «Meinen Sie, daß ich das tun sollte?»

«Wäre es Ihnen lieber, daß er eine völlig verdrehte Version zu hören bekommt, weil seine Frau vielleicht im Supermarkt gehört hat, wie sich zwei andere Frauen darüber unterhielten?»

«Sie haben recht. Aber das ist keine besonders angenehme Aufgabe. Das wird sehr peinlich für mich werden.»

«Möchten Sie lieber, daß ich es ihm beibringe?»

«Würden Sie das tun? Dann ernenne ich Sie hiermit zu einem Ein-Mann-Ausschuß. Werden Sie jetzt gleich hinfahren?»

«Nein», antwortete Dr. Muntz. «Ich will ihm nicht das Mittagessen verderben. Ich werde ihn heute nachmittag aufsuchen.»

47

Lieutenant Jennings beendete die Übertragung des Tonbandes mit dem McLane-Gespräch ins Schriftliche und warf den Aktenhefter auf den Schreibtisch. «Nehmen Sie ihm das ab, Hugh?»

«Ich muß es überprüfen», antwortete Lanigan ruhig.

«Er könnte gelogen haben . . .»

«Gewiß.»

«Ich meine seine Behauptung, daß er das Rezept dem jungen Aptaker zur Anfertigung gegeben hat», erklärte Jennings. «Und da das schon zwei Wochen her ist, würde sich Aptaker wahrscheinlich nicht mehr daran erinnern und könnte es nicht abstreiten.»

Lanigan nickte. «Andererseits steht zu erwarten, daß ihm der Name Kestler auf dem Rezept bekannt vorgekommen ist. Aber auch noch aus anderen Gründen bin ich geneigt, McLanes Geschichte zu glauben. Da ist zunächst mal die Tatsache, daß er uns freiwillig von dem Rezept erzählt hat. Hätte er Kestler absichtlich das falsche Medikament gegeben, hätte er schön den Mund gehalten.»

«Es sei denn, er ist schlauer, als Sie denken.»

«Nun gut», sagte Lanigan. «Dann nehmen wir folgendes: McLane nimmt Cohens Bestellung telefonisch entgegen. Was hätte ihn daran hindern sollen, statt dessen Penicillin in die Flasche zu füllen? Er hätte behaupten können, Cohen habe Penicillin verlangt, und Dr. Cohen hätte niemals das Gegenteil beweisen können.»

«Aber dann hätte er Penicillin aufs Etikett schreiben müssen, und es steht zu vermuten, daß Kestler wußte, daß sein Vater Penicillin nicht vertragen konnte.»

«Nein», entgegnete Lanigan, «er brauchte bloß die Fabrikbezeichnung des Medikaments draufzuschreiben, *Vespids.* Kestler hätte bestimmt nicht gewußt, daß es sich dabei um Penicillin handelte. Aber je mehr ich darüber nachdenke, desto seltsamer erscheint mir das Verhalten des jungen Aptaker. Er kommt ganz von Philadelphia hierher, um seine Eltern zu besuchen. Falls er mit dem Wagen fuhr, dann ist es eine sehr lange Fahrt. Und wenn er geflogen ist, hat es eine Menge gekostet. Wenn er Urlaub hatte, sollte man meinen, er müßte mindestens eine Woche haben. Man hätte erwartet, daß er am Sonntag oder Montag gekommen und bis zum darauffolgenden Sonntag geblieben wäre.»

«Woher wissen Sie, daß er das nicht getan hat?» fragte Jennings.

«Nun, Eban, wenn wir McLane glauben können, ist er am nächsten Tag wieder abgereist. Und in dieser Hinsicht müssen wir McLane glauben, denn das ist etwas, das wir sehr schnell bei Marcus Aptaker oder bei Mrs. Aptaker nachprüfen können. Aber man sollte meinen, wenn der junge Aptaker am Montag gekommen ist, wäre er sofort ins Geschäft gegangen, und sein Vater hätte ihm mit McLane bekannt gemacht. Aber nein, er wartet bis zum Mittwochabend; erst da kommt er endlich in den Laden. Und am nächsten Tag ist er verschwunden.»

«Ja, und?»

«Das ist seltsam», sagte Lanigan. «Es ist eine sehr lange Strecke für einen Besuch von nur einem Tag. Andererseits, wenn er am Mittwochabend eine kriminelle Tat begangen hat, weil die Gelegenheit gerade günstig war, könnte ich durchaus verstehen, daß er am nächsten Tag abgefahren ist.»

«Ja, aber er ist wiedergekommen», wandte Jennings ein.

«Gewiß, weil er sich inzwischen sicher glaubte. Zwei ganze Wochen waren vergangen, und kein Hinweis auf eine polizeiliche Untersuchung in der Zeitung . . .»

«Ach was! Woher sollte er wissen, ob etwas davon in der Zeitung stand? Er sitzt in Philadelphia. Und selbst wenn es in die Bostoner Zeitungen gekommen wäre, in die von Philly ganz bestimmt nicht.»

Lanigan wies den Einwand mit einer Handbewegung von sich. «In allen Großstädten gibt es Kioske, wo auch die Kleinstadtzeitungen verkauft werden. Außerdem gibt es die öffentliche Bibliothek . . .»

«Den Lynn *Examiner* würde es da bestimmt nicht geben, und noch viel weniger den Barnard's Crossing *Courier*», entgegnete Jennings.

«Er hätte es von seiner Mutter erfahren können, als sie ihn anrief.

Nein, das stört mich überhaupt nicht.»

«Mir scheint, Sie haben sich Ihre Meinung bereits gebildet», sagte Jennings. «Wollen Sie Arnold offiziell beschuldigen?»

«Dafür habe ich noch nicht genug gegen ihn, aber ich möchte auf jeden Fall mit ihm sprechen.»

«Soll ich ihn festnehmen?»

«Im Moment haben wir nicht mal dafür genug in der Hand.»

«Dann wollen Sie also warten, bis er einen Strafzettel kriegt, wie?»

Lanigan überhörte die Ironie. «Um wieviel Uhr schließt der Drugstore am Sonntag?»

«Um sechs. Aber Sie wissen ja, wie das so ist, manchmal wird's ein bißchen später. Er würde niemals jemanden abweisen, nur weil schon Ladenschluß sein müßte.»

«Ist das Geschäft nur mit einem Mann besetzt?» erkundigte sich Lanigan.

«Ja, der junge Aptaker ist da. Am Sonntag ist wahrscheinlich nicht viel los.»

«Gut. Dann machen Sie jetzt folgendes. Fahren Sie gegen sechs Uhr hin und warten Sie in Ihrem Wagen, bis Sie sehen, daß er abschließt. Dann bitten Sie ihn, hierherzukommen. Sagen Sie ihm, ich will mit ihm sprechen.»

«Aber festnehmen soll ich ihn nicht?»

Lanigan schüttelte den Kopf. «Nein. Sagen Sie nur, daß ich mit ihm sprechen möchte. Das heißt, wenn er allein ist. Wenn sonst noch jemand dabei sein sollte, lassen Sie ihn laufen.»

48

«Worum geht's denn?» fragte Arnold. Er verschloß die Tür und rüttelte dann probeweise am äußeren Knauf.

«Der Chef möchte mit Ihnen sprechen. Mehr weiß ich auch nicht», antwortete Jennings leichthin.

Arnold suchte den Zündschlüssel aus seinem Schlüsselbund heraus und nahm Kurs auf seinen Wagen. Jennings ging neben ihm her. «Wenn Sie jetzt keine Zeit haben, mitzukommen, wird er morgen vormittag bei Ihnen zu Hause vorbeischauen», sagte der Lieutenant.

«Nein, nein, es geht schon. Ich bin jetzt zwar verabredet, aber das ist nicht . . . Ich meine, das kann ich absagen. Hören Sie, wenn's um die Parkerei vor unserem Laden geht . . .»

«Mein Wagen steht hier», erklärte Jennings. «Ich fahre hinter Ihnen her.»

«Ist der Chef auf dem Revier?»

«Ja.»

Als sie eintrafen, rief Arnold von einem Münzfernsprecher aus bei Leah an. «Hör mal, Leah, mir ist was dazwischen gekommen. Ich habe vielleicht noch eine Zeitlang zu tun.»

«Ach, das macht nichts. Es ist sogar ganz gut. Ich habe den ganzen Tag Kopfschmerzen gehabt. Wahrscheinlich hab ich mir was aufgeschnappt. Am besten gehe ich gleich ins Bett.»

«War das ein Anwalt, den Sie da angerufen haben?» erkundigte sich Lanigan freundlich.

«Nein, das war das Mädchen, mit dem ich verabredet war. Warum sollte ich einen Anwalt anrufen? Hören Sie, was soll das überhaupt?»

«Kommen Sie rein und setzen Sie sich.» Lanigan ging voraus in sein Büro und wartete, bis der junge Mann Platz genommen hatte. «Ich frage nur, weil manche Leute meinen, daß sie einen Anwalt brauchen, wenn sie hierher aufs Revier kommen», erklärte Lanigan jovial. «Sie waren früher schon einmal hier in der Stadt, nicht wahr?»

«Natürlich. Ich bin hier geboren. Das wissen Sie doch.»

«Nein, ich meine kürzlich», korrigierte Lanigan. «Sie waren vor zwei Wochen hier. Ist das richtig?»

«Ja, ich hatte eine Woche Urlaub und bin nach Hause gekommen. Wieso?»

«Und während Sie hier waren, haben Sie im Geschäft mitgearbeitet, nicht wahr?»

«Ganz recht. An einem Abend. Es gab viel zu tun, deswegen habe ich ausgeholfen.»

«Das war am Abend des Unwetters?»

«Jawohl.»

«Sie haben in der Rezeptur gearbeitet, Rezepte angefertigt?»

«Ganz recht.»

«Und Sie waren die ganze Zeit dort?»

«Ja. Mein Vater war vorn, und Ross McLane, der andere Apotheker, hatte einen Haufen Rezepte, die alle noch rausgehen mußten, darum habe ich ihm geholfen. Hören Sie, was soll das? Wenn Sie Bedenken wegen meiner Zulassung für Massachusetts haben . . .»

«Alles der Reihe nach, Arnold. Also – ist, während Sie in der Rezeptur arbeiteten, irgend etwas Außergewöhnliches passiert?»

«Außergewöhnlich? Wie meinen Sie das? In welcher Hinsicht außergewöhnlich?»

«In jeder Hinsicht», sagte Lanigan. «Außergewöhnlich in jeder nur möglichen Hinsicht. Außerhalb der normalen Routine. Ein außergewöhnliches Rezept vielleicht, oder ein außergewöhnliches Problem bei der Anfertigung.»

Jetzt dämmerte es. «Ach, Sie meinen, als ich den Hustensaft umgestoßen habe? Woher wissen Sie denn davon?»

«Spielt keine Rolle. Erzählen Sie.»

«Tja, also, da kam ein Kunde mit einem Rezept für Hustensaft, und Ross fing an, den Saft abzufüllen. Wir kriegen ihn in Fünfliterballons, wissen Sie. In diesem Ballon war aber nicht mehr genug drin, deswegen hätte er ins Lager gehen und einen neuen Ballon holen müssen. Aber es war genau derselbe Hustensaft, den diese Firma für uns unter unserem eigenen Namen in 0,12-Literflaschen abfüllt. Deswegen wollte er einfach eine von den kleineren Flaschen holen und den Saft daraus abfüllen, statt erst den großen Ballon aus dem Lager herzuschleppen.»

«Warum hat er dem Kunden nicht einfach eine von den kleinen Flaschen gegeben, die die Firma für Sie abfüllt?» erkundigte sich Lanigan interessiert.

«Oh, aber sowas ist ausgeschlossen», erwiderte Arnold rasch.

«Wieso?» fragte der Chef. «Weil sie billiger sind und Sie nicht soviel daran verdienen?»

«Nun ja, das auch. Aber wenn ein Kunde mit einem Rezept kommt, kann man ihm keine frei verkäufliche Medizin darauf geben. Der Kunde hätte dann das Gefühl, na ja, der Arzt hätte ihn betrogen. Und der Arzt würde das auch nicht dulden. Der würde uns die Hölle heiß machen. Und außerdem würde sie dem Patienten auch nicht so gut helfen. Verstehen Sie, wie ich das meine?»

«Ich glaube schon. Und was war dann?»

«Da kam ein Kunde mit einem Rezept, der es sehr eilig hatte», berichtete Arnold weiter. «Wie ich vermute, eines von den großen Tieren. Darum ließ McLane die halbvolle Flasche stehen, um zunächst das Rezept dieses Kunden anzufertigen . . .»

«Weil er so gute Beziehungen hatte?»

«N-nein, aber der Hustensaftkunde war noch damit beschäftigt, andere Sachen einzukaufen, und hatte es nicht besonders eilig, und Ross mußte sowieso erst eine Flasche von unserem Hustensaft holen . . .»

«Okay. Verstehe.»

«Daher stand die halbvolle Flasche offen auf dem Tisch, und ich stieß sie zufällig um. Ross ging natürlich sofort in die Luft, denn das Zeug tropfte auf den Fußboden, und wenn man reintritt, ist es verdammt . . .»

«Klebrig.»

«Ja. Also, Ross hat dann aufgewischt. Ich meine, ich wußte ja nicht, wo der Wischlappen war . . .»

«Und wo war er?»

«In der Toilette direkt neben der Rezeptur. Ich wollte es tun, aber Ross fing sofort selber an mit dem Aufwischen.»

«Und das war das einzige Außergewöhnliche, was an jenem Abend passiert ist?» fragte Lanigan.

«Ich glaube schon. Jedenfalls fällt mir nichts anderes ein.»

«Auch nicht etwas Besonderes bei den Rezepten, die Sie ausführen mußten?»

Aptaker schüttelte verwundert den Kopf.

Lanigan blickte zur Decke empor. «Erinnern Sie sich an ein Rezept für einen gewissen J. Kestler?»

«Wie soll ich mich an ein Rezept erinnern, das ich vor vierzehn Tagen angefertigt habe?»

Lanigan richtete einen scharfen, abwägenden Blick auf den jungen Mann. «Also hören Sie, Arnold, Sie kannten doch mal einen Mann namens Kestler, nicht wahr?»

«Gewiß. Ich kannte einen Mann namens Kestler. Wieso?»

«Sie erinnern sich nicht, ein Rezept für ihn angefertigt zu haben?»

«Nein.»

«Und der Name sagte Ihnen gar nichts?»

«Nein.»

«Sie haben nicht irgendwie reagiert, als Sie den Namen auf dem Rezept sahen?» drängte Lanigan.

Aptaker schüttelte den Kopf.

«Na schön, lassen wir das. Das war also das einzige Mal, daß Sie im Geschäft geholfen haben?»

«Ganz recht.»

«Warum?»

«Was soll das heißen – warum?»

«Warum haben Sie am nächsten Tag nicht auch wieder geholfen?» fragte der Chef. «War dieser Streit mit McLane der Grund?»

«Ich hatte keinen Streit mit McLane.»

«Ach! Ich dachte, Sie hätten gesagt, er wäre in die Luft gegangen.»

«Na ja, aber doch nur ganz kurz. Nein, ich habe nicht noch einmal geholfen, weil . . . weil ich am nächsten Tag wieder abgefahren bin.»

«Nach Philadelphia?»

«Ganz recht.»

«Womit waren Sie nach Barnard's Crossing gekommen?»

«Mit dem Auto.»

«Wann?»

«Am Dienstag.»

«Und am Donnerstag sind Sie wieder abgereist?» fragte Lanigan. «Das ist eine lange Fahrt für einen so kurzen Besuch. Warum?»

Arnold wand sich auf seinem Stuhl. Die Richtung, die diese Befragung nahm, paßte ihm gar nicht. Das heißt, es hatte ihm von vornherein überhaupt nicht gepaßt, daß man ihn hier so ausfragte. Er hatte noch nie mit der Polizei zu tun gehabt, aber während der zwei Wanderjahre durchs ganze Land war er häufig in Gesellschaft von Leuten gewesen, die darin erfahren waren, und einer von ihnen hatte ihrer aller Taktik in einem Satz zusammengefaßt: «Wenn man auffliegt, hält man die Klappe, man redet nicht bei den Bullen.» Voll Unbehagen fragte er sich, ob er nicht schon zuviel gesagt habe.

Der junge Aptaker kam zu einem Entschluß. Er setzte sich gerade hin und verschränkte die Arme vor der Brust. «Ich sage kein weiteres Wort, ehe Sie mir nicht mitteilen, worauf Sie hinauswollen.»

Lanigan nickte. «Klug von Ihnen. Vielleicht möchten Sie Ihren Anwalt anrufen.»

«Ich brauche keinen Anwalt.»

«Nun, dann vielleicht Ihre Mutter. Sie . . .»

«Ich rufe auch nicht meine Mutter an. Ich bin kein Kind mehr. Ich bin volljährig . . . Hören Sie, bin ich irgendwie verhaftet?»

Lanigan schüttelte den Kopf.

«Heißt das, daß ich gehen kann? Ich kann einfach hier aus dem Zimmer gehen?»

«Sicher.»

«Tja, dann . . . Was passiert dann? Was haben Sie vor?»

«Oh, wenn Sie jetzt gehen, werden wir Ermittlungen anstellen müssen. Ich dachte, Sie wären vielleicht zur Zusammenarbeit mit uns bereit. Ich dachte, wir könnten uns ganz zwanglos unterhalten.»

Arnold spürte die Falle, und seine Gedanken rasten auf der Suche nach einer Möglichkeit, ihr zu entgehen. Wenn er in Philadelphia wäre, würde er Reb Mendel anrufen. Der würde wissen, was zu tun war. Vielleicht konnte er ein Ferngespräch . . . Dann kam ihm plötzlich eine Idee. «Na schön», sagte er. «Ich möchte doch jemanden anrufen.»

Lanigan schob ihm das Telefon hinüber. «Nur zu.»

«Ich brauche das Telefonbuch.»

Lanigan langte in die unterste Schublade und reichte ihm das Telefonverzeichnis. «Wen wollen Sie anrufen?»

«Rabbi Small.»

49

Der Rabbi lehnte an der Küchentür und sah zu, wie Miriam herumwirtschaftete. «Hättest du Lust, ein bißchen aufs Land rauszufahren und das Herbstlaub anzusehen?»

«Mit den Kindern? Hepsibah wird schlecht im Wagen.»

«Nein, nicht mit den Kindern. Nur wir beide. Kann Sandy heute nachmittag nicht die Kinder hüten?»

«Sie kommt heute abend, David. Weißt du nicht mehr? Wir sind bei den Bernsteins eingeladen.»

«Ach ja. Nun, vielleicht kann sie den ganzen Tag kommen. Ruf sie doch an.»

Sandy konnte. Also machten der Rabbi und Miriam sich mit einer Plastiktüte voll Sandwiches, Obst und einer Thermosflasche Kaffee auf den Weg.

«Das Herbstlaub ist hier in der Gegend wahrscheinlich genauso schön wie weiter nördlich», meinte Miriam.

«Gewiß, aber ich fahre lieber da oben hin. Wir nehmen Nebenstraßen und halten an, wenn wir Lust haben. Wenn wir Hunger haben, essen wir, und dann . . .»

«Hast du ein besonderes Ziel im Sinn, David?»

«Nein, einfach nur raus.»

«Einen besonderen Grund für dieses Davonlaufen?»

«Ich laufe nicht davon. Ich will einfach nicht zu Hause bleiben. Ich habe keine Lust, rumzusitzen und an den Nägeln zu kauen, während ich darauf warte, daß jemand mich anruft oder eine Delegation des Vorstands kommt, um mir mitzuteilen, daß sie über den Beschluß, den Goralsky-Block zu verkaufen, nicht noch einmal abstimmen werden.»

«Du glaubst wirklich, daß sie gegen dich stimmen werden?»

«Ich halte es für ziemlich sicher.»

«Und was hast du vor?» erkundigte sie sich besorgt.

Er grinste. «Das, was ich jetzt gerade tue. Nicht darüber nachdenken. Und wir werden auch nicht darüber diskutieren. Sieh dir mal den Ahorn an!»

Es war ein schöner, sonniger Tag mit blauem Himmel und malerischen weißen Wolken. Und da sie sich an Nebenstraßen hielten, herrschte auch fast kein Verkehr. Einmal machten sie halt und sahen zu, wie mit viel Mühe ein großes Boot zur Überwinterung aus dem Wasser an Land geholt wurde. Ein anderes Mal hielten sie in einem kleinen Ort an, um einem Footballspiel zuzusehen, und aßen dabei, im Wagen sitzend, ihre Sandwiches. Zumeist jedoch fuhren sie und wiesen einander auf die interessanten Dinge hin, die zu sehen waren: ein zwischen Berge gebetteter See, ein majestätischer Baumriese in leuchtendem Rot und Gold, eine grasende Kuhherde auf einem Weidehang. Wenn sie eine Abzweigung sahen, die vielversprechend wirkte, bogen sie ab, und wenn es ihnen zu langweilig wurde, nahmen sie eine andere Straße.

«Hast du eine Ahnung, wo wir sind, David?» erkundigte sich Miriam einmal.

«Nein, aber wir fahren nach Norden – mehr oder weniger.»

«Woher weißt du das?»

«Das sehe ich am Stand der Sonne», erwiderte er herablassend. «Wenn man gewohnt ist, sich beim Beten nach Osten zu wenden, entwickelt man ein Gespür für Himmelsrichtungen.»

«Und bei Nacht?»

«Richtet man sich nach dem Polarstern.»

«Und wenn der Himmel bedeckt ist?»

«Ach, da gibt's immer Möglichkeiten», antwortete er obenhin. «Du hast sicher schon mal von dem chasidischen *rebbe* von Chelm gehört, dem Dorf der Dummköpfe. Für den war es leicht, denn er konnte Wunder vollbringen. Wohin er sich beim Gebet auch immer wandte, es war automatisch der Osten.»

Sie hielten zum Tanken und stellten fest, wo sie waren. «Wenn wir vor Einbruch der Dunkelheit zu Hause sein wollen, müssen wir umkehren», meinte er.

«Weißt du, welche Straße wir nehmen müssen?»

«Nein, aber wir fahren immer nach Süden. Dann müßten wir gegen sechs zu Hause sein.»

Zu Miriams größtem Erstaunen war es tatsächlich genau sechs Uhr, als sie den Turm der Stadthalle von Barnard's Crossing sichteten. Die Kinder lagen völlig vertieft auf dem Bauch vor dem Fernsehschirm und begrüßten sie – wie zu erwarten war – nur flüchtig. Miriam stellte dem Babysitter die üblichen Fragen. Waren sie artig? Haben sie schön gegessen?

«Sie haben sehr gut gegessen, und geschlafen haben sie mittags auch», berichtete Sandy. «Jedenfalls Hepsibah hat geschlafen, Jonathan nur ein bißchen. Und sie haben schon Abendbrot gegessen. Aber es sind mehrere Anrufe für Sie gekommen, Rabbi. Hier ist die Liste. Einige wollten wissen, wann Sie wieder zurück wären.»

«Und was hast du ihnen gesagt?»

«Daß ich es nicht genau wüßte», erwiderte Sandy. «Aber ganz bestimmt vor acht, weil Sie heute abend eingeladen sind.»

«Gut so, Mädchen.»

Sie nahmen einen kleinen Imbiß zu sich, und während Miriam anschließend die Kinder zu Bett brachte, ging der Rabbi in sein Arbeitszimmer, um sich dem Abendgebet zu widmen. Er war kaum ins Wohnzimmer zurückgekehrt, als es klingelte. Es war Dr. Muntz.

«Ich hatte schon früher angerufen, aber Sie waren nicht da», erklärte er. «Als ich eben vorbeifuhr, sah ich jedoch Ihren Wagen in der Einfahrt.»

«Kommen Sie herein, Doctor.»

«Da Sie –» er kicherte – «auf Aufforderung hin nicht an der Sitzung teilgenommen haben, meinte Chester Kaplan, daß man Sie benachrichtigen müsse.»

«Aber ihm war es peinlich, selber zu kommen, da er mich geschlagen hatte, darum hat er Sie geschickt.»

Muntz lachte abermals. «So ungefähr. Chet ist ein sehr sensibler

Mensch. Die Abstimmung ist fünfzehn zu fünf ausgefallen.»

Der Rabbi nickte. «Das ist besser, als ich erwartet hatte.»

«Einige, vielleicht sogar die meisten, haben nur gegen Sie gestimmt, weil sie fanden, der Verkauf sei ein gutes Geschäft für die Synagoge, und das wollten sie nicht gern verlieren.»

«Für eine Neuabstimmung zu stimmen bedeutete aber nicht unbedingt, daß der Block nicht verkauft werden kann, sondern nur, daß man auf Aptaker Rücksicht nehmen muß.»

«Nun», sagte Al Muntz, «es gab auch einige, die das Gefühl hatten, man sei ihm keine Rücksicht schuldig, da er nicht Mitglied der Gemeinde sei und so gut wie gar keinen Kontakt mit der jüdischen Bevölkerung habe. Er kümmert sich nicht um uns, warum sollten wir uns um ihn kümmern. Das war die Einstellung einiger Vorstandsmitglieder. Aber selbst von Ihrem Standpunkt aus, Rabbi, finde ich, Sie sollten sich nicht allzuviel Sorgen um Aptaker machen. Vermutlich wird er seinen Laden früher oder später doch aufgeben müssen. Er ist zuletzt reichlich achtlos beim Anfertigen von Rezepten geworden. Vor ein paar Tagen erst hat er eines für eine meiner Patientinnen verpfuscht. Zum Glück ist kein Schaden daraus entstanden, aber es hat schon andere Fälle gegeben. Und was meinen Sie, wie lange es dauert, bis sich das herumspricht? Wer wird dann noch mit einem Rezept zu ihm kommen, selbst wenn seine Zulassung nicht gesperrt wird?»

«Wie kann er in den letzten paar Tagen einen Fehler gemacht haben, wenn er seit zwei Wochen im Krankenhaus liegt?» protestierte der Rabbi aufgebracht.

«Ich meine, ich habe erst vor ein paar Tagen davon gehört», verbesserte sich Dr. Muntz. «Passiert ist es, als Marcus Aptaker noch selbst im Geschäft war.» Und er berichtete von den Ereignissen am Abend des Sturms.

«Was war denn nun mit diesen Pillen?»

«Gar nichts. Die Pillen, die Safferstein am nächsten Tag holte, als Ersatz für diejenigen, die in seinem Mantel steckten, waren in Ordnung, und seiner Frau ging es bald wieder gut. Aber vor ein paar Tagen fand er die ursprüngliche Flasche, und da stellte er fest, daß diese Pillen anders aussahen als die späteren. Sie waren anders gefärbt als die Nachfüllpillen. Also machte er sich natürlich Gedanken. Welche waren nun die richtigen? Wenn seine Frau die falschen Pillen genommen hatte, gab es irgendwelche Nachwirkungen? Sie wissen ja, was man sich so denkt. Also rief er mich an, und ich fuhr auf dem Heimweg dort vorbei und sah sie mir an.» Dr. Muntz hielt inne, um seinen Worten einen dramatischen Effekt zu verleihen. «Rabbi, es waren die falschen Pillen. Es waren nicht die, die ich Mrs. Safferstein verschrieben hatte. Das Etikett war richtig, aber die Pillen waren falsch.»

«Und wenn Mrs. Safferstein die Pillen geschluckt hätte?»

«Nun, zufällig hätten sie keinen Schaden angerichtet. Aber das ist nicht der springende Punkt. Der springende Punkt ist, daß es die falschen Pillen waren. Also, wie oft kann ein Apotheker so einen Fehler machen, bis er keine Kunden mehr hat?»

«Haben Sie das dem Vorstand berichtet?» fragte der Rabbi.

«Aber nein! Hätte ich das getan, wär's am nächsten Tag in der ganzen Stadt rumgewesen. Ihnen sage ich es nur, weil . . . na ja, weil ich weiß, daß Sie keinen Gebrauch davon machen, und weil Sie sich so aufgeregt haben über das Unrecht, das wir Aptaker angeblich zufügen wollen, daß Sie sogar angedeutet haben, Sie würden zurücktreten. Ich fand, Sie müßten über alle Tatsachen informiert sein, bevor Sie einen schwerwiegenden Entschluß fassen. Hinsichtlich Ihres Rücktritts, meine ich.»

Der Rabbi sah ihn überrascht an. «Fürchten Sie etwa, daß ich . . .»

«Ich möchte nicht, daß Sie zurücktreten.»

«Seltsam», sagte der Rabbi sinnend. «Ich hätte nie gedacht, daß Sie . . .»

«Daß ich auf Ihrer Seite bin?» Muntz lachte. «Es ist aber so, Rabbi. Sehen Sie, Chet Kaplan ist zwar ein guter Freund von mir, in bestimmten Dingen ist er aber ein verdammter Narr. Er ist so verbohrt, was die Klausur und die Religion betrifft, daß er nicht mehr vernünftig denken kann. Tja, und ich finde, die Gemeinde braucht Sie als Gegengewicht.»

«Ich verstehe.» Der Rabbi lächelte. «Sie wollen, daß ich hier Rabbi bleibe, weil Sie fürchten, mein Nachfolger könnte ein religiöser Rabbi sein.»

Der Arzt lachte laut auf. «Es klingt zwar komisch, so wie Sie es ausdrücken, aber ich glaube, Sie haben mich verstanden.»

«Das habe ich. Nur möchte ich wissen, ob Sie sich auch selbst richtig verstehen.»

«Wie bitte?» fragte Muntz.

«Nun, die meisten Juden verwenden, wie die Menschen heutzutage allgemein, wenig Gedanken auf die Religion. Dennoch haben sie ein instinktives Gefühl dafür. Und manchmal, wenn sie mit großer Begeisterung darangehen, geschieht das mehr oder weniger blindlings, und so laufen sie Gefahr, den falschen Weg einzuschlagen, wie Mr. Kaplan. Daher haben Sie wahrscheinlich das Gefühl, daß sein Judentum nicht ganz mit dem übereinstimmt, was Sie instinktiv empfinden. Denn sehen Sie, Doctor, unsere Religion ist eine moralische Religion, ein Lebensstil.»

«Sind das nicht alle Religionen?»

Der Rabbi schürzte die Lippen. «O nein. Das Christentum zum Beispiel ist eine mystische Religion.»

«Sie meinen, die Christen sind nicht moralisch?»

Der Rabbi machte eine ungeduldige Geste. «Selbstverständlich sind sie das. Aber bei ihnen kommt das erst in zweiter Linie. Was ihnen vor allem eingeschärft wird, ist der Glaube an den Menschengott Jesus. Und ihre Moral entspringt dem Grundsatz, daß sie, wenn sie an Jesus als den Sohn Gottes und den Heiland glauben, versuchen werden, ihm nachzueifern und daher moralisch handeln werden. Außerdem herrscht, vor allem bei den evangelischen Sekten, der Glaube, wenn man wahrhaft glaubt, ‹wenn man Jesus in seinem Herzen aufnimmt› heißt es wohl üblicherweise, komme das moralische Verhalten von selbst. Und manchmal stimmt das sogar.» Er legte den Kopf schief und überlegte. Dann nickte er energisch. «Natürlich. Wenn man die Gedanken auf den Himmel richtet, ist man weniger versucht, die Dinge dieser Welt zu begehren. Gewiß, hin und wieder mag man ausrutschen, aber nicht so oft, wie wenn man an gar nichts anderes denkt. Andererseits neigt man vielleicht zu der Auffassung, daß jede Laune, die einem in den Kopf kommt, das Wort Gottes sein muß.

Bei uns dagegen hat der Glaube im christlichen Sinne so gut wie gar keine Bedeutung, da Gott für uns unerkennbar ist. Was kann es bedeuten, wenn ich sage, ich glaube an etwas, das ich nicht kenne und auch nicht erkennen kann? Theoretisch haben die Christen dieselbe Auffassung von Gott, und darum wurde Sein Sohn auf Erden geboren und lebte als Mensch. Denn da er ein Mensch war, konnte Er erkannt werden. Wir aber teilen diesen Glauben nicht. Unsere Religion ist ein Moralkodex. Der Kodex Moses', die Tora, ist eine Reihe von Verhaltensregeln und -gesetzen. Und die Rabbis, aus deren Diskussionen und Debatten der Talmud besteht, befaßten sich mit der Aufgabe, bis ins kleinste Detail festzuhalten, wie diese allgemeinen Verhaltensregeln erfüllt werden sollen. Ich möchte nebenbei erwähnen, daß dies der Grund ist, warum in all den Jahren so wenige Menschen zum Judentum übergetreten sind. Weil wir nichts zu verkaufen haben: keine Geheimnisse, keine Zauberformel, keine zeremonielle Einweihungsfeier, die das Tor des Himmels öffnet. Wenn ein Christ zu mir kommt, der übertreten will, wie es hin und wieder geschieht, erkläre ich ihm genau das, denn wir haben tatsächlich nichts weiter zu bieten als unsere Moral und unseren Lebensstil. Und wenn er sagt, dafür interessiere er sich ja gerade, daran möchte er teilnehmen, antworte ich ihm, das solle er nur tun, nichts könne ihn daran hindern, ein moralischer Christ stehe in unseren Augen ebenso hoch vor Gott wie der Hohepriester von Israel.»

«Wollen Sie sagen, das ist alles, was unsere Religion darstellt? Nur die Moral?»

«Das wäre alles, wenn wir Roboter mit einem Verstand wären, der von Computern programmiert wurde. Da wir jedoch Menschen sind, mit allen üblichen menschlichen Fehlern und Unzulänglichkeiten, brauchen wir Riten, Symbole und Zeremonien, die uns daran erinnern und uns zu einer festen Gruppe zusammenschmieden. Außerdem lernen einige von uns auf diese Weise besser. Und weil wir uns erinnern, gewinnt unsere Geschichte und unsere Tradition an Bedeutung. Die Basis unserer Religion aber ist unsere Moral.»

«Aber manchmal nehmen Sie doch Konvertiten auf, nicht wahr?»

Der Rabbi nickte. «Ja. Ein Übertritt erfolgt zumeist bei der Eheschließung mit einem Juden. Es gibt bestimmte Praktiken und Zeremonien, im Grunde Stammesbräuche, die unsere Moralvorstellungen ergänzen und vertiefen. Und die Konversion ist weitgehend eine Aufnahme in den Stamm. Der Konvertit nimmt einen neuen Namen an, und es ist, als wäre er als Jude geboren. Doch das ist etwas ganz anderes als der Übertritt zu einer der mystischen Religionen.»

«Aber hat es denn nicht auch jüdische Mystiker gegeben?» wandte Dr. Muntz ein. «Ich habe gelesen . . .»

«O ja», unterbrach ihn der Rabbi ungeduldig. «Die Essener, die Gemeinde von Kumran, die Kabbalisten, die Sabbatbewegung und, wie ich hinzufügen möchte, die Christen – sie alle waren mystische Bewegungen innerhalb des Judentums. Aber wir schüttelten sie ab, da sie vom Standpunkt des traditionellen, zentralen Judentums aus Irrtümer waren. Nur die Chassiden sind übriggeblieben, und das nur, weil ihr Mystizismus die traditionelle Moral und die jüdischen Gebräuche, die diese Moral widerspiegeln und symbolisieren, ergänzt. Die chassidischen Legenden von wunderwirkenden *rebbes* sind weiter nichts als abergläubischer Unsinn. Ein chassidischer *rebbe* jedoch, der aufgrund seines wohltätigen Lebens, seiner Besorgnis um die Menschen zum Heiligen geworden ist, der wird von allen am meisten verehrt.»

Rabbi Small beugte sich vor. «Ich bestreite keineswegs die Gültigkeit der mystischen Erfahrung. Ich neige nur eben nicht dazu. Vielleicht ist das sogar ein Fehler. In diesem Fall jedoch übertreten wir ein Talmudgesetz, das eindeutig moralisch ist – und speziell jüdisch, möchte ich hinzufügen –, um nicht die Religion zu fördern, sondern die religiöse Schwärmerei. Sie deuten an, daß Mr. Aptaker unsere Rücksichtnahme nicht verdient. Was aber ist mit Mr. Goralsky?»

Das Telefon klingelte; der Rabbi nahm den Hörer ab. Während er lauschte, wurde seine Miene ernst. Schließlich sagte er: «Ja, gut. Ich komme sofort.» Er wandte sich an den Arzt. «Es tut mir leid, aber Sie müssen mich entschuldigen.»

50

Als er auf dem Polizeirevier eintraf, sah der Rabbi im äußeren Büro vor dem Schreibtisch des Sergeants Akiva auf einer Bank sitzen. Er saß mit geschlossenen Augen und einem Lächeln da, als hätte er einen schönen Traum. Der Rabbi begrüßte den Sergeant und nickte fragend zu dem jungen Mann hinüber.

«Der sitzt schon seit zehn oder fünfzehn Minuten so da», erklärte der Sergeant mit leiser Stimme. «Er kam aus dem Büro des Chefs und erklärte, er werde hier auf Sie warten. Er fragte mich, wo Osten ist, ging in die Ecke und blieb da stehen wie ein ungezogenes Schulkind. Dann fing er an, sich zu wiegen und zu verbeugen, als machte er Freiübungen oder hätte einen Anfall. Und die ganze Zeit flüsterte er vor sich hin. Hören konnte ich nichts, aber ich sah, wie sich seine Lippen bewegten.»

«Das ist seine Art zu beten», erklärte der Rabbi lächelnd.

«Ach, wirklich? Na ja, nach einer Weile setzte er sich hin und machte die Augen zu. Aber ich glaube eigentlich nicht, daß er schläft.»

Als sich der Rabbi neben ihn setzte, öffnete Akiva die Augen und sagte mit breitem Lächeln: «Hallo, Rabbi! Ich danke Ihnen sehr, daß Sie gekommen sind.»

«Der Sergeant sagt mir, daß Sie gebetet haben.»

«Das stimmt. Ich habe immer wieder das *Schma Israel* gesprochen.»

«Warum das *Schma Israel*?»

«Weil es das einzige Gebet ist, das ich auswendig kann», sagte er schlicht.

«Warum sind Sie hier, Akiva?»

Der junge Mann schüttelte den Kopf, schien aber nicht im geringsten verärgert zu sein. Ja, er lächelte sogar.

«Sie sehen jetzt aber völlig anders aus, als ich es mir nach Ihrem Anruf vorgestellt habe», bemerkte der Rabbi.

«Als ich anrief, war ich wirklich ausgeflippt», erläuterte Akiva. «Ich wußte einfach nicht, was los war. Es war wie ein Alptraum, als fiele alles über mich her. Und dann bekam ich Kontakt mit meinem *rebbe.*»

«Wie meinen Sie das, Sie bekamen Kontakt mit ihm?»

«Ich rief nach ihm, und er erschien. Ich sah ihn so deutlich, wie ich Sie vor mir sehe. Er befahl mir, zu beten, dann würde alles gut werden. Also betete ich, und jetzt fühle ich mich großartig.»

«Na, das ist gut. Und jetzt erzählen Sie mir mal genau, was man hier von Ihnen will. Am Telefon sagten Sie . . .»

Akiva schüttelte den Kopf. «Ich weiß nicht, was sie von mir wollen. Der Chef hat mich holen lassen, und wir haben uns unterhalten.»

«Glaubt er vielleicht, daß Sie etwas wissen oder etwas getan haben?»

«Das will er nicht sagen. Er hat mich gefragt, warum ich nach dem großen Unwetter nach Hause gefahren bin. Und er hat mich nach einem Mann namens Kestler gefragt. Er muß mich mit jemandem verwechseln. Aber nur keine Angst, Rabbi; alles wird gut werden.»

«Weil Ihr *rebbe* das gesagt hat?» fragte Rabbi Small säuerlich.

«Ganz recht.»

Sie unterhielten sich noch eine Weile. Der Rabbi erfuhr nichts Neues von Akiva, doch als er begriff, was geschehen war, wurde er böse. Schließlich erhob er sich und ging zu Lanigan ins Büro.

«Das paßt aber gar nicht zu Ihnen, Chef», sagte er vorwurfsvoll.

«Setzen Sie sich, David. Also, was paßt nicht zu mir?»

«Dieses Fischen im Trüben. Wenn Sie was gegen Arnold Aptaker vorzubringen haben, dann sagen Sie es ihm, damit er Ihnen alles erklären kann. Wenn Sie Beweise für ein Verbrechen zu haben glauben, verhaften Sie ihn, damit er sich verteidigen kann. Aber ihn einfach aufzufordern, zu reden, in der Hoffnung, er werde etwas Inkriminierendes sagen, das ist nicht fair, und ich glaube sogar, daß es nicht mal legal ist.»

«Ich habe ihn nicht verhaftet, und ich halte ihn nicht fest. Glauben Sie mir, David, ich versuche ihm nur zu helfen.»

«Aber er weiß nicht, was Sie ihm vorwerfen.»

«Oh, ich glaube, er weiß ganz genau, was er getan hat», antwortete Lanigan zuversichtlich. «Es besteht natürlich eine gewisse Chance, eine Chance eins zu hundert, daß es sich um einen Zufall oder einen begreiflichen Irrtum handelt. Nun gut, soll er offen mit mir sein, dann werde ich mir Mühe geben, es so zu sehen wie er.»

«Ja, warum sagen Sie ihm dann nicht ehrlich, warum . . .»

«Damit er sich Ausreden zurechtlegen kann?» fragte der Chef. «O nein. Wenn er unschuldig ist, wenn er es ohne böse Absicht getan hat, wenn . . .» Unvermittelt brach er ab und musterte seinen Besucher mit einem Blick unter den buschigen Brauen hervor. «Wollen Sie sagen, er hat keine Ahnung, worauf ich hinauswollte? Nicht die geringste?»

Der Rabbi schüttelte den Kopf. «Handelt es sich um einen Verkehrsunfall letztesmal, als er hier war? Hat es was mit Kestler zu tun?»

Lanigan starrte ihn an. «Denkt er das? Hat er Ihnen das gesagt?» Er grinste breit. «Der nimmt Sie hoch, Rabbi.»

«Na schön, dann holen Sie mich wieder runter.»

«Es hat allerdings mit Kestler zu tun, mit dem alten, der gestorben ist», sagte Lanigan. «Wissen Sie noch, wie ich zu Ihnen gekommen bin, weil Joe, der Sohn, behauptet hatte, er sei an der Medizin gestorben? Nun, er hatte tatsächlich recht. Aber das war nicht Dr. Cohens Schuld. Er hatte ein Medikament namens Limpidine verschrieben.» Er zog eine Schublade heraus und entnahm ihr eine Flasche. «Hier ist es. So steht's jedenfalls auf dem Etikett, nicht wahr? Aber drinnen in der Flasche ist nicht etwa Limpidine, sondern ein Penicillin, wogegen der Alte allergisch war, darum hatte Cohen ihm auch Limpidine verschrieben. Der Fehler wurde im Drugstore von einem Apotheker gemacht.»

Lanigan lehnte sich zurück und wartete, bis sein Besucher die Information verdaut hatte. «Nun gut, Fehler kommen vor», fuhr er dann fort. «Als ich aber herumfragte, hörte ich, daß ein derartiger Fehler so gut wie unmöglich ist. Er ist ebenso unwahrscheinlich wie die Möglichkeit, daß eine Hausfrau beim Kuchenbacken Salz statt Zucker verwendet. Und warum kann sie einen solchen Fehler nicht machen? Weil Zucker und Salz sich zwar ähnlich sehen, aber in verschiedenen Verpackungen auf den Markt kommen und in völlig verschiedenen Behältern aufbewahrt werden. Deshalb kann sie diesen Fehler nicht mal mit verbundenen Augen begehen. Also, wenn es somit kein Irrtum war, muß es Absicht gewesen sein. Oder fällt Ihnen eine dritte Möglichkeit ein?»

«Bitte weiter.»

«Die Frage ist also nun, wer würde so etwas tun?» fuhr Lanigan fort. «Offensichtlich doch jemand, der einen Groll gegen einen der beiden Kestlers hegt. Ich sage einen der beiden Kestler, weil Dr. Cohen das Rezept durchtelefoniert hat und Kestler als den Namen des Patienten angab. Ross McLane, der Apotheker, fragte nach dem Anfangsbuchstaben des Vornamens, und er sagte J. Aber J kann sowohl Jacob, der Vater, heißen als auch Joseph, der Sohn.»

«Ross McLane hat das Rezept am Telefon entgegengenommen?» fragte der Rabbi. «Hat er sich daran erinnert?»

Lanigan nickte zustimmend. «Sie finden es seltsam, daß er sich an ein Rezept erinnert, das er vor vielen Tagen entgegennahm? Nun, er erinnerte sich daran, weil ihm der Name Kestler etwas ganz Besonderes bedeutete. Denn sehen Sie, *er* hegte Groll gegen den alten Kestler.»

«Also, dann . . .»

Lanigan hob den Zeigefinger, um anzudeuten, daß er noch nicht fertig war. «An jenem Abend waren drei Apotheker im Town-Line Drugstore, und jeder einzelne von ihnen hegte einen Groll gegen den einen oder den anderen der Kestlers. Ross McLanes Groll richtete sich gegen den Vater; Marcus und Arnold Aptaker hegten beide Groll gegen den Sohn.»

«Was für eine Art Groll?» erkundigte sich der Rabbi ungeduldig. «Bei Groll gibt es, genau wie bei anderen Dingen, eine ganze Gradskala. Der kleine Sohn meines Nachbarn hat zum Beispiel mein Kellerfenster zerbrochen, also könnte man behaupten, ich hegte einen Groll gegen ihn, aber nicht so sehr, wie wenn er die große Panoramascheibe im Wohnzimmer zerbrochen hätte. Und in keinem Fall wäre der Groll groß genug gewesen, um mich zu veranlassen, ihm Schaden zuzufügen, wenigstens keinen größeren Schaden als eine Tracht Prügel, die zwar ein ausgezeichnetes Mittel für seine Charakterentwicklung gewesen wäre, die aber wiederum bei seinen Eltern einen Groll gegen mich ausgelöst hätte, da sie von einer Bestrafung bei Kindern nichts halten, was wiederum überhaupt erst dazu geführt hat, daß er mein Fenster zerbrochen hat.»

«Meinen Sie den kleinen Damon?» Lanigan lachte. «Von dem muß ich mir allmählich eine ganze Akte anlegen. In ein paar Jahren wird er vermutlich offiziell polizeinotorisch werden. Doch dieser Groll gegen die Kestlers kommt von Schlimmerem als einem zerbrochenen Keller- oder Panoramafenster.» Er berichtete kurz über die Schwierigkeiten, die jeder der drei Apotheker mit den Kestlers gehabt hatte. «Sie sehen also», faßte er zusammen, «daß jeder von ihnen guten Grund hatte, entweder den alten Kestler zu hassen oder den jungen.»

«Und weil Sie meinen, Arnold hätte den stärksten Groll gehegt, deshalb verdächtigen Sie ihn?»

«Aber nein, David! Zuerst verdächtigte ich McLane, vor allem, als wir feststellten, daß Marcus Aptaker vorn im Laden Kunden bediente und daß McLane die Rezepte anfertigte. Aber da wußte ich noch nicht, daß Arnold dagewesen war. Ich war überzeugt, den Schuldigen erkannt zu haben. Aber ich wollte nicht überstürzt handeln, vor allem, da Aptakers Geschäft möglicherweise darunter leiden würde, und wo er doch im Krankenhaus lag. Als daher McLane einmal in einer anderen Angelegenheit herkam, bat ich ihn hier in mein Büro, und wir unterhielten uns eine Weile. Wir kamen auf den Grund zu sprechen, warum er seinen Laden verloren hatte, und er machte keinen Hehl aus seinem Haß auf Kestler.» Er rutschte, um die Bedeutung der nun folgenden Sätze zu betonen, auf seinem Schreibtischsessel nach vorn. «Und er zögerte keinen Augenblick, zuzugeben, daß er sich, als er feststellen mußte, daß das Rezept, das er am Telefon entgegennahm, für Kestler war – er erinnerte sich ganz genau –, daß er sich da gesagt hat, er würde lieber zur Hölle fahren als für ihn ein Rezept anfertigen, und daß er es Arnold überlassen hat. Also, wenn er nun Kestler etwas hätte antun wollen, dann hätte er bloß ein anderes Medikament zu nehmen und anschließend zu behaupten brauchen, es wäre das, was Cohen ihm durchtelefoniert hätte. Wie hätte der Doctor beweisen sollen, daß das nicht der Fall gewesen ist?»

Der Rabbi schwieg; er dachte über die Beweise nach. Und dann fiel ihm plötzlich wieder ein, daß sich die Geschichte, die ihm Dr. Muntz erst kurz zuvor erzählt hatte, ebenfalls am Abend des Unwetters abgespielt hatte. «Jetzt will ich Ihnen mal was sagen», begann der Rabbi. «Ich werde Ihnen ein paar Informationen geben, die Ihren Schlußfolgerungen den Hals brechen. Vor nicht einmal ganz einer Stunde war Dr. Alfred Muntz bei mir zu Hause. Und erzählte mir unter dem Siegel strengster Verschwiegenheit – aber ich denke, die gegenwärtige Situation rechtfertigt den Vertrauensbruch –, daß auf das Rezept, das er Safferstein für seine kranke Frau ausgestellt hatte und das dieser am selben Abend im Town-Line Drugstore anfertigen ließ, ganz und gar nicht das Medikament ausgegeben worden war, das er verlangt hatte. Auch in diesem Fall war das Etikett richtig, die Pillen jedoch falsch. Nun hat nach Ihren eigenen Worten aber McLane das Safferstein-Rezept angefertigt, also hat er denselben Fehler gemacht, den, wie Sie sagen, Arnold bei dem Kestler-Rezept gemacht haben soll. Sie behaupten, ein derartiger Fehler sei genauso unwahrscheinlich wie die Möglichkeit, daß eine Frau Salz mit Zucker verwechselt. Wenn aber zwei Frauen Seite an Seite in derselben Küche arbeiten und eine zum Kuchenbacken Salz statt Zucker nimmt, während die andere an ein Fleischgericht Zucker statt Salz gibt, dann muß man, ganz egal, wie unwahrscheinlich es ist, dennoch annehmen, daß eben dieser Fehler gemacht wurde, vor allem, da zwei derartige Fehler noch unwahrscheinlicher sind als einer. Wenn es sich bei dem gegenwärtigen Fall nicht um Zufall handelte, müssen wir annehmen, daß eine Verschwörung stattgefunden hat, daß McLane und Arnold flüsternd eine Absprache getroffen haben, während Safferstein wartete, daß sie sich verabredet haben, die Medikamente, die zwei verschiedene Ärzte zwei verschiedenen Patienten verschrieben hatten, von denen sie gegen den einen, Mrs. Safferstein nämlich, gar nichts hatten, zu vertauschen. Und das ist Unsinn.»

Lanigan grinste breit. «Vielen Dank, David. Ihre Ausführungen erklären, wie Arnold es gemacht hat. Ich muß zugeben, das hat mich ein bißchen gestört. Mir schien, daß der junge Aptaker ein ungeheures Risiko einging, indem er die falschen Pillen einfüllte, während McLane nur einen Schritt entfernt von ihm saß. Da McLane das Rezept am Telefon entgegengenommen hatte, wußte er, was in die Flasche gehörte, die Arnold füllte. Aber jetzt weiß ich, wie er es gemacht hat. Ich danke Ihnen. Sie haben beide die Etiketten getippt und sie auf die entsprechenden Flaschen geklebt. Dann lenkt Arnold McLanes Aufmerksamkeit ab und vertauscht die Flaschen. Anschließend füllt jeder die vor ihm stehende Flasche, und Safferstein bekommt Kestlers Medikament, während Kestler Saffersteins bekommt.»

«Aber was auf Arnold zutrifft, trifft genauso auf McLane zu», wandte der Rabbi ein. «McLane kann Arnolds Aufmerksamkeit abgelenkt haben.»

«Das hat er aber nicht getan. Erst vorhin berichtete Arnold mir, er habe eine Flasche Hustensaft umgestoßen und McLane sei in die Toilette gegangen, um einen Aufwischlappen zu holen. Ich möchte hinzufügen, daß McLane nicht so getan hat, als wisse er nicht, wer Kestler war. Und McLane hat auch nicht am nächsten Tag die Stadt verlassen.»

«Aber wenn's darum geht, daß die Medikamente vertauscht worden sind, kann jeder, der die beiden Flaschen in Besitz hatte, es getan haben. Safferstein hätte . . .»

«Also, das paßt nun wieder gar nicht zu *Ihnen*, David», sagte Lanigan vorwurfsvoll.

«Was denn?»

«Den Verdacht auf einen Ihrer Leute zu lenken, um einen anderen zu retten.»

«Ich wollte lediglich die Möglichkeiten aufzählen», entgegnete der Rabbi kalt.

«Ja, aber Safferstein gehört nicht dazu. Und warum nicht? Weil er Kestler gar nicht kannte, weder den Vater noch den Sohn. Und Kestler kannte Safferstein nicht. Sie hatten nie etwas miteinander zu tun. Außerdem konnte Bill Safferstein überhaupt nicht wissen, was geschehen würde, wenn er Kestler das für seine Frau bestimmte Medikament zuspielte.»

Der Rabbi schwieg. Dann fragte er: «Werden Sie Arnold Aptaker verhaften?»

Lanigan überlegte. «Noch nicht. Vielleicht gibt es *doch* eine Erklärung. Sehen Sie sich doch an, wie es bei McLane war. Ich dachte, ich hätte ihn, und er hat sich da rausgewunden. Vielleicht hat der junge Aptaker auch so ein Glück. Ich werde noch mal mit ihm sprechen. Aber vielleicht, wenn Sie zuerst mit ihm sprechen würden . . .» Er sah den Rabbi fragend an. «Ich bin bereit, Vabanque zu spielen.»

«Ganz davon zu schweigen, daß Ihre Beschuldigung vor Gericht nicht standhalten würde.»

«Wieso nicht?»

«Weil Sie keinen Beweis dafür haben, keinen stichhaltigen Beweis, daß Kestler an dem Medikament gestorben ist», antwortete der Rabbi. «Es wurde keine Autopsie vorgenommen und . . .»

«Mit dem, was ich bis jetzt habe, kann ich mir sofort die Genehmigung für eine Exhumierung beschaffen. Glauben Sie mir, David.»

«Na schön. Ich werde mit ihm sprechen.»

Während Lanigan sie durch die offene Tür im Auge behielt, setzte sich der Rabbi neben Akiva und erklärte ihm leise, was gegen ihn vorlag. Zuerst war der junge Mann entsetzt und ungläubig, als der Rabbi fertig war, zeigte er sich jedoch wieder zuversichtlich und gelassen.

«Der liegt völlig falsch», erklärte Arnold. «Ich habe Kestler nicht gehaßt. Er tat mir leid. Ich muß zugeben, daß ich zuerst, als es passierte, sauer war, und anschließend auch noch eine Zeitlang. Ich träumte von Rache. Und wissen Sie was? Zuerst hatte ich furchtbar viel Heimweh, und wenn ich dann an alles dachte, was passiert war, warum ich nicht zu Hause sein konnte, dann malte ich mir aus, wie ich es ihm heimzahlen wollte, alle möglichen Methoden. Aber kein einziges Mal dachte ich daran, ihm auf ein Rezept das falsche Medikament zu geben. Es kam mir einfach nicht in den Sinn. Es ging gegen meinen Berufsinstinkt, nehme ich an. Als ich mich dann Reb Mendel und der *chavura* anschloß, merkte ich, daß jener Haß, den ich für Kestler empfand, eigentlich ein Haß auf mich selber war. Denn er war ich und ich war er, da wir alle Teil derselben Einheit sind. Verstehen Sie?»

«Und als Sie auf dem Rezept *J. Kestler* lasen?»

«Nichts. Nicht mehr als bei jedem anderen. Natürlich erkannte ich den Namen. Aber nichts. Keine Reaktion. Wissen Sie, manchmal stößt man auf ein Rezept für jemanden, den man kennt, und dann sagt man sich: ‹Hm, Bill muß eine schwere Erkältung haben.› So ungefähr, aber mehr auch nicht.» Er tätschelte den Arm des Rabbi. «Hören Sie, machen Sie sich keine Sorgen um mich. Ich habe nichts Böses getan, also wird schon alles gut werden. Sie werden es sehen.»

Aus dem Dienstzimmer im Keller kam ein Polizist herauf. Er ging an der Tür zum Büro des Chefs vorbei, dann machte er plötzlich halt und kam zurück. «He, Arnold! Ich hatte dich nicht erkannt. Was machst du denn hier?»

«Hallo, Purvis», antwortete Arnold lächelnd.

«Kennen Sie ihn?» rief Lanigan aus seinem Büro. Er kam an die Tür.

«Arnold Aptaker? Sicher. Wir sind zusammen zur High School gegangen. Als ich ihn das letztemal sah, hatte er einen Bart wie ein alter Rabbi . . .» Er wurde rot. «Verzeihen Sie, Rabbi, es ist mir nur so rausgerutscht.»

«Schon gut, Officer. Nur sind es heutzutage die jungen, die Bärte tragen.»

«Und wann war das, Purvis?» wollte Lanigan wissen.

«Als ich ihn das letztemal sah? In der Nacht nach dem großen Sturm. Ich fuhr an der Auffahrt von Route 1A Streife, um die vorbeikommenden Wagen vor den heruntergefallenen Ästen auf dem Highway zu warnen. Da kam dieser Wagen in einem irrsinnigen Tempo . . .»

«Er ist also zu schnell gefahren?»

Der Polizist wurde rot, denn er befürchtete, getadelt zu werden, weil er Aptaker keinen Strafzettel gegeben hatte. «Na ja, nicht richtig zu schnell, oder vielleicht nur ein bißchen zu schnell. Ich meine, nicht so schnell, daß er ein Strafmandat verdient hätte, aber immerhin so schnell, daß er vermutete, ich wollte ihn anhalten. Also pfiff ich, ließ ihn halten und ging hinüber. Und dann stellte sich raus, daß wir uns kannten.»

«Wohin wollten Sie, Arnold?» fragte Lanigan.

«Er sagte, er wollte nach Philadelphia», erklärte der Polizist eifrig.

«Und um wieviel Uhr war das?»

«Na, so ungefähr drei Uhr morgens, würde ich sagen.»

«Um drei Uhr am Donnerstagmorgen, und er sagte, er wolle nach Philadelphia? Kommen Sie herein, Purvis.» Lanigan trat beiseite, um den Polizisten einzulassen, und drückte hinter ihm die Bürotür ins Schloß.

«Also, Purvis, dies ist sehr wichtig. Erzählen Sie mir so genau wie möglich, was er gesagt hat.»

«Himmel, Chef, das war vor zwei Wochen. Ich bin einfach hingegangen, als er hielt, und habe so das Übliche gesagt . . . Sie wissen schon, ‹Wo brennt's denn?›, oder so. Und er antwortete, er müsse möglichst schnell nach Philly. Dann erkannte er mich, und dann erkannte ich ihn auch. Vielleicht habe ich noch 'n Witz über seinen Bart gemacht. Das hätte wahrscheinlich jeder getan.»

«Natürlich.»

«Dann kamen wir ins Reden über die Leute, die wir auf der High School kannten, und was die jetzt machen, und er fragte mich nach meinem Bruder Caleb, und ich sagte ihm, der sei jetzt bei der Lokalzeitung. Dann holte er seine Brieftasche raus und gab mir einen Fünfer . . .»

«Wollte er Sie bestechen?»

«Aber nein, Chef, keineswegs! Sie kennen mich doch. Wenn ich vermutet hätte, daß er mich bestechen wollte, ich hätte ihn da rausgeholt, aus seinem Wagen, und sofort aufs Revier gebracht.»

«Natürlich.»

«Nein, das Geld war für ein Abonnement des *Courier*. Sie wissen doch, Caleb hat sich da so eine Werbung ausgedacht, damit die Ehemaligen, die nach Florida umgezogen sind, den Kontakt mit der Stadt nicht ganz verlieren. Das hatte ich zufällig erwähnt, und daraufhin hat er mir den Fünfer gegeben.»

«Ich verstehe. Er wollte regelmäßig Neues aus unserer Stadt erfahren.»

«Ja, das war's.»

Lanigan riß die Tür auf und rief dem diensthabenden Sergeant zu: «Sergeant, verhaften Sie diesen Mann!»

«Mit welcher Beschuldigung, Sir?»

«Mord an Jacob Kestler.»

Während Akiva draußen in Haft genommen wurde, erklärte Lanigan in seinem Büro dem Rabbi: «Da ist nun ein junger Bursche, der seine Eltern seit mehreren Jahren nicht mehr gesehen hat und endlich wieder einmal hier auftaucht. Er kommt am Dienstagabend und fährt am Donnerstag wieder ab. Das ist ein ziemlich kurzer Besuch für eine so weite Fahrt. Man sollte doch meinen, daß er wenigstens bis Sonnabend geblieben wäre. Nun, und das hat mich ein bißchen argwöhnisch gemacht. Nun aber stellt sich sogar heraus, daß er mitten in der Nacht abgefahren ist. Er arbeitet am Mittwochabend im Geschäft, und ein paar Stunden darauf ist er unterwegs nach Philadelphia. Vor Gericht wird eine Flucht immer als Schuldbeweis gewertet.»

«Aber . . .»

«Einen Moment, da ist noch mehr», sagte Lanigan. «Ich habe mir natürlich Gedanken darüber gemacht, warum er diesmal gekommen ist. Ich meine, wenn er etwas verbrochen hatte und geflohen war, warum kam er dann zurück? Nun, das hätte er nur getan, wenn er überzeugt gewesen wäre, daß er nichts zu befürchten hatte. Falls wir über Kestlers Tod Ermittlungen anstellten, wäre das nicht in die Zeitungen von Philadelphia gekommen. Wahrscheinlich nicht einmal in die Zeitungen von Boston. Woher konnte er es also wissen? Warum ging er dieses Risiko ein? Nun, Officer Purvis sagte mir gerade, Ihr junger Freund habe ihm fünf Dollar für ein Abonnement des *Courier* gegeben. Was halten Sie davon?»

Der Rabbi versuchte Akiva in der Zelle unten im Keller gut zuzureden. «Sie müssen sich einen Anwalt nehmen. Sonst schaden Sie sich selbst.»

Akiva schüttelte den Kopf. «Ich will keinen Anwalt.»

«Und warum nicht?»

«Weil der mir bloß im Weg wäre und alles verpatzen würde. Er würde mir sagen, was ich tun soll, oder er würde Anträge stellen, und das würde nur hinderlich sein.»

«Hinderlich – wofür?»

«Für den natürlichen Ablauf der Dinge.»

«Aber wenn Sie morgen vor den Richter kommen, wird man Ihnen einen Anwalt zuteilen, wenn Sie keinen haben.»

«Der *Richter* wird ihn mir zuteilen, Rabbi. Dagegen kann ich nichts machen, aber dann ist es wenigstens nicht so, daß ich mir selber einen genommen habe, weil es mir an Glauben mangelt.»

«Wie ist es denn mit Ihrer Mutter, Akiva? Wollen Sie nicht wenigstens die anrufen? Oder soll ich vielleicht zu ihr gehen?»

«Sie ist zu Besuch bei meiner Tante in Boston und kommt erst morgen wieder zurück.»

«Haben Sie die Telefonnummer? Wenn Sie wollen, rufe ich dort an.»

Wieder schüttelte der junge Mann den Kopf. «Nein, die würde nur die ganze Nacht vor Kummer nicht schlafen. Oder wahrscheinlicher noch sofort angelaufen kommen. Nein, die wird es noch früh genug erfahren.»

«Was wird mit dem Laden?»

«Morgen muß McLane aufschließen. Er hat einen Schlüssel.»

Der Rabbi versuchte es auf einem anderen Weg. «Warum wollten Sie mitten in der Nacht nach Philadelphia?»

«Darüber möchte ich nicht sprechen, Rabbi.»

«Dann sagen Sie mir, warum Sie den *Courier* abonniert haben.»

Akiva lachte. «Ich habe überhaupt keine Zeitung abonniert, Rabbi. Ich wollte nur Joe Purvis bestechen. Er war zwar sehr freundlich, aber ich fürchtete immer noch, er werde mir trotzdem einen Strafzettel geben. Falls ich ihm jedoch Geld anbot, und er war unbestechlich, dann wäre es um so schlimmer für mich gewesen. Doch als er mir von seinem Bruder erzählte, der Abonnenten warb, gab ich ihm fünf Dollar für ein Abonnement. Ich war überzeugt, er werde das Geld behalten. Und war ganz schön überrascht, als dann tatsächlich die Zeitung kam.»

«Es wäre besser gewesen, Sie hätten das nicht getan», sagte der Rabbi düster. «Ich muß Sie leider jetzt verlassen. Wenn ich irgendwas für Sie tun kann ...»

«Ja, das können Sie wirklich, Rabbi. Wenn Sie mir ein *siddur* vorbeibringen könnten ...»

«Ich soll Ihnen ein Gebetbuch bringen?»

«Sicher. Ich möchte auch mal ein paar andere Gebete sprechen, nicht immer nur das *Schma Israel.*»

51

«Ich dachte, du hättest vergessen, daß wir zu den Bernsteins müssen», sagte Miriam, als ihr Mann nach Hause zurückkam.

«Nein, das habe ich nicht vergessen.» Er berichtete ihr, was vorgefallen war.

«Ach, seine arme Mutter!»

«Was soll denn das sein – die Ansicht einer Angehörigen von Women's Lib? Und was ist mit seinem armen Vater? Und mit dem armen jungen Mann selbst?»

«Mrs. Aptaker ist die einzige von den dreien, die ich richtig kennengelernt habe. Glaubst du, daß Akiva es getan hat, David?»

Der Rabbi schüttelte düster den Kopf. «Daß Lanigan zugkräftige Beweise gegen ihn hat, steht außer Frage. Da ist das Motiv: Er hatte Grund, Kestler zu hassen. Da ist die Waffe: das Medikament. Und da ist die Gelegenheit: Er war zu dem Zeitpunkt, da das Rezept angefertigt werden mußte, im Drugstore, und es hat den Anschein, daß er es selbst angefertigt hat. Wenigstens sagt das der andere Apotheker, und Akiva leugnet es nicht. Außerdem läßt die Tatsache, daß er kurz darauf die Stadt verlassen hat, auf seine Schuld schließen.»

«Aber er ist zurückgekommen.»

«Gewiß. Aber das war vierzehn Tage später. Und man könnte anführen, da in der Presse nichts davon erwähnt wurde, daß an Kestlers Tod etwas Verdächtiges war, habe er geglaubt, ungefährdet heimkehren zu können. Besonders belastend für ihn ist es dann noch, daß er die städtische Lokalzeitung abonniert hat. Auf diese Weise hätte er gleich erfahren, ob die Polizei den Fall untersuchte.»

«Es sieht schlecht aus, nicht wahr, David?» fragte sie ruhig.

«Hm-hm.»

«Und du hältst ihn für unschuldig. Vielleicht, weil er religiös ist?»

«Religiös? Seine Religion würde ihn nicht hindern, Kestler umzubringen. Im Gegenteil.»

«Das verstehe ich nicht», gab sie zu.

«Die äußeren Formen einer Religion sind unwichtig, solange sie nicht die grundlegende Philosophie und Moral widerspiegeln, die darin enthalten sind. Als Akiva mich zu überzeugen suchte, daß er keinen Haß auf Kestler verspüre, gab er mir damit einen Hinweis auf seine eigene Lebensphilosophie. Er hängt an der mystischen Ansicht, daß alles und jeder Teil des Ewigen Ganzen sind, daß du dein Feind bist und er du ist, warum solltest du ihn also hassen oder ihm Schaden zufügen wollen? Aber das gilt auch umgekehrt. Man kann die Tatsache, daß man jemandem Schaden zufügt, mit der Begründung rechtfertigen, daß man sich im Grunde selber schadet. Und wer ist dazu eher berechtigt? Als ich ihn sprach, war er nicht im geringsten beunruhigt, und wenn er unschuldig ist, hätte er das zweifellos sein müssen. Es kommt schließlich vor, daß Unschuldige verurteilt werden. Und selbst wenn sie freigesprochen werden, ist das eine mühselige und kostspielige Angelegenheit. Nein, er hätte beunruhigt sein müssen, und wenn er das nicht ist, hat er der Sache ein moralisches Mäntelchen umgehängt und sich selber dahin gebracht, daß er blind für die Tatsachen ist. Wenn er das kann, dann kann er seine Gedanken auch so dirigieren, daß er sich selber einredet, er habe etwas, das er wirklich getan hat, nicht getan.»

«Warum aber . . .»

«Ich vermute, weil ich ihn mag.»

«Hör mal, David, wenn du heute abend lieber nicht dahin willst . . .»

«Nein, nein, wir können ruhig hingehen. Für Arnold kann ich heute abend doch nichts mehr tun . . . Ach ja, doch! Ich kann ihm das *siddur* bringen, um das er mich gebeten hat. Also geh, zieh dich an.»

«Ich bin schon fertig. Ich muß nur noch ein anderes Kleid anziehen.» Sie kämpfte sich in ein eng anliegendes kleines Schwarzes und kehrte ihm den Rücken zu, damit er ihr den Reißverschluß zuziehen konnte. Dann reichte sie ihm eine Perlenkette und hob ihr Haar im Nacken an, damit er sie ihr umlegen und befestigen konnte.

Er musterte die Schließe kritisch. «Die Schnur ist durchgescheuert. Die Kette hängt nur noch an einem Faden.»

«Ach, das macht nichts.»

«Aber sie könnte zerreißen und . . .»

«Dann ist es auch nicht weiter schlimm, David. Das sind doch keine echten Perlen. Es ist ein Modeschmuck, aber ich habe sonst nichts, was zu dem schwarzen Kleid paßt.»

Der Rabbi wartete an der Haustür, in der einen Hand das Gebetbuch, das er dem jungen Aptaker bringen wollte, in der anderen die Autoschlüssel, mit denen er ungeduldig klimperte, während Miriam dem Babysitter noch letzte Anweisungen gab. Im Wagen legte sie den Sicherheitsgurt an und ließ das Schloß an ihrer Taille einschnappen. Dann zog sie ihn straff. Die Fahrweise des Rabbi war im günstigsten Fall bereits unberechenbar, doch wenn er, wie jetzt, deprimiert und geistesabwesend war, neigte er zu unvermitteltem Beschleunigen und ebenso unvermitteltem Bremsen, ein Verhalten, das, wie sie vermutete, seine Gedankengänge spiegelte.

«Also, wohin?»

«Zu den Bernsteins, Liebling. Harris Lane.»

«Und wo ist die Harris Lane?»

«In diesem sehr hübschen Viertel, wo all die reichen Leute wohnen, die Epsteins, die Dreyfusses. Gleich um die Ecke von den Saffersteins.»

«Ich habe keine Ahnung, wo die Saffersteins wohnen.»

«Also gut», sagte sie, «ich werde dich hindirigieren. Du fährst zur Salem Road hinunter und biegst in die Minerva Road ein . . .»

«Ich weiß, wo die Minerva Road ist», antwortete der Rabbi schmollend.

«Ja, und die Harris Lane zweigt im oberen Teil von der Minerva Road ab.»

Er fuhr die Salem Road entlang und kam am Goralsky-Block vorbei.

«Minerva Road», murmelte sie vor sich hin.

Er warf ihr einen indignierten Blick zu. «Ich weiß, ich weiß!» Dann bog er ab. Nach ungefähr zwei Minuten deutete er mit dem Kopf nach rückwärts und sagte: «Da wohnen die Kestlers.»

«In dem weißen Haus?»

Er sah in den Rückspiegel. «Nein, in dem braunen davor.»

«Da standen aber viele Autos vor dem Haus. Ob die vielleicht eine Party geben?»

«Das glaube ich kaum», antwortete der Rabbi. «Das sind vermutlich die Leute in dem weißen Haus. Kestler ist zwar kein praktizierender Jude. Habe ich dir erzählt, daß er mit seiner Frau während der Trauerwoche Karten gespielt hat? Aber ich bin überzeugt, daß er nicht vierzehn Tage nach dem Tod seines Vaters eine Party geben würde, und wenn auch nur aus dem Grund, daß er meint, es brächte ihm Unglück. Und seine Frau würde es noch weniger tun, glaube ich. Für sie würde es sich noch weniger mit den Vorschriften der Trauerzeit vertragen; ich glaube nämlich, sie ist keine Jüdin.»

«Woher weißt du das? Hat sie dir das erzählt?»

«Mit einem Namen wie Christine?» Der Rabbi lachte. «Als ich zum erstenmal zu den Kestlers kam, um den alten Vater zu besuchen, knickste sie vor mir wie die irischen Landmädchen vor dem Priester. Ich mußte ihr erst erklären . . .»

«Halt!» rief Miriam laut.

Er rammte den Fuß auf die Bremse, daß sie gegen den Sicherheitsgurt geschleudert wurde.

«Es ist da hinten, David. Du bist dran vorbeigefahren.»

«Da war aber gar keine Straße, nur ein Weg.»

«Ja, das ist die Harris Lane. Sie führt zu einem kreisförmigen Platz. Du mußt umdrehen.»

«Bist du sicher?»

«Mrs. Bernstein sagte, es wäre zwei Häuser vor dem Haus der Saffersteins, und das da ist das Haus der Saffersteins, also muß es dieser Weg sein. O-oh!»

«Was ist denn nun wieder?» fragte er gereizt.

«Ach David, meine Perlenkette ist zerrissen.»

«Ich habe dir ja gleich gesagt . . .»

«Das kommt von deinem plötzlichen Bremsen», sagte sie vorwurfsvoll. «Ich wurde gegen den Schultergurt geworfen.»

Sie hob die Hand, nahm vorsichtig die zerrissene Kette herab und reichte sie ihrem Mann. «Hier, steck sie bitte in die Tasche. Vorsicht! Die Perlen rutschen von der Schnur. Da liegt schon eine auf dem Boden.» Sie wand sich. «Au! Eine ist mir in den Rückenausschnitt gefallen. Sie hängt in meinem BH fest.»

«Also, wenn du glaubst, ich werde dich hier auf der Straße ausziehen . . . Steig aus, spring ein bißchen auf und ab. Dann lockert sie sich vielleicht und rutscht durch.»

Miriam löste den Sicherheitsgurt und öffnete die Wagentür. Als sie vom Sitz glitt, rollte eine weitere Perle von ihrem Schoß auf das Sitzpolster. «Da ist noch eine, David. Sie ist in die Ritze zwischen Sitz und Rücklehne gerutscht.» Von draußen beugte sie sich in den Wagen und tastete mit den ausgestreckten Fingern in der Ritze herum. «Nein, ich komme nicht dran.»

«Steig ein», forderte er.

«Aber David . . .»

«Steig ein!» befahl er noch einmal.

Er setzte den Wagen in Bewegung. «Die Harris Lane ist hinter uns», sagte sie kleinlaut. «Willst du nicht umdrehen?»

«Ich muß zuerst zur Polizeiwache.»

Das Gebetbuch auf dem Sitz zwischen ihnen fiel ihr ein. «Na schön. Wenn wir zurückkommen, ist es rechts, dann wirst du die Abzweigung auf keinen Fall verfehlen.»

«Keine Angst. Wir werden noch rechtzeitig genug zur Party kommen.»

Er fuhr bis zum Ende der Minerva Road, nahm Kurs auf das Stadtzentrum, jagte in rücksichtslosem Tempo durch die engen, gewundenen Straßen und hielt endlich vor dem Polizeirevier. Er war bereits aus dem Wagen gesprungen und hastete die Granitstufen zur Eingangstür hinauf, als Miriam sah, daß er das Gebetbuch vergessen hatte. Den Kopf über seine ewige Vergeßlichkeit schüttelnd, nahm sie das *siddur* und folgte ihm.

Chef Lanigan kam, den Mantel über dem Arm, aus seinem Büro. «Hallo, David!» Er warf einen Blick über die Schulter des Rabbi. «Und Miriam auch. Was ist denn los?»

«Miriam hat ihre Perlen verloren», keuchte der Rabbi.

«Wollen Sie sagen, sie wurden gestohlen? Wollen Sie einen Diebstahl melden?»

«Nein, nein. Sie trug sie ja.»

«Es waren keine echten Perlen, Chef», erklärte Miriam. «Und außerdem war die Schnur durchgescheuert.»

«Ja, dann . . .» Lanigan blickte von einem zum anderen. «Am besten kommen Sie mal mit rein.» Er ging voraus in sein Büro. «Und nun erzählen Sie mal. Was ist los?»

«Die Perlen», begann Rabbi Small. «Miriams Schnur ist zerrissen, und dadurch kam mir eine Idee im Zusammenhang mit diesem Fall. Ihrer Meinung nach vertauschte Arnold die Flaschen, während McLane von seinem Platz aufgestanden war, um das Wischtuch zu holen, oder während er aufwischte. Jetzt stellen Sie sich das mal genau vor. Jeder hat ein Pillenzählbrett vor sich. Das ist eine Art Plastiktablett mit einer Vertiefung an der Seite. Man zählt die Pillen auf dem Tablett und hält es dann schräg, damit die Pillen in die Vertiefung gleiten oder rollen. Am Ende der Vertiefung befindet sich eine Tülle, die oben in die Flasche gesteckt wird, und die Pillen rutschen in die Flasche. Keine Pille kann davonrollen.»

«Ich habe so ein Tablett auch schon mal gesehen.»

«Jetzt nehmen wir an, jemand will die Pillen vertauschen, nachdem sie sich schon in der richtigen Flasche befinden.»

«Dann muß man sie wieder auf das Tablett schütten», erwiderte Lanigan prompt. «Und dann die beiden Tabletts vertauschen.»

«Richtig», bestätigte der Rabbi. «Und in jedem Fall befände sich die richtige Anzahl Pillen in jeder Flasche. Aber angenommen, man hätte kein Tablett, ja, nicht mal einen Tisch – wie würde man den Austausch dann bewerkstelligen? Man muß sich den Inhalt der einen Flasche in die Hand schütten. Dann schüttet man den Inhalt der zweiten Flasche in die leere Flasche. Dann schüttet man die Pillen, die man in der Hand hält, in die zweite Flasche. Und es wäre ein Wunder, wenn dabei nicht eine davonrollte.»

«Worauf wollen Sie hinaus, David?»

«Daß Safferstein die Pillen vertauscht hat, während er unter der Straßenlaterne in seinem Wagen saß und ehe der Streifenwagen kam.»

«Nur weil eine Pille fehlte?» Lanigan lächelte. «Sie selbst haben mir ein halbes Dutzend Möglichkeiten aufgezählt, wie diese Pille verschwunden sein kann, als ich zum erstenmal mit Ihnen darüber sprach.»

«Das stimmt», gab der Rabbi zu, «aber wir dürfen auch nicht vergessen, daß er beide Flaschen in seinem Besitz hatte und außerdem Zeit genug, den Austausch vorzunehmen, ohne befürchten zu müssen, daß er beobachtet wurde.»

«Aber warum sollte er den Kestlers schaden wollen? Er kannte sie ja nicht einmal.»

«Er kannte sie nicht?»

«Nein, und sie kannten ihn nicht.»

Der Rabbi nickte, während er diese Information verdaute. «Na schön, untersuchen wir alle Möglichkeiten.»

«Sie wollen mir mit diesem Wie-heißt-das-noch – *pulpil* – kommen?» fragte Lanigan.

«*Pilpul*», korrigierte ihn der Rabbi. «Warum nicht? Der talmudische *pilpul* ist nichts weiter als ein logischer Gedankengang, der mit feinsten Unterscheidungen arbeitet.»

Der Chef grinste. «Dann nur zu, ich habe Zeit. Ihr beiden seid es, die anscheinend groß ausgehen wollen.»

«Ja, wir müssen zu den Bernsteins», mahnte Miriam. «Sie haben viele Leute eingeladen.»

«Dann fällt es nicht auf, wenn wir nicht da sind», antwortete der Rabbi knapp. «Außerdem kommt keiner pünktlich.» Er wandte sich an Lanigan. «Nehmen wir an, es *war* Safferstein.»

«Warum sollten wir?»

«Warum sollten wir nicht? Es ist lediglich eine Annahme, ein Punkt, an den wir anknüpfen können. Und wegen der Gründe, die ich Ihnen gab, ist es keineswegs eine willkürliche Annahme.»

«Na schön.» Lanigan warf seinen Mantel auf den Schreibtisch, winkte seinen Besuchern, Platz zu nehmen, und zog seinen Drehsessel zurück. Miriam setzte sich, der Rabbi aber blieb stehen.

«Lassen Sie uns zunächst die Lage klären», begann der Rabbi.

«Gut. Und wie?»

«Indem wir das Offensichtliche ausscheiden», antwortete der Rabbi munter. «Ich meine, wenn wir annehmen, daß Safferstein die Pillen vertauscht hat, kann es sich nicht um einen Zufall handeln.»

«Aber Sie waren es doch, der ursprünglich behauptet hat, es müsse ein Zufall gewesen sein», wandte Lanigan selbstgefällig ein.

«Aber das war, als wir dachten, es sei im Drugstore passiert. Dort wäre das, wenn auch unwahrscheinlich, immerhin möglich gewesen. Aber nicht, wenn man allein im Wagen sitzt wie ein kleiner Junge, der mit den Pillen spielt, als wären es Murmeln, und sie dann in die falschen Flaschen füllt.»

Lanigan grinste. «Ich denke, dem kann ich ohne weiteres zustimmen.»

«Also muß es Absicht gewesen sein», fuhr der Rabbi fort. «Ob nun als Scherz gedacht, oder . . .»

«Ich kann mir nicht vorstellen, daß es ein erwachsener Mann für einen Scherz hält, wenn er die Medikamente von zwei Kranken vertauscht, von denen einer noch dazu seine Frau ist.»

«Das kann ich auch nicht», antwortete der Rabbi. «Also bedeutet dies, daß er jemandem schaden wollte. Aber wahrscheinlich nicht den Kestlers, da er sie ja gar nicht kannte. Dann wäre aber Mrs. Safferstein das auserwählte Opfer gewesen.»

«Keine sehr stichhaltige Vermutung», entgegnete Lanigan. «Wenn er seiner Frau hätte schaden wollen, wäre er sofort nach Hause gefahren und hätte ihr eine von den Pillen gegeben. Aber er ist überhaupt nicht nach Hause gefahren. Sondern zu den Kaplans.»

«Warum?»

«Er behauptete, weil das Unwetter so schlimm gewesen sei und weil er irgendwo unterkriechen wollte.»

Der Rabbi begann auf und ab zu gehen, den Kopf in den Nacken gelegt, die Augen zur Decke gerichtet. Die anderen beiden beobachteten ihn. Unvermittelt blieb er stehen und wandte sich an Lanigan. «Wissen Sie, wo die Kaplans wohnen?»

«Selbstverständlich.»

«Und die Saffersteins?»

«Gewiß.»

«Nun, wie ich soeben festgestellt habe, wohnen die Saffersteins nicht weiter vom Town-Line Drugstore entfernt als die Kaplans», sagte der Rabbi. «Wenn er also nicht in dem Unwetter fahren wollte, hätte er ebenso gut heimfahren können.»

Lanigan runzelte die Stirn; mit angedeuteten Kopfbewegungen verfolgte er in Gedanken zwei Fahrtrouten. Schließlich nickte er. «Sie haben recht, bis auf etwa fünfzig yards.»

«Warum ist er also zu den Kaplans gefahren?»

«Sagen Sie's mir», antwortete Lanigan.

Der Rabbi lächelte. «Es ist doch sonderbar, nicht wahr? Seine Frau ist krank und er fährt los, um ihr das Medikament zu holen. Aber dann fährt er keineswegs nach Hause, um es ihr zu bringen. Das hat mich eigentlich auf ihn gebracht. Denn wenn er die Pillen vertauscht hätte, wäre es sinnlos für ihn gewesen, nach Hause zu fahren. Die Pillen, die er bei sich hatte, konnte er ihr nicht geben, weil es Kestlers Pillen waren. Dennoch meine ich, er hätte ruhig heimfahren und sich eine Ausrede dafür einfallen lassen können, daß er die Pillen nicht mitgebracht hatte, und sei es nur, um den Schein zu wahren.»

«Und warum hat er es dann nicht getan?»

«Natürlich, weil er zu den Kaplans mußte.»

«Weil er dort jemanden treffen wollte?» fragte Lanigan. «Kaplan vielleicht?»

Der Rabbi schüttelte den Kopf. «Nein, nicht Kaplan. Da es sich um die Pillen handelte, nehme ich an, es war Dr. Muntz, der Arzt, der sie verschrieben hatte.»

«Was sollte er denn von Dr. Muntz gewollt haben?»

«Vermutlich wollte er ihm die Pillen zeigen», erklärte der Rabbi ruhig.

«Aber das hat er nicht getan.»

«Nein, das hat er nicht getan. Das ist die Ironie an der Situation. Er konnte es nicht tun, weil er selber das Opfer einer Verwechslung wurde. Er hatte die Pillen in der Manteltasche, und dann hat jemand aus Versehen seinen Mantel mitgenommen.»

«Aber wenn er sie Dr. Muntz gezeigt hätte», gab Lanigan zu bedenken, «dann wäre doch überhaupt nichts passiert. Der Arzt hätte den Irrtum sofort bemerkt. Es wäre vielleicht sogar noch Zeit gewesen, die Kestlers anzurufen. Und niemand hätte Schaden erlitten.»

«Niemand? Überlegen wir doch mal.» Abermals begann Rabbi Small hin und her zu gehen, während er in den traditionellen Singsang der talmudischen Beweisführung fiel. «Wir nehmen a-an, er wollte den Kestlers nicht schaden, weil er sie nicht kannte und keinen Grund dazu hatte. U-und daß er seiner Frau nicht schaden wollte, denn schließlich fuhr er nicht nach Hause. A-aber wir wissen, daß er eine böswillige Absicht hegte. A-also müssen wir uns fragen, wer Schaden erlitt, wenn keiner der beiden Patienten die Pillen nahm?» Erwartungsvoll sah er Lanigan an.

«Das ist doch unlogisch, David. U-und», imitierte er den Rabbi, «wenn wir Ihre Annahme voraussetzen, daß er zu den Kaplans fuhr, um Dr. Muntz die Pillen zu zeigen, ist es noch unlogischer, denn was hat es für einen Sinn, erst die Pillen zu vertauschen, nur damit der Arzt sie dann sozusagen wieder zurückvertauscht?»

Der Rabbi grinste. «Gar nicht schlecht. Sie kriegen den Dreh allmählich raus. Na schön, überlegen wir, was geschehen wäre. Das ganze Zimmer ist voll Menschen. Safferstein erfindet einen Vorwand, um Dr. Muntz die Pillen zu zeigen. ‹Aber das sind nicht die Pillen, die ich verschrieben habe›, stellt dieser fest. ‹Da muß jemand einen Fehler gemacht haben.› Dann erzählt ihm Safferstein von der zweiten Pillenflasche, und Dr. Muntz meint: ‹Dann muß jemand sie verwechselt haben. Am besten rufe ich gleich die Kestlers an und warne sie.› Der Witz aber ist, daß derartige Gespräche nicht im Flüsterton geführt werden. Und vergessen Sie nicht, daß Dr. Cohen möglicherweise auch dort gewesen wäre. Man hätte ihn ebenfalls gefragt. Innerhalb weniger Minuten hätten alle im Haus gewußt, was geschehen war, daß nämlich dem Town-Line Drugstore beim Anfertigen von Rezepten zwei schwere Fehler unterlaufen waren. Niemand hätte Schaden gelitten? Ja, und was ist mit Marcus Aptaker?»

Lanigan nickte bedächtig. «Der Apotheker unten in meiner Gegend hat gesagt, ein solcher Fehler könnte einen den Kragen kosten. Aber was hatte Safferstein gegen Aptaker?»

«Ich weiß nur, daß Safferstein unbedingt den Drugstore kaufen wollte, und daß Aptaker nicht verkaufen wollte», antwortete der Rabbi.

Lanigans Augen wurden groß. «Was soll ein großer Immobilienmakler wie Bill Safferstein mit einem kleinen Drugstore anfangen?»

«Ben Goralsky sagte mir, der Drugstore hätte einen langfristigen Mietvertrag, zehn Jahre», erklärte der Rabbi. «Er meinte, Safferstein wolle das Haus abreißen und dafür etwas anderes hinsetzen. Das konnte er aber nicht, solange der Mietvertrag lief. Also wollte Safferstein Marcus Aptaker geschäftlich kaputtmachen.»

«Verdammt!» murmelte Lanigan vor sich hin. «Safferstein hat mir anvertraut, er wolle dort ein großes Einkaufszentrum bauen.» Er nickte. «Ja, das paßt.»

Miriam, die wie ein Zuschauer beim Tennisturnier von einem zum anderen gesehen hatte, sagte jetzt: «Da Sie nun gegen Safferstein mindestens ebenso stichhaltige Beweise haben wie gegen Arnold Aptaker, finde ich, Sie sollten den jungen Mann gehen lassen.»

Lanigan starrte sie einen Augenblick an, dann stand er auf. Er öffnete die Tür und rief dem diensthabenden Sergeant zu: «Der junge Mann, den Sie vorhin verhaftet haben – Arnold Aptaker – lassen Sie ihn laufen.» Dann kehrte er an den Schreibtisch zurück. «Ich werde mir Safferstein natürlich vorknöpfen, aber ich habe nicht den Schatten eines Beweises. Er braucht es bloß abzustreiten, und wie stehe ich dann da?»

«Nun», antwortete der Rabbi ein wenig schüchtern, «als Miriams Perlenkette zerriß, kam mir so eine Idee ...»

Als sie zu den Bernsteins fuhren, sagte Miriam: «Ich frage mich, wie Safferstein zumute war, als er hörte, daß Aptaker gar keinen Mietvertrag hatte, daß Mr. Goralsky nicht mehr dazu gekommen war, ihn zu unterzeichnen.»

«Wahrscheinlich nicht besonders gut», antwortete ihr Mann. «Kaplan hat es ihm vermutlich gesagt, nachdem der Vorstand am Sonntag für den Verkauf des Blocks an ihn gestimmt hatte. Aber selbst wenn er es ihm an jenem Mittwochabend gesagt hätte, wäre es schon zu spät gewesen. Der

Stein war bereits ins Rollen gebracht.»

«Glaubst du, er hat es von Anfang an geplant, und das war der Grund, warum er sich erboten hat, die Pillen zu Kestler zu bringen?»

Der Rabbi schüttelte den Kopf. «Das möchte ich bezweifeln. Woher hätte er wissen sollen, wie Kestlers Medikament aussehen würde? Es hätte ebensogut flüssig sein können. Nein, das Angebot machte er in bester Absicht. Er ist als freundlicher und großzügiger Mann bekannt.»

«Freundlich? Großzügig? Obwohl er bereit war, mit dem Leben eines Menschen vabanque zu spielen?»

«Das ist es ja gerade», erklärte der Rabbi. «Der Mann war ein Vabanquespieler, der sich auf sein Glück verließ. Wenn man eine Glückssträhne hat, nützt man sie bis zum letzten aus. Sobald man vorsichtig wird, hat man kein Glück mehr. So denken jedenfalls die Glücksspieler. Und wenn das Glück hält und man erleidet einen Rückschlag, verdoppelt man den Einsatz, so zwingt man das Glück wieder zu sich zurück. Saffersteins Glückssträhne lief großartig. Er hatte den gesamten umliegenden Grundbesitz erwerben können und war nun so gut wie sicher, auch den Goralsky-Block zu bekommen. Der einzige Haken war der Drugstore, aber er hatte Grund zu der Annahme, es werde ihm nicht weiter schwerfallen, auch diesen Laden an sich zu bringen. Aptaker hielt nur noch in der Hoffnung aus, daß Arnold einmal zurückkehren würde. Aber Safferstein hatte schon eine ganze Zeit immer wieder einmal mit Aptaker gesprochen, darum spürte er als gewiefter Geschäftsmann, daß diese Wahrscheinlichkeit gering war. Und dann kommt er in den Drugstore, um ein Rezept abzuholen, und da sitzt Arnold in der Rezeptur und Aptaker erklärt ihm stolz, das sei sein Sohn. Das ist der Rückschlag. Aber das Glück bleibt ihm treu. Er stellt fest, daß er zwei gleich große Flaschen mit Pillen hat, die gleiche Anzahl von Pillen, ja sogar dieselbe Form. Er braucht sie nur noch zu vertauschen und es dann allgemein bekannt werden lassen, daß dem Drugstore ein Fehler unterlaufen ist. Ich glaube, es ist ihm gar nicht in den Sinn gekommen, daß jemand dabei zu Schaden kommen könnte.»

«Na schön, ich kann verstehen, daß ein Mann sich so sehr in ein großes Projekt verbeißt, daß er jeden Sinn für Proportion verliert. Man liest ja immer wieder von Künstlern und Wissenschaftlern, die alles für ihre Arbeit opfern. Safferstein mag es genauso gegangen sein, mit seinem Plan für das Einkaufszentrum. Aber nachdem er den Tod eines Menschen verursacht hat, und noch dazu unnötigerweise, wie sich herausstellte, daß er da noch Dr. Muntz wegen der zweiten Flasche Pillen angerufen hat, das verstehe ich einfach nicht. Er wußte doch, daß es die falschen Pillen waren. Und mehr noch, er wußte, daß Aptaker keinen Mietvertrag hatte.»

«Aber das wußte er nicht hundertprozentig, denn ich versuchte ja den

Vorstand zu überreden, daß man Aptaker den Mietvertrag doch gab», antwortete der Rabbi. «Und es bestand die Möglichkeit, daß ich damit durchkam. Außerdem, vergiß nicht, daß nichts darauf hindeutete, daß die Polizei im Fall Kestler Ermittlungen anstellte, also hatte es den Anschein, als würde die Verwechslung der Pillen niemals bekannt werden. Man könnte sagen, es war Lanigans Schuld, weil er sich nicht hat in die Karten sehen lassen, und meine Schuld, weil . . .»

«Dann könntest du ebenso sagen, es wäre Jonathans Schuld», unterbrach sie ihn energisch.

«Wieso Jonathans Schuld?»

«Natürlich, David. Wäre er nicht vor ein paar Jahren mitten in der Nacht krank geworden, hätte Arnold Aptaker nicht aufstehen müssen, um uns die Medizin zu bringen, und hätte am anderen Morgen nicht verschlafen. Dann hätte er keinen Streit mit seinem Vater gehabt und . . . Halt!»

Er rammte den Fuß auf die Bremse. «Was ist denn jetzt los?»

«Du bist schon wieder an der Harris Lane vorbeigefahren.»

«Na schön, dann setze ich eben zurück und . . .»

«Gegen den Verkehr, der nach uns kommt? Das wirst du nicht tun, David Small. Du fährst weiter und nimmst die nächste Abbiegung.»

«Na schön, wie du meinst», antwortete er kleinlaut.

52

«Die Sache paßt mir nicht», erklärte Lieutenant Jennings resolut.

«Mir ist auch nicht ganz wohl dabei», antwortete sein Chef. «Außerdem kostet es mich eine schöne Stange Geld.»

«Das können Sie doch der Stadt anlasten.»

«Sicher», gab Lanigan ironisch zurück.

«Es sind dienstbedingte Unkosten. Sie entstanden im Polizeidienst», sagte Jennings hartnäckig, doch ohne große Überzeugung.

«Wenn's klappt. Wenn nicht, muß ich selbst in die Tasche greifen.»

«Das ist Ihr Bier, Hugh. An Ihrer Stelle würde ich zunächst mit dem Magistrat sprechen. Dann wissen Sie wenigstens genau, daß die Stadt dafür aufkommen wird.»

«Die werden niemals zustimmen, Eban. Das sollten Sie wissen.»

«Na ja, vermutlich haben Sie recht», sagte Jennings düster. «Okay, was soll ich tun? Soll ich fahren? Mein Wagen ist älter als Ihrer. Eine Beule mehr macht dem nichts mehr aus.»

«Nein, ich fahre selbst», antwortete der Chef. «Aber fahren Sie inzwischen zur Werkstatt runter und alarmieren Sie McNulty. Und bleiben Sie dort, bis wir kommen. Je mehr Zeugen, desto besser.»

«Wird gemacht. Wann fahren Sie los?»

Lanigan warf einen Blick auf die Wanduhr. «Jetzt gleich», sagte er. «Es ist Viertel nach zwölf.»

Während Chef Lanigan die Minerva Road entlangfuhr, stellte er zufrieden fest, daß so gut wie gar kein Verkehr herrschte. Und als er Saffersteins Wagen am Bordstein stehen sah, war zum Glück kein anderer Wagen in Sicht. Er drosselte das Tempo und machte mit voller Absicht einen Schlenker, so daß sein Wagen gegen das geparkte Auto prallte und es mit dem Kotflügel an der vorderen Tür erwischte.

Safferstein, der es krachen hörte, kam sofort aus dem Haus gelaufen. «He, verdammt noch mal, sind Sie betrunken oder was? Können Sie nicht aufpassen, Sie . . . Ach, Sie sind's», als er Lanigan erkannte. «Was ist passiert?»

«Ich wollte einem Hund ausweichen», antwortete Lanigan kleinlaut. «Wahrscheinlich hab ich das Steuer zu hart herumgerissen. Es tut mir leid, Mr. Safferstein.»

«Nun, die Tür haben Sie nicht gerade verschönert», sagte Safferstein.

«Wirklich nicht», gab Lanigan zu, «und vielleicht ist sogar der Rahmen beschädigt. Es ist mir furchtbar unangenehm. Wissen Sie was? Fahren Sie mir nach zur städtischen Reparaturwerkstatt. McNulty soll sich Ihren Wagen ansehen. Er repariert alle städtischen Fahrzeuge und kann Ihnen auch gleich eine Schadensaufstellung für die Versicherung machen.»

Lanigan stieg wieder in seinen Wagen und fuhr langsam los. Immer wieder sah er in den Rückspiegel, um sich zu vergewissern, daß Safferstein ihm folgte. Als sie sich der Werkstatt näherten, legte er ein bißchen Tempo zu und war daher schon ausgestiegen, als Safferstein auf den Hof einbog.

Der Mechaniker umkreiste den beschädigten Wagen. «Sieht aus, als wär's wirklich nur die Tür, aber wir sehen doch lieber mal schnell nach.»

Während Safferstein interessiert zuschaute, nahm McNulty die vordere Sitzbank heraus.

«He, da ist mein silberner Drehbleistift!» rief Safferstein. «Und der Ohrring von meiner Frau, und ein Zehncentstück, und . . .»

Lanigan, auf der anderen Seite, zeigte auf etwas. «Was ist denn das? Sieht aus wie 'ne Pille.» Er griff hinein und hob sie auf. Er befreite sie von Staub und Schmutz und hielt sie empor. «Tatsächlich, eine Pille», sagte er. «Eine kleine, ovale, orangefarbene Pille, genau wie die, die dem alten Kestler gebracht wurden. Eine fehlte damals in der Flasche; ich nehme an, das hier ist sie.»

«O mein Gott!» Safferstein barg das Gesicht in den Händen.

Der *gabbe* musterte Reb Mendel aufmerksam. «Heute morgen sehen Sie besser aus, *rebbe*. Ihre Erkältung ...»

«Ist verschwunden.» Der *rebbe* lächelte strahlend. «Sehen Sie.» Mit zusammengepreßten Lippen atmete er tief ein. «Nase frei. Kein Husten. Kein Niesen. Ich fühle mich hundertprozentig besser.»

«Gestern sahen Sie ziemlich ...»

«Ach ja, gestern, das war furchtbar! Alles hat mir wehgetan. Bestimmt hatte ich Fieber. Und zu allem Übel ... Na, Sie wissen ja, wie es am Sonntag ist, da kommen immer die Verwandten. Gestern kam mein Onkel Elimelech mit seinem Ältesten. Er ist Physiker in Cornell und wollte mir unbedingt von seinen Forschungsarbeiten berichten. Ich glaube, ich hätte nicht mal verstanden, was er sagte, wenn mein Kopf klar gewesen wäre. Endlich entschuldigte ich mich und ging in mein Zimmer hinauf. Es war noch früh, erst gegen sechs, aber ich konnte mich einfach nicht mehr aufrecht halten. Ich zog mich aus, nahm ein paar Aspirin und trank anschließend heißen Tee mit Zitrone, Honig und Whiskey. Dann stieg ich ins Bett und schlief sofort ein.»

«Und haben Sie die ganze Nacht durchgeschlafen?»

«Nein, nach einer Stunde wurde ich wach», erzählte Reb Mendel. «Ich hatte einen so lebhaften Traum, davon bin ich aufgewacht.»

«Einen Alptraum?»

«N-nein. Erinnern Sie sich an den jungen Mann, den ich immer unseren jungen Vikinger genannt habe?»

«Akiva. Akiva Rokeach.»

«Ja, das ist er. Er schien irgendwie Schwierigkeiten zu haben. Ich sah ihn so deutlich, wie ich Sie jetzt sehe.»

«Was für Schwierigkeiten?»

Der *rebbe* zuckte die Achseln. «Sie wissen ja, wie das mit den Träumen so ist. Also las ich eine Weile und schlief schließlich wieder ein. Als ich heute morgen erwachte, ging es mir gut. Wahrscheinlich durch das Schwitzen nach dem Aspirin und dem heißen Tee.»

«Ganz zu schweigen von dem Whiskey.»

«Selbstverständlich, auch der Whiskey.» Der *rebbe* zeigte ein strahlendes Lächeln. «Ich möchte wissen, wie's ihm geht, unserem jungen Vikinger.»

53

«Warum beten Sie nicht gelegentlich mal selber vor, Rabbi?» fragte ihn Joshua Tizzik. «Dann dauert es wenigstens nicht so lange.»

Rabbi Small grinste über die säuerliche Miene seines Begleiters. «Das tue ich ja. Sehr häufig sogar. Sie kommen eben nicht oft genug.»

Die beiden schlenderten nach der Abendandacht über den Parkplatz. Obwohl es schon beinahe acht Uhr war, bot der hereinbrechende Abend kaum Erleichterung von der Hitze des Augusttages.

«Ich gebe ja zu, daß ich nicht oft komme, fast nur, um den Kaddisch zu sagen – für meine Mutter diesmal, sie ruhe in Frieden. Aber wenn ich komme, betet eigentlich immer Chester Kaplan vor.»

«Nun, diesmal hat er nicht vorgebetet.»

«Na schön, diesmal war's sein Schwiegersohn. Wissen Sie, ich hab ja nichts gegen den jungen Aptaker, aber es sieht so aus, als wollte Kaplan das Amt in der Familie behalten, wie ein Monopol.»

«Mr. Kaplan hat nichts damit zu tun», sagte der Rabbi. «Ich selbst habe Arnold gestern abend angerufen und ihm den Vorschlag gemacht. Heute ist nämlich ein besonderer Anlaß, wissen Sie.»

«Ja, ja, ich weiß – das neue Baby.»

«Und er hat äußerst zögernd zugesagt, möchte ich hinzufügen», sagte der Rabbi. «Ich mußte ihn regelrecht überreden.»

Tizziks Gesicht verzog sich zu einem säuerlichen Lächeln. «Das kann ich verstehen. Ich bin kein Fachmann, aber ich hatte den Eindruck, daß er ein paarmal stolperte. Und dann hat er so langsam gelesen, als machte er das zum erstenmal. Vielleicht ist Kaplan deswegen weggeblieben. Weil er ihn nicht in Verlegenheit bringen wollte.»

«Mr. Kaplan ist geschäftlich verreist, wie ich hörte», entgegnete der Rabbi.

«Wirklich? Aber heute ist doch Mittwoch.»

«Was hat das damit zu tun?» fragte der Rabbi.

«Am Mittwoch ist doch bei Kaplan Empfang.»

«Ach, macht er das immer noch? Dann wird er wahrscheinlich rechtzeitig wieder zu Hause sein. Nehmen Sie auch immer noch daran teil, Mr. Tizzik?»

«Hin und wieder. Meine Frau und ich gehen jetzt, wo's für Senioren nur einen Dollar kostet, öfter ins Kino. Außerdem sind diese Empfänge auch nicht mehr das, was sie mal waren.»

«Ach?»

«Aber das war ja zu erwarten», erklärte Tizzik. «Zuerst gibt es immer 'ne Menge Begeisterung, und dann verläuft alles mehr oder weniger im Sande. Und dieser Rabbi Mezzik, der ja viel damit zu tun hatte, kommt auch nicht mehr her. Hat ein Amt im Norden von New York übernommen, wie ich gehört habe. Und diese letzte Klausur, die Chester organisiert hatte, war auch nicht gerade eine Hilfe.»

«Tatsächlich? Was ist passiert?» Der Rabbi zeigte sich interessiert.

«Haben Sie nichts davon gehört?» Tizzik fragte es ungläubig. «Ich war natürlich nicht dabei, aber ich hab's von Bob Wiseman. Ein kompletter Reinfall, Rabbi. Es war das Wochenende vom Vierten July und wahrscheinlich das erstemal, daß sie im Sommer da oben waren. Laut Wiseman, der an den meisten anderen Klausuren auch teilgenommen hat, war das Schönste an diesem Platz, daß es so still und friedlich dort war. Die anderen Klausuren hatten natürlich alle im Herbst stattgefunden, nach dem Labor Day. Nun ja, anscheinend ist es im Sommer da oben wie im Irrenhaus, vor allem an den Wochenenden. Um den ganzen See herum stehen überall Häuser, und in jedem einzelnen gibt es, wie Wiseman sagte, mindestens ein Sportmotorboot oder wenigstens eines mit Außenborder. Die brummten ununterbrochen über den See, den ganzen Tag lang, daß man sein eigenes Wort nicht verstehen konnte. Und abends war es noch schlimmer, weil da die Radios und Plattenspieler voll aufgedreht Rock-and-Roll-Musik dudelten. Deswegen hat die katholische Kirche das Camp auch nicht mehr als Sommerlager für ihre Kinder haben wollen. Einige von den Teilnehmern sind schon am nächsten Tag zurückgekommen.»

«Das ist äußerst interessant», sagte der Rabbi. Sie waren inzwischen bei Tizziks Wagen angekommen, und der Rabbi wollte sich schon abwenden, als ihm noch etwas einfiel. «Ach, wenn Sie es einrichten können, Mr. Tizzik, kommen Sie doch am Sonntag zur Morgenandacht. Dann wird Arnold Aptaker wieder vorbeten, und Sie können feststellen, ob er Fortschritte gemacht hat. Hinterher gibt es dann einen kleinen Imbiß, ausgerichtet von den Kaplans und den Aptakers zu Ehren ihres Enkelkindes.»

«Wahrscheinlich wie üblich, mit Kuchen, *kichelech* und Hering, wie?»

«Ja, wahrscheinlich.»

«Und mit Whiskey in Pappbechern?»

Der Rabbi lächelte. «Vielleicht auch in Gläsern.»

«Na ja, vielleicht komme ich. Was kann man sonst am Sonntagmorgen schon anfangen? Im Fernsehen gibt's nur christliche Gottesdienste.»

Harry Kemelman

Quiz mit Kemelman
8 Kriminalstories (2172)

Am Freitag schlief der Rabbi lang
(2090)

Am Sonntag blieb der Rabbi weg
(2291)

Am Montag flog der Rabbi ab
(2304)

Am Dienstag sah der Rabbi rot
(2346)

Am Mittwoch wird der Rabbi naß
(2430)

Der Rabbi schoß am Donnerstag
(2500)

Am Samstag aß der Rabbi nichts
(2125)

Eines Tages geht der Rabbi
(2720)

Felix Huby

Der Atomkrieg in Weihersbronn
(2411)

Tod im Tauerntunnel
(2422)

Ach wie gut, daß niemand weiß . . .
(2446)

Sein letzter Wille
(2499)

Schade, daß er tot ist
(2584)

Bienzle stochert im Nebel
(2638)

Bienzle und die schöne Lau
(2705)

Bienzles Mann im Untergrund
(2768)

thriller rororo

C 1095/6

Hansjörg Martin

Gefährliche Neugier (2069)

Kein Schnaps für Tamara (2086)

Einer fehlt beim Kurkonzert (2109)

Bilanz mit Blutflecken (2138)

Cordes ist nicht totzukriegen (2146)

Meine schöne Mörderin (2161)

Rechts hinter dem Henker (2167)

Blut ist dunkler als rote Tinte (2190)

Einer flieht vor gestern nacht (2218)

Feuer auf meinem Haupt (2256)

Mallorca sehen und dann sterben (2270)

Bei Westwind hört man keinen Schuß (2286)

Schwarzlay und die Folgen (2303)

Geiselspiel (2340)

Wotan weint und weiß von nichts (2386)

Die lange große Wut. Kriminalstories (2404)

Spiel ohne drei (2428)

thriller rororo

C 262/34